谨以此书献给
曾经卫国戍边的转业战友

本色

卢义虎 著

漓江出版社

·桂林·

图书在版编目（CIP）数据

本色 / 卢义虎著 . -- 桂林 : 漓江出版社，2023.1
ISBN 978-7-5407-9209-1

Ⅰ . ①本… Ⅱ . ①卢… Ⅲ . ①长篇小说－中国－当代
Ⅳ . ① I247.5

中国版本图书馆 CIP 数据核字（2022）第 013512 号

BENSE
本色

作　　者　卢义虎

出 版 人　刘迪才
责任编辑　黄　圆
助理编辑　宁梦耘
装帧设计　杨　威
责任校对　苏子新
责任监印　杨　东

出版发行　漓江出版社有限公司
社　　址　广西桂林市南环路 22 号
发行电话　010-65699511　0773-2583322
传　　真　010-85891290　0773-2582200
邮购热线　0773-2582200
微信公众号　lijiangpress

印　　制　朗翔印刷（天津）有限公司
开　　本　787 mm×1092 mm　1/16
印　　张　24.25
字　　数　350 千字
版　　次　2023 年 1 月第 1 版
印　　次　2023 年 1 月第 1 次印刷
书　　号　ISBN 978-7-5407-9209-1
定　　价　59.00 元

序 一

兵心如霞

陈 俨

我与长篇小说《本色》的作者卢义虎是战友，也是文友。他开始业余文学创作的时间比我早，我在《花城》杂志发表的第一篇小说就是由他推荐给该刊编辑部的，此外，我还是他的一篇散文中的主人公，工作之中的我俩也多有交集——有缘！

从军几十年的义虎是政工干部中的佼佼者。无论在政治机关还是到部队任政工主官，他都干得有声有色。难能可贵的是，在百事缠身、任务繁重的军旅生涯中，他始终在心灵深处安放着文学的梦想，在完成大量日常事务之余，总要用笔触去抚慰心中那一片文学的芳草地。文学之美，也给了义虎高洁清雅的滋养与洗礼，他的幽默、豁达、风趣、清正和工作中的举重若轻等，绝对与他的文学修养有关。我俩在一起的时候，常常会互相点燃灵感，金句迭出、爆笑不断的场面是常有的。

退休后的义虎更加一发而不可收。几年时间里，他的作品像从地下冒出来的春笋，一本接一本，而且都是大部头的。在他把三十多万字的《本色》书稿传给我的时候，我既惊喜又不意外——这正是一位热爱文字而且勤奋不辍的"文学青年"应该有的样子！

"文学青年"已经不年轻了，但义虎的创作却愈加充满活力。我想这首先源自他内心的兵士情结和几十年军旅生涯的丰厚馈赠。作家大多写的是自己熟悉的生活和人物，义虎的写作也正是这样的。除少数篇章跨界尝鲜外，他的创作题材大多与军旅有关。他把军中儿女的故事、形象、情感编经织纬，打造成文字，把他所有的对军队、对军人的热爱都浓缩在这些作品里。近年来，他又把自己创作的目光更多地投向了那些转业、退役后融入社会发展大潮之中的军人，把他们过去的荣光、当下的拼搏和未来的期许，以及他们遇到的各种困惑、矛盾、无奈与希望，以文学的形式呈现给读者，为军人和退役军人的文学谱系又增添了一批鲜活而生动的形象，很让人感动！

一般而言，长期在军队这一独特系统中历练成长的军人，一旦转业进入社会，需要有一个适应过程，对他们每个人来说，这个过程有时会漫长而艰难。在这个"再社会化"的转折中，难度系数最大的，莫过于既要保持在军队养成的良好习惯和优秀品质，又要尽快适应和融入社会，成为被"新生态"所认可、所接受并且有所作为的人。义虎的《本色》以及之前的长篇小说《御景街壹号》，恰恰是在寻找和塑造这样一类军人形象——直面社会、从头再来、坚守信念、刚正不阿、主动作为、勇于实现人生价值……在牛海成、李小妍等一众转业军人的身上，读者可以感受到军人特有的气息扑面而来，这气息是精神、是意志、是人生态度、是不屈不挠的性格，甚至连他们的家庭、爱情和生活日常也都那么有"兵味"。一生从军的我读来十分亲切，相信每一个现役或退役的军人读来都会感同身受，即使没有军旅生活体验的读者也会被他的作品所感染、所感动。因为，这些人物具有所有人都喜爱和崇敬的品质，也是我们这个社会所呼唤和讴歌的积极向上的形象。

更为难得的是，行伍一生的义虎，对都市和乡村生活、政界与职场规则、警事与法律业务、商业与企业运作等领域都有所掌握，甚至对隐匿于主流社会背后的群体生态也能很好地描摹，这得益于他长期留心留意观察生活，随时随地汲取知识。他把牛海成等人物放到这样的时代和社会环境中去描写和塑造，使小说有了扎实的人物依据和坚实的生活基础，于烟火之中走来的他们便更加可信、可亲、可敬！

义虎在《本色》中坚持了一贯的写作风格：文字干净明快、人物形象刻画准确、情节推进动力充足、主线与副线编织清晰，细节、情节、故事和整体结构围绕着塑造人物形象展开，加之亦庄亦谐的叙述，使阅读畅快而有趣。此外，与他之前的一些作品一样，《本色》也具有很好的影视化基础，因为它具有很强的画面感、现场感和精彩的情节线。

说来说去，义虎还是在写自己内心的情感，可谓冰心在壶，更可谓兵心如霞——相信他还会继续书写他热爱的士兵，因为，他就是永远的士兵。

2022年6月4日

（本序作者陈俨系我国第一位国防经济学博士，第十届全国人大代表，海军少将，军旅作家。）

序　二

年轻的心永远在路上

卢义刚

　　《本色》是我哥卢义虎出版的第三部长篇小说。兄弟四人中他排行老二，我排老三。我哥十八岁当兵进部队，在师政委任上退休，算得上是职业军人。

　　在我读中学的那个年代，国家还没有恢复高考，农村中学的规模很小，一个年级只有两个班，老师、学生在农田里劳作的时间远多于在教室里上课的时间。记得高中一年级快要放寒假的一天下午，我们全校师生都在忙着开垦学校旁边的那块荒地。我哥身着崭新的蓝色海军服从我们劳动的田边小路上走过，单车后座上还夹放着另一套新军装。有同学惊奇地大喊："义刚，你哥当海军了！"

　　难怪同学们这样惊讶，村子里这么多年都没有出过一个海军。

　　我哥要当兵了。我感到既光荣又兴奋，我想我哥有前途了。

　　当兵前，我哥做过近一年的民办教师，那个时候他就喜欢写作，我记得我曾偷看过他练笔的小说，读得津津有味，心生艳羡。他常常读书至夜深，一次，读着书睡着了，煤油灯翻了把被子烧出个大洞来，烧到身体了他才发现起了火——好在铁板一般的被子燃不起什么大火，没有把房子点着。

我哥对我和老四的影响是巨大的。他的奋斗经历鼓舞着我们，使我们生长出以读书改变命运的初心，这颗心一直激励着我们成长。尤其我弟，他成了我们当地的第一个学士、第一个硕士、第一个博士和第一个出国留洋做博士后的人。

也许是受我哥的影响，当一个知名的作家是我长期以来的人生理想。我时常幻想着以我们兄弟为原型塑造出一个个刚正不阿、疾恶如仇、乐善好施、英俊潇洒、博学有趣、快意情场的主人公形象，再邀当红明星演绎成诸如《伪装者》《父母爱情》一样受欢迎的电视剧。无奈老天派我在理工大学做了物理教授，此生梦想唯有借兄之纸笔方能实现。

过去很长的一段时间里，"力争上游"成为很多干部的价值取向，与他们聚在一起，话题基本上是谁谁有靠山、谁谁又被提拔了。《本色》的主人公牛海成不一样，他想把官做大，更想把官做好。即便要转业离开部队了，他仍然一如既往地精心筹划军事演习，还让名于下级，难能可贵。工作做得风生水起的特种团团长牛海成说转业就转业，他的内心也曾有过短时间的彷徨，但没有焦躁与埋怨。牛海成转业到地方时，通过抓阄来选单位的做法看似滑稽，实则反映出他淡泊名利、只求做好实事的为官心态。这已经成为我们身处的这个时代稀有的品质。

是金子总会发光的，牛海成就是一块闪闪发光的金子。在部队当特种团团长，牛海成是立功专业户，十次立功，可谓十全十美。转业到地方后，他疾恶如仇孤胆深入，智勇双全巧擒毒枭；他深入调研，捣毁走私团伙，守护山林；他挂职异乡，打击村霸，培养当地年轻干部，团结一切可以团结的力量真情扶贫。不管在哪个岗位，他总能出色地干好本职工作。凭借他长期学习积累的知识、储蓄的智慧，凭借他多年磨炼养成的意志、成就的本领，牛海成无所不能。这是我们身处的这个社会呼唤的素质。

你若是一名柔情的读者，当牛海成与对他情根深种的李小妍在旷野中独处，你一定试想过让牛海成深深地拥李小妍入怀，在一个无人的山野悄悄地尽情地燃烧起一堆篝火，哪怕这火风一吹就散了、灭了。常人的爱与欲是难以分割的，而且总希望通过欲来表达爱、释放爱。牛海成不是常人，他因工作对妻子柳青青的关怀和照顾或许有疏忽，但他对柳青青的爱与责任却不会轻易让位于婚外情，尽管李小妍是如此美丽优秀并为他动情。牛海成人品的近乎完美，也是作者内心至真追求的体现。

我哥年轻的时候是一等的帅哥，一米八几的身高，国字脸搭配海军军官大盖帽，能迷倒大片美女。前不久，表妹在微信里对我说："年轻时的二哥是我们心中的男神啊！"我知道，她这样说，是因为她在我的微信朋友圈里看到了我哥的近照。唉！三十多年过去了，人怎么可能不变老呢？书中的牛海成身高一米八五，英俊潇洒。可以说，牛海成是我哥的影子，也是他的镜子。兢兢业业做事、坦坦荡荡做人、清清白白做官是流淌在他们身体里的共同血液。如果要问牛海成与我哥最大的区别在哪儿，那就是牛海成没有我哥幽默。我哥人到哪儿笑声就到哪儿，幽默已经成为他生活的一部分。《本色》是一部弘扬社会主义核心价值观的佳作，塑造了一个正义敢为而且能为的当代军人形象，故事情节跌宕起伏，画面感强，写作风格幽默诙谐，值得读者细心品读。

愿读者朋友喜爱我哥的书，愿我哥写出更多更好的作品，愿我哥永远年轻！

2021年10月于广州

（本序作者卢义刚系博士、华南理工大学物理与光电学院三级教授、博士生导师，曾获"华南理工大学教学名师""广东省南粤优秀教师"等称号。）

目 录
CONTENTS

转 业

第 一 章

2012年的春节，算是历史上最冷的一个春节之一。北方地区天寒地冻，滴水成冰，冷空气大举南下，令这个最靠近亚热带的海滨城市，也变得寒气袭人，温度破天荒地降至10℃以下。

大年初七这一天，是春节后上班第一天，特种团团长牛海成有些匆忙地进了办公室，一股寒风尾随而至，让他情不自禁地打了个寒战。说来也巧，刚坐到办公桌前，把桌上的文件和其他物件归整了一番，舰队干部处关于他转业的电话就打过来了。转业命令将择日宣布。

转业意向是牛海成自己提出来的，其实当时心里更深层的想法是想试探一下，看看自己在领导的心目中到底还有多大分量。那还是去年年底，舰队首长带着以干部处为主的一拨人马考核特种团班子，牛海成故作轻描淡写地说出了自己的想法，大意是走留都听组织安排，如果提拔不了，还是倾向于走。这多少夹杂了叫板的意思，只是他没想到考核组前脚走，干部处关于他走留的答复后脚就到："您是优秀基层主官，组织上充分尊重您的要求，您就做好工作交接的准备吧！"

这自然怨不得别人，更怨不得领导。领导是这么好糊弄的吗？这点小伎俩全是人家玩剩下的。干部处这么回话，肯定是探到了主要领导的口风。当时，牛海成心里突然有一种巨大的失落感。干部处每年考核的评语都把他写得完美无缺，可真正到了提职晋升的时候又没他什么事。

不过，他很快就想明白了，组织年年给荣誉，这本身就是一种平衡术。主要领导不发话，再干一年也白搭，不如赶紧打背包走人，否则就是给领导添堵。

既然转业已成定局，牛海成便天天等着上级来宣布转业命令，准备着新老团长的工作交接，可是左等右等都不见动静，倒是等来了他军旅生涯的最后一项任务。

那天，作训科科长江如水拿着一叠材料在办公室外面求见，待他喊过"报告"又过了好一会儿，牛海成才应声。进了门，江如水把材料摆在牛海成面前："这是这个月的训练计划，实兵实弹演习与本月训练内容一并实施，请团长审阅。"说完，小心翼翼地瞟一眼牛海成。

"我签字还管用吗？"牛海成自嘲道。但他知道，转业命令迟迟不宣布，显然是想让他带队参加完这次实战演习。

江如水会心一笑："当然管用！这次演习的指挥员还是非你莫属呀，团长！"

牛海成抬眼看江如水，随后嘿嘿一笑，说："尽管我要转业了，你们也别指望我会放松要求。"

"你要放松要求，那就不是牛团长啦。"江如水有点讨好的意思。

"知道你是忽悠，可我还是爱听。"

牛海成认认真真审阅了一遍面前的演练计划，然后签完字，如释重负一般，把材料交还给江如水，说："这是我在咱们团最后的一次签字啦，再有什么事就该轮到你签了。"

牛海成转业，江如水接替他的职位，这已经是公开的秘密。牛海成这么说，江如水也不否认，顺势调侃一句："团长你不是经常教导我们要站好最后一班岗嘛。"

牛海成当即正色道："当然，在位一分钟，干好六十秒！"

这次演习有了新规：对于演习的主要任务、时间节点、人员编成、装备投入等，上级只有总的原则，不再设置具体的行动路线和细节，给各级指挥员都留了较大空间。这正对上了牛海成的心思，搞了这么多年的实战演习，都是一步一动按照时间节点有惊无险地向前推演。这次能作为参演部队指挥员来这么一场"八仙过海，各显神通"的演习，不能不说是一种圆满。

按照演习计划，牛海成这支部队有十天的准备时间，具体任务是夺占数百公里之外深山密林中的一栋法式建筑，解救其中的人质。

牛海成接受演习任务之后，除了和士兵们一起进行冲锋舟、三角翼、飞行器、潜水器等特战装备的训练，其他时间就是把常委们召集起来反反复复地研究地形图和演习计划。

目标区域在数百公里之外，且范围内存在多栋法式建筑，要长途奔袭找准这栋建筑，还要解救其中的人质，确实是有相当的难度。难在哪里？在演习方案讨论会上，牛海成摆给大家听："第一，演习路线非常复杂，虽然直线距离不到两百公里，但其间沟壑纵横，有山有海。第二，地形图中并没有标明具体是哪一处建筑，而这一区域相似的建筑有好几座，相距只有几公里，很容易混淆；处置不当，也容易打草惊蛇。第三，在某个时间节点，人质将被转移，也就是说，想解救人质，必须抢在规定时间之前，而这个时间是24小时。第四，这次演习不容许自带干粮和各类食品，也不准在密林中埋锅做饭，野外生存能力也是这次演习考查的一个重要方面。"

牛海成说完，常委们一阵躁动。常委会是研究重要议题的会议，如果在常委会上没有话语权，那在部队官兵面前说话就同样是轻飘飘的了。

看到大家摩拳擦掌，政委及时引入主题："这次演习与以前的演习不同，给了各级指挥员较大发挥的空间，这对指挥员和参演官兵都是一个考验和挑战。大家都很有信心，但也要看到困难确实不少，刚才团长也一条条分析过了，所以，接下来，今天会议的重点是研究这次演习的具体方案，演习中的政治工作必须同步跟进，大家围绕这个议题发表意见。"

作训科科长江如水是组织协调这次演习的重要角色，因此也参与了这次会议。作为具体的组织者，他比其他常委的心理压力更大。政委一说完，他就当仁不让地抢过话头："我建议，就按团长、政委说的，咱们按照这次演习的任务和难点，一条一条找答案。"

…………

大家你一言我一语，常委会从下午开到晚上，演习方案才最终落定。

作为军事主官，牛海成的个人想法在方案中占的分量自然要重一些。既然是军旅生涯的最后一站，牛海成潜意识里或许已经不再看重那些条条框框，他想按照自己的方式指挥这次实战演习。在破解演习难题的时候，牛海成提出专门组织一支秘密侦察分队，任务是摸清密林中建筑物的情况。同时，他从全团分组对抗中得到启示，把部队编成了几组，计划根据演习情况对几处建筑物同时进攻。这样虽然兵力稍显薄弱，但只要运用得当，保持通信畅通，解救人质的小组就可以相互接应。同时，演习中采用侦听方式，及时掌握相关信息，也是这次解救行动的制胜关键。他决定用最精锐的小组进攻最远、最偏、路最难行的目标建筑。

江如水是对这次演习部署唯一感到心里不踏实的人。他现在的心态是，不希望演习搞砸了，也不希望演习弄出特别大的声势——他需要的是平稳过渡。在会议上，大家都赞成牛海成的意见，江如水不愿意成为众矢之的，所以没敢提出反对意见。但这天训练刚一结束，看准了牛海成情绪尚好，他便凑到牛海成跟前，装着不经意地说："团长，这次演习不同以往，上级明令不能事先踩点，我们这秘密侦察是不是违背了上级的意图?"

上级明令不可事先踩点，但并没有禁止秘密侦察，事先踩点和秘密侦察是两个概念，事先踩点是事前到指定地点熟悉情况，秘密侦察是自行寻找判断目标地点。

牛海成看了看江如水，并没有马上回答，他在揣摩江如水的话究竟是什么意思。江如水也是他一手带出来的，但江如水在协调关系方面早就是"青出于蓝而胜于蓝"了，看江如水现在的势头，没准以后会官运亨通。牛海成不由得皱了皱眉，要是从前他肯定两句话就把江如水打发了，可现在不行，他马上就要交班了，江如水就是他的继任者，可上级还是强留着牛海成，江如水心里肯定不爽。这些想法在牛海成脑子里快速闪过，他终于耐着性子，对江如水说："以前的踩点是直接到指定地点察看现场，研判敌情，我们现在是神不知鬼不觉在演习区域收集情报，两码事，未来真正打起仗来，谁没有情报来源，谁就是睁眼瞎呀!"

江如水被牛海成盯得心里直打鼓，可这次演习关系到他能否顺利接任，因此，他不能像以前那样没有自己的主意，更不能只当一个跑龙套的角色，在上级首长的眼里，他必须显示自己的存在，突显自身的重要性。他还是壮着胆子提出了自己的想法："团长，这次演习对你我来说都非常重要，我是你一手带出来的，我也希望这次能带队在一线摔打摔打，为后面的工作打些基础，你在后方运筹帷幄就行了。"

"你我都要打头阵，当尖兵，咱们这一级属于战术层面，运筹帷幄那是上面的事。"牛海成说到这里，停下来看看江如水的反应，看到他态度有几分松动，才继续说，"我们编成几个组，是一起行动，也是一场竞赛，我带第一组，你带第二组，副团长带第三组。"

因为江如水的岗位在作训科，牛海成开始并没有打算让他带一个行动小组。现在既然他直接提出来了，牛海成觉得应该给他一个发挥的舞台，自己确实是到了军旅生涯的最后一站，用不着在名利面前患得患失。

牛海成的话，给了江如水一颗定心丸，他脸上闪过一丝笑容，然后信誓旦旦地表态："团长放心，咱们一定把这次演习搞出点名堂来，让团长你不留遗憾、功德圆满。"

牛海成笑笑，不说话。

十天之后，实兵实弹演习拉开了战幕。

战区集合多兵种对抗，飞机从上空呼啸而过，战车连夜隆隆开进，舰艇潜艇都出动了，演习区域一时间一派"车辚辚马萧萧"的大阵势。

导演部的障眼法确实有效，牛海成派出的侦察小分队最后也无法百分之百确定目标在哪栋建筑里。按照演习计划，特种团组建了三个战斗小组，牛海成带领第一组，江如水带领第二组，副团长带领第三组，各自根据既定路线进军，采取齐头并进的进攻方式。

战斗小组的这些队员是牛海成亲自挑选出来的，算得上是全团的精英。多数都参加过军区以上的军事比武、武术竞赛，个个能打能藏，人人都有高招。

"知道我们的队训吗?"牛海成声若洪钟。

特战队员齐声高喊："见红旗就扛! 见荣誉就上!"

牛海成大声说："对完成这次任务有没有信心?"

"有!"特战队员们这一声吼，赛过春天的惊雷。

最后，牛海成发出出发号令，特战队员便迅速消失在丛林中。

三个战斗小组将乘坐冲锋舟过海湾，然后急行军穿越两座大山，最后趁着黎明驾着三角翼飞越高山峡谷，在建筑物所在区域降落集结。为了防止过早地暴露行动意图，牛海成要求各组到达目标区域后，先隐蔽观察，摸清情况，找准目标后，统一时间展开攻击。如果遇到抵抗，其他小组及时策应，确保一举救出建筑物内的人质。

眼前是一片原始森林，沟壑纵横，悬崖峭壁，中间还隔着一段海湾，两座大山绵延数百公里，车辆行进基本找不到路径。牛海成不敢怠慢，带领第一战斗小组直奔最偏、最远、道路最难行进的那栋建筑。

还隔着老远，牛海成和队员们就闻到了建筑物里传来的刺鼻怪味。到了统一进攻的时间，牛海成带领第一战斗小组冲进了那座法式建筑，结果里面根本没有什么人质，倒是意外发现了一个天大的秘密——这里竟然藏着一个制毒工厂，一帮毒贩正忙着制毒。

牛海成曾经带队协助地方缉毒警察抓捕过毒贩，也见识过毒贩的制毒器械，当他看到这群毒贩还有眼前的这几台制毒机器，马上就明白了他们面对的不是演习，而是实战。他大喊一声："抓毒贩！所有的人给我抱头靠墙蹲下！"这一声吼，特战队员们全明白了。面对天兵天将一样的特战队员，一楼的毒贩们来不及反应就全部束手就擒。二楼却飞下一个矫健的身影，蹿出了包围圈，消失在丛林里。那身形和动作让牛海成愣住了——那人居然是张兵——他亲自带过的兵。他之前隐约听说张兵退伍之后一直没找到什么好工作，但怎么也没想到他竟成了毒贩，看那装扮和行头，显然已是有了一定身份地位的毒枭。

这次实战演习，特战团可谓大获全胜。江如水带领的第二战斗小组成功解救了人质——这本来也在牛海成的意料之中。他早就预判到，他选定的这栋建筑在地形图里可以轻易找到，按常规不会把这么显眼的目标当成演习作战目标。这解救人质的头功，牛海成并不想跟部下抢。他在部队参加过多次重大战备演习任务，担任过八年特种团团长，先后荣立过九次三等功，被戏称"立功专业户"。对他而言，九个功和十个功并没有质的区别。没想到歪打正着，因为捣毁了制毒窝点，地方政府专程到部队为他请功，扎扎实实立了十个功，算得上是"十全十美"了。

牛海成的心里却感觉不得劲，无论怎样，还是逃不掉脱军装的命运。想到被全网通缉的毒枭张兵，他心里更不是滋味。

张兵是牛海成亲手带出来的兵。他个头不高，但特别能吃苦，人也机灵。他进特种团的时候，牛海成还是副团长。有一次特战兵分组进行野外生存训练，牛海成带着张兵上了一个岛。海岛很小，小得海图上都很难找到，岛上没有淡水，也没有现成的食物。生存训练面临的难题主要是没有水和食物。按照训练科目要求，在岛上生活的这些天，水和食物只能靠自己解决，不能寻求外援。如果一直都找不到水和食物，已经威胁到生存的时候，可以向演习指挥所请示，指挥所可以告知他们预先掩藏好的水和食物的位置，但那也就宣告了任务失败。

张兵肯动脑子，上岛之前，他就准备了两样东西，一样是两米见方的塑料布，另一样是脸盆。说来也巧，他们一上岛，岛上就下起了倾盆大雨。张兵支好塑料布收集雨水，一个多小时就储备了满满一脸盆的水，用水的难题就这样被张兵轻松化解了。到了傍晚，张兵找了块高地，利用岛上的树木和渔民废弃的船板，搭了一个简易帐篷，让牛海成进帐篷休息，他自己则在岛上转悠，采回了一堆野果，挂在脸盆旁边的树上。谁知这野果竟然招来了一群野猪。估计岛上的野猪长这么大还是头一回吃到这么多的鲜果，还能豪饮淡水。它们一边吃着张兵挂在树上的果实，一边享用张兵囤积的淡水，如痴如醉。张兵找准时机扑了上去，用他的背包带套住了一头野猪，有了这头野猪，一整个星期里，他们天天就着盐末辣酱吃烧烤。张兵还想办法从海里捕了些海鲜，搭配岛上的野菜野果，吃起来比平常的饭菜还香。看他那架势，哪里像是野外求生，分明是来享受生活的，别说一星期，就是一个月，他也会把这野外生存的日子打理得有滋有味。这次野外生存训练，让牛海成对张兵刮目相看。

有一次双休日，张兵请假外出，在公交站等车，车没等来，却"等来"了一个碰瓷团伙。他亲眼看到一个老头迎着一辆"大奔"走过去，倒在马路中央。"大奔"紧急刹车，却被一群从旁边聚拢过来的年轻人包围住了。老头躺在地上龇牙咧嘴地叫唤，说自己骨折了。年轻人叫嚷着说要"主持公道"，还拉住了张兵，要他做证。没想到，张兵直接说他们是在讹钱。几个年轻人很意外，二话不说就想出手教训他。但这伙人失算了，张兵虽然个子小，却也是在部队扎扎实实训练出来的，而且深谙擒贼先擒王的道理，三招两式先把为首的拿下，那帮小喽啰也跟着全老实了。据说，后来这一带的碰瓷团伙再见到当兵的，溜得比兔子还快。

那一年，上级分配给团里一个提干名额，在几个支部上报的人选中，张兵排名第一。提干人选上报到团里，团党委委员们个别酝酿的时候，意见都很统一，无论能力素质，还是训练成绩，这个提干名额都非张兵莫属。牛海成更是鼎力推荐。可是，到了团常委会上，也许是会前上面有人打了招呼，团长一开场就定了调，让张兵等下一批。既然团长有言在先，后面的人马上跟风，团长的意见就占了上风，牛海成成了少数派。少数服从多数，这是组织原则。

提干没提成，张兵年底退伍，找工作连连受挫，现在更是误入歧途。如果当初张兵能顺利提干，社会上是不是就少了一个毒贩？牛海成现在想起来，心里仍然像打翻了五味瓶。

参加完最后一次实兵实弹演习，牛海成跟江如水办了工作交接，脱下军装回到花城的家里等待组织分配工作。一个习惯在训练场上摸爬滚打的带兵人，突然成了无所事事的待业者，内心的失落可以想见。可在柳青青面前，他还得表现出一种夫妻团聚后的庆幸和开心，笑着打趣说："俗话说，叶落归根，我这叶还没落，就归根了。"

柳青青是牛海成的妻子，早年随父母定居在花城。柳青青对这座兼具历史底蕴和现代气息的城市有很深的感情，尽管她希望牛海成在军队有更好的发展，也从不曾拖过牛海成的后腿，但她不愿意随军，所以牛海成一直与老婆孩子两地分居。现在牛海成回到转业安置地——花城，多年的团聚愿望变成了现实。夫妻分居的时候盼着团聚，现在人到中年才聚到一起，双方自有一种别样的惆怅。牛海成的一句玩笑话，不知道触碰到了柳青青哪根敏感的神经，积压在心底的一连串问号便像连珠炮似的齐射出来："归根有什么不好吗？在外面还没待够啊？老婆孩子对你就这么没有吸引力？"

牛海成知道柳青青是在有意找碴儿："我说了叶落归根不好吗？"

"嘴上没说，脸上写着呀。"柳青青不依不饶。

"你是表情分析师啊？想点正事好不好？"牛海成有点儿生气。

柳青青毫不示弱："想想咱们夫妻团圆后，下一步该怎么安居乐业，这不算正事？"

"算正事。"牛海成鄙夷地笑笑，"燕雀安知鸿鹄之志！"

柳青青嗤之以鼻："鸿鹄能在一个岗位待八年不挪窝吗？"

柳青青一句话就让牛海成没了底气。

归家待业的这段时间里，牛海成除了要做好随时上岗的准备，偶尔也会参加战友聚会。一个突然闲下来的人，肯定偶有小小的不适甚至情绪低落，但他想在这段时间里，努力当好丈夫和父亲的角色，把更多的时间放在操持家务上，为的是补偿这些年对老婆孩子的亏欠。家务活基本不用柳青青沾手，饭菜做得有滋有味，还添新修旧地把家里收拾得更有模样。

牛海成彻底转变了角色，唯一不变的是他仍然坚持每天练功，仿佛随时准备着要参加军事演习似的。

转眼就到了年底，牛海成接到了军转办让他自主选岗的通知。

天　　意

第　二　章

　　军转办领导给了牛海成多个单位挑选，其中包括税务局、工商局、林业局、教育局、国资委等。这些单位都是好单位，给出的职务不是副局长、副书记就是调研员，牛海成觉得在哪儿都是一样端国家的饭碗，所以并不十分在乎。

　　柳青青不这样想，她把老公的转业安置看成和国家大事一样重要，早就深思熟虑，确定了基本原则——转业干部回地方肯定求不到好职位，找个好单位才是关键。她坚持牛海成应该去国资委或者教育局，既体面又有影响力。牛海成是一个闲不住的人，他更看重的是单位提供的职位有没有他的用武之地。夫妻俩商量来商量去，谁也说服不了谁，最后牛海成突发奇想，决定抓阄定乾坤。虽然柳青青觉得丈夫的想法太奇葩，但既然牛海成不愿意听她的，那她也决计不听他的，索性交给老天爷吧！

　　牛海成把各个单位的名称写在小纸片上，把纸片团成纸团，再把一堆纸团放在一只碗里，摇骰子一样摇了几回再放到桌上。牛海成从中拣出一个小纸团打开，是"林业局"。柳青青问："林业局你也去吗？"牛海成不说话，脸色凝重。夫妻俩会意，决定再抓一次。这次牛海成闭着眼睛从纸团里挑出一个，递给柳青青说："就这个了，天命难违。"自从脱下了军装，牛海成把很多东西都看淡了，"抓阄定命运"的事情，他干得出来。柳青青却紧张得心脏扑通乱跳，久久地捏着纸团。这个小纸团将决定牛海成后半辈子的人生走向，也左右着他们这个小家庭的幸福指数。

"打开呀！"牛海成不耐烦地催促。

柳青青打开纸团定睛一看，大惊失色道："还是林业局！"

牛海成哈哈大笑："这可真是天意啦！"

柳青青气得把纸团子撒了个天女散花。

牛海成长期在军营摸爬滚打，在主官岗位上久经历练，称得上见多识广，阅人无数。可是去林业局报到的那天，他心里还是不由自主地有几分忐忑，全新的环境，陌生的领域，一时半会儿肯定难以适应。没想到，走进林业局办公室，第一眼见到的竟然是多年不见的战友李小妍。

世界很大，大到人海茫茫；世界又很小，小到不经意就能遇见。

牛海成很是惊喜："我这不是在做梦吧？有这么巧的事？我抓阄选的单位，怎么就冲着你来了？"

"现在知道谁是如来佛，谁是孙猴子了吧？"李小妍从电脑前走过来，笑容灿烂。

"嘿！我哪能跟孙猴子比，充其量不过是牛魔王。"

"在这里见面，真是缘分，握个手吧。"李小妍主动伸出手来。

牛海成把李小妍的纤纤玉手紧紧地攥在手里，禁不住心潮澎湃："真的没想到你在这儿工作，这哪里是组织的安排，完全就是上帝的美意嘛。"

李小妍的脸颊倏地腾起两朵红云。

有人从门外进来，李小妍从牛海成的粗糙大掌里抽出手来，主动上前介绍说："李副局长，这是我的战友牛团长，到咱们局报到来了。"

地方不分正副都叫局长，模糊一点就叫某局。但李小妍改不了在部队养成的习惯，依然喜欢丁是丁卯是卯。

被称作李副局长的男子叫李国友，是局里分管后勤的副局长，只见他满脸笑容道："欢迎欢迎，堂堂的特种团团长分配到我们林业局，这可是大材小用啊。"看来牛海成进林业局的事，在局领导中间早就传开了。

李小妍抢在牛海成之前开了腔："李副局长，你知道特种团团长是干什么的吗？"

看到李小妍主动秀"战友情"，牛海成领会到了其中的微妙，于是没有吱声。

李国友的回答明显带有几分嘲弄："特种团团长就是特别有种呗。"说完还上下打量了牛海成虎背熊腰的身板。

这话听起来别扭。牛海成心想，第一次见面，这人就阴阳怪气的。

李小妍当然也听出了李国友话里的挑衅意味，索性来个心理威慑："特种团的人都要会散打、武术、军事五项、野外生存、空中跳伞、深海潜水等，俗称'空中雄鹰''海上蛟龙''陆上猛虎'。团长得是这里面各项都拔尖的，光是嘴炮可没有人服气。"话说到最后，带了点敲山震虎的意味。

李国友果然被镇住了，睁大眼睛想从牛海成的神色里找到答案，可牛海成显然是默认了李小妍的介绍，连一点谦虚的表示都没有。

李国友的口气里多了一些意味："小李对牛副局长这么熟，真的是战友哇。"

牛海成露出几分不屑："当然是战友了。当年我们一起上山下海搞过军事演习，那可是过命的交情。"

李国友惊讶得嘴巴不由自主地成了"O"字形。

牛海成这话说得倒也不算夸张。

当时牛海成参加登陆演习时从山上滚落，连夜从岛上转运到海军医院，上肢和两腿都上了夹板，吃喝拉撒完全不能自理，就连大小便都要护士协助完成。牛海成不想让妻子担心，思虑再三，向医院申请要一名男护士护理他。医院没有男护士，派了一位合同制女护士照管他。牛海成本来就特别难为情，加之合同制护士态度又不好，两人之间的矛盾也就越来越大。为了少看护士的脸色，牛海成经常饿着肚子，不敢吃饱饭，尽量少喝水，人很快就瘦脱了形。医院领导很是着急，正在领导抓耳挠腮之际，李小妍主动请缨，要求接管护理牛海成的工作。

牛海成打听到的消息是，李小妍的父母都是军人，她本人毕业于军校高级护理班，还是医院出名的美女。

这样一位漂亮的"娇小姐"能行吗？不光牛海成心里打鼓，医院领导心里也同样没底。

李小妍接岗的第一句话就石破天惊："牛团长，憋着了吧？是大的还是小的？"

牛海成足足看了她一分钟，确认她脸上没有敌意也没有嘲讽，这才鼓足勇气说："你行吗，这活？"

李小妍哈哈大笑："这活我很在行，您放心。"

牛海成脸上腾地红了："当然是小的。"声音小得连他自己都听不清。

"大小我都管呀。"李小妍说完就大大方方把手伸进牛海成的被子里，替他解开裤子。

牛海成不敢正视李小妍，而李小妍却是轻车熟路有条不紊，捏着他的下体，像掐着一截香肠一样地坦然。

憋了许久的尿意一朝消散，牛海成身体舒坦，脸上却窘态毕露。李小妍提着尿壶，看着他的眼睛认真说道："牛团长，您别介意。咱们是医患关系，病人在医生护士面前没有性别，您别想多了啊。"

这以后，李小妍把牛海成的吃喝拉撒照顾得妥妥帖帖，这让牛海成感觉她简直比自己的老婆还要贴心，心里有一种说不清道不明的感觉。牛海成出院后，两人虽然都在一个军区，但都忙自己的事，鲜少联系，牛海成甚至不知道李小妍转业进了林业局。

这次意外重逢，牛海成百感交集，热情开朗的李小妍，给了他前所未有的真实感和亲近感。两人配合默契地同李国友周旋了一个回合，李小妍主动地拉着牛海成的手臂，对李国友说："我先带牛团长去人事科报到，再去跟局长见个面。"说话间，递给了牛海成一个眼神。

牛海成知道李小妍是在敷衍李国友，便不动声色地跟着她走了出去。

李小妍带牛海成进了局长办公室。局长叫叶子青，是东北林业大学的林学博士，半年前作为林业人才交流到花城任林业局局长。叶子青非常热情，问起牛海成在部队的情况，好像记者采访英模一样，搞得牛海成反而不好意思，一个劲地谦虚自嘲。末了，叶子青客气地说："牛团长，你是第一个主动要求进我们林业局的正团职干部，你在部队获得了这么多荣誉，能来我们局里工作，这是我们林业局的荣幸，有什么要求尽管跟我说，找我找小妍都没问题。小妍是你的战友，而且负责协调局领导的工作安排、会务保障和其他一些重要活动。她办事，你可以放心。"然后，他亲自领着牛海成和李小妍，去看局里为牛海成准备的办公室。

局里为牛海成准备的办公室整洁干净，各样办公用品齐全，同局长办公室一样的规格，就连桌上的摆设、墙上的挂件都差不多，显然，这里面有叶子青的指示和心意。牛海成自然是见过不少世面的人，但此刻还是有点儿受宠若惊。

看完办公室，叶子青又领着牛海成跟其他几位副局长见面。叶子青介绍牛海成的时候，老熟人一样把牛海成好一顿夸奖。副局长们看起来热情，但多半都是做应景文章，叶子青对牛海成在部队的英雄事迹津津乐道，副局长们只是哈哈一笑。一看就知道，尽管是一局之长，叶子青同样势单力薄。他看了牛海成的档案，如获至宝，认定牛海成这样的转业干部，很快就能胜任工作。叶子青来林业局半年多了，当务之急是想尽快找到自己的得力助手。

牛海成就这样走马上任，当了林业局副局长，分管森林公安、森林防火、林政稽查。这么多政府机关单位，靠抓阄选了林业局，说出来谁都不信，牛海成潜意识里有一份心灰意冷，想过清静日子。初来乍到，他就看出了局领导之间的微妙关系，心里突然有些小小的不安。唯一让他开心的是遇到了李小妍，仿佛水中浮萍遇到了一片绿洲。也是造化弄人，八年正团十个功，等来的却是一纸转业命令。

命运令人沮丧，缘分带来惊喜。

牛海成正神思遐想，李小妍敲了敲半掩半开的门。牛海成马上挺直腰杆。

李小妍进门，径直来到办公桌前，面带微笑说："牛副局长，这份文件请你传阅。"

牛海成好奇："有什么文件需要我传阅？"心想屁股还没坐热呢，文件就来了。

李小妍笑笑，说："你现在是牛副局长了，但凡以后局领导传阅的文件你都要传阅。"

牛海成"噢"一声，接过文件夹，瞄了几眼文件内容，从桌上的笔筒里挑出一支签字笔，随手签下自己的名字和年月日，然后把文件推给李小妍。

李小妍提醒道："你不签意见啊？"

牛海成抬头看她一眼："第一天上班就让我拿意见，把我当傻子呀。"

李小妍解释："这份文件不同，局长特意签了'海成阅办'，等会儿局长还会征求你的意见。"

牛海成盯着李小妍看，没说话。

李小妍不耐烦了："文件你不好好看，老看我干吗?"

牛海成哈哈笑起来："你比文件好看啊!"

李小妍自然知道他在开玩笑，顿了顿还是决定提醒他："这份文件还是要仔细看的，和你有关系呢。"

牛海成不以为意："我知道，不就是省里要求加大打击盗伐、走私力度，局里要成立一个巡查破案小组，局长想让我当组长嘛!"

李小妍脸上显出几分惊奇。

牛海成继续说："你说我这才来一天，就给个组长当，到底是信任，还是挖了个坑?"

"等会儿局长要是征求你的意见，你怎么说?"

"征求我意见我就实话实说，非得让我干，我也不能认怂。咱们都是经历过'南征北战'的人，还有什么过不去的坎吗? 局长也是为他自己，他一个外来人，需要找个帮手。这都守株待兔多长时间啦，谁叫咱不长眼撞在了他这棵树上。"特种团驻扎在南部战区，每到冬天都要到北方寒区野营拉练，"南征北战"成了特种团官兵的口头禅。

李小妍由衷感叹："牛副局长就是牛副局长!"

牛海成突然想起什么，认真地说："不过，要我干组长，我还有个条件。"

李小妍好奇："你刚来就敢提条件?"

牛海成说："我的条件合情合理，让你当我的助手。"

李小妍认真起来："牛副局长，你别拿我开玩笑啊。"

牛海成也收了笑意："我没开玩笑，让你当我助手委屈你了吗?"

李小妍不置可否，拿起桌上的文件逃也似的走掉了。

在林业局，牛海成人生地不熟，两眼一抹黑，他需要李小妍的帮助，而且凭直觉，他觉得也只有李小妍才是最信得过的人。

当年，牛海成那次伤愈出院后，诚心诚意邀请李小妍吃饭以表感谢，李小妍好不容易才同意。牛海成就琢磨，去大排档，太怠慢；去星级大酒店，又太破费，还怕碰到熟人。最后约定了去一家新开的"佳人有约"酒吧。

牛海成叫服务员安排了卡座，刚刚坐下来等李小妍，刘佳突然出现在面前。刘佳是他多年不见的初恋情人，也是这家酒吧的老板。更让牛海成郁闷的是，刘佳两个月前才刚刚盘下这家酒吧，挑来挑去最终还是撞在了枪口上。

刘佳是牛海成的战友，当年一同在新兵连摸爬滚打半年后，牛海成下了连队，刘佳进了通信总站。凭着甜美的外形，加之她当时弹奏钢琴的水准已经不低，刘佳不久就被招进舰队文工团。这期间刘佳师从钢琴大师刘诗昆，更是把钢琴弹得炉火纯青。后来文工团解散，刘佳被安排退役，直接在当地安家落户，在艺校做起了钢琴老师。当年在新兵连的时候，两人一见如故，后来牛海成从学校出来提了干，都准备向刘佳求婚了，可没想到遭到了牛海成父母的坚决反对。父母还是抱定老旧的观念，认定"唱戏"的漂亮姑娘不懂持家之道。父母采用双管齐下的办法，一面打阻击战，一面打攻心战，不失时机地把柳青青推到了牛海成的面前。柳青青也是美女一枚，还比刘佳年轻几岁，有稳定的工作，有大把的时间跟牛海成培养感情。总之，趁着牛海成防线稍稍松动，柳青青就毅然决然地投入了牛海成的怀抱。

当时刘佳见了牛海成，不免冷嘲热讽。得知牛海成是要答谢护理他的女护士，又见到悉心装扮一番的李小妍，刘佳格外热情，亲自为他们配酒点菜。牛海成记得当时刘佳在主菜之外，还配了几碟新鲜时蔬，红黄蓝绿，色香味俱全。主菜是一份法式鹅肝、一份神户牛排，都是按位上，再加上一盘清蒸海鱼，权当是情侣套餐。还开了一瓶品相上佳的红酒，整个氛围就出来了。

二人酒至半酣，刘佳过来敬酒，又要经理加了几个小菜，还专门给李小妍送来一盅雪蛤，说是雪蛤养颜美容。牛海成心里打鼓，可刘佳却把牛海成当成空气一样，倒是敬酒的时候没忘让牛海成作陪，句句话都说得无懈可击，把李小妍当成了自己的闺密。三个人一杯接一杯，李小妍自然不傻，她早就觉察到了刘佳和牛海成之间的异样，却还是神色如常地和刘佳推杯换盏。

吃完饭结账的时候，牛海成已经醉意蒙眬。看到刘佳让餐厅经理打出来的账单，牛海成一下子傻了眼，冷汗从脊背哗哗往下淌——那账单的金额足足可以花去牛海成半年的工资，他钱包里根本没带这么多钱。关键时刻刘佳说话了："牛团长大场面应酬惯了，不带够钱很正常。虽然我这儿是小本买卖，但是牛团长和我妹妹今天兴致这么好，这单就免了，算我刘佳请客！不过……"

"不过什么？"牛海成心虚地看着刘佳，不知道她要弄什么幺蛾子。

刘佳不说话，只是张开双臂。牛海成熟悉她这个动作，她是想在李小妍面前和他秀亲密。牛海成的脸腾地变成了猪肝色。"先签单，明天我来结账。"牛海成说得心虚气短。

李小妍见状，从小挎包掏出一张卡来，说："真是巧了，今天刚好去银行存了这个月的工资和奖金，牛团长先把账结了，我还有点事，先回去了，谢谢牛团长和刘姐的热情款待。"牛海成还在犹豫中，李小妍就把工资卡塞进他的手里匆匆离开了。

一看李小妍走出了门，刘佳没有拥抱牛海成，而是把脸贴在他的耳朵上狠狠地说:"吃着碗里看着锅里,我今天是为柳青青打抱不平,那价格是我叫经理打的,涨了二十倍。这顿饭我请,没让你在那个大美女面前人模狗样,值了。"牛海成听了,一颗感恩的心碎了一地。第二天他把工资卡还给了李小妍,从此无颜再见李小妍。

今天与李小妍意外相逢,对牛海成来说,就像一个在黑暗里摸索的人突然见到了光明一样,让他对林业局的感觉一下子好了很多。

变　化

第　三　章

　　果然，叶子青很快就打电话过来，征求牛海成的意见。牛海成早就成竹在胸，还真把让李小妍给他当助手的条件提了出来，叶子青居然是满口答应。

　　不仅如此，叶子青还给牛海成放了几天假，理由是，提前把当年的假休完，然后一鼓作气地工作，这样容易进入角色。牛海成想了想，既然局里有这个惯例，他也不能坏了规矩。按惯例是十五天假期，但他跟叶子青表态，他只休五天假就够了。牛海成想的是，抓阄进林业局的事，柳青青心里的疙瘩还在，正好利用这五天假期好好表现，把夫妻关系恢复到"冷战"前的水平。

　　临下班的时候，牛海成接到妻子柳青青的电话，让他晚上务必回家吃饭。牛海成想这算是正想瞌睡了就遇着枕头，又惊又喜，忙问有什么事，柳青青说："你自己想想吧。"牛海成心里没底，便嬉皮笑脸地问："到底什么事，老婆能不能先剧透一下？"柳青青甩下一句"想不起来就算了"便挂了电话，搞得牛海成心里头七上八下，不知道自己又做错了什么事得罪了柳青青。

进家门的时候，牛海成看到柳青青满面春风，还破例穿了紧身低胸吊带装。想想从前，柳青青在家里要么是针织睡衣，要么是短袖衬衣配大裤衩子。牛海成一脸诧异，把手提包扔在客厅的沙发上，上下打量柳青青："我以为走错门了！这才几天不见，我媳妇都快赶上当红女明星了。"

"没见过美女呀？大惊小怪的！"

"今天什么日子？怎么还弄出这么一大桌子菜来？"

"你真的一点也想不起来了吗？"柳青青满脸失望，这回是真的生气了。

牛海成皱紧眉头使劲在脑子里搜索，终于一拍大腿，满脸愧疚地说："对不起！真对不起！老婆，你看我把咱们结婚周年纪念日都给忘了，这可是我人生中最最美好的一个日子，十五年前的今天，我牛海成欢天喜地抱得美人归。胆敢忘掉这个伟大的日子，我甘愿受罚，你说怎么罚都行。"然后把脑袋凑过去，指着自己的脑门，"来来，就照这儿打，好好解解恨。"

柳青青这才转怒为喜，嗲嗲地说："转眼跟你结婚都十五年了，过的都是些什么日子，你说。"

牛海成把柳青青紧紧地搂在怀里："嫌咱日子过得不好啊？那咱们以后一定得好好过日子。"牛海成故意把"日"字说成重音，柳青青直翻白眼，对牛海成连打带骂："当兵的就是粗鲁。"牛海成："说得对，咱就是粗，豆芽菜谁稀罕呀？"

因为抓阄进的林业局，柳青青耿耿于怀，夫妻俩别别扭扭都一个多月了。眼下柳青青主动示好，牛海成当然要顺坡下驴。想起十五年的婚姻，之前都是天各一方，光阴荏苒，牛海成禁不住心潮澎湃，新婚之夜的情景仿佛就在昨天。现在牛海成身体依然壮硕，柳青青也是正值虎狼之年，女儿又住校没有回家。这样的环境，两人便没有了顾忌，如暴风骤雨般，久旱逢甘霖。一个回合下来，夫妻二人意犹未尽，却又心有默契：既然是十五周年纪念，自然要把好戏放在后头。于是乎，匆匆洗浴，收拾利落之后，带着鏖战方酣的余味，添酒回灯重开宴。没想到，刚刚斟了两杯红酒，突然门锁转动，咔嚓一声，门开了。夫妻俩大惊失色，却又不约而同地暗自庆幸，好在"肉搏战"及时收场，否则，真要在女儿面前丢人了。

女儿海娃从学校回来了，带着她的同学，回家拿五线谱，说是要参加学校的演出。看到满桌子的硬菜，女儿兴奋地尖叫："爸，妈，你们怎么知道我要回来？这么多好菜！哇——"

夫妻俩尚在惊魂未定之中，神色不免有些尴尬。看到手舞足蹈的女儿，两人马上换了表情，心中的欲望便像刚刚退潮的海，神情举止随即回到严父慈母的角色上来。

"怎么不知道你要回来？你不是发朋友圈了吗？你以为我们傻呀！"柳青青急中生智，把海娃糊弄过去了。

海娃顺势向同学炫耀："马悦悦，你看我妈厉害不，都快赶上明星大侦探了，什么事都瞒不过她。"

牛海成提醒柳青青："赶紧给孩子们拿碗筷呀。"

柳青青这才忙不迭地招呼海娃和马悦悦入席。

柳青青几乎是手忙脚乱地给海娃和马悦悦加了碗筷，添了两只红酒杯，斟上了橙汁。

海娃并不着急吃饭，一边一脸嘚瑟地拍照，准备把这一桌美味大餐分享到微信朋友圈，一边还娇滴滴地问："你们老两口在家这样大摆筵席，总不会是单单为了迎接我和马悦悦吧？今天到底是什么好日子？"

既然被看破，柳青青也不再隐瞒："算你还有点眼力见儿，今天是我和你爸结婚十五周年纪念，也顺便犒劳一下你们。"

海娃和马悦悦哇哇惊叹，轮番向牛海成和柳青青敬酒。趁着大家还没动筷子，海娃左手挽着牛海成，右手挽着柳青青，叫马悦悦用手机拍了一张全家福。一会儿，这张十五周年结婚纪念照，很快就出现在海娃的微信朋友圈里，还配上了海娃写的一段俏皮话："十五年前的今天，白天鹅被黑马王子逮个正着，然后招来了海娃公主，组成幸福吉祥的一家。"

牛海成看了心生感动，柳青青则是喜极而泣。

吃完饭，海娃和马悦悦回了学校，牛海成和柳青青继续未完的"功课"。那一晚柳青青要了几次，一次比一次疯狂，弄得牛海成心里都不踏实了：这么多年的分居，她是怎么熬过来的？其实牛海成想多了，直到牛海成有心无力的时候，柳青青才没心没肺地道出了实情：

"单位同事在一起聊天，大家都说平时不把老公喂饱，老公必定会在外面拈花惹草，是这样吗，老公？"

柳青青的话出其不意，牛海成暗自一惊，大声道："狗屁道理，我们分居了这么多年，我不照样守身如玉吗？"

柳青青差点笑岔了气："老公你也配说守身如玉，你不就是块石头吗？除了我还有谁稀罕。"说完翻身下床，光着身子到洗漱间洗浴去了。

牛海成一觉醒来，已是日上三竿。他赶紧起床洗漱，然后走到阳台，开窗，扭腰踢腿，伸展筋骨。清新的空气扑面而来。新单位的局长待他如此周到，不光把办公室准备得舒适妥帖，还让他提前把年假休了。问起同批相同条件的转业干部，谁都没有这样的待遇。牛海成就觉得这次抓阄选单位是歪打正着撞了大运，柳青青听了也没有了脾气。

想到过去的十五年自己扎根部队，家里家外全靠柳青青一人支撑，他暗下决心，要在这五天的假期里当好模范丈夫，洗衣拖地，买菜做饭，让柳青青扎扎实实享受一回衣来伸手饭来张口的美好生活。

当特种团团长的时候，每次带队到一个地方驻训，他都要虚心请教当地的厨师，学会做一道地道的本地菜。这么多年下来，粤菜、川菜、鲁菜、东北菜、江浙菜……他都能做得有模有样，其中又以粤菜最拿手，尤其擅长做海鲜和河鲜。有闲情的时候，他还会花时间把菜品做成各种造型，比如雄鸡报晓、孔雀开屏、翠竹报春，再不济也会把鸡鸭鱼拼个形出来。这五天，牛海成使出了浑身解数，天天好饭好菜，顿顿花样翻新，吃得柳青青赞不绝口，心里美滋滋的。每天下班回家之后，她先是美美地享受一番美食，然后象征性地看一会儿娱乐节目，就到洗手间里去捯饬自己了。等到牛海成把残羹剩饭杯盘碗盏连同自己一起收拾利索后，站在他面前的已是一个风情万种、香气袭人的柳青青。夫妻俩仿佛又回到了如胶似漆的热恋时光。

休完五天假，牛海成正式上班。不承想，才几天的工夫，局里的情况有了变化。

叶子青让牛海成组建巡查组的想法还没来得及落实，就接到了到外地参加领导干部培训班的通知。叶子青这一去就是三个月，局里的工作暂时交由任职时间最长的副局长李国友主持。

李国友把李小妍支使得团团转，从接待到会务文件整理，从信访意见反馈到机关食堂整治，但凡琐碎的事儿全都归到李小妍那边，李小妍里里外外忙得像陀螺。局长这一走，成立巡查组的工作暂停，牛海成一下子成了闲人。好在转业到花城的战友不少，如同繁星点点，散布在各行各业。牛海成经常接到战友打来的电话，倒是少了许多寂寞。

这天，在办公室里闲了几天的牛海成正想到楼下转转透透气，突然接到了焦利忠的电话。焦利忠是他在特种团时的老部下，早几年就转业到市公安局，现在已经成了局里的骨干。公安局忙得飞起，焦利忠竟然在上班时间打来电话，让牛海成很是意外。

"团长，你到林业局上班了？"焦利忠还是以前的风格，说话不疾不徐。

"是啊，休了五天假，上班才几天，椅子还没坐热乎。你消息很灵通嘛。"

"特种团团长进林业局，简直是大材小用！"

"我还觉得这点'材'不够用呢，你小子还是这么会说话。"焦利忠当年在团政治处当干事，文字功夫好，沟通能力也强，一心想当特战营营长或是教导员，牛海成同意，可团政委不放人，结果职务没调上去就转业了。

焦利忠没话找话："当了林业局领导，工作一定很忙吧？"这真是哪壶不开提哪壶。

牛海成直说："副局长，忙个球，在办公室里闲得蛋疼，我都想着要出去跑步了。"顿了顿，问焦利忠，"你怎么样？"

焦利忠在特种团的时候，牛海成是团长，他是副营职干事。尽管牛海成喜欢跟部下混在一起不分上下，但在部队里上下级关系分明，下级跟上级领导说话都是小心谨慎的。现在都成了转业干部，焦利忠逐渐成长为单位骨干，牛海成又还是嬉笑怒骂的风格，焦利忠这才放了胆子，把自己的想法和盘托出。

焦利忠拐弯抹角说了老半天，牛海成才听明白。原来是市公安局当前正在布局一项重大"打黑行动"，想派人去卧底，花城市副市长、市公安局局长刘恺正在全市遴选人员，却一直没找到合适的人选。焦利忠想推荐牛海成去当这个卧底。

牛海成半天没吱声。

卧底虽然危险，但凭着自己多年在部队的训练和积累，对付几个黑帮混混应该不成问题。再一想，自己还年轻，总不能天天窝在办公室里浑浑噩噩过后半辈子。宁为百夫长，胜作一书生。牙一咬，心一横，牛海成决定接下这桩难干的活。

焦利忠以为没戏了，正在电话那头尴尬地笑着，却听见牛海成说道："你小子几年不见长进了，敢给老子派活了——还是一桩难弄的活。不过，真得感谢你，这种事还能想到老团长，说明当年我在大家的心目中不是孬种。"

焦利忠反应过来，大喜过望："团长，你同意了？我也就是试试，没想到你还是有当年的那股冲劲。团长你放心，我已经做过几次卧底，你要是来了，我继续当好你的兵。"

市公安局的领导听了焦利忠的推荐，一致认为牛海成就是执行这次卧底任务的最佳人选：第一，牛海成是特种团团长出身，身手不凡，徒手对付几个人绰绰有余；第二，牛海成不是警方的人，与黑社会没有打过交道，身份比较隐蔽；第三，牛海成会本地土话，行动起来更为方便。

牛海成到市公安局报到那天，市公安局的局长刘恺亲自向牛海成说明情况：这次"打黑行动"非比寻常，据初步调查，花城有个黑社会团伙，开设赌场，放高利贷，强迫交易，涉嫌故意伤害、敲诈勒索等违法犯罪活动。花城的沿江路、火车站和中心城区都有他们活动的轨迹，可一直抓不到现行，以致该团伙的核心人物和骨干成员长期逍遥法外。

刘恺对牛海成说："任务非常艰巨，也很危险，你现在后悔还来得及。"

牛海成神色淡然地说道："我就是知道任务艰巨才来的。"

刘恺看牛海成一眼，说："好！"

刘恺是花城本地成长的干部，已经在局长岗位上工作了两年。这两年，刘恺为花城的治安做了几件大事，接连端掉了边远城区的几个黑社会团伙，组织侦破了两起抢劫杀人案件。这次"打黑行动"的重要目标是锤帮，是刘恺任职以来感到最难啃的一块骨头。

刘恺告诉牛海成，他的具体任务是摸清锤帮的底细，任务中只与市局刑警大队的大队长吕威和他指定的对接人保持单线联系，遇到紧急情况时也可直接向刘恺报告。

刘恺郑重地说："这个团伙组织势力非同一般，我们有一个刑警在外围调查时就被打成了重伤。牛局，你的情况我们都了解，是名副其实的特战精英。倘若你最后决定接受这个任务，我就叫吕威把具体情况向你好好汇报。"

牛海成更干脆："刘局长，那我就直接跟吕威对接吧。"

刘恺用力握住牛海成的手说："我们随时联系。"

吕威是个身材瘦削的中年人，长得一点也不威风，瘦马一样。他见到牛海成像见到救星一样，又是上茶，又是敬烟。

牛海成屁股还没落座，吕威就开始诉苦："牛局您终于来了，我这刑警队已经拉不开栓了，局长光知道给我压任务，也不管我能挑多重的担子——城中村、车站、码头和重要路段都要求我们过一遍，查隐患，找线索，这么大的一个城市，我这刑警队才多少人？简直就是杯水车薪！我又没有三头六臂，总得容我喘口气吧！您看，我这才刚刚从王村撤回来。"

牛海成呷着茶，听吕威一个劲儿地抱怨，并不插话。

吕威终于转回了正题："牛局您来了，我算是遇到救星了，先向您汇报一下锤帮黑社会团伙的情况吧。"

吕威介绍说，锤帮长期活跃在花城的沿江路和火车站一带，他们有着非常严密的组织架构，有自己的联络方式，是花城规模最大的黑帮——有一次黑帮火并，锤帮竟然有几十人参与。据说，锤帮十多年前就成立了，开始是小打小闹，后来通过强买强卖、敲诈勒索、设卡收费等手段，先是控制了沿江路一带的花市买卖，随后又不断扩大势力范围，控制了火车站区域餐馆酒家的海鲜进货渠道，还用暴力打压对手，故意寻衅滋事，强迫竞争对手退出市场，从而垄断经营，攫取了大量的财富。锤帮现在公开经营酒吧、餐馆、棋牌室，背地里则私设赌场，暗中从事黄赌毒活动，以牟取暴利。为保证敛财需要，他们以招募保安人员为名，壮大锤帮实力。

吕威点了一支烟，抽了一口，不无担忧地说："现在的问题是，锤帮控制的餐馆、酒吧和娱乐场所都有合法的运营资质。根据举报，我们警方有针对性地抓捕过多次，结果只抓到些'小鱼小虾'。有几次黑帮火并，明明都有锤帮的影子，可查到最后都只能定性成街头混战。现在锤帮的黑老大根本不出面，有什么事直接让手下人摆平，所以才这么嚣张。"吕威说完，定睛看向牛海成，等待他的反应。

牛海成笑了："吕队长这么一说，锤帮还挺能耐的，神龙见首不见尾，警方都逮不着，我能做什么？"

吕威一脸惭愧地说："正是因为锤帮黑老大行踪诡秘，找不到和他相关的直接证据，所以抓捕难度才那么大。要想捣毁这个团伙，还得请牛局长牵头，我们全力配合。"

吕威绕了这么大弯子，都没有直接提出他的诉求，就是怕牛海成一口拒绝或讨价还价。这也难怪，吕威不了解牛海成的经历秉性。其实，这任务差不多就是牛海成自己找的，在他的认知里，打击黑恶势力俨然就是军旅人生的延续。军中百炼钢，一定要用在刀刃上——这是海军首长对特种团的训词。现在他想起这句话，认定自己这点本事如果用在打击黑恶势力专项任务上，总比整天闲坐在办公室里强。

牛海成不想让吕威为难，爽快说道："不入虎穴，焉得虎子，我就当一回新时期的杨子荣，但麻烦吕队长挑两名精干警员配合，随时接应我的行动。"

顿了顿，牛海成突然想起了焦利忠，又改口道："如果没有合适的，我自己找也行。"

"牛局您真是太替我们着想了，如果您自己有合适的人选那就更好了，由您自己定。您还有什么要求尽管吩咐!"

牛海成想了想,说:"那就给我准备一个假身份证吧,年龄写35岁,地址选在本省偏远农村。再配一台老式手机,只具备通话和发信息功能就行,如果有特殊功能更好。这两件东西什么时候备好,我什么时候上岗。"

吕威两个脚跟一碰立正道:"没问题,牛局!"

出　猎

第　四　章

　　按照市公安局的纪律要求，牛海成接受卧底任务后需要严格保密，即使是家人问起，也只能说是执行任务。执行任务期间，不能与家人见面。牛海成对柳青青含糊其词，只说接受了上级安排的任务，相当于部队的演习，半年后才能回家。柳青青早就习惯了他行踪不定的日子，没往别处想，轻描淡写说了一句："年轻的时候都能分隔两地，现在分个半年不算什么。你该干啥干啥，你放心，家里不会拖你的后腿。"

　　有了柳青青这句话，牛海成便放下心来，集中精力筹划卧底的事。

　　市公安局也知会了林业局，电话打给了主持工作的李国友，说是要借调牛海成到市局协助工作一段时间。李国友听了，满口答应，说："没问题，贵局尽管借用，反正他是刚分到我们局的转业干部，业务也不熟。"

　　林业局还没有几个人认识牛海成，只有李小妍注意到了牛海成没来上班，每天都跑到牛海成办公室门口打探，问谁都说不清楚，最后问到了李国友那里。

李国友冷笑说："牛副局长去市公安局帮工了，这么大的事他也不告诉你吗？你们不是亲密战友吗？"

李小妍说："那说不定是执行重大任务，不能随便说的。你没当过兵，也没当过警察，说了你也不懂。"

一句话把李国友当场噎住。

刘恺给了牛海成三个月到半年的时间。牛海成觉得这个时间应该很宽裕了，他从吕威的办公室出来，直接进了焦利忠的办公室。

焦利忠没有明确的领导职务，套的是一级警督，相当于正科。他做过几次卧底，破获了几个小打小闹的黑社会团伙，做卧底对他来说，算得上是驾轻就熟了。知道牛海成要来见吕威，焦利忠早早就把自己的徒弟刘海叫过来了，在办公室等候与牛海成见面。这份默契，是在部队反复演习中培养出来的。不用说，焦利忠和刘海成了牛海成的助手。三个人当即商量了几套方案。牛海成没做过卧底，焦利忠让刘海利用这段时间和牛海成"切磋切磋"跟踪术和化装术。这是焦利忠照顾牛海成面子了，明明是传授，却说成"切磋"。

牛海成很谦虚："我好好向小刘讨教讨教，千万别藏私啊。"

焦利忠对刘海说："你可是学侦查专业的，得好好地露一手。"

刘海有些不好意思："公安情报学里也没有跟踪术，我只是在学校里跟我的老师一起稍微探讨过。从专业上说，这已经算是跨界了，这应该是安全局的业务范围。"

牛海成鼓励道："科班出身不一样，你尽管说。"

刘海与焦利忠是师徒关系，牛海成又是特种团团长出身，刘海说起来就更加字斟句酌："跟踪术和反跟踪术是同一个课题，有跟踪就有反跟踪，追捕罪犯需要跟踪，卧底可能更需要反跟踪。"

牛海成听得认真。

刘海继续调动脑子里的库存知识："跟踪首先是要记住对方的一切特征，而且务必在脑子里做最简单形象的归纳，这也是强化记忆的方法，比如秃顶、上身蓝夹克、下身条纹裤等，这种印象要变成语言存入脑子。进入建筑物后要弄清重要出口，如果条件允许，尤其要尽快弄清有没有秘道和后门。要是在公共交通工具上，一定要把守在车门处，这样对方下车逃跑或者跳窗逃跑时才可以及时跟上去。长途跟踪最好备有简易易容工具，口袋里准备适量干粮，比如巧克力、糖块甚至是面包等。如有时间和机会第一件事是上厕所，保持身体轻快。要善用建筑物、招牌、电线杆、路树等躲避对方视线。穿软鞋，避免跟踪时发出脚步声。相机要随时备用，找机会拍摄对方的动作，留下影像，以加深印象或采集证据。"

说到这里，刘海喝了一口水，抬眼看到牛海成和焦利忠都聚精会神，一声不响，于是接着讲："反跟踪就更复杂了。如果是在街道上发现有人跟踪，马上改变路线，挑人多的地方，比如商场、超市，还有迷宫一样的小巷子，这样才容易甩掉'尾巴'。如果是急于摆脱跟踪，往往是突然停下，或者装着和人打招呼，转身面向跟踪者，在跟踪者躲避之际，尽快脱离对方视线。最好常备便于携带的手镜，这样可以及时观察身后情况，趁机脱身。实在甩不掉'尾巴'，可以故意弄翻街道上的摊点、货架、箱柜之类物件，造成混乱局面，趁机脱身。如果有助手，那就尽量形成'螳螂捕蝉，黄雀在后'的格局。如果对方是多人跟踪，即使你停下或突然转身时，对方也不避让，那就说明到了摊牌的时刻，这个时候，必须做好决战准备。"

说完，刘海拿过一本书，拿出一面嵌在书里的手镜，说只要把这面手镜举到与眼睛平齐的高度，距离约10厘米处，即可对后面的情况一览无余。这面手镜是一面凸面镜，上面标明了聚焦点和上下左右顺序，牛海成拿在手里试了试，果然好用。

焦利忠笑着表扬："刘海，你讲得不错嘛！"

牛海成也真心赞扬道："小刘讲得很好，而且应该都是自己的实践成果，很实用。我先消化消化，看看怎么把这些技巧用在实战上。"

他把那面手镜递还给刘海，刘海却把手镜按到牛海成手里，说："牛局长，这个给您了，您用得着。"

随后的几天里，牛海成和焦利忠、刘海一起研究卧底的技术细节，重点练习了化装术。刘海专门为牛海成准备了几副面具，这些面具薄如蝉翼，坚韧耐用，还便于随身携带。等到牛海成和焦利忠都觉得准备得差不多的时候，吕威也把牛海成的新身份证送来了，牛海成的卧底任务很快进入实战阶段。

吕威想得很周到，他为牛海成做了几个身份证，有本省边远农村的，有中部某个省的，还有花城的，年龄按照牛海成的要求改成了35岁，以备关键时刻用。这些身份证在公安局都有登记，任务结束之后才按规定注销。

既然锤帮常年活跃在火车站和沿江路一带，牛海成的卧底生活就从火车站开始。他先在火车站附近仔细观察了两天，才照着车站临时搬运工的样子置办了一身行头。为了逼真，他故意不修边幅，衣服弄得灰扑扑的，头发蓬乱，胡子拉碴，每天一大早就到车站附近，看到拎着大包小包的旅客就上前揽客。

一日三餐牛海成都在车站附近的大排档吃，为的是接触各式各样的人，打听各方面的消息。同时，周边的几家酒家和歌舞厅也是他关注的重点。

几天下来，牛海成竟然有点喜欢上了现在的这种生活，他跟其他打零工的没什么两样，定时上班，揽到活儿就干。没有活儿的时候，就在火车站的旅客进出通道附近溜达，有时候干脆找个地方坐下来，观察南来北往的旅客。他原来用的手机大部分时间都关机，只在晚上回住处之后查看一天的未接电话和信息。但他随身携带吕威配给他的新手机，二十四小时开机。这个手机号码只有刘恺、吕威、焦利忠和刘海知道，其他人一概不知，目的是确保牛海成的人身安全。

牛海成在车站打零工本来可以只做做样子，干多干少都无所谓，但他却总是一趟接着一趟揽活，好像家里正等米下锅一样。周围的人看他干活这么玩命，都以为他真是来自穷乡僻壤的农民工。

牛海成之所以这样做，一方面是因为演戏就要演全套，打零工就要有打零工的样，别人才会信他；另一方面，他觉得这打零工的生活也别有一番滋味，想好好体验一把。就像人的口味一样，吃山珍海味有吃山珍海味的美妙，吃萝卜白菜有吃萝卜白菜的舒爽。多年来，牛海成都处在组织的管理和约束之中，在规则和潜规则的夹缝中博弈。即使是在部属面前，也必须时时注意自身形象，讲究言谈举止。到了牛海成这样的级别，即使在不掌握核心权力的林业局，也能过上衣食无忧的幸福生活。而打零工的生活，则完全属于另一个世界，晴天一身汗，雨天一身泥，身处社会边缘，纵观人间百态。一朝成为粗茶淡饭自食其力的"自由人"，马上就远离了以往环境的纷争烦扰，生活变得简单规律，牛海成甚至希望这样劳力省心的日子能够持续更长一段时间。

当然，牛海成没忘记他是为了什么而来。他每天积极揽客，收费还比别人都要便宜。要知道，乞丐有丐帮，拉客的有拉客帮，就连捡拾垃圾的都要看牢自己的地盘呢。火车站是锤帮的势力范围，自己这个新人这么扎眼，愣头愣脑地闯进来，势必引起注意。也许是因为他的扮相太逼真的缘故，这一天很快就来了。

这天，牛海成吃腻了大排档的口味，便进了一家过桥米线连锁品牌店。牛海成点完早餐付完钱，正坐着等店家上餐的时候，一伙人也进了店。这伙人里面走出来一个大个子坐在了牛海成的对面，其他几个人则围着大个子坐下来。这时候时间还早，旁边许多空位，这帮人进来也不点餐，现在还把牛海成围了起来，一看就知道来者不善。

大个子坐得四平八稳之后，摆出一副老大的架势："伙计，干得挺欢嘛，新来的吧？"

没想到，猎物比猎人还心急。

牛海成不慌不忙地说道："是新来的。钱包被人偷了，回不了家，先在这儿打几天零工，等攒够了路费就回家。"

大个子一愣，随后发出一阵奸笑："钱包被人偷了，还能上这么好的店吃早餐？你挺能编嘛。"

果然是江湖上混的，还真不能小瞧了他们，牛海成慎重起来，说："再苦也不能苦了这张嘴，吃饱了才有力气扛活。"

大个子不吭声，拿眼扫一圈他的人，旁边的马仔就开始说话了："在这里揽活有这里的规矩，这是我们的老大，你得先拜码头才能开工。"

牛海成装出一副无奈的样子："怎么个拜码头法？我就打几天零工，打完就走，不懂这里的规矩呢。"

"打一天零工也得拜码头！"大个子的声音很响。

"怎么个拜法？还要举行仪式吗？"火车站这一带早就"名声"在外，三教九流，鱼龙混杂，牛海成不确定这伙人跟锤帮有没有关系，只好耐着性子跟他们周旋。

"屁话！给钱就行。"另一个马仔在旁边大声说道。

牛海成算是看明白了，这几个马仔是在轮流发声以示忠诚——越是这样，越说明他们几个是时聚时散的小混混。

牛海成苦着脸："要多少钱？"

"除了吃饭钱，头一个月挣来的钱全交。要不怎么叫拜码头呢？"果然又换了一个马仔插话。

牛海成佯装畏惧，从左边兜里掏出两张百元钞票，又从右边兜里掏出刚刚挣来的三十块钱，全放在桌上："都在这儿了。"

正说着，服务员把牛海成点的早餐送上来了。牛海成点的是套餐：一大碗热气腾腾、香味扑鼻的过桥米线，配了一碟小菜、两个餐包、两段油条。

牛海成接下服务员送上来的套餐，还没来得及从纸套中抽出筷子来，旁边的马仔就把餐盘划拉到了大个子面前。大个子看了看牛海成，嗤笑道："既然知道我是老大，你还敢先吃？"

这个时候，牛海成突然改变了主意。他把餐盘拖到了自己面前，用两个手指压着。大个子的马仔又想把餐盘划拉过去，结果餐盘纹丝不动。

大个子不禁一愣。顿了一下，他出手了，站起来冲牛海成直接就是一拳，他的几个马仔也站起来助威。牛海成坐着纹丝不动，大个子的拳头明明是直捣他的面门，却被他很轻松地躲避了过去，还顺势抽出了筷子握在手上，摆出要抵挡对方的样子。大个子以为他怕了，又是一拳打过去，却是不偏不倚地打在筷子尖上，自认为铁一般的拳头，被牛海成的筷子戳出两个血洞来。随着大个子的一声尖叫，牛海成踩住了他的右脚，扭住了他的双手按在后背上，露出了莫测高深的笑。

牛海成说："我这也算拜码头了吧？你是哪门子的老大，还不速速报上姓名？"

大个子不吭声。

牛海成踩准了对方脚背上的穴位，继续施力，疼得大个子龇牙咧嘴，旁边的几个马仔个个呆若木鸡，想跑不敢跑，想帮无力帮。

大个子终于撑不住，赶紧向牛海成求饶："大哥饶命，是我们有眼不识泰山。"

牛海成松开手，大个子便像一只麻袋一样被蹾在了地上，裤腿一下子被拉扯到膝盖上。大个子顾不上手臂疼痛，急忙把裤腿往下拉。就在这一刻，牛海成看到了他小腿上锤帮标志的文身。牛海成迅速扫了一眼那几个马仔，他们都是一身短打，小腿全露在外面，没有任何标志。接受卧底任务后，牛海成找吕威详细了解过车站一带的治安情况。显然，大个子和眼前的这几个马仔只是那种召之即来、挥之即去的松散关系。刚才还神气活现的几个小混混现在都像泄了气的皮球，一个个耷拉着脑袋，不敢正视牛海成一眼。

牛海成不动声色，叫服务员换一双筷子来。服务员显然已经把刚才的情况都看在了眼里，赶紧屁颠屁颠地送来筷子，还送上一份赠送的花生豆。牛海成跷着二郎腿，边吃边说："我不过就是个过路的，因为身无分文，要在这里打几天零工。你们几个这么横，真以为你们是这里的霸主了?"

大个子按住手上的伤口，不停地点头哈腰："谢谢大哥饶我一命，大哥你是公安便衣吧?"声音里充满恐惧。

牛海成鼻子里"哼"了一声，说："公安会在这里打零工? 瞎了你的狗眼。"

"是是! 我们瞎了眼。"几个混混在旁附和。

牛海成声色俱厉地命令道："去把你们的身份证复印给我!"

"大哥你不是过路的吗?"有个马仔战战兢兢地问。

"是过路的呀，这不都是你们逼的吗? 我现在还就不走了。"

既然人家技高一筹，那就只有俯首帖耳当孙子的命，大不了再换个地方混饭吃。大个子迟疑了一下，很不情愿地吩咐几个马仔复印身份证去了。有两个马仔没带身份证，也由大个子一并写下担保书，签字画押，要求以后必须随叫随到，否则后果自负。

牛海成拿到身份证复印件，一一对照他们的长相，核对确认后让他们各自在身份证复印件上写下了自己的电话号码。他特别注意看了一下大个子的名字——孙喜胜。

牛海成想了想，把自己的身份证往桌上一拍，不屑地说："你们看，我就叫这名。"

几个人的头立刻像白鹅一样伸过来，然后众口一词地说："者雨火。"

牛海成懒得纠正，这名应该念"褚雨焱"，将错就错道："我这名不好记，你们干脆叫我大哥。今天就这样，你们散了吧。"

孙喜胜和他的几个马仔一听，如获大赦，脚底抹油般飞快地跑了。

牛海成在他们身后再次大声命令道："我要有事，你们必须随叫随到！"

"是！大哥。"孙喜胜回过头点头哈腰地应承。

牛海成这样做并不是真想当"老大"，只是想到大个子是锤帮的人，担心他会通风报信。吕威跟牛海成说过，锤帮组织严密，帮规也很严，对走漏消息或是背叛帮主的，处罚非常严厉。如今牛海成把他的身份证复印件控制在手上，孙喜胜就要好好掂量要不要给锤帮报信了。哪怕他不嫌丢人，真要去报信，也得先想办法弄清楚牛海成的真实身份。

这就给牛海成争取了时间。

牛海成从火车站一带消失了，孙喜胜和他的几个马仔一连几天都在车站附近转悠，找遍了各个角落都一无所获。

孙喜胜跟马仔们说，要带着他们拜"者雨火"为老大，背靠大树好乘凉。其实，孙喜胜是另有企图：他怀疑这个突然出现的高人是公安的便衣，想进一步证实他的身份。

他们找了几天没找到人，反而栽到了警察的手里。那天，孙喜胜正带着几个混混逼着一个扛包的零工交出身上的钱款，被焦利忠和刘海抓了现行。孙喜胜满以为这回也跟之前一样，接受治安处罚就行了，没想到这回竟被定性为"黑社会犯罪"，要在局子里老老实实地蹲上一段时间。

孙喜胜当然不会知道，这一切都是牛海成的安排，为的就是不让他再上蹿下跳，给锤帮通风报信。

抓了孙喜胜，焦利忠趁热打铁对他进行突击审讯，问到了不少关于锤帮的信息。

孙喜胜虽然没见过帮主，也接触不到核心秘密，但他是锤帮一个外围组织的负责人，据他透露，锤帮的核心在花城中心区，而火车站和沿江路一带则分布着锤帮的外围组织。外围组织的作用主要是在通往中心区域的各个方向上望风，一有风吹草动，立刻向锤帮通风报信。所谓"望风"，主要是留意该区域公安、城管部门的动静，也要掌握其他黑帮组织的动向等。外围组织上报的消息如果被认定为有用，就可以到指定地点去领赏。孙喜胜无意中提及的一个信息引起了牛海成的注意：城中区的神圣酒店实际上是锤帮的重要据点，而名义上则是鸿运公司的总部。鸿运公司近期正在招募保安，负责招聘的是保安部部长韩吉旺。牛海成分析，这个所谓的鸿运公司，表面上是公司化运作，实际上应该是锤帮的班底。

锤帮帮主是谁？核心成员多少？采取什么方式敛财？犯过哪些案子？这一切都还不得而知。但锤帮旗下公司的保安部既然把招聘广告挂到了网上，何不利用这个机会前去探个究竟？

牛海成请吕威弄到了市内一家保安公司的培训证明和劳动合同，量身定做了一套保安服，然后才到鸿运公司应聘。

鸿运公司保安部所在的办公楼，一看就知道别有乾坤。楼前是一片开阔地，再往前就是通往中心城区的主干道，再过去就是一条大江。大楼的左边是一座横跨江面的大桥，后边是连着城中村的开发区，有几家酒店和KTV，挂的也是鸿运公司的招牌。这里人口稠密，商户众多，不仅是坐地生财的好地盘，而且交通便利，遇到突发情况也能利用地形优势迅速逃遁。

牛海成先到地下车库走了一圈，看到清一色的中巴和面包车排成了一排，还有一辆悍马格外醒目。

出了车库，牛海成找到保安部的大门，大摇大摆地走进去，两个保安上前拦住了他："请问有什么事吗？"

牛海成指了指自己的保安服："应聘呀！在几楼？"

两个保安看他一身保安服，放行了，说："二楼。"

负责接待应聘者的是一个四十开外的胖男人，牛海成还没开口，他就主动问："应聘的吗？"

牛海成点头。

他自以为是地说道："从别的保安公司跳槽来的？"

牛海成笑笑，默认了。

胖子打开对讲机："韩部长，有人来应聘。"

对讲机里的人显然很不耐烦："你先看看啊！"

有牛海成在场，胖子说话支支吾吾："我看不准。部长，还是你过来看看吧。"

等待的空当，胖子问："你从哪里知道我们公司招聘的呢？"

牛海成一边东张西望一边回答："网上看的。"

胖子又问："你今年多大年纪？"

牛海成不想跟胖子闲磨牙，佯装求职心切地问："你们这儿招保安有哪些程序呀？"

胖子看牛海成一眼，生硬地回答："考核面试。"

正说着，一个中年男子风风火火地上了楼，走到近前认真打量牛海成一番，然后问："是你来应聘？"

牛海成脸上满是热情的笑："是的，韩部长！"

韩吉旺不置可否，直截了当地问："有什么特长？"

"特长？"牛海成装作没听懂。

韩吉旺补充："会不会打架?"

"我是海军陆战队出来的。"牛海成打出陆战队的名号，因为陆战队名声在外，很多陆战队的退伍兵到了地方，都是保安公司的中流砥柱。

果然，韩吉旺眼睛一亮，对牛海成说："证件带齐了吗?"

牛海成问："需要哪些证件?"

韩吉旺说："身份证、培训证明、劳动合同……你要是陆战队出来的就不用培训了。"

牛海成便把身份证、劳动合同、培训证明一股脑儿地放在桌面上。韩吉旺拿起身份证正面反面看了几个来回，刚想问话，牛海成先说话了："我主要是冲着你们公司的待遇来的，别的公司我也干过几家，工资太低了。"

韩吉旺不客气地说："你嫌工资低，你能为公司做什么?"

牛海成神色淡定道："公司需要我做什么我就做什么!"

韩吉旺表情讶异，认真看了牛海成几次，问他："陆战队出来的? 怎么找到我们这儿的?"

牛海成眯着眼，说："你们公司的招聘广告不是挂在网上吗?"

韩吉旺"噢"了一声，对胖子说："赶紧叫他们把招聘公告撤下来，这段时间，我们公司停止招聘。"

胖子出去了，房间里只剩下牛海成和韩吉旺两个人。

牛海成主动说："我当过兵、打过仗、坐过牢，就没有我不敢干的事。不过，你们既然已经停止招聘了，我也懒得在这里跟你浪费口舌。"说完就特别麻利地收好东西，做出抬脚走人的架势。

这一招欲擒故纵果然见效。韩吉旺上前拦住了他，脸上露出几分诚意："我们接下来不招人了。但你是特别的人才，我们仍然需要，工资我们可以谈。"

牛海成故作欣喜："真的? 你觉得我是特别的人才? 会打架也不算什么

本事吧!"

牛海成越谦虚，韩吉旺就越拉着他攀谈。两人正面对面说着话，韩吉旺突然一个扫堂腿，把牛海成扫倒了。按照牛海成的功夫，他本可以迅速反应并反击的，但这次他在地上顺势打了几个滚，随后一个鲤鱼打挺站了起来。韩吉旺挺满意：功夫太高了，反而让人不安。牛海成这样的水平，既能干事，也容易驾驭。

站起来的牛海成脸不红气不喘，一脸佩服地对韩吉旺说："韩部长你果然厉害，差点就让我爬不起来了，你这算面试吗?"

韩吉旺哈哈大笑："先实习三个月，实习期间工资少二百，干得好，按时转正。"

试　探

第　五　章

牛海成亮出的身份证是花城偏远农村的，名字叫刘海臣，听起来和"牛海成"差不多，这样即使牛海成被猛然呼唤也不容易出错。

牛海成就这样进了鸿运公司当了保安。通过公司其他人茶余饭后的闲聊，牛海成知道了关于韩吉旺的更多信息：他来自花城郊区农村，当过村里的民兵连长，后来进城务工，几经周折成了鸿运公司的保安部部长。韩吉旺当民兵连长的时候，就喜欢舞刀弄枪，每年都参加县里组织的基干民兵训练。他虽然个头不高，可长得敦实，人又灵活，进城找工作的时候，他只瞄准保安这个行业，先后进过几家公司，长的两三个月，短的三两周就不声不响跳了槽。直到进了鸿运公司保安部，他才找到了施展才华的舞台。据说鸿运公司的老总亲自面试，看了韩吉旺的简历，又让他表演了一套自创的拳术，欣喜不已，从此对他委以重任。

鸿运公司的保安部对员工实行统一管理，集中食宿，连晚上都不能自由活动。牛海成特意跟韩吉旺请了一天假，说要回去准备行李。

牛海成当然不会回家，吕威专门给他租了一间房，便于他同焦利忠、刘海碰面。虽然牛海成很快按照偏远农村青年的生活标准，收拾了几件旧衣物和洗漱用具，拾掇进一只新买的编织袋里，拎在手里就可以随时出发，但他并不急于回鸿运公司保安部上班。他知道，你越急，对方越不把你当回事。那天面试的时候，韩吉旺把牛海成扫倒之后，虽然牛海成反应迅速，应对得无懈可击，但估计还是给韩吉旺留下了疑问，他摸不准牛海成的功夫到底有多深，能不能成为他想要的人，更担心牛海成的真实身份，虽然他一直急着要找个得力干将，但最终用不用牛海成，好长一段时间里韩吉旺都是举棋不定。

如何才能取得韩吉旺的信任？牛海成和焦利忠反复琢磨，一起制订了两套方案。方案一：在家待几天，由焦利忠布置一个现场，等韩吉旺催他上班的时候，就说自己已经被收押在派出所里，让韩吉旺找人打通关系来领。方案二：如果在家待到三天，韩吉旺还没电话过来，那就让派出所打电话找韩吉旺，说鸿运公司保安部的员工在外面犯事了，让他们派人过来担保领人。两套方案都落到一个点上：让韩吉旺知道牛海成没有什么其他依靠，却敢打架、喜欢打架，动不动就把人伤了，自己仍毫发未损。韩吉旺不就是要找这样的人吗？

方案确定之后，牛海成就住进了城西区派出所静待鱼儿上钩。

第三天上午，韩吉旺的电话打过来了。

焦利忠以派出所民警的身份接了韩吉旺的电话，对韩吉旺说："你朋友犯事了。我这儿是城西区派出所，你自己跟他说吧。"然后把电话给了牛海成。

韩吉旺在电话里装腔作势："老刘你犯什么事了？我找阿六呢，不知怎么就把电话打到你这儿了。既然打到你这儿，我就问你一句，你到底还想不想来我们公司上班？不想来，我就把你的人事档案从保安部里拿掉啦。"

牛海成听韩吉旺这么说，知道他是作秀，连忙故作焦急地说："头儿，前天在路上我把几个人打了，出手重了一点，现在要我出一半医药费。这事算我倒霉！明明是他们几个先惹的我！派出所还要我找单位担保才能放人，我到哪儿找单位担保啊？只好找你了。"

韩吉旺的语气里甚至带了喜意："既然面试通过，就是我的员工，我亲自为你担保，你安心等着就是。"

牛海成千恩万谢。韩吉旺没有食言，不到一小时就赶到了派出所，为牛海成办了取保手续。

牛海成正式成为鸿运公司保安部的一员。住宿是六个人住一个房间，和大学生宿舍差不多，房间里乱糟糟的。韩吉旺的亲信阿六在自己住的宿舍专门为牛海成安排了一个下铺，牛海成心里明白这肯定是韩吉旺亲自交代的。被赶到上铺的保安叫阿财，他磨磨叽叽很不乐意，想等牛海成主动让位，但牛海成就是不吭声。阿六横眉立目地骂了阿财几句，阿财才老老实实搬铺盖。

头一个星期，韩吉旺叫牛海成跟着阿六熟悉情况。阿六是韩吉旺老乡，也是宿舍的舍长，他只是带牛海成在保安部宿舍区转，从不提锤帮一个字，开口闭口就是公司，好像他们都是公司的主人。保安部一共有六间宿舍，每间住六人，两个宿舍组成一个班，六个宿舍组成一个排。韩吉旺作为保安部的部长，实际上管理着相当于部队一个排的保安。这里的保安据说以前每人都有一把特制的铁锤，但现在配备的是两件武器：一把是特制的专用工具，这工具的制作颇有些讲究，长半尺，有握柄，一面是刀刃，一面是锯齿；另一件是与专用工具配套的钢管，外形酷似警棍，专用工具平时都套在钢管里，遇到紧急情况，钢管马上就能变身为攻击性很强的武器。

牛海成安顿下来之后，阿六也发给他一根装有专用工具的钢管，让他值班巡逻时使用。每天除了值班巡逻外，各班的班长、副班长都要组织保安训练一个小时以上，主要是练格斗。阿六也是其中一个班的班长，他和其他两个班长都会一点武术。一个排的兵力，在部队算不了什么，可这三十六号人，个个都有专用武器，在社会上要是统一行动干点什么事，破坏性不小。

星期五的时候，韩吉旺把六个宿舍的保安集中起来训话。他训话的时候特别喜欢模仿部队指挥员的口气："我们保安部平时的任务，就是值班、巡逻，保证公司运营安全，公司一旦有任务的时候，那就是我们保安部冲锋陷阵的时候，有句话叫作'养兵千日，用兵一时'，真正该我们保安部冲锋陷阵的时候，我们可不能拖泥带水。"

牛海成特别讨厌韩吉旺说"养兵千日，用兵一时"这句话，要不是因为自己身为卧底，他肯定会冲上去把韩吉旺撂倒，然后踩上一只脚，再啐他一脸。

显然，韩吉旺在锤帮里算是个人物，但他还不满足，还有更大的野心。

牛海成想，人前颐指气使惯了，容易自我膨胀，韩吉旺也不例外。

而牛海成给韩吉旺的印象是复杂的，他的言谈举止中有一种其他保安没有的东西。这样的人来做保安，难道只是因为鸿运公司的薪水高、伙食好？他的经历让韩吉旺如获至宝，却又多了一份担心。

牛海成把韩吉旺的心思看得透透的，他决定有机会露一小手给韩吉旺开开眼，当然，也只能是点到为止，不能让韩吉旺把自己当成了对手和威胁。

很快，机会就来了。

睡在牛海成上铺的阿财终于向牛海成发难了。阿财大名叫李金财，对牛海成抢了他的床位一直耿耿于怀。他观察牛海成一段时间后，觉得牛海成除了个子高并没有什么过人之处，就想报刚见面的"抢床"之仇。一天，牛海成正在床铺上准备睡午觉，阿财装着不小心把一碗热气腾腾的快餐面泼在了牛海成的床上。好在已经入秋，牛海成身上盖着一床毛巾毯，否则就不仅仅是床被弄脏的问题了。

阿财一个劲儿地道歉，牛海成虽然生气，但也不好马上发作。这个阿财，其实就是一个地痞流氓，虽然每次打架斗殴从不含糊，关键时刻真敢玩命，但韩吉旺并不看重他，听说是因为他花架子多，真功夫没有多少，而且还爱占小便宜，私吞了一笔不小的款项，差点被赶出鸿运公司。他对牛海成的报复既然开了头，肯定还有下一次。牛海成干脆来个欲擒故纵，让阿财以为他是个想怎么捏就怎么捏的软柿子，等到了火候，新账老账一起算，把这个自不量力的阿财收拾得服服帖帖，也让韩吉旺和他的手下领教一回他的厉害。

这天，阿六领着阿财和其他几个保安出去"干活"。等他们回到食堂的时候，已经过了饭点。按照惯例，鸿运公司的保安们吃饭的时候以宿舍为单位，每个宿舍一桌。可能因为任务完成得顺利，阿财跟着阿六进食堂的时候，格外趾高气扬。看到牛海成他们已经吃得杯盘狼藉，而桌上又只摆出了阿六的碗筷，阿财当场就骂开了："什么玩意儿！我们还没上桌，就被你们几个老鼠扒光了。"

牛海成完全把阿财当成空气，对阿六微微一笑，做了个"请"的手势。阿财这下更怒了，冲上前把牛海成的酒杯和饭碗摔在了地板上。在刺耳的炸响声中，酒杯和饭碗碎了一地。

嘈杂的饭堂里立刻变得死一般的寂静。

一秒钟过后，所有人听到了牛海成平静得可怕的声音："李金财，你如果还想好好活的话就马上给我拿一副碗筷来，当着大家的面向我道歉。"

李金财对牛海成的话几乎是嗤之以鼻："别看你现在人模狗样，你才来鸿运几天，寸功未立，凭什么在这里吃香喝辣？"

话音未落，就听得啪的一声脆响，牛海成一巴掌甩在了李金财的脸上。一阵火辣辣的疼痛在脸上蔓延开来，李金财气急败坏，马上使出浑身解数对牛海成进行反扑。然而他的拳脚招招落空，还被对方抓住了肩胛骨，只能像泼妇一样又跳又骂。

牛海成并不想一拳就把李金财打趴下——攻势太凌厉，招数太狠，会在保安们的心中造成不安和恐惧，引起众人的反感。他试探了李金财几回。李金财的拳脚既没有章法，也没有技巧，完全靠的就是力量的冲击，头几个回合还有一定的杀伤力，但持久力非常有限。为了不让李金财近身，他不停地躲避李金财的进攻，给人一种仅有招架之功的错觉。牛海成有意接了李金财几拳，知道他已是强弩之末，便一声低吼："够了，你这个浑蛋！"抬起一脚，狠狠地踹在李金财的屁股上，李金财一时收不住脚，往前冲了五六米，最终还是一个嘴啃泥的姿势扑倒在地，嘴唇被磕得鲜血直流。牛海成踹出的这一脚，只有他和李金财知道分量，那个力道足可以踹死一头猪——牛海成怕控制不住力道，才选择踹李金财的屁股，要是踹到他的尾椎，可能他下半辈子都要躺在床上了。

李金财趴在地上哼哼唧唧起不来。牛海成走过去，用脚帮李金财翻过身，然后钩起李金财的后颈，一用力，李金财站了起来。牛海成依然平静得可怕，说："再来惹我，下次绝不留情。"说完，掸掸身上的灰尘便离开了饭堂，留给惊呆了的众人一个背影。

韩吉旺也在食堂吃饭，把牛海成和李金财打斗的前前后后看得清清楚楚。他始终隔岸观火，阿六请示他怎么办的时候，他笑得意味深长："怎么办？凉拌。"

其实韩吉旺一直就想探探牛海成的底，多亏了李金财这个倒霉蛋，才有了今天这个意外的收获，他心里已经认定了：这个刘海臣就是自己要找的人。

牛海成从食堂出来，便到平常韩吉旺训练保安的操场上遛弯。他知道今天这一招是险棋，可若是不走这步棋，也许只能永远在外围打转，见不到躲在幕后的锤帮帮主，接触不到锤帮的核心秘密。这当然不是他想要的结果。

如果他的真实身份被发现，他也想好了退路，这些天，他已经探察清楚了周边的道路，在操场的东南角，墙头的铁丝网已被扒开了一个缺口。从这里翻过去，就是一条狭窄的巷子，巷子尽头分出的几条岔道都可以通往城区。他的手机看上去是一部普通手机，其实隐藏了几个专门定制的功能。需要紧急撤离的时候，他只须按下手机上的一个键，焦利忠和刘海就可以收到信息，以最快的速度到巷子口接应。牛海成来到保安部一个星期之后，焦利忠就按他发的定位到巷子里踩过点，还做了简单的演练。

韩吉旺从身后跟了过来，也是一副闲庭信步的架势。牛海成有意放慢了脚步，韩吉旺赶上来拍了拍他的手臂，说："老刘，你的功夫不错呀！阿财是个不知趣的东西，该打。"

牛海成一听韩吉旺的话有讨好的意思，对他咧嘴笑了笑，谦虚地说："我那算什么功夫，还是在陆战队打下的老底子。没想到这阿财就是个纸老虎，不堪一击。"

一脚把李金财踹得鼻青脸肿鲜血直流，事后说起来还这么云淡风轻，韩吉旺更觉得眼前这个人不简单，于是试探着问："你这样的人才，到我这保安公司干，真有点屈才了。"

牛海成偏头看韩吉旺的脸，说："头儿什么意思？不是赶我走吧？"韩吉旺喜欢别人称他"头儿"。

韩吉旺赶紧解释："你这样的人才我可是求之不得，我还怕你不想在保安部干呢。你放心，给你的工资待遇不会比端铁饭碗的差，还望你在关键的时候好好助兄弟我一臂之力。"

李金财从此不敢再在牛海成面前造次，但牛海成还是让阿六把他调到别的宿舍去了。牛海成即使武功再高强，也有睡着的时候，他怕哪天睡着了，阿财伺机报复，坏了他卧底的大事。

这天，牛海成接到焦利忠发来的信息，说有事要商量。牛海成向韩吉旺请假，说父亲病重，要回家探望，韩吉旺犹豫一下，想说什么却没说，最终同意了。牛海成想让焦利忠派刘海到小巷子口来接他，后来一想，觉得不妥，还是自己走稳当，说不定韩吉旺会派人盯梢。

回去的路上，牛海成是上了公交车后才发现有人盯梢的，当下不禁捏了把冷汗——幸好没让焦利忠他们过来接应，否则就前功尽弃了。他到鸿运公司后大施拳脚，不经意间放松了警惕，认为锤帮不过就是一群乌合之众，现在才意识到轻敌思想有多么可怕。

牛海成之所以发现有人盯梢，不是因为他事先有警觉，而是因为盯梢者不够专业。搭第一趟公交车的时候，牛海成迟到了，那辆公交车已经关了车门，准备开出站，看牛海成来了，又重新开了车门。没想到，牛海成挤上车的那一刹那，站台上的一个男子也像泥鳅一样地溜上车。这个男人早就等在站台了，却在看到牛海成上车之后才跟着过来。牛海成立刻警觉起来。盯梢者上车后，故意拉开与牛海成的距离，选了后面的位置。牛海成想起刘海给他的手镜，把它偷偷拿在手里，然后装作埋头看手机，从镜子里观察坐在后排的盯梢者，果然见他一边打电话，一边不时盯着自己，这说明韩吉旺还对他心存顾忌。牛海成发短信给焦利忠，简要说明了自己的处境，描述了盯梢者的特征，说自己将在一小时后到达长途客运站，让他给这个"尾巴"找点麻烦。

公交车到达长途客运站站点，牛海成准备下车。车门还没打开，公交车的前后门就被几个警察把住了。乘客们一阵骚动，以为混进了暴徒。车门打

开后，警察上车，要求乘客们拿出身份证来，没有身份证报出身份证号码
也行，同时宣布要检查管制刀具。前后车门都有警察把守，乘客确认身份，
再通过金属探测器检查身上没有管制刀具后即可离开。牛海成从前门通过
了警察的检查，大步流星地走掉了。而他的盯梢者却被警察搜出了锤帮特
制的刀具，至少要被处以十天的行政拘留。这个叫赖小毛的人大喊冤枉："我
又没犯事，只是捡到了一把刀而已。"

年轻的警察拖着长音，慢条斯理地说："不会冤枉你的。你是哪里人，
在哪里捡到刀具的，之后还去了哪里，现在要坐公交车去哪儿，想干什
么——把这些都说清楚了，你就能早点出去。"

赖小毛哑火了。

牛海成回到出租屋，跟焦利忠、刘海见了面。焦利忠传达刘恺指示，
为了牛海成的安全，一定要吸取上次卧底警察被锤帮人员打伤的教训，争
取时间，让牛海成尽快掌握化装术，以便应对卧底过程中的突发情况。焦
利忠告诉牛海成，刘恺向市委主要领导汇报工作时说到牛海成的卧底行动，
特别说明了牛海成是特战英雄，市委领导再三强调要保证牛海成的安全。

三人先是讨论下一步行动计划，一致认为，要想真正进入锤帮核心圈，
韩吉旺是关键一环。这次赖小毛跟踪事件说明韩吉旺对牛海成仍有疑虑，
让韩吉旺彻底相信牛海成，是下一步工作的重点。

从当前情况看，要想取得韩吉旺的信任，进入核心圈，就必须做一两
件令韩吉旺刮目相看的事，成为韩吉旺的左膀右臂。种种迹象表明，锤帮
不仅涉黑，还可能涉黄涉毒，要不然绝对养不起那么多保安，而且还在继
续扩充实力。

如果锤帮确实涉黄涉毒，这个卧底任务对牛海成来说就更为复杂艰巨。
曾经的特种团团长，如今不但要在一帮乌合之众面前装孙子，还有可能随

时被要求实施犯罪。

牛海成不免有些恼火："杨子荣当年在威虎山卧底，始终没干伤害老百姓的事，那是小说里写的、电影里演的。我现在跟锤帮的喽啰在一起，他们欺行霸市的时候，我肯定也要跟着一起去打打杀杀。我一个特种团团长，转眼成了十恶不赦的地痞流氓，你们说冤不冤？"

焦利忠回到重点："不管冤不冤，首长有指示，必须首先保证你的人身安全。"

接下来的两天，牛海成在刘海的指导下，反复根据刘海为他准备的面具练习化装术。

第三天下午，焦利忠拿回了几张德国柏林爱乐乐团音乐会的门票，向牛海成说明了想通过实战检验牛海成训练效果的想法。

牛海成听了这个计划，有点不放心："你这个方案能行吗？"

焦利忠说："怎么不行？既可享受艺术，又可以检验训练成果，工作生活两不误。"

牛海成思前想后，最终同意了焦利忠的方案。

爱乐乐团音乐会这次在花城的宝顶国际体育演艺中心举行。宝顶国际体育演艺中心由美国 Merican 建筑设计事务所设计，设计理念源自跟花城有关的美丽传说，整体外观既优美又具动感，自竣工以来就成为花城最具有代表性的文化交流中心。而爱乐乐团的音乐会，无疑是花城今年规模最大、最受追捧的音乐会。柳青青一向喜欢这样的活动，之前就跟牛海成念叨过。

焦利忠用牛海成的手机拨通了柳青青的电话，说牛海成还在执行任务，交代他买了几张音乐会的门票，请几位战友和她一起去欣赏。

柳青青一听是去听音乐会，果然心动，却还是忍不住讥诮道："牛局长架子怎么这么大？这样的好事，他也不亲自打电话？"

焦利忠说："牛局长在执行特殊任务，上级规定不能与外界联系。"

柳青青一听，更加不愉快："我知道，你们都是'内部人'，只有我是'外人'。这都多长时间了，连影子都见不着……"

焦利忠只有唯唯称是。

宝顶国际体育演艺中心是花城的标志性建筑，焦利忠领着柳青青、刘海从地铁口出来，禁不住眼前一亮：一个巨大的广场，海纳百川一般，拥抱从四面八方会聚而来的人流。广场上花团锦簇、绿荫环绕，曲线形的广场和场馆建筑群浑然一体，遮阳篷像一只巨大而充满柔情的手，遮挡阳光和风雨。蓝色的玻璃和流光溢彩的金属构成和缓的线条，伴随着建筑的延伸、旋转和升降，引导观众走进场馆：眼前是气势磅礴的观众大厅，有几千个座位，每个座位都能保证观看效果。

焦利忠领着柳青青、刘海对号入座。演出准点开始，贝多芬《英雄交响曲》第一乐章缓缓响起。一个胡子拉碴的中年人挤到了柳青青的身边落座。焦利忠介绍说他是牛海成的战友，叫杨友。

柳青青向那位战友点了点头，心里却在嘀咕：怎么从来没有见过牛海成的这个战友呢？不修边幅，还戴着一副变色眼镜，一点都没有当兵的样子。

舞台上的演奏渐入佳境，柳青青也被高亢雄浑的旋律所吸引，沉浸在音乐的世界里，几乎忘记了自己身处何处。那位杨友却一副坐不住的样子，不时抖着腿，偶尔胳膊还大幅度摆动。柳青青不由得气闷，整个人缩在自己的椅子上，在心里把旁边的这个杨友骂了无数遍。

《英雄交响曲》一共四个乐章，气势如虹，天才的音乐巨匠把英雄的坎坷人生和崇高的战斗精神表达到了极致。爱情给了英雄力量，让旋律变得优美而缠绵，夹杂着深情的诉说。随后，乐声低回，迷雾重重，世界惨淡无光，然而，理想信念始终在英雄的心中光芒四射。

最后一个乐章开启，如欢快的脚步，像是催征的鼓点。英雄奔跑着，不知疲倦地呼唤，呐喊，引领大众，汇聚力量。乐声从深邃的天穹传来，带着深沉的回响，一声声敲打在人们的心头。英雄所向披靡，迈着坚定的步伐前进。黑暗隐退，春蕾绽放。西蒙·拉特尔的指挥棒在空中划出一道优美的弧线，一支英雄的队伍，披荆斩棘，如万马奔腾般疾驰而去。

将近三个小时的音乐会终于到了尾声。

音乐会一结束，焦利忠叫刘海安排的七座商务车已经等候在广场上了。柳青青先上车坐在前排，然后焦利忠和刘海上车坐后排。而杨友最后上车，坐在了柳青青的旁边。柳青青早就憋了一肚子气，瞥了他一眼，就假装闭目养神了。

商务车开出广场，牛海成的声音在柳青青耳边响起，正襟危坐的柳青青才发现身边坐着的杨友是自己的丈夫牛海成。他手上拿着从脸上扯下来的易容道具，恢复了自己平常的容貌。那一刻，柳青青成了一尊雕塑，完完全全呆在了那里。

牛海成赶紧解释："你知道吗？今天你是我的考官。连老婆都认不出，说明我考试合格了。"

柳青青的拳头落在牛海成身上，仍不解气："你们这是什么任务？完全就是恶作剧。"

牛海成一语带过："扫黄打黑。"

柳青青反应过来，满脸惊讶："你说的任务是要去卧底吗？黑社会有这么好打的吗？你可是有老婆孩子的人。"

"谁都有老婆孩子。"牛海成手指着焦利忠说，"他以前也是特种团的干部，都卧底好几回了。我一个特种团团长，还能怕几个黑社会混混吗？"

牛海成有意安慰柳青青。

柳青青脸色这才缓和下来，嘴里却还嘟哝着："那你以后别让我当这样的考官。"

听完音乐会，柳青青就先回家了。牛海成和焦利忠、刘海又研究了一阵，最后约定了相关事项，才各自散去。

刘海把牛海成易容的行头装在一个密码箱里。第二天，牛海成装成一副风尘仆仆的样子，提着箱子，赶回鸿运公司保安部向韩吉旺销假。

韩吉旺见到牛海成的时候，不禁大吃了一惊，赖小毛突然踪迹全无，他以为是牛海成发现了什么，从中做了手脚。这几天，既没见到牛海成的人影，也没有接到他的电话，韩吉旺判断牛海成可能就是公安的卧底。他私底下权衡，虽然搭上了一个赖小毛，可也让公安的卧底露了馅，觉得这笔买卖划算。没想到，牛海成居然又灰头土脸地站在了他的面前。当时韩吉旺有点蒙，愣了一会儿才缓过神来，他还没来得及开口问话，牛海成抢先说："头儿，我回来了。"

韩吉旺装出一脸的关切："老刘，你爹怎么样，没事吧？"

牛海成笑了笑，不接话，而是从编织袋里拿出两瓶客家黄酒、一盒茶叶，对韩吉旺说："从老家来，都是老家的特产，我的一点小心意。"

韩吉旺有点意外，伸手接过酒和茶叶，说："老刘，你这么客气干什么，我还以为你不回来了呢。"前一分钟还认为牛海成是公安卧底，现在却觉得牛海成挺懂人情世故。

牛海成重新回到了保安宿舍安顿下来，等待着下一步行动的机会。

牛海成这一露面，韩吉旺有压力了，他必须尽快找到赖小毛的下落。

一个大活人，大白天进城，就再也没有了踪影，按照正常情况，早就该报警了。可韩吉旺怕报了警反而会把锤帮牵扯进去，只能派阿六带着几个人悄悄打探，却始终没有探出个究竟。

赖小毛是鸿运公司副总熊青的亲信，熊青又一次找韩吉旺要人："老韩，赖小毛出去好几天了，也没个音信？一个大活人，你就给我弄丢了，总得有个说法呀。"

韩吉旺也着急上火："熊总，我保证这两天一定找到赖小毛的下落。你急，我比你还急。赖小毛这么大人了，这点活都干不利索，竟然把自己弄丢了，要知道是这样，我就不该派他去。"

熊青听韩吉旺这么说，心情不爽，口气强硬起来："话可不能这么说，老韩，保安部的职责就是保证公司的安全，首先是人员的安全，你保安部这么多人，可不该仅仅是站岗放哨巡逻啊。"

韩吉旺无心跟熊青掰扯，边走边说："熊总，你放心，我一定尽快把赖小毛找还给你。"尽管他从心底对熊青不恭，但他心里确实比熊青还急。他不想在帮主面前落个办事不力的印象，又觉得这件事太蹊跷，被盯梢的人完好无损，派出去盯梢的人反而是有去无回。韩吉旺心里总有一个疑问：这么一个有能耐的人，尽管坐过牢，但怎么就看中了他的保安部呢？韩吉旺就想把牛海成和阿六单独请在一起，说说赖小毛失踪的事，理由是给牛海成接风，虽然有点牵强，但也能自圆其说，给新进来的保安接风，牛海成也不是第一例。酒席上再看看牛海成到底有什么反应，权当是敲山震虎了。

韩吉旺吩咐阿六定了神龙酒店的鸿发厅。牛海成进门的时候，韩吉旺和阿六已经等在那儿了。见牛海成进来，阿六起身相迎。韩吉旺也满脸堆笑地对牛海成说："老刘，这边坐。"韩吉旺把右边的座位留给了他，酒席上，右边为大。牛海成是新来的保安，韩吉旺这样做，有高看牛海成的意思。

三人入席，菜还没上，韩吉旺就急着给每人都斟满一大杯酒。这回韩吉旺叫阿六搬来一箱本地米酒，一副不醉不归的架势。牛海成劝阻道："头儿，你是海量，我确实不胜酒力，你跟阿六今天喝好，我只能是点到为止了。"

韩吉旺说："刘哥你来的时间不长，还不了解我的为人，我这人，最看重的是哥们儿情谊，咱们现在都在一个锅里吃饭，能在一个锅里吃饭的人，就是兄弟情分。"

牛海成心里琢磨，韩吉旺请他吃饭，肯定与赖小毛失踪有关，在进门之前，他已经给焦利忠发了信息，估计要不了半小时，赖小毛就会被释放了。牛海成顺着韩吉旺的话说："头儿说得对，能在一个锅里吃饭的那都是兄弟，所以，以后还望二位多多关照。"

阿六也跟着帮腔："咱们保安部，经常要出一些急活累活，靠的就是兄弟们一起同心协力，喝酒当然也不含糊。"

韩吉旺举杯道："酒桌上的规矩，先喝三杯再敬酒。"韩吉旺喝完杯中酒，亮出杯底给牛海成和阿六看，说："都干了。"

牛海成知道今天的酒席多少有点鸿门宴的意思。赖小毛失踪一直是韩吉旺的心结，总觉得与牛海成有关系，可又拿不出一毛钱的证据，所以韩吉旺就想找个喝酒的机会，拿话敲打敲打他，如果真有嫌疑，总会有露馅的地方。

牛海成虽然嘴上说点到为止，可喝酒的时候也不过多推辞，他知道推辞也没有用。再说半斤八两也不一定就能灌倒他。

三杯酒喝完，韩吉旺就忍不住拿赖小毛说事了，像是不经意提起，其实在心里揣摩好几回了："那天你出城回家的时候，我们有个兄弟也是出城办事，你看你办完事都回来了，可我那个兄弟到现在还没有消息，你说谁这么胆大，敢动我手下的人。"

牛海成盯着韩吉旺说："这事跟我有关系吗？"他知道韩吉旺是投石问路，必须正面出击，有压人一头的气势才行。

韩吉旺连连摆手说："没、没、没……我就想跟你商量呢。一个手下就这样失踪了，阿六出去找了好几天也没有一点消息，你说这事怪不怪？"

"报警呀！多简单的事。"牛海成顺手举杯敬酒，借着酒劲试探，"我是蹲过局子的人，我分析这事有几种可能。一种可能是这个手下在路上犯什么事被警察逮了，进了局子，警察把手机给他收了，他没法联系你们，如果没什么大事，拘留个十天半月就会放出来。第二种可能是他遇到车祸或者其他什么麻烦事了，人在不在还不一定呢。第三种可能是，他遇到难题了，但是根本就不敢往公司里打电话，怕警察顺藤摸瓜找到公司来。我顺便问一句，咱们公司做的是正经生意吗？"

韩吉旺没应声，吃了一口菜，细细嚼着，等菜咽下去了，换了个话题，问牛海成："刘哥，你爹身体怎么样了，你那天出城不是回去看你爹去了吗？"

牛海成明白韩吉旺心里还是绕不过这道坎，索性出其不意，压低声音说："头儿，我那天是回去奔丧的，我父亲已经走了。"说完从衣兜里掏出黑纱，"因为是家事，我就没细说，怕影响心情。"

韩吉旺、阿六都为之一惊。

正在这个当口，韩吉旺的电话突然响起来，韩吉旺一看来电显示，竟然是一脸高兴。可他拿起电话，张嘴就是一阵炮轰："赖小毛你这窝囊废！跑到哪里玩失踪去了？这几天我们上上下下为找你没少花力气，赶紧给熊总报告，省得他一天到晚阴着个脸……以后有什么事不敢再派你了。"

韩吉旺挂了电话，长长地舒了一口气，对牛海成也变得更加热情起来："来，再走一个，今天咱们兄弟高兴。"

这天晚上，韩吉旺喝断片了。第二天酒醒之后，他根本想不起自己是怎么醉倒的，但还记得赖小毛打过电话，他马上叫赖小毛过来说明情况，重点是分析牛海成究竟有没有问题。赖小毛来了之后，把情况又跟韩吉旺前前后后捋了一遍，一口咬定牛海成没问题。

有了赖小毛这番认定，韩吉旺心里踏实了许多，总算是初步解除了对牛海成的戒心，正式给牛海成派活了。

从这天起，牛海成和其他保安一起正常排班，轮流在鸿运公司下属的酒店和娱乐场所巡逻。牛海成基本摸清楚了，鸿运公司下属有两家星级酒店，一家KTV歌舞厅，几处酒吧，一处鲜花市场，海鲜摊位若干，据说神圣酒店地下室里还开设有赌场。神圣酒店只是锤帮名义上的总部，用于对外经营。真正的总部在一个神秘地方，只有到了锤帮真正的总部，才能见到锤帮帮主和骨干成员。酒店和酒吧主管、副主管包括保安部部长韩吉旺这个层次，要不定期汇报情况，有时会在神圣酒店，更多的时候则在总部聚集，接受指令。整个鸿运公司完全按照帮主指令运转，且多年来通过各种手段扩大地盘，保安部就是鸿运公司称霸市场的撒手锏，所以，韩吉旺也深得锤帮帮主信任。

牛海成的目标是要揭开锤帮帮主的真面目，而且他越来越肯定，要想见到锤帮帮主，必须有韩吉旺领路才行。

亲　近

第　六　章

　　星期六的晚上，韩吉旺跟阿六说要出去一趟，出去干什么没说，他不主动说，阿六也不敢问。牛海成在旁边听了一耳朵，猜测他要去总部见锤帮帮主。掌握锤帮帮主的住处和活动规律，是牛海成最重要的任务，他决定跟踪韩吉旺。

　　这段时间，牛海成业余时间基本上是自由支配，阿六也不管他，反正手机二十四小时开机，有急事能找着就行。

　　保安部大楼的后面，是四通八达的城区。韩吉旺出后门，走小道，站在街边准备招的士。韩吉旺坐的士，说明不是去见帮主，即使如此，也不影响牛海成的跟踪计划。牛海成就叫刘海把车提前开到了街口，然后神不知鬼不觉地上了刘海的车，等韩吉旺上了的士，刘海的车便跟了上去，而且与韩吉旺坐的的士始终保持不远不近的距离。

　　韩吉旺很警觉，他坐的的士在城区转了两个来回，最后才在一个住宅小区门口停了车。下了车的韩吉旺还不放心，东张西望一阵，才进入住宅小区。牛海成也跟了进去，这个时候，牛海成已经在刘海的车里面易了容，变成了一个两鬓斑白的老者，只是步伐仍旧矫健。

韩吉旺进门前担心身后有尾巴，不断回头甚至突然转身来判定有没有跟踪，好在牛海成准备充分，韩吉旺没认出牛海成来。韩吉旺确信没有尾巴之后，才放心大胆地上楼。

牛海成从另一部电梯上楼。上楼前，他记住了韩吉旺的电梯停在二十楼，牛海成随之也上到二十楼。电梯门开之后，他没有马上出电梯。这栋楼一梯三户，他看到了一单元门口站着的韩吉旺，正等着房子的主人来开门。

牛海成把电梯按停在二十楼，电梯门开着，对面的情形正好一览无余。一会儿，一单元的大门开了，开门的是个年轻女子。韩吉旺嘟嘟哝哝地闪身进屋，估计是埋怨女人开门动作太慢。韩吉旺进屋后，女人朝门外探头探脑地看了几眼才关门。这几眼就够了，牛海成记下了女子的长相，然后迅速出了电梯，在一单元的门口听了听，根本听不到里面的动静，再看了看，猫眼里是一片漆黑，牛海成便知道在防盗门之后肯定又加装了一道厚厚的门。牛海成撤回到小区门外，跟刘海两人分析了一会儿，认定这里是韩吉旺情妇的住处。

牛海成让刘海留下继续跟踪韩吉旺，自己打算打车回到保安部附近的大街上闲逛。离开小区的时候，牛海成回眸一望，看到了小区大门上面雕刻着四个镏金大字：绿苑豪庭。

原来，韩吉旺在村里当民兵连长的时候，就处了一个对象，叫李英子。李英子人长得漂亮，家境也相对殷实，对韩吉旺曾经是一往情深。可是李英子的父母不同意这门婚事，托在城里工作的亲戚给李英子物色了一个城里的对象，后来，李英子拗不过父母，到底还是嫁到城里来了。

李英子的老公是花城的一个普通公务员，又黑又丑，李英子嫁给他，就冲着他有一份稳定工作。她找了一阵子工作未果，无奈只好在家当了全职太太。但两人靠一个人的工资生活，家里的开销经常是捉襟见肘，而且完全靠丈夫一个人的工资，李英子总也摆脱不了一种寄人篱下的感觉。

去年年底的时候，李英子的丈夫领回一笔可观的年终奖，于是，他突发奇想，要请如花似玉的妻子到星级酒店里吃一顿大餐。真可谓不是冤家不聚头，李英子的丈夫请李英子吃大餐的酒店正好是鸿运公司管理的神龙酒店，而韩吉旺早几年前就是鸿运公司的保安部部长了。当时韩吉旺正在神龙酒店和他的手下吃饭喝酒，突然看到李英子和一个又黑又丑的男人从门前过。韩吉旺刚开始还以为是看花了眼，追出门来一看，果然就是他朝思暮想的初恋情人李英子。他没有声张，不声不响地叫人为李英子和她丈夫的这桌饭菜买了单，还特意吩咐服务员要到了李英子的电话号码。

第二天，李英子还在困惑之中的时候，韩吉旺的电话就到了，两人在电话里像找到了失散多年的亲人一样悲喜交加。这次偶遇，为他们重续旧情找到了心安理得的借口，堂而皇之地把巧遇说成是缘分。打这之后，李英子就再没找丈夫要过一分钱。

过了一段时间，李英子提出在城区买一套房。这么大的事，从李英子嘴里说出来，就像孩子说梦话一样轻松，她的丈夫一脸讶异，以为李英子真的是在梦游："怎么想起买房了？我们到哪儿弄那么多钱去？"长期逆来顺受的李英子却破天荒地理直气壮："你出首付，我娘家给我出钱按揭。"

虽然李英子的丈夫感到一头雾水，但买房子始终是好事，他努力凑够了首付，交给了李英子。

其实，韩吉旺给的钱，足够李英子买下房子了。她之所以让丈夫出首付，只是想让他有压力而已。

李英子有了丈夫的首付款和韩吉旺给的钱，直接就买下了绿苑豪庭一套坐南朝北的山景房，三室两厅带大阳台。买房的时候，李英子没有通知公务员丈夫，她是和韩吉旺一起去看的房。

这回，李英子真正过上了养尊处优的全职太太生活，家里有朝九晚五的公务员丈夫为她鞍前马后，外边有韩吉旺这样横冲直撞捞世界的男人为她遮风挡雨，整个人出落得更加光彩照人，这也让韩吉旺越发欲罢不能。

到了傍晚，牛海成接到了刘海打过来的电话，说韩吉旺带着情妇出门了，到了花城本地人才知道的一个夜市。花城的夜市全国闻名，遇到世界杯和其他大型赛事直播的时候，夜市更是夜夜爆满。

既然韩吉旺打算跟情人共度良宵，牛海成就趁此机会把焦利忠也约了出来，准备一起吃顿烧烤——即使在夜市上被韩吉旺碰到也合情合理，谁没有几个朋友呢？

牛海成抄近路先到了夜市，找好烧烤店，点好了单。

焦利忠落座后还是有些担忧："韩吉旺那边会不会有什么情况？"

牛海成递过去一杯冰镇啤酒，说："小刘跟着呢。我看干脆叫小刘一块儿来喝酒吃烤串，这夜市挺热闹，你们也该放松一下，弦不能总这么绷着。"

焦利忠随后拨通了刘海的电话，叫刘海一起过来喝啤酒，没想到，刘海坚持要等韩吉旺离开了夜市再说。

牛海成说："有刘海在那儿盯着，咱们安心喝酒。这夜市我也是第一次来，真是开眼界了。这里的生意太好了，这么多小吃，连外国人都喜欢咱们中国的夜市，老板们肯定早就赚得盆满钵满了。"

焦利忠也感叹说："我也很少来夜市，今天来这里一看，开眼界了。"

刘海之所以坚持要跟踪到底，是他觉察到情况有些不对。他跟着韩吉旺和李英子走进夜市的时候，在入口处发现了几个形迹可疑的人，这几个人一直跟在韩吉旺和李英子后面，进了夜市也不急于找座位，等到韩吉旺和李英子选定位置后，他们才在附近坐下，还不时看向韩吉旺和李英子的方向交换眼神。韩吉旺毫无察觉。

刘海把他的发现告诉了焦利忠。

牛海成和焦利忠认为，这是一个值得重视的情况，他们应该一起去往韩吉旺所在的地方。如果这几个人是一帮混混，想在夜市撒野，他们也不能袖手旁观。如果这帮人是冲着韩吉旺来的，那就是天赐良机，牛海成正好出手相助，彻底消除韩吉旺对他的怀疑。

牛海成和焦利忠在离韩吉旺和李英子不远的位置落座，果然，几杯啤酒下肚之后，那几个人前后左右呈包抄状朝韩吉旺和李英子的座位慢慢靠拢，刘海马上向牛海成报告了情况。牛海成不慌不忙，又吃了两串烤牛肉，才抓上几串烤鸡翅和一罐啤酒起身。他吩咐焦利忠和刘海，待会儿由他独自出面解决，不到情况十分危急，他们都不能插手。

等到牛海成走到韩吉旺旁边的时候，韩吉旺和对方已经对峙了一小会儿，李英子早已吓得面无人色。

对方有五个人，个个身强力壮。以韩吉旺的身手，轻松逃脱是完全有可能的，可是，他作为道上有姓有名的人物，怎么可能撇下自己的女人呢？

正在韩吉旺陷入绝望的时候，牛海成出现了。他左手举着几串烤鸡翅，右手握一罐啤酒，漫不经心地走过来。走到跟前，牛海成才突然发现韩吉旺似的："哎哟，这不是韩部长吗？你也在这儿——"话没说完，看到身边几个虎视眈眈的人，又问："这是什么个意思？"

牛海成的出现让韩吉旺看到了一线希望，但也产生了担忧：对方这么多人，而且都亮出了家伙，这个还没有完全入门的手下敢为他出头吗？

李英子已经喜上眉梢："大哥，你赶紧过来帮帮我们。"

几个壮汉同时一愣。

牛海成毫不含糊，瞬间从腰间拔出一把枪来，顶着领头的壮汉："你们想干什么？"

领头的壮汉反应极快，反手一刀向牛海成刺来。牛海成动作更快，伸手捉住了对方的手腕，使劲一拧，只听咔嚓一声，对方的手骨折了，尖刀掉到地上。壮汉的脸立刻呈痛苦扭曲状，牛海成附在他耳边说："不想死在这里，就带上你的喽啰赶紧滚开，下次如果再敢对我的哥们下手，没你的好下场。"

牛海成说的话音量不大，但韩吉旺却听得清清楚楚。

壮汉们狼狈逃窜后，韩吉旺赶紧邀请牛海成落座，称呼他"刘哥"。

两杯啤酒下肚，李英子惊魂未定，韩吉旺则面露狐疑："刘哥，你——怎么会有枪？"

牛海成哈哈一笑，然后把那把枪扔在桌上，轻描淡写地说："这是我给老乡的孩子买的玩具枪，没想到，在这儿用上了。"

韩吉旺这才轻松地大笑起来，然后把牛海成介绍给李英子。韩吉旺介绍李英子的时候，把李英子说成是老家的表妹，李英子脸上的表情复杂而又微妙。

夜市上发生的事件，对李英子还是很震撼的。她本来还想着尽快跟丈夫离婚，然后跟韩吉旺过好日子，经过这次事件之后，李英子害怕了，犹豫了。她觉得韩吉旺的日子虽然眼下风光，但也是刀尖舔血，说不准哪天就会把身家性命搭进去。

韩吉旺没工夫考虑李英子的感受，他想的是下一步的事情。在夜市上见识了牛海成的凶悍之后，韩吉旺对牛海成真的是另眼相看了。试想一下，那天要是没有遇上牛海成，他韩吉旺纵然有三头六臂，不死也要脱层皮。他知道对手是谁，更知道对手心狠手辣，显然是想置他于死地。可以说，是牛海成让他和李英子得以死里逃生。

他以前总感觉人多力量大，一直想通过增加人员来扩充实力，以应付随时可能出现的突发状况。现在他突然明白了，真切领悟到了"兵不在多而在于精"的道理。他认定牛海成现在就是他手里的一张王牌，是他不经意捡到的一个宝。

第二天，韩吉旺几乎是迫不及待地宣布了牛海成为保安部副部长，由他直接领导。保安部的人个个嫉妒得眼冒绿光——这才来了几天，他凭什么就能当副部长？牛海成为了尽快见到锤帮帮主，摸清锤帮总部的情况，只能装出一副心存感激、欣然接受的样子。

牛海成当了保安部副部长，工资马上翻了几番。他没有动用这些工资，能不能花这笔钱，还要等到以后由上级决定。

牛海成打心底里看不上保安部副部长这个"官"。韩吉旺一句话就能把他变成副部长，跟变戏法差不多，连他自己都觉得好笑。不过话又说回来，虽然这"官"是韩吉旺送的，但在保安部这一亩三分地里，他可以说话算数了。手下的保安在他面前一下子全都成了孙子，就连李金财也服软了，点头哈腰不说，还一口一个"刘部长"，把中间的"副"字都省了。

当了保安部副部长之后，牛海成就不跟阿六他们一起住了，有了自己单独的居室，也不用再参加值班巡逻。这样一来，牛海成就可以随时跟焦利忠、刘海通话。这让牛海成有了自由活动的空间。他决定主动出击，把锤帮这潭浑水好好搅一搅，看看到底能浮出什么样的妖魔鬼怪来。

怎样才能搅动这潭浑水？牛海成和焦利忠在电话里嘀咕了两个晚上，最后决定：让警方端掉几个外围团伙，然后重点"清扫"一遍神圣酒店，而其他的娱乐场所暂时不动，给锤帮一种警方在抽查的假象。

在牛海成看来，端掉几个外围团伙等于打掉锤帮的耳目，而搜查神圣酒店才是这次行动的真正目的，不仅能揭开神圣酒店神秘的面纱，说不定还能逮到大鱼。

市局以最快的速度部署了这次行动。吕威怕走漏风声，直接从下面县区抽调了一批警力，直到临行前才发布抓捕任务。他们一举扫灭了火车站和沿江路一带的外围团伙。这些外围人员都是一帮乌合之众，活动的范围全在警方的掌握之中，基本上是一抓一个准。

火车站的拉客帮，自从孙喜胜被抓之后，锤帮随后又有一个小头目补了进来，一如从前负责望风，顺手敛财。没想到，小头目在火车站这块地盘上还没有混出个名堂来，就成了锤帮的替罪羊，被警方逮住，关了一段时间，然后遣送回老家。

端掉外围，只是序曲，搜查神圣酒店，才是这次行动的主题。神圣酒店是锤帮的核心酒店，比神龙酒店还高出了几层，里面吃喝玩乐的设施一应俱全，平常对外营业，但锤帮有需要时，则作为组织内部聚会的场所，是锤帮骨干成员聚会的地方。从韩吉旺平常的言谈中，牛海成断定神圣酒店有问题，果然，扫清外围团伙之后，警方乘胜突袭了神圣酒店，抓出了一堆牛鬼蛇神。

根据牛海成提供的线索，吕威把警力重点放在低楼层的客房和餐厅，其余警力对整栋酒店大楼展开地毯式搜查。没想到，这一网下去，虽然没逮着大鱼，但小鱼小虾捞了不少，光酒店客房里，就抓出了几十对卖淫嫖娼的男女，这就足够让神圣酒店整顿个十天半月的了。

警方对神圣酒店开展治安清查的时候，牛海成正应邀与韩吉旺在神龙酒店吃饭。夜市事件后，韩吉旺一直想找个机会对牛海成表示感谢，这次请客，除了感谢，更有拉拢的意思。

借着酒劲，韩吉旺跟牛海成推心置腹："刘哥，在我们鸿运，只要你有能力，会干活，来钱真的很容易。"

牛海成装糊涂："只要有能力，在哪儿都能赚到钱啊。"

韩吉旺摇头："不不，以你的能力和胆识，不应该只是这样的待遇。"

牛海成拿杯跟韩吉旺碰了一下，喝了一口酒，这才假装好奇地问："那应该是怎样的待遇？你现在给我的待遇已经很好了。"

"那点工资算个啥。"韩吉旺感觉牛海成反应比较冷淡，估计他是坐牢坐怕了，顺势抓住了过来帮倒酒的服务员的手说："来，敬我们刘哥一杯，给他壮壮胆。"

圆脸蛋的服务员小姑娘笑得很诚恳："韩部长，我真的不会喝酒，喝水吧！"

韩吉旺故作姿态："你喝水，让我刘哥喝酒，你胆挺肥呀！要不然叫你们经理来替你喝？"

小姑娘知道韩吉旺在装腔作势，干脆顺杆儿爬："那我去把我们经理请来。"

韩吉旺觉得有些扫兴，嘟哝一句："你这丫头，看上去傻，其实不傻。不怕经理是吧？也难怪，现在一块砖头掉在人堆里，都能砸着五个经理、六个部长、七个老总。"说完，他一脸自嘲地笑。

小姑娘接他一句："您那不是砖头，是手榴弹。"

一句话把牛海成和韩吉旺都逗乐了。

两人你来我往，韩吉旺很快喝到了兴奋状态。

牛海成装成不经意地问："我们喝几次酒都在神龙酒店，不是说咱们鸿运还有更好的酒店吗？啥时候带我去见识一下？"

"是啊！下次咱们一定得去神圣酒店。"韩吉旺拍了一下手，"那里的菜做得很有特色，每次季度或者是半年总结，陈总都要召集大家在神圣酒店聚会一次，各个场所的头儿们都要汇报经营情况，做得好的发奖金。中秋和春节这样的大节日，公司中层以上都参加的话，有时神圣酒店的场地就不够了，还得到总部……"

牛海成佯装细细品菜，其实是在侧耳细听。韩吉旺显然已经彻底解除对他的怀疑，所以口风也没那么严密了。看来，神圣酒店确实只是名义上的总部，锤帮的总部还另有场所。

韩吉旺正在滔滔不绝说着话，手机响了。他漫不经心地拿起电话，没听一会儿，神色顿变，冷汗从他头上一路一路地流下来。接完电话，韩吉旺惊慌失措地说："刘哥，出大事了。"

献　　计

　　韩吉旺和牛海成火急火燎地赶往神圣酒店。

　　看到酒店里里外外都是荷枪实弹的警察，韩吉旺彻彻底底傻了眼。从韩吉旺沮丧而又疑惑的表情中，牛海成突然意识到：鸿运公司长期欺行霸市，且与黄赌毒有染，却能屡屡逃过公安部门的打击，说明警方内部也许有锤帮的保护伞，及时通风报信，让他们躲过一次又一次，逃过一轮又一轮。这次吕威从异地出警，才让神圣酒店现出原形。

　　韩吉旺和牛海成向警方亮明了自己作为鸿运公司员工的身份之后，才得以进入酒店。看到被抓的嫖客和卖淫女都衣冠不整地面墙而蹲，韩吉旺知道局面已经无法收拾，只有老实接受教育审查和治安管理惩治的份。

　　进了神圣酒店不久，牛海成借口抽支烟，脱离了韩吉旺的视线，直接去了楼顶，察看神圣酒店所处的大致方位和周边交通状况，然后以最快的速度逐楼查看，差不多半个小时之后，他才回到客房部。韩吉旺还在那里跟警察做检讨，准确地说是在接受警察的教育和训斥。可是，不管韩吉旺怎样说好话装孙子，神圣酒店还是被要求停业整顿半个月。对于一个星级酒店，停业整顿半个月的损失巨大，酒店的生意也许半年都缓不过劲来。

送走警察，已经是午夜时分，韩吉旺全身早就被冷汗浸透了，凉风一吹，浑身难受。酒店上下都被贴上了停业整顿的封条，像个全身裹满纱布的巨汉，空有一身肌肉却动弹不得。二十几层的酒店大楼，就连电梯都被封了，完全变成了一座死楼，仅仅留了一扇后门供人进出。

韩吉旺坐在酒店门口的大理石台阶上，看样子是在打电话向锤帮帮主报告情况，对方在电话那端大声训斥韩吉旺，旁边的牛海成听得真切。听起来，锤帮帮主骂韩吉旺，主要是骂他作为保安部的部长没有一点敏感度，在外围团伙被抓了之后依然没引起警觉，没有对神圣酒店加强一点防范措施，但并没有把责任全部推到韩吉旺身上。听那口气，更让他恼火的是事先没有得到警方开展行动的消息。

挂掉电话之后，韩吉旺心虚地为自己开脱："警方都成神兵天将了，防不胜防啊。"

牛海成马上附和着说："是啊！现在警方隔三岔五就会有行动，如果没有信息渠道，鸿运公司家大业大的，风险也太大了。"

牛海成的话一针见血，勾起了韩吉旺深深的担忧："刘哥，你说这警察怎么说来就来了呢？这样的事在神圣还是头一次，真的是见了鬼了。"

看到韩吉旺除了一脸沮丧，并没有其他异样，牛海成猜想韩吉旺并不掌握锤帮在警方的保护伞线索，也许这个保护伞只和帮主联系。

回到住处之后，牛海成躺在床上，一点睡意都没有，翻来覆去想着黑保护伞的事。这把黑伞，就像一枚钉入牛海成心头的楔子，让他有些喘不过气来。

其实，想让这个黑保护伞现形，也是有办法的：放出几条假消息，他就有可能露馅，再不行，就到电信部门查阅相关人员的通话记录。可惜现在帮主是谁都没有弄清，号码更无从说起，电信部门即使是有劲也使不上，只能是先在警方内部秘密排查。

这些都应该是刘恺和吕威想的事，牛海成熬更守夜地替他们想了，想得精疲力竭，直到天亮时分才迷糊了一小会儿。

韩吉旺回到住处躺上床之后，同样是辗转反侧夜不成眠，他不知道警方的内线怎么突然就不灵了，这条线是由帮主亲自掌控的，有重要消息都是直接通知帮主。这次神圣酒店遭遇突击检查，虽然责任不在韩吉旺这里，但韩吉旺心里并不轻松，因为警方的内线断了，对鸿运公司可是一个致命伤。公司面上是酒店业、海鲜档和娱乐场所，暗地里与"黄赌毒"夹杂不清，如果没有警方关照，哪能有今天这样日进斗金的业绩，而且，帮主心里的无名火肯定要有一个出气筒。韩吉旺有自知之明，这个雷必须由他顶，即使帮主当场扇他大耳刮子，他也只能把打掉的门牙往肚子里吞：外围的团伙被扫掉了几个，自己却反应那么迟钝，还让三陪女在酒店里大大方方地接客赚钱，这样想来，自己确实有些愧对了帮主的信任。

下一步怎么办？

他想到了他的保安部副部长，遇到难处的时候，就该有人一起扛啊。

第二天早上快收操的时候，韩吉旺出现在了操场上。

牛海成当了副部长后，只到操不出操，这个时候，他也已经在操场上转悠了。尽管身心疲倦，但他不敢起得太晚，他断定，神圣酒店被查封后，韩吉旺必然会有所动作，他不能错过了这难得的时机。

果然，韩吉旺虽然睡眼惺忪，但还是强打着精神来到了操场上。阿六让出操的保安们原地稍息，自己过来请示韩吉旺有什么训示，韩吉旺摆摆手，一副不耐烦的样子，让他们解散了。

牛海成在一旁静观，看见韩吉旺向他走过来，他也缓步迎上去，双方谁都没有开口说话，但彼此的心思似乎都一目了然。

到了近前，韩吉旺才小声说："刘哥，咱俩合计合计吧，神圣这个情况，下一步怎么办？"

牛海成扬起眉毛看韩吉旺一眼，说："那咱们找个地方好好理一理？"

韩吉旺想了想，说："干脆到我屋吧，叫人把咱俩的早餐送到屋里来，边吃边合计。"

这是牛海成第一次进到韩吉旺的单人宿舍。

韩吉旺的单人宿舍比牛海成的单人宿舍气派多了，里面简直就是一个小型指挥中心，设有对鸿运旗下各个营业场所的监控，哪个地方出现情况，在他这里都一目了然，还可以随时呼叫各营业场所的保安和部门经理。宿舍里长期保留一个保安值班，既为了保证他的安全，也是为了及时掌握监控信息。

韩吉旺把监控画面转到神圣酒店大门，门上的封条格外醒目，往日门庭若市的神圣酒店，这会儿门可罗雀，不时有人聚在门前指指点点。

韩吉旺叹息道："这事弄的，实在太被动了。男男女女的抓了那么多人进去，你说半个月之后，能重新开张吗？"

牛海成看了看韩吉旺，说："即使能开张，关停了半个月，恢复元气也要几个月。神圣酒店这次抓了这么多人，看来警方对内部情况似乎很了解。就怕这只是个开始。除了小姐，会不会还有别的问题？"

韩吉旺不正面回答："完全合法的生意不好做。你感觉警方注意到我们了吗？"

看到韩吉旺把球又踢了回来，牛海成脸上显出忧虑来："只要是想注意我们，很多事情都会进入警方的视线。关键是要有管用的信息渠道，警方内部要有人关照。"

韩吉旺脱口而出："警方内部的渠道，那是老板掌握的，我们也不敢过问。"

看来花城警方确实存在这样的一个"内鬼"了，而且级别应该还比较高。

牛海成突然想到，如果能拔除这个"内鬼"，锤帮病急乱投医，到时顺势安排刘海充当韩吉旺在警方的"内应"，帮助韩吉旺把神圣酒店的事摆平，韩吉旺在锤帮的地位更高，自己作为他的"亲信"，接近帮主的机会自然也就多了。

想到这里，牛海成语重心长道："老板那儿有，是老板的，咱们保安部也应该有啊，你是保安部部长，应该主动作为呀，有了自己的眼线，再有什么情况，咱们就可以轻松化解，不会像这次这么被动。"

韩吉旺如梦初醒："是啊，我们自己可以开辟一个信息渠道啊。我们手下管着酒店，有吃有住，找个内线还那么难吗？"

牛海成与焦利忠取得了联系，把自己认为警方内部有锤帮内线的判断和依据告诉了他。事关重大，牛海成叮嘱焦利忠，务必单独向吕威汇报情况，采取有效措施尽快查出警方内部的黑保护伞。另外，他还建议，如果查处了原来的黑保护伞，可以为刘海创造条件，让他成为锤帮想争取的"香饽饽"。

有了牛海成的线索，花城警方对比历次针对神圣酒店开展专项行动的出警情况，确定了西夏路派出所所长苟建明为"问题人物"，再通过排查他的社会关系和通信情况，揪出了花城公安局的副局长刁思东。在接下来的人事调整中，刘海摇身一变，成了城中区派出所的副所长。

城中区是花城最为繁华的城区。刘海空降城中区派出所，所里都议论说，刘海背景深厚，就是到派出所要个履历，连工作都不归所长管。刘海也显出一副与世无争的做派，很快就和所里上上下下打成一片。听说城中区派出所来了这么一位"未来之星"，韩吉旺阴沉了几天的脸终于转晴。

这天，刘海约上同是城中区派出所"新人"的干警王顺子，王顺子又叫了几个身穿警服的辅警，一群人热热闹闹地进了神龙酒店，开了一个小包厢。

巡查的保安第一时间向韩吉旺报告了情况。韩吉旺喜出望外，再三叮嘱餐饮部经理刘一朵照顾好"贵客"，他一会儿就到。

既然韩吉旺这么重视，刘一朵自然是不敢怠慢，还没等到刘海他们喝过一个来回，刘一朵就进了包厢，一进门，眼神就对上了坐在首席的刘海。刘海略微点了一下头，刘一朵就主动迎上去，笑道："警官，领导，您是第一次来到神龙吧？觉得菜合不合口味？"

刘海边喝酒边说："菜做得还行。不过，我们是粗人，什么都能吃。"

刘一朵笑容不断："您谦虚了！一看就是贵人。请问您贵姓呀？"

"我姓刘。"刘海答得随意。

旁边的辅警忙着补充："这是我们刘副所长。"

刘一朵马上奉承说："刘所长年轻有为。咱们是本家，我也姓刘，叫刘一朵，这是我的名片。"

刘海接过名片，扫了一眼，笑着说："名字挺有意思，刘一朵。还真是本家，本家在你这里消费，享受几折优惠？"口气里故意带了几分调侃。

王顺子和其他几个辅警哈哈大笑。

刘一朵笑着回应："警察叔叔来了，我们免单都是应该的，几折优惠算什么。"

刘一朵拿酒杯给自己斟上满满一杯啤酒，从刘海开始敬。

敬到王顺子的时候，韩吉旺神情肃穆地出现在门口。刘一朵顺势把韩吉旺拉了过来，向刘海介绍道："这是我们公司的韩部长。如果刘所长不介意，由韩部长亲自陪你们喝几盅，韩部长酒量好着呢。"一边说着话，一边已经安排服务员把椅子加到了刘海的旁边，摆上了新餐具。

刘海帮韩吉旺拉开椅子："能跟部长一级的人喝酒，那可是机会难得呀！"

韩吉旺笑呵呵地说："什么部长级，我那是'不长'级，就是个保安小头目。"

韩吉旺的出现，在刘海的意料之中。上了桌，韩吉旺反客为主，招呼服务员加菜上酒，然后"瞄准"刘海，发起一轮又一轮攻势。但无论韩吉旺怎么套近乎，话说得多么贴心，刘海始终都是一副宠辱不惊的样子。

韩吉旺长长的铺陈之后，经过九曲十八弯，最终还是拐到了神圣的话题上。

"刘所长，我们公司还有一个酒店，跟这里比更有特色，下次有空了咱们换个地方喝酒。"

"这个酒店已经是四星级了，你们竟然还有比这更好的，那是什么酒店？"

"神圣酒店啊，您没去过？"

"没去过，刚当副所长，这里还是头一回来呢，再说了，酒店再好，没钱也进不来呀。"

韩吉旺赶紧拍胸脯表态："在咱们自己的酒店里消费，千万别提钱的事。就是这段时间还不行。神圣酒店让警方给关了……"说完，还一脸的惋惜和无奈。

刘海故作惊讶："怎么就给关了，犯了什么事？"

"没多大事。小问题。刘所出马，肯定能解决这个问题！"韩吉旺给刘海戴高帽。

刘海没应声。整个席面都安静了下来。

韩吉旺涎着脸又给刘海敬酒："所长，您肯定有办法。"

刘海做出一副为难的样子，说："你们写个整顿报告吧，认识要深刻，态度要诚恳，我递上去看看。希望能尽快开张，我们也好去神圣见识见识。"

韩吉旺大喜过望，抢着表态："明天就交给您！"

正巧，这时服务员把账单送了上来，韩吉旺抢着在账单上签了字，然后一脸的江湖义气："今天遇到刘所长，真是一见如故，相见恨晚，神龙酒店以后就是您的第二饭堂。包括您手下的兄弟，想喝酒了，想来就来，不必顾虑，记在我账上就行，这点小事算不了什么。"

刘海也一副心安理得的样子："那你们的申请尽快给我，我尽力吧，谁让韩部长这么够朋友呢。"

没过两天，刘海就让神圣酒店不声不响地重新开了张。

这对韩吉旺来说可算意外之喜。虽然他立下了军令状，向帮主承诺尽快让神圣酒店重新开张营业，但这所谓的军令状，完全是他被逼无奈之时的缓兵之计，连他也没有想到，会这么快实现。这样一来，他在帮主那里肯定更受重视了。

那一刻，韩吉旺的心情就像正午的太阳一样灿烂。不过，他静下来一想，这功劳有一半还要归功于牛海成：没有牛海成的点拨，他哪能想到要跟警方建立私下沟通的渠道呢。

韩吉旺组织人员到神圣酒店清除封楼的封条。这样的事，用不着他组织人干，酒店里有的是人手，但他这回主动揽活，为的是在神圣酒店员工的面前刷存在感。他让牛海成随行，提前叮嘱他"穿得正式一点"。进了酒店大堂，神圣酒店餐饮部经理胡月眉欢眼笑地对韩吉旺热情相迎："韩部长早啊！给您准备了早餐，安排在二楼的长城房。"

韩吉旺赶紧向胡月介绍牛海成："这是我们保安部的刘副部长，以后刘副部长就是你们酒店的贵宾了啊！"然后转向牛海成，"这是神圣酒店的餐饮部经理胡月，鸿运公司数得着的美女经理。"

胡月确实算得上美女一枚，柳眉杏眼，丰乳肥臀，人到中年，更显少妇韵味，而且眉目传情。听了韩吉旺的介绍，她顺嘴就夸了牛海成一句："刘副部长真是一表人才，以后多到我们神圣检查工作。"

牛海成也欣然回应："谢谢胡经理，大家互相支持。"

到了二楼长城房，韩吉旺意味深长地对牛海成说："刘哥，今天是个重要日子。咱们先吃早餐，吃完早餐我带你到外面走走。"

牛海成内心狂喜，表面却若无其事地问："去哪儿？"

"到时候你就知道了。"韩吉旺神秘兮兮地说。

从神圣酒店出来，他们坐上了韩吉旺的宝马7系车。坐进车里之后，牛海成看到开车的司机是韩吉旺从老家挑来的亲信华兵，心里就有底了。华兵也不问他们去哪儿、见谁，径直把车开得飞快，显然韩吉旺早有安排。闲聊了几句以后，牛海成假装闭目养神，看上去是眯缝着眼，实际上一直在留意车的去向。

车出市区，大约西行一小时，进了一处僻静的山庄。这里林木葱郁，风景优美，牛海成一度以为自己是进了风景区。行驶在山间的公路上，山脚下就是绿树掩映下的湖泊，像一面硕大的蓝色镜子，水波不兴，偶有碎石或果实掉落水中，在湖面敲出一道道涟漪，像一张张笑脸，专为迎接进山的客人。宝马车沿着盘山公路向上绕行两圈之后，一座高大宏伟的石牌坊便出现在眼前，牌坊上刻的"陈宅"二字赫然入目。远远望去，清一色高低错落的仿古建筑，红墙绿瓦，九曲回廊，梅兰竹菊点缀其间，如入仙境一般。牛海成暗暗震惊，这整个建筑群几乎占据了整个山头，谁能有这样的胆量和背景？

牛海成精神一振，心想今天也许要揭开锤帮总部神秘的面纱了。

华兵把车停在了围墙边的一块空地上，韩吉旺只带牛海成下了车。

进了院子，韩吉旺领路，牛海成殿后，走过一座小桥，来到一幢飞檐翘角的楼宇前，屋角上的瑞兽在阳光下闪闪发光。

整个建筑寂静无声，偌大的厅堂里空无一人，立在大厅两旁的屏风显出一种莫名的诡异。这样的情况显然也出乎韩吉旺的意料：既没有往常的严密守护，也不见大集会时候的云鬓丽影。

正在韩吉旺愣神的当口，大门被关上了。牛海成和韩吉旺本能地背靠背站在一起。七八个蒙面人从他们周围的屏风后面一跃而出，手中挥舞着长达六七尺的木棒，上来就是一阵暴风雨般地狂扫。牛海成和韩吉旺闪躲腾挪，避开众多蒙面人的围攻。一个回合之后，韩吉旺屁股上已经挨了几棒。对方人多势众，牛海成和韩吉旺一开始只能忙于招架，打斗两个回合之后，仍然不分胜负。牛海成不敢恋战，只图速战速决，决定变被动为主动，改用滚地雷战术。因为这样的招式重心低，滚动快，身形变化大，腿也可以灵活运用，对方一时难以招架。混乱中，牛海成趁机用扫堂腿扫倒了两个人，并夺得两根木棒，扔给韩吉旺一根。两人手中有了武器，局面马上逆转，很快，四五个蒙面人被打趴在了地上，剩下的人且战且退。

这时，从屏风的后面又走出几个蒙面人来，一个戴着头套的男子被他们押着。领头的蒙面人扯着嗓子对韩吉旺喊道："住手！你们帮主在我们手里。按照我说的做，否则我随时要了他的命。"

戴头套的男子挣扎了几下，嘴里不时发出呜呜的声音。

对韩吉旺来说，帮主被绑，差不多就是天塌地陷。帮主的贴身保镖们都到哪儿去了？这帮绑匪又是从哪儿冒出来的？怎么就一声不响地杀到了这比鬼门关还要神秘的锤帮总部？猝不及防之下，韩吉旺来不及细想这些漏洞百出的问题，差点儿乱了阵脚，下意识地就想往后退。看到牛海成镇定自若、处事不惊的样子，他才勉强平静了下来。

"你们这帮浑蛋到底想干什么?"虽然内心恐惧,韩吉旺还是硬着头皮虚张声势,"有本事把你们脸上的布扯下来。"

蒙面人嘿嘿冷笑:"你们现在只有乖乖听话的份,否则——"说着就在戴头套的人身上划拉一刀。那人一声惊呼,血流如注。

在韩吉旺与蒙面人打嘴仗的当口,牛海成也在观察思考。很显然,不能让蒙面人把锤帮的帮主绑走。黑吃黑后,会出现更大的黑势力,而要再打入内部就更是难上加难。

蒙面人对着韩吉旺和牛海成大声吼叫:"你们两个,把棒子扔了!"

韩吉旺和牛海成扔掉了手中的木棒。

"抱头,转身对着墙,把路让开!"蒙面人继而大声命令。

韩吉旺和牛海站在原地未动。

"面向墙壁,抱头,听不懂啊?"蒙面人咆哮如雷。

牛海成跟韩吉旺使了个眼色,韩吉旺会意,于是两人乖乖地抱头转过去。牛海成站在没有屏风的地方,大理石墙光可鉴人,他从墙面看到两个蒙面人押着锤帮帮主过来,突然有了应对的方案。待蒙面人行至六点钟方向,牛海成突然转身,大喝一声,随即嗖嗖地掷出了他今天出门时顺手从桌面上拿的两颗太极球,动作快如闪电,两声惨叫过后,押着头套男子的两个蒙面人应声倒地。韩吉旺趁机冲上前去,救出了那男子。牛海成没了牵绊,操起木棒,对着蒙面人一阵猛攻。没几下,几个蒙面人就被打得鬼哭狼嚎,没有了还手之力。牛海成用木棒扫倒几个蒙面人之后,正准备生擒蒙面人头目,从大厅的后面走出一个人来,差点让韩吉旺惊掉下巴。

牛海成也为之一惊,不由自主地停住手,定睛望去。只见那人年过半百,脚蹬一双棕红色皮鞋,合体的深蓝西服下是纯白衬衣和黑蝴蝶领结,一头长发染成棕红色,脸色红润,目光深邃,满满的艺术范。

韩吉旺惊讶地叫出声:"陈总?!"眼里飞出无数的问号。

牛海成马上意识到这才是鸿运公司总裁、锤帮帮主。

只见他哈哈笑道："太精彩了！这场演习非常成功，既比了武艺，更验证了人心，这位朋友果然武艺高强，陈炳森佩服！吉旺真是慧眼识才，为鸿运的发展呕心沥血，精神可嘉。"他把跟牛海成的见面说成是演习，显然是别有深意。

韩吉旺抹了一把汗："帮主您这不只是考验我的副部长啊，连我也一块儿考了。"

陈炳森反问："要是事先告诉你真相，还能演得这么逼真吗？"

陈炳森把目光转向牛海成："刘副部长对我们鸿运果然是赤胆忠心。"

牛海成沉着脸，不卑不亢地说："久闻陈总大名，今天一见，果然智慧过人。把我们都玩弄于股掌之间，刘某只有佩服的份。"

陈炳森听出牛海成话里的不爽，笑着解释："刘老弟言重了，不瞒你说，当前正逢国家整治市场秩序的特殊时期，我们这些生意人不得不谨慎行事啊！"然后面向众人，"大家辛苦了，今天我陈某略备薄酒，不成敬意，还望诸位尽兴。"

陈炳森所谓的"略备薄酒"，实际上堪称盛宴：整个宴会厅富丽堂皇，一张餐桌差不多占满了整个大厅。

牛海成第一次进陈宅，韩吉旺主动当起了导游。这次帮主设计考验，韩吉旺自觉撑住了场面，预估自己可以获得帮主更大的信任，不由得暗自庆幸那一刻没有动摇和退缩。看到牛海成如此稳健勇猛却处处都表现得低调礼让，并无与他邀功争宠之意，韩吉旺内心是熨帖的，对牛海成多了一份感激和亲近。趁着开席之前，他兴致勃勃地给牛海成介绍正面墙上的大型壁画："这幅《万水千山》是我们陈总亲自创作的，花城美术馆要花大价钱买这幅画，陈总都不干，你知道为什么吗？"

牛海成摇头，他知道韩吉旺是故意卖关子。

韩吉旺得意地说道："咱们不差钱。这幅画是陈总花了几个月创作出来的，风水先生说可以做镇宅之宝。要是国家美术馆收藏还差不多。"

牛海成认真看了一会儿，画面确有几分气势：冬雪迎春，山水之间有小桥流水人家，密林深处飘出几缕炊烟，把人带入世外桃源之境。但如果把这幅画当作镇宅之宝，说明这幅画在陈炳森的眼里分量很重。

牛海成称赞道："没想到陈总还真是个全才，除了会做生意，画也作得这么好。"

韩吉旺就愈加得意了："陈总的画现在在市场上一画难求，价格已经达到10万以上了。"

牛海成着实暗暗吃惊，不是陈炳森的画价值不菲让他惊讶，而是锤帮比起其他黑帮，更贪婪，更糜烂，更具有欺骗性。陈炳森把窝点建在这样一个风景秀丽的地方，自己还拥有一个备受社会关注的艺术家光环，说明他既胆大妄为，又心思缜密，靠着在警方内部找到的黑保护伞，一次次从警方的追踪中从容脱身。

除了正面墙上的大幅壁画外，宴会厅的其他两面墙上也挂满了书画作品，另一面墙前则摆了一排陈列柜，里面琳琅满目，有体现本地风情的纪念品，有各种造型的贵重摆件，甚至还有金银玉石。

韩吉旺告诉牛海成，陈炳森有多个名号：在官方场合，他是美髯飘飘的书画大师和成功人士陈仁杰，经常出资举办各种文化活动，向贫困地区捐款，是大众口中称誉的"慈善家""社会活动家"，谁见了都要尊称一声"陈大师""陈老先生"；而鸿运公司法人代表陈炳森这个名字只局限于有生意往来的商界人士知道，锤帮帮主的身份更是锤帮内部高层才掌握的机密。能够来到这个宴会厅的，都是陈炳森的重要客人，酒足饭饱之余，谁要是看中了哪幅字画哪个摆件，只要陈炳森高兴，他就会当场慷慨赠予，以显示其仗义疏财的豪放。

牛海成在金银首饰展柜前驻足片刻，陈炳森马上就跟了过来，挑出其中的一条金项链，要赠送给牛海成。牛海成连称"不敢"。陈炳森说："刘副部长千万别推辞，你今天的表现让陈某佩服之至，你我以后必定可以一起共创事业，这区区心意，权当见面礼吧。"

锤帮作恶多年，在警方那里早就留下了案底，而且多条线索都指向鸿运公司。虽然刘恺和吕威早就怀疑锤帮帮主就是鸿运公司的法人代表陈炳森，可几次抓捕行动，都因走漏消息而功亏一篑。陈炳森本人更是鲜少出面，公司的经营活动都由公司副总熊青出面。公众怎么会想到自己平常赞誉的书画大师和慈善家陈仁杰，竟然会是一个黑社会的头目？而坐落在深山老林中的豪宅，也让陈炳森更加进退自如。难怪陈炳森会成为谜一样的人物，且能够与警方周旋那么多年。

面对这样强大的对手，牛海成不由得心生警惕，当下不再扭捏，做出狂喜的样子接下了陈炳森双手托着的金项链。

酒菜上了桌，陈炳森率先在上首落座，然后邀宾客入席。他把韩吉旺和牛海成安排在了他的左右两边，向牛海成逐一介绍参加宴会的人士。除了三位衣着入时的美女是"美术爱好者"，其他人都是鸿运公司的高层管理人员。

陈炳森满面春风，说完祝酒词后，又描绘公司的美好前景。正说得兴起，手机响了。陈炳森看一眼来电显示，果断放弃了继续往下说的打算，带头把杯中酒喝了，向全桌人亮了亮杯底，便把满桌客人托给了坐在下首的熊青，自己拿起电话到外面去了。

眼前的餐桌比牛海成当年带队驻守的礁盘还要大，各式菜肴走马灯一样地流转，让牛海成有恍如隔世之感。当年守礁驻岛，啃干粮吃咸菜，乐此不疲，眼前这丰盛大餐，色彩斑斓，却食之无味。

陈炳森的举动，让牛海成意识到这通电话极为重要。按照韩吉旺的说法，但凡这样的聚会，陈炳森都是当仁不让的主角，吟诗作画，饮酒放歌，不高歌几曲是不会结束的。一个电话能让陈炳森一反常态，这个电话绝对不一般。牛海成猜测这个电话很有可能就是毒品贩子打来的。直觉告诉他，陈炳森选在这个时候见他，是要物色一个敢为自己出生入死的人。

陈炳森接完电话回到座位上，举杯敬了一圈，就开始反复说招待不周。这话一听就是送客令，宾客都很有眼色地告辞了。陈炳森让熊青安排送客，自己则神神秘秘地拉着韩吉旺和牛海成进了一间会客室。

收　网

第　八　章

正如牛海成预料的，陈炳森果然有一笔大宗的毒品生意要做。他要求牛海成和韩吉旺随时听令，务必做好随时出发的准备。

牛海成的卧底任务迎来了终极挑战。

怎样应对挑战？当务之急是要把情况先摸一摸。要接洽谁，在什么区域行事，都有什么人参加……陈炳森都没有说。既然韩吉旺是陈炳森最信任的手下之一，牛海成只能从韩吉旺这里找突破口。

可是，那天大聚会后，韩吉旺让华兵把牛海成送回保安部，自己却留在了陈宅。牛海成本以为第二天韩吉旺就该回来，结果一天都不见韩吉旺的影子，保安部由阿六代管，保安们按部就班，看不出有什么特别的不同。

牛海成按捺住性子，终于在第二天傍晚接到了韩吉旺的电话。韩吉旺告诉牛海成，陈炳森把这次交易交给自己负责，诸如路线选择、交易地点的确定、人员安排等，全由自己统筹协调。牛海成的任务就是等待和听从韩吉旺的安排。

听韩吉旺的口气，他早就在边境线附近活动了，而且只要毒品交易一天不结束，韩吉旺就一天不回保安部上班，既然这样，牛海成只能在电话里套取相关信息。

牛海成问："到底什么时候交易，要做哪些准备？"

韩吉旺说："什么时候交易帮主定，随时都有可能改变时间。你不需要做什么准备，养足精神就好了。"

牛海成佯装怯战："第一次参加行动，不知道我能不能对付得了。"

"刘哥，就凭你这反应和身手，肯定能拿下。"韩吉旺信心十足。

牛海成故作谦虚："你对我就这么有把握？再好的功夫也比不上人家的真家伙厉害。"

"放心好了，到了现场，会配给你'工具'。陈总让我先来踩点，就是要准备好'工具'，万一对方出阴招，也好有个应对。"

牛海成当然明白韩吉旺讲的工具是什么，转而问道："这次同我们交易的人是什么个情况，知己知彼，才能百战不殆呀！"

韩吉旺沉吟片刻："我以前也没见过。他都是直接跟帮主见面。我只知道他也当过兵。"

牛海成把他掌握到的锤帮动向及时报告给了刘恺，刘恺也向他通报了两个重要情况，一是这次牛海成前往边境，多半会入住神州酒店。神州酒店坐落在边境线附近，是陈炳森前几年通过多种手段逼迫他人转让的一家酒店，接手酒店之后，陈炳森对酒店进行了升级改造。两年前警方接到线报说有人在这家酒店里进行走私交易，曾部署突袭，结果缉私行动在收网前功亏一篑，走私分子逃得一个不剩。警方怀疑神州酒店内部有秘道。二是通过境外渠道了解到，这次与陈炳森进行毒品交易的毒贩，很有可能就是牛海成曾经所在部队的退伍兵张兵。张兵已经变成大毒枭，毒枭都已丧尽天良，自然不会顾及昔日战友情谊，刘恺再三提醒牛海成，关键时刻一定不能心慈手软。

接到韩吉旺要牛海成赶往边境小镇的电话后，牛海成才收到韩吉旺派人送给他的飞机票。韩吉旺把时间掐得很准，根本没有给牛海成留出空余的时间，拿到机票就必须马上往机场赶。过安检的时候，牛海成看见陈炳森和保镖在旁边的安检通道随着人流移动，他们也看见了牛海成，双方却形同陌路，这是道上的规矩。牛海成只能眼睁睁看着陈炳森出了安检区，很快消失在人流里。

牛海成提着旅行包，按照韩吉旺的指示住进了神州酒店，看来刘恺提供的信息基本准确。神州酒店外观并不起眼，可里面的装潢非常奢华。牛海成刚进房间，还没放好行李，韩吉旺就跟了进来，说："对方随时可能交货，我们得等老板的指令。依然是随时听令，睡觉不能脱衣服，怕来不及。"他随手把一个密码箱和一把手枪丢在沙发上，嘱咐道："刘哥，这枪给你的，关键时候用得着，用完之后再还我。"然后指指密码箱，"这里面是交易款，由你全权保管了。"

"听你的，不脱衣服，随时听令。"牛海成边说边把密码箱放进了保险柜，转身拿起枪，放在手里把玩片刻，说，"好久都没有用过这玩意儿，手生了。"

韩吉旺笑笑："刘哥谦虚了，先抓紧时间休息。"

牛海成追问："马上就要交易了吗？就在这酒店里？还有哪些要注意的事项吗？按照我们部队的规矩，每次重大活动都得提前预演一遍，如果不放心，还有预演几遍的。"

牛海成最后的这句话击中了韩吉旺的软肋。这种刀尖舔血的营生，一次失手，就是满盘皆输，再谨慎也不为过。

韩吉旺略有迟疑，终于透了底："时间由老板定，直到最后交易我们这些手下人才知道。但据我估计，就这两天了，对方已经在对岸等着了。至于地点，老板可能随时调整，不过也就这么几个地方，城区的废旧仓库，酒店前面的河滩，还有我们这个酒店，不知道这次老板最终会选择哪里。"

"没有别的地方了吗？"

韩吉旺摇摇头："应该没有比这几个地方更合适的了。再说，我们的人马也是根据这几个地方的环境安排部署的。我已经规划好了行动路线和联络方式。我们的人都住在酒店里。等老板确定交易地点和时间之后，人员必须半小时就位，一小时之内完成交易。如果对方不按时到位，超过半小时就必须变更交易地点。交易时，一旦对方变卦或者有诈，你要迅速控制对方头目，然后配合我护送帮主安全撤离。"

"行动路线和联络方式我可以提前知道吗？既然要我配合护驾，我总得提前熟悉一下情况吧。"

韩吉旺交给牛海成一个巴掌大的小本子，说："联系方式和行动路线都在这上面了，刘哥你熟悉一下就好好休息吧。"

牛海成根本没心思睡觉。韩吉旺离开后，牛海成紧接着就出了门，他来到酒店的顶层，俯瞰全景，了解酒店的地理位置和附近的地形地貌。

神州酒店是一处封闭式建筑，分内外楼，外楼高八层，在这片建筑群中并不显眼。外楼建筑循环闭合形成天井，天井里为内楼，只有五层，内外楼之间有两米间隔。内楼楼顶被做成一个足球场大小的平台，平台上铺了草坪，种了花草树木。东西两侧各装有一部观光电梯。牛海成在外楼楼顶俯瞰内楼的时候，反复揣摩内楼楼顶布局的用意：平台有外楼遮挡，外楼五楼以上均为库房或者空置，平台上即使是搭台唱戏酒店外面也无人知晓。一个酒店，竟然有几层楼不对外营业，显然是没把这里的生意当成主业，做做样子而已。下这么大功夫植树种草，肯定是要掩饰什么。他在平台上的隐秘处来回走动，看到平台上的花草之间，安放着一个消防用的送风机。送风机口焊接了一层铁丝网，上面的红色油漆大部分脱落，呈现出斑驳的锈迹。透过这层铁丝网，可以清楚地看到里面的风叶。牛海成来到送风机口仔细察看，还敲了敲铁丝网，终于看出了门道，送风机口的风叶并没有转动，那看似布满锈迹的"铁丝网"和风叶一样，都是用塑料做成的伪装，用手轻轻一推就开了。推开风叶，就出现了一条滑梯一样的通道，深不见底。

这里靠近国境线，与邻国只有一河之隔。河上有座桥，离酒店也就千米左右。再加上这条隐秘的通道，可以说，在神州酒店做非法交易，进退聚散均能快捷自如，危急时刻还可以直接冲关。

韩吉旺说的第二个交易地点是离酒店不远的河滩。这里的水并不深，站在岸上，能看见水里的鹅卵石。整条河就是一条国境线，如果酒店有秘道通往河滩，藏在秘道里，等风声一过，就可直接涉水过河，逃往对面的异国他乡。牛海成猜测，神州酒店的秘道出口，一定就在河滩上。

牛海成走下河滩，在河滩的树丛中走了多个来回。他看到了对岸山谷丛林中的一座座白塔，像山羊头上的犄角。山区公路上偶有汽车通过，不时还能听见呜呜的汽笛声。河水像一面镜子，映照着蔚蓝的天空。对毒贩们来说，从地理位置看，河滩范围广，便于机动安排，还有树丛作掩护，交易完成马上可以涉水过河，但美中不足的是，缺少屏障，如果警方在河滩设伏，他们很难全身而退。因为时间紧急，牛海成没能在河滩上找到秘道出口，但他想，只要在行动的时候守住了神州酒店的秘道，再让焦利忠他们安排人手潜伏在河滩上，就多了几分胜算。

到市区废旧仓库附近侦察一番后，牛海成心里有了底，把他侦察到的情况通过焦利忠告知了警方。

陈炳森和张兵的毒品交易是深夜进行的。

陈炳森最终还是选择了神州酒店作为交易地点。半夜时分，韩吉旺的电话打过来了，要牛海成到酒店门口迎候陈炳森。牛海成从床上跳起来，在电话里跟焦利忠低声说了几句，提着密码箱就出了门。

深夜交易，更是天赐良机，张兵不容易认出牛海成来，加之牛海成做了简单装扮，特意戴了一副眼镜，罩住大半个脸。眼镜是刘海专门配给他的，红外镜片，夜里看得更清晰，为了保险，还加了一副口罩。在酒店门口，陈炳森见了牛海成，差点没认出来。看到他这身打扮，陈炳森并没有多想，反倒夸奖他谨慎。除了牛海成和韩吉旺，陈炳森还带了几个贴身保镖，一起到了酒店平台上。

平台上早就摆好了桌椅，供陈炳森与张兵交易时谈判。酒店专门为陈炳森准备了咖啡和茶，除了陈炳森坐在红木椅子上悠闲品茗，其余人员都严阵以待。

陈炳森表面轻松，内心还是有几分惶恐的，环顾左右之后，他低声问韩吉旺："吉旺，都妥了吗？"

韩吉旺低声宽慰："陈总放心，一切按计划进行。"

陈炳森转向牛海成问道："海臣，你是头一回参加行动，紧张吗？"

"有点吧。"牛海成回答。

"知道我们做的是什么生意了吗？"

"刚知道。"

"你觉得怎么样？"

"有点危险。"

"俗话说，富贵险中求嘛。"

"……"

一行人的脚步声传来。

陈炳森转头问韩吉旺:"来了吗?"

"来了!"韩吉旺低声说。

从电梯口冒出的一帮人中,牛海成第一眼就看到了张兵。张兵一上场,就给陈炳森远远地鞠了一躬,才一年多不见,张兵又健壮了许多。

张兵并没有注意到牛海成,径直走向陈炳森,说:"陈总久违了。"

陈炳森说:"久违了,张老板,货都带来了吗?"

"按先前说的,都带来了!"

"是先喝茶,还是先验货?"

"陈总,茶就不喝了。"

"那好,验货。"

陈炳森的话音刚落,吕威带领的特警已经悄无声息地从几个梯口冲上了五楼平台,随着一声声"不许动!举起手!"的喊声,陈炳森和张兵的两路人马就被特警团团围住,并卸下了武器。

面对突然出现的特警,陈炳森完完全全愣住了。韩吉旺本想反抗,一看陈炳森六神无主的样子,知道反抗也是徒劳,也就乖乖束手就擒了。

张兵就不一样了。在特警冲上来的那一刻,张兵反身冲向外围,想利用巨大的惯性,从内楼跨越到外楼,再跳楼逃跑,但他终究比牛海成慢了一步。从张兵现身的那一刻,牛海成就死死地盯住了他,一看张兵要逃,立刻冲上前去,一个扫堂腿就把张兵扫倒在地。张兵也不含糊,毕竟是特种团的兵,随即腾地跃身而起,而且手里多了一把枪,牛海成大声呵斥:"张兵,放下你的枪!"

张兵一愣:"牛——牛团长?"

趁着张兵愣神的工夫,牛海成踢飞了张兵的枪,紧接着,吕威带着几个特警一拥而上,把张兵按了个结结实实。

陈炳森和韩吉旺都惊得目瞪口呆。

韩吉旺如梦初醒，说："老刘，你到底还是公安的卧底。"

牛海成回了一句："你终于知道我是公安卧底了，不过已经太晚了。"

归　来

第　九　章

　　牛海成出色完成了卧底任务，但为了防止他遭到报复，他只能当无名英雄，不能参加市公安局召开的表彰会。刘恺专门组织了一个饭局，把这次参与行动的核心人物都请到了一起。在饭局上，刘恺、吕威都希望牛海成慎重考虑是否转到市公安局工作。牛海成想起林业局叶子青局长对他的看重和期待，还是毫不犹豫地拒绝了。

　　牛海成这次立了头功，自然成了酒席上的重点，最后被灌得晕晕乎乎。

　　喝完酒，焦利忠和刘海他们还有自己小范围的酒局。牛海成跟刘恺道了别，就急着往家赶。卧底期间没回过家，三个月不了解老婆孩子的近况，牛海成觉得自己太不称职，一丝歉疚悄然浮上心头。

　　车进小区，牛海成看到自己家灯火通明，悬着的心一下子放了下来。家就在眼前，他反而犹豫了起来，不敢马上进门，先拨通了柳青青的电话。

　　熟悉的声音像小鸟一样跳出来，而且比以往更甜腻："喂，老公——"

牛海成心生诧异，他这么长时间没着家，柳青青竟然连不疼不痒的抱怨都没有，这可是从来没有的事情。

牛海成不由得有些忐忑起来："老婆，我马上就到家了。"

"回家还用请示吗？"柳青青在电话那头咯咯地笑。

大约十分钟之后，牛海成进了家门。

进屋之后，牛海成正准备换鞋，柳青青就扑了过来把他紧紧抱住。大吊灯亮起了三色光，把客厅照得光怪陆离。牛海成感受到了柳青青热辣辣的体温，柳青青则闻到了牛海成身上浓烈的酒气，嗔怪道："这么大酒味，赶紧洗澡去吧。"

牛海成把随身携带的文件包扔在沙发上，略带疑惑地望着柳青青说："你也不问问我卧底任务完成得怎么样，今天跟谁喝这么多酒，越来越超脱了嘛。"

"你不是烦我问这问那吗？以后你的事，我都不管也不问。"柳青青一副通情达理的样子，还给他泡了一杯醒酒茶放在沙发旁边的茶几上。

牛海成简直不敢相信自己的耳朵。

其实牛海成不知道，柳青青这段时间确实没有心思管牛海成的事。她这几个月都在忙着给女儿海娃办理出国读书的相关手续，像打仗一样，连续作战，四面出击，跑了一个又一个部门，终于跑成了。为了出国，母女俩半年前就开始申请学校了，一路走来，经过了报名申请、写文书、考托福、攒学分、找推荐老师，可谓过关斩将。终于，母女俩的努力没有白费，海娃如愿以偿收到了美国圣路易斯华盛顿大学的录取通知书。

因为牛海成向来反对女儿出国读书，所以柳青青和海娃达成了默契，没有向他透露一星半点的消息。柳青青明白，这件事是"冒天下之大不韪"，一旦牛海成得知消息，家里必定是相当于十级大地震，如果处理不好，多年来的夫妻感情都会受到重创。因此，在牛海成惴惴不安的时候，柳青青心里更是惶恐，不敢把女儿准备出国的事告诉丈夫。

牛海成从洗浴间里出来了，头发湿漉漉的。带着少许醉意和疲惫，他顺势躺在沙发上闭目养神。柳青青赶紧拿来电吹风，轻轻摩挲着他的头，为他吹干头发。两人长期两地分居，这样温馨共处的时候屈指可数。牛海成心生暖意，躺在柳青青香气袭人的怀里，不知不觉沉入了梦乡，直到被柳青青星星点点的轻吻唤醒。

牛海成瞬间清醒了过来，潜伏已久的躁动扩展开来。

"我刚才睡着了吗？"牛海成小声问。

"都打呼噜了。"柳青青回答。

牛海成有些担心："说梦话了吗？"

"没呢，像一只可爱的大狗熊。"

说完，柳青青又把嘴唇贴过来，牛海成迎上去，然后顺势翻过身来，把柳青青压在了下面。

摊牌的时刻始终要来临。

第二天下午，海娃从学校回来了，看到牛海成，来不及扔下书包，就跑上前来搂住牛海成的脖子撒娇："爸——！你还知道回家呀？爸爸你越来越不像话啦！对女儿一点感情都没有，就知道工作、工作！"

牛海成轻拍女儿的背，笑着说："女儿和工作都重要，爸爸不工作，谁养活我的宝贝女儿？"

柳青青满脸堆着笑，让父女俩洗手吃饭。

这次牛海成回家，柳青青不让牛海成动手做一点家务，床上夫妻床下客，那叫一个殷勤。今天满桌子的菜，都是柳青青亲手做的，时间也把握得非常精准，饭菜刚刚准备妥当，海娃就回到了家。

一家人坐下之后，柳青青给牛海成倒上了红酒，给海娃倒了果汁。

牛海成有几分诧异："今天什么日子？"

"父女回家的日子啊！"柳青青笑得如沐春风。

牛海成不免翻旧账："以前我们父女俩回家的时候，好像没这待遇呀！"

这可惹恼了柳青青，说话的口气中不由自主地多了几分生硬："待遇是人定的，说有就有，说没有就没有。"

海娃马上调节气氛："别管待遇不待遇，爸爸回家了，咱们好好喝酒。"

牛海成还是觉得奇怪："喝酒总得有个理由吧？"

海娃就嘻嘻地笑，主动跟牛海成碰杯，对牛海成说："爸爸您别着急，我有个好消息要告诉您。不过，您也许认为是坏消息，因为您一直持反对态度。"

柳青青在旁边补充："我们海娃拿到美国圣路易斯华盛顿大学的录取通知书了！"

海娃在旁边重重地点头，满脸期待地看着牛海成。

牛海成大惊失色："手续都办好了？"

柳青青抱起双臂："办好了。"一副任由处置的架势。

"这么大的事，竟然瞒着我？"牛海成脸色阴沉。

柳青青毫不示弱："告诉你，你会同意吗？女儿出国是大事，关系到她一辈子的前途命运。"

牛海成嗤之以鼻："不出国就没前途了？"

柳青青说："你看看，现在有几个孩子不出国的，不出国，那不就成了典型的'土包子'了吗？"

牛海成怒道："这只是你的想法，不出国照样有前途，我也不是没见过出过国的人，到国外去混几年回来，知识没学到，人还学坏了。"

海娃说话了："您就这样不相信自己的女儿？"

"当然相信，我女儿是最优秀的。"说完，牛海成也觉出自己的话前后矛盾，苍白无力。

母女俩交换了一下眼神。

海娃站到牛海成背后，搂住了他的脖子说："爸，我去几年就回来，保证还是您的优秀女儿。"

牛海成从心底里不希望女儿出国读书。可是，当他看到母女俩脸上写满了胜利的喜悦，突然就心软了：即使是对最亲的女儿，也不该主宰她的人生选择。

牛海成主动为自己倒上酒，然后郑重其事地对海娃说："既然这样，爸爸就祝福你！一路顺利，满载而归。"

海娃咯咯笑了："这还没去呢，就满载而归。爸，您这也太心急了吧？您跟妈妈就没什么要说的吗？"

牛海成"喊"了一声："我跟她说得着吗？她又不出国。"

"妈妈跟我一起去啊，陪读。"

牛海成一听，怒火又直冲脑门，当着女儿的面不好发作，只好强压住心头的不快，虎视眈眈地盯着柳青青，等着她的回答。

既然捅破了这层窗户纸，柳青青干脆打开天窗说亮话："是啊，女儿一个人出国，你放心我不放心，我停薪留职，陪海娃一段时间，等她安顿好了，我再回来上班。顺便我也去国外转转，开开眼，多好啊。"

柳青青的话句句占理，牛海成无言以对，可他却又觉得心里堵得慌，在这个家里，他对重大事项的决策权就这样悄无声息地被剥夺了。牛海成哪能想得到，他自认为是这个家里的顶梁柱，柳青青和海娃却在他毫不知情的情况下办完了这样的大事。可见，他也没有自己想象的那么重要。

十天之后，柳青青和海娃就要乘坐国际航班去追逐她们的七彩梦想。牛海成接受了现实，开始为母女俩出国做准备工作。他给柳青青和海娃买了很多衣服，春夏秋冬哪一季都不落下，而且件件抢眼，这让柳青青一下子傻了眼：牛海成什么时候变得这么懂生活了？就是自己亲自上阵也不一定能买到这么多称心如意的东西。

海娃高兴得手舞足蹈，一件接一件地往身上比画，然后对牛海成说："爸爸您真行，衣服不仅买得好，而且还合身，您这是什么时候变得这么贴心的？您看这卡曼、柏维娅、歌莉娅……还有这旗袍，蔓楼兰、格格，这是给妈妈买的。哇！我的亲爸，您还是很懂时尚的呢！"

"你以为当兵的人就傻吗？这旗袍是我专门找师傅做的，手艺正宗，款式一流，满意吗？"

"满意，当然满意！"海娃趴在牛海成背上撒娇。

柳青青也有几分感动，没想到牛海成做起这些操心劳神的事，还做得这么细致。夫妻俩因为海娃出国的事情闹了不愉快，硝烟尚未散尽，不好马上握手言和，柳青青就迂回前进，对海娃说："海娃你看你爸现在也成活雷锋了，不图名不为利，做了好事不张扬，士别三日真的是要刮目相看的呢。"

牛海成绷住了脸："别把我当小孩子忽悠，我是活雷锋，那你就是活江姐了，守口如瓶，而且善于做地下工作。"

柳青青趁势笑着和解："不是活雷锋，是活受罪行了吧？给我和海娃买这么多好衣服，还买了这两条金项链，想把我们娘俩拴住啊？用不着！我们永远都是你最重要的两个女人。"

牛海成故作不屑："这几件衣服就把你收买了，不会是想留下不走了吧？"

柳青青把旗袍比在身上，上上下下地欣赏完，终于转到牛海成怀里，当着海娃的面，狠狠亲了牛海成一口："还是老公好，关键时刻见分晓，海娃将来也要找一个像你爸这样的，上得了厅堂，下得了厨房，进得了商场，买得了衣裳。"

海娃哈哈大笑："我爸何止是上得了厅堂，简直就是男神，妈你是身在福中不知福，只缘身在此福中。"

海娃这么说，牛海成紧绷了多日的脸，终于云开日出，有了笑颜。

牛海成明白，母女俩这一去，路途遥远，归期遥遥。为了让她们在途中有个好心情，他默默包揽了所有的家务，重新让自己的厨艺在餐桌上大放异彩，把他拿手的风味小吃和各样菜式一一呈现，顿顿换花样，餐餐不重复，吃得母女俩惊喜不断，啧啧称奇。不仅如此，牛海成对柳青青也恢复了体贴温柔，夫妻俩如胶似漆。

终于，一家人到了离别的那一刻。牛海成送妻子女儿到机场，亲眼看到海娃自己办登机手续，托运行李，井井有条，不慌不乱，牛海成和柳青青连搭把手的机会都没有。女儿仿佛在一夜之间就脱胎换骨，长大成人了。牛海成在为自己之前对女儿关心欠缺感到愧疚的同时，也感到十分欣慰。想到一家人马上就要相隔万余里，各在天一方了，柳青青没有了往日的任性与嚣张，依偎在牛海成肩头，眼泪竟然像开闸的洪水一样止不住。

送走了妻子和女儿，走出航站楼，抬头看到机场上空起起落落的飞机，牛海成心里空空荡荡。

巡　　查

第　　十　　章

2013年的3月8日，牛海成送别了妻女，在过了一个没滋没味的周末后，回到了林业局上班。局长叶子青也学成归来了。局长回归，李国友主持工作的权力自然失效。由牛海成组建巡查组的决议重新提上了议程。

卧底任务结束后，市公安局局长刘恺在给叶子青的电话里对牛海成赞誉有加，叶子青放手让牛海成组建巡查组的决心更坚定了。

牛海成回到了林业局，在办公室里才待了两天，叶子青就催着他下基层："你老婆女儿都去了国外，你现在是一人吃饭全家饱，正是一心一意干工作的时候。"

叶子青说，下属林场问题不少，希望牛海成赶紧熟悉基层，了解情况，为下一步组建巡查组做好准备。

牛海成到了林业局才知道，林业局比特种团管的地盘大多了，分布在花城方圆数百公里范围内的大大小小的林场和自然保护地都是林业局的下属单位。单说林场就为数不少，有的林场在风景区内，有的林场属于原始森林地带，有的林场还是国家森林公园。

牛海成初来乍到，这基层怎么下，他还得找李小妍拿主意。李小妍帮着牛海成算了一下，要把林业局下面的单位跑一遍并摸清情况，至少也得两个多月。

李小妍问："下面的每个单位都跑吗?"

牛海成想了想，说："虽然咱们不能走马观花、蜻蜓点水，那是官僚主义，但也不能地毯式地——那是搜查不是考察。"

李小妍建议："那咱们就跑有特点的呗。"

"怎么个有特点法?"牛海成摆出虚心请教的架势。

李小妍不假思索道："面积广的，职工多的，问题大的，路程远的，方方面面咱们都要兼顾到，比如景区内的林场可以看看管理上的隐患，处在深山老林的林场也应该去慰问慰问。"看来，李小妍陪领导下基层早就得了真传。

"行，那你就弄个计划，报给局长看。"

"还想叫谁一起下去?"李小妍问。

"你说我一新来的副局长，有谁愿意跟我一起下去浪费时间，我又能叫得动谁?只能依赖老战友了!"牛海成调侃道。

按惯例，转业干部到了机关，应该在办公室里适应一段时间，先熟悉机关情况后，再下基层蹲点或是跑面，但局长委以重任，牛海成也想赶紧进入角色打开局面。他在林业局算是一名"新兵"，知根知底的人只有李小妍一个。这次下基层，除了熟悉基层林场情况，也是物色巡查组人选的一个机会。

按照李小妍的建议，他们要去的第一个林场是流沙溪林场。这个林场面积大，地形复杂，林木长年被盗木贼盗伐，森林公安开展过几次专项行动，可连那些"山老鼠"的影子都没看到。牛海成不信邪，他想去见识见识。

局里给他们俩安排了一辆三菱吉普车。原本也安排了司机的，临出发的时候，调度室主任却说没有司机可派了。两个副局长，一个说是到省厅办事，一个说是接待上级领导，把车要走了。

叶子青有点尴尬，对牛海成说："要不就推迟一天，明天下去，让小妍写一张派车单来，我批给调度室。"

既然司机这么"紧张"，谁又能保证明天不会有新的紧急工作呢？牛海成不想让局长为难，爽快说道："要不这样，给我们派车就行了，我当司机。"

叶子青迟疑了："这样行吗？你这是局领导下基层，哪能自己开车？"

牛海成笑着说："没关系，别说开汽车，坦克、冲锋舟、潜水器我都会开。再说了，我们也应该转变观念，下基层就应该轻车简从，自己开车更方便。"

叶子青点头笑笑："那好吧，你们自己安排行程。"

这是李小妍第一次和牛海成单独相处。

李小妍坐在副驾驶位置上，看着牛海成设定好手机导航。牛海成还专门带了一张本省地图备用，这也是在部队养成的习惯。他嘱咐李小妍系好安全带，车子打火，启动，大约半小时出了城区，进入省道，路上行人和车辆少了许多。

李小妍内心伴有隐约的不安，虽然牛海成在李小妍面前已经没有什么身体上的秘密，可那时是医患关系，也正是因为这层关系，两人相处，倒是没有陌生人待在一起的别扭和不适，然而，毕竟是孤男寡女一路同行，肯定也有诸多不便。她拿不准牛海成到底是存心制造独处机会还是真想为局长分忧——工作不差这一天两天，为什么非得要自己开车下基层林场呢？李小妍内心很纠结：既希望能跟牛海成多相处又怕待在一起，还特别怕牛海成看破了她的那点小心思。

李国友管后勤保障这一摊，说不定调度室也受了他的指挥，没把牛海成当回事。车子出了城区，牛海成刚想加速，发动机就叽叽歪歪不听使唤了。这辆车是前几年局里买的二手车，牛海成是司机出身，一听发动机声音就知道老化严重，他担心车子在半道上抛锚。离目的地还远着呢，其中还有一段几十公里的古道，如果车子在半道上出了毛病，这前不着村后不着店的，一对男女既不是夫妻也不是恋人，那必定是件尴尬的事。可是既然出来了，就不好马上掉头回去。

李小妍也感觉出了车子的异常，焦急地问："车子是不是有毛病呀？"

牛海成侧头看了她一眼："放心吧，李大秘书。有我在，没问题。"

"你叫我什么？"

"李大秘书啊。"

"谁说我是秘书？"

"李国友说的，说你是局领导的秘书。"

李小妍一听非常生气："他也配，我什么时候成局领导秘书了？一个林业局的副局长还想配秘书？真以为自己算个官。"说完，才想起牛海成也是副局长。

"别糟践副局长啊，也别拿秘书不当干部，好多人想当秘书还没机会呢，当年首长挑秘书的时候，我也是人选之一呀，可是首长见了我本人，你知道首长怎么说的吗？"

李小妍气不顺："我哪敢糟践你，想说就说，别卖关子。"

牛海成说："首长说，小伙子人精干，还会开车，就是个儿太高。"

李小妍不信："个儿高还不能当秘书了？"

牛海成愈加绘声绘色："那是，个儿高还不能当战斗机飞行员呢，超过一米七，战斗机的座舱都进不去。何况我一米八五的个儿，首长只有一米五八，走在一起，谁是首长谁是秘书难以分辨啊。"他把当年那个一米六八的首长说成了一米五八，觉得这样更具喜剧效果。

牛海成这么一说，倒是真把李小妍逗乐了："一米五八和一米八五两个人走一起是什么效果？遇上你这么个傻大个儿，首长还有什么形象，简直就成了小跟班，这也太滑稽了，难怪首长相不中你。"

牛海成说："那也不能武大郎开店，专挑一米五八以下的。"

李小妍忍不住好奇，问道："后来那位首长挑了个什么样子的秘书？"

牛海成"嘁"一声，说："挑了个奇丑无比的家伙当秘书，因为挑不到个子一米五八以下的。首长虽然个子小，但长得精干帅气，找个丑秘书当陪衬多好，从此更加自信。"

李小妍笑得前仰后合道："都是你编的吧？"

牛海成一本正经地澄清："我讲的可都是真事，我最不擅长编瞎话。"

汽车最终还是在路上抛锚了。流沙溪林场派出了两辆车，一辆救援车把抛锚的车拖走修理，一辆公务车由林场场长林树森驾驶，把牛海成和李小妍接到了流沙溪林场。到林场时，已是薄暮时分。

晚餐虽是工作餐，但菜品丰盛，大多是当地价廉物美的土产。林树森还拿出自己窖藏的黑米酒，请了一男一女两个职工作陪。

酒刚斟上，牛海成就问："林场长，你这名字是当场长以后改的吧？"

林树森笑了笑："报告领导，这名字是我出生不久就起的。我奶奶那时找算命先生算了一卦，说我命中注定要与木为伴，虽然姓林，为了多多益善，便给我取了'林树森'这个名字。"

牛海成感慨："看来老天定下的事，谁都改不了。你看你果然就当上了林场场长，因为名字里有木啊，有木好，你想想，人靠木，那是休养生息，人靠山，那不就是神仙一般的日子吗？"牛海成说得既有趣味又有深意，主客双方一下子拉近了距离。

林树森由衷称赞："牛局说得太好了，局长就是局长，有水平。"

李小妍虽然默不作声，但暗自也佩服牛海成的控场能力。

牛海成端起酒杯，笑道："局长没来，我是副局长，叫我牛副局长或者老牛都行，别叫乱了。"一饮而尽，又道："林场长这酒好，醇厚香甜。"

林树森满意地笑道："这是我们本地酿的黑米酒，有点历史了，这里的妇女坐月子都喝这酒，说是能排毒养颜。"随后话锋一转："听说牛局在部队里是敢打硬仗的主官，也正好，我们林场周边环境复杂，经常闹'鬼'，牛局这一来，正好给我们指点迷津。"

林树森认为局领导到林场检查工作，理所当然要为基层排忧解难，既然你来了解我基层情况，我也可以摸摸你领导的底数，看看你到底有多大能耐，能为基层办多大的事，解多大的难。

牛海成偏不上林树森的套，只接想接的话："既然这酒有排毒养颜的功效，大家都倒满，共同举杯，喝完吃饭。"

吃完饭，林树森要陪牛海成和李小妍一起转转，牛海成说："林场长你就听我的，你们该干什么干什么，不要因为我们来了影响你们的工作。"

林树森只好作罢，最后提议，如果不累，可以跟巡山的护林员一起去走走。这回牛海成倒是很痛快地接受了林树森的建议。

一会儿，巡山的车就开过来了，其实就是旅游观光车，平时可以载客在景区游览，需要时林场就用来做巡山用。有了这巡山车，比起徒步遛弯便利多了，牛海成跟林树森道了谢，同李小妍一起跟着护林员上了车，直奔林场的几个重要区域而去。

巡山是林场的一项重要工作，而流沙溪林场的重点区域主要是野生动植物保护区、营林生产区和旅游观光区。林区防火始终都是重中之重，野生动植物保护区除了防火，还要重点防范偷猎和盗伐事件，旅游观光区则要保证公共设施的安全。巡山车只能在林区有路的地方行驶，护林员巡山更多的时候还是靠双腿，因为野生动植物保护区域大多是路难行甚至是无路可走，一些珍贵树种和名贵药材也多半生长在悬崖峭壁间。护林员告诉牛海成，护林员的职责主要是制止破坏森林资源的行为，保证林区用火安全，定期或不定期地巡山。为了防范有人进林区偷猎盗伐，经常需要在林区蹲守，有时在林区一待就是十天半月，白天看树林，晚上数星星，难免会感到孤独寂寞。当然也有快乐的时光，比如春暖花开，百鸟争鸣，发现奇花异草，遇到珍禽异兽等，那就是护林员最开心的时刻。牛海成听了，心想这护林员跟当年自己守礁差不多，不是谁都干得了的，别说吃苦受累，能耐得住寂寞就不容易。

护林员很健谈，也许是长久缺少与人交谈的机会，逮住一次算一次。牛海成恰恰觉得机会难得，听得很认真，不懂的还会问一问。护林员带着牛海成和李小妍转了几个林区，最后，巡山车停在了一片山林的坡下边。

这面山坡也是路的尽头，坡上全是珍贵物种，其中红豆杉居多。红豆杉是世界公认的濒临灭绝的天然珍稀植物，具有极高的药用价值，既有利尿消肿、温肾通经之功效，还能够防癌抗癌，降压降糖，消炎止痛，同时对肝炎、胃炎、妇科炎症等都有很好的疗效。不仅如此，红豆杉还能做出品质上好的家具，用红豆杉做的家具在市场上十分抢手，而且价格不菲。为了牟取暴利，红豆杉成了不法分子觊觎的目标。林区的盗木贼似乎早就掌握了护林员巡山的规律，他们神出鬼没，每次都是护林员前脚走，他们后脚就到。为此，护林员既自责又苦恼，对于这些防不胜防的盗木贼差不多到了束手无策的地步。

护林员的自责和苦恼，使牛海成脑子里突然冒出一个想法来，他对护林员说："既然这样，那咱们就动动脑子，我不相信这些盗伐者是千里眼、顺风耳。"

护林员疑惑地看着牛海成，没有出声。

牛海成对护林员说："这些盗伐者有两种情况，一种情况是他们掌握了你们的规律，见缝插针地到林区来捣乱。第二种情况就是有人给他们通风报信，这个通风报信的人有可能会藏在什么隐蔽的地方，也可能是咱们内部的人，既然如此，咱们今晚就会会这些盗木贼。"

听起来像天方夜谭，护林员一脸狐疑："今晚就会会这些盗木贼？他们会来吗？"

牛海成说："既然他们有消息渠道，那我们给他们一个假消息，他们就会来。"

护林员打心眼里佩服："还是领导厉害。"

牛海成谦虚地说道："我当过侦察兵，这是我的老本行，要是叫我当护林员我也要从头学起啊。"末了，牛海成又问护林员，"这段时间盗伐活动猖狂吗？"

护林员心有余悸："猖狂，前几天还来过一拨。"

李小妍听了，觉得护林员言过其实："有这么厉害吗，是鬼还是贼？"

护林员听出李小妍话里的质疑，再次强调："真的像从地里钻出来一样，来无踪去无影，我守过几晚，他们好像什么都知道。"护林员不像是故弄玄虚。

牛海成说："这帮浑蛋确实够猖狂的，那今晚就让他们见见我这个新上任的牛副局长，也许我们运气比较好呢。"

牛海成对护林员如此这般地嘱咐了一通，让护林员回去休息，他和李小妍找了个隐蔽的地点蹲守。护林员回去后立即把相关情况报告给了林场场长，并让场长故意制造牛海成和李小妍已经回房休息的假象。

山坡上面有一处洞穴，一看就知道是护林员经常来的地方，牛海成放弃了。他和李小妍又看了几处，才在山坳处找到一个被植物覆盖的凹地。这个地方牛海成很满意，可以居高临下俯瞰全景。

李小妍小声问："今晚咱们真的要在这儿蹲守啊？"

牛海成"嘘"一声，压低嗓门说："你别以为不法分子真的是神机妙算，他们很可能有眼线长期在这周围转悠，你就耐下性子等着，也许很快就有收获，不过，要求是不能出声，越隐蔽越好，最好把手机也关了。"

李小妍乖乖照办。

一阵晚风吹来，树叶的响动如同情人的絮语。牛海成用荆条编了两顶伪装帽，这是他当特种团团长练就的绝活，然后用藤条把上身也做了简单的伪装。李小妍一开始并不愿意把自己弄成这个样子，还说这黑灯瞎火的，盗贼也看不见。牛海成说不行，一定要伪装，不要小看了几个小盗贼，他们也许组织很严密，甚至有先进的装备。牛海成这么一说，虽算不上危言耸听，但多少也有点夸大其词，还是把李小妍给吓住了。看到李小妍一副乖乖女模样，牛海成又不忍心了，马上改成安慰的口气："有我在，你什么都不用怕，好赖我是从特种团出来的，对付几个小毛贼还真是小菜一碟。咱俩当务之急是保存体力，因为盗贼肯定是挑人最疲倦的时候出来，既然是砍伐树木，就不可能不弄出一点声响，现在我们可以安心睡觉了，这就跟垂钓者布好鱼饵专等鱼儿上钩一样的道理。"交代完毕，牛海成所在的草堆上就响起了均匀的呼吸声。

李小妍可不像牛海成这样没心没肺，她压根儿就没有一点睡意，整个山岭都被笼罩在黑暗之中，林子里的飞禽走兽偶尔弄出的声响让她有点害怕，但初夏的凉风吹过，又让她感受到了几分甜蜜。想想自己本来是跟牛海成下基层林场了解情况，没想到竟稀里糊涂跑到这荒郊野外蹲守来了。孤男寡女待在一起夜不归宿，要是今夜的蹲守一无所获，明天也许就会成为林场的第一大绯闻，牛副局长和女助手野外宿营的各种版本，就会在林业系统内广为流传。不过，李小妍又想，本来牛海成是要她回房间休息的，她不干，偏要陪他到林区来转，后来牛海成说要蹲守，自己虽然心存疑虑，但也没有明确反对，到了这个份上，无论出现什么状况，都只能风险共担，荣辱与共了。李小妍相信牛海成不是轻率做出蹲守决定，一个在部队主官岗位上历练了八年的人，怎么可能凭一时冲动鲁莽行事。蹲守抓贼这样的大事，牛海成一定有他自己的考虑，但愿那些常年出没于林区的盗木贼今晚就栽在牛海成手里。

李小妍十五岁当兵入伍到部队，次年进入军队卫校高级护理班学习，三年后毕业，成了女军官。刚刚出校的女军官们，在人们眼里像一颗颗耀眼的新星，璀璨夺目，熠熠生辉。那个年纪的李小妍同样充满幻想，心比天高，在军队这个大熔炉里，一心想着在工作上出人头地，干什么都争先恐后，根本无暇顾及自己的婚事。虽然身后不乏追求者，但她没有接纳他们中的任何一个。

一晃又过了六七年的大好时光，李小妍已经由正排晋升为副营职军官，这才发现往日的那些追求者都已纷纷远去。从来不知愁滋味的军中之花，第一次感受到了孤独凄凉，幡然醒悟自己已经到了成家立业相夫教子的年龄，加上父母的催促，还是将婚姻大事提上了议事日程。经人介绍，在相处了半年时间后，她同一位将军的公子喜结伉俪，本以为是天作之合的金玉良缘，没想到尚在新婚蜜月之中就分崩离析。大家闺秀的李小妍，婚后隔三岔五就要为醉成一摊烂泥的丈夫收拾酒后残局，这是她万万没想到。开始李小妍并未在意，以为只是正常应酬，次数多了，李小妍才有所察觉，原来她的新婚丈夫经常跟一帮所谓的"发小"一起喝酒泡妞，这帮"发小"都是地地道道的纨绔子弟。

李小妍的丈夫叫常思春，在圈子里人称"常帅"。那天，常思春又烂醉如泥回到家中，几个狐朋狗友七手八脚把他扔在沙发上后散去，而他却像死狗一样躺在沙发上不省人事。李小妍正要把常思春掉在地上的上衣捡起来，突然发现上衣口袋里有一个粉色的纸团，李小妍掏出来一看，是一串陌生的电话号码，电话号码后面还有一个扎眼的名字：明媛。一看这名字就是女人，李小妍当时就蒙了。尽管李小妍对自己的婚姻并不满意，但面对这种情况，难免妒火攻心，她想都没想，拿起常思春的电话拨了过去，"嘟嘟"几声之后，电话接通，那边的女人装嫩卖萌地唤着"常帅"。李小妍是个知性女人，尽管头皮发麻心里发酸，却不屑与这样的女人掐架，只在心里暗讽，哪是什么"明媛"，明明就是暗娼！对方一听电话里没有反应，又"喂"了几声，骂了句"有病吧"就挂了电话，留下一串"嘟嘟"的忙音，让李小妍郁闷得连气都喘不匀了，而她的新婚丈夫依然呼噜打得如同闷雷一般。

常思春清醒的时候已经是第二天上午，一睁眼看到的就是李小妍怒形于色的脸，吓得一骨碌坐起来，心虚地看着李小妍："干吗呀，吓我一跳！"

"没干坏事，干吗要吓一跳，你是做贼心虚吧？"

"谁做贼啦？是你脸吓人，好端端的一张脸，怎么就苦大仇深似的。"

李小妍不绕弯子，直击要害："明媛是谁？"

常思春一愣，随即支支吾吾："明媛？谁是明媛？是你妹妹吗？"一看就知道是揣着明白装糊涂。

李小妍"叭"的一声把那个粉色纸团砸在他脸上："你自己看，看你能装到什么时候？不说清楚就离婚！"李小妍一脸愤怒加绝望。

"离就离，结婚都不怕，谁还怕离婚。"常思春一脸的玩世不恭。外人眼里门当户对的美满姻缘顷刻间土崩瓦解。

诗人说，美丽的花朵，终究熬不过无情的寒冬。如果这次蹲守再闹出什么绯闻来，她未来的爱情之路就更不知道走向何方了。

李小妍正左思右想，忽然听到对面树林里有了响动，仔细判断，就在右前方两百米左右。牛海成早就醒了，他不想打扰李小妍，更不想两人近距离地窃窃私语，他怕节外生枝。虽然他的婚姻算不上完美，但他和柳青青当初也是因为相爱才走到一起的，尽管夫妻俩经常磕磕碰碰，但没有出现大的问题。即使老婆孩子去了国外，他也不想跟别的女人弄出一堆绯闻来娱乐大众。

李小妍试图站起来，却被牛海成叫住："少安毋躁，等会儿咱们悄悄地包抄过去，来个瓮中捉鳖。"

"你没睡呀？"李小妍的话有几分埋怨。

"睡了，刚醒。"牛海成示意李小妍开始行动。

一帮盗木贼放松了警惕，正准备继续砍伐的时候，看到牛海成和李小妍突然出现在眼前，全愣住了。没等盗木贼们缓过神来，牛海成就扯掉头上的荆条帽，大声吼道："放下工具，双手抱头，都给我蹲下！"

这伙盗木贼一共五人，为首的外号叫"老鬼"，因老奸巨猾而得名。老鬼一看对方只有两人，再细看，还是一男一女，马上恢复了底气，阴阳怪气地说："我们起早贪黑地来砍两棵树也不容易。你们是来谈情说爱的吧，我劝你们少管闲事。"

牛海成亮了身份，说："我们是林业局下来巡查的。老老实实跟我们走，还可以得到宽大处理，否则，后果很严重。"

老鬼奸笑道："拉倒吧，你以为你是谁？也不打听打听我是谁。在流沙溪这块地方，我老鬼说话从来都是响当当。就凭你们两个人，还想要我们跟你走，说梦话吧。"

"你就是老鬼？长期在这儿盗伐偷猎，没人管得住你是不是？今天你可是彻底栽了，我再说一遍，放下工具，双手抱头，都给我蹲下！"牛海成的声音里透出一种让人不寒而栗的威严。

几个盗木贼你看我我看你，老鬼歇斯底里地喊叫道："都给我上，把这两人给我拿下！"

话音刚落，几个人一拥而上，向牛海成和李小妍扑来。牛海成把李小妍护在身后，迎着几个盗木贼冲过去，一套跆拳道万能腿，当即就扫倒这几个人。这帮长期横行在这一带的盗木贼，哪里能想到在这荒山野岭会遇到曾经的全军散打亚军、国际军事五项比赛的获奖选手，还是能够上天入海的特种团团长。老鬼虽然也曾练了一身三脚猫功夫，可在牛海成凌厉的攻势面前完全丧失了抵抗能力，其他几个同伙更是不堪一击，很快就被打成了残兵败将。

在牛海成制伏老鬼和他的同伙时，李小妍也没闲着，她打电话通知护林员火速赶来，同时也向森林公安局值班室报告了情况。在等待森林公安和护林员过来的时间里，牛海成恩威并施，从老鬼嘴里套出了不少信息。原来老鬼和李国友居然是老乡，而且两人还有好几次喝到了一个酒桌上。但当牛海成问李国友是不是给他提供过关于林场的什么信息时，老鬼却又连连摇头矢口否认。

很快，森林公安就来人把老鬼和他的同伙带走了。

牛海成不敢想象，一个堂堂的林业局副局长怎么能跟盗木贼一起喝酒呢？如果是不明底细的人都敢结交，这样的领导还能管好什么事？又一想，如果是了解底细的，那还能喝到一起，就更耐人寻味了。

回来后，牛海成和李小妍去向叶子青汇报抓获老鬼盗伐团伙的情况时，正好碰上到局里检查工作的省林业厅骆副厅长在叶子青办公室。一看有省厅领导下来检查，牛海成和李小妍刚要回避，叶子青却热情地拉住牛海成，然后对骆副厅长说："骆厅，你来得正好。听听我们牛副局长和小妍同志讲讲擒贼的故事。"

牛海成一看叶子青和骆副厅长说话的神情，就知道两人关系不浅，也打消了顾虑，敞开来讲。从蹲守开始，把抓老鬼的全过程讲了一遍，还汇报了老鬼的"供词"，顺带说了李国友和老鬼的老乡关系。

看到骆副厅长频频点头，牛海成干脆因势利导，他说："两位领导，我们这回能抓到盗木贼算是碰巧了。据我们了解，护林员在山里有时一守就是十天半月，也看不见盗木贼的影子。而且护林员长期在地方工作，肯定会有人情和利害关系的考虑，难免会有睁只眼闭只眼的情况。要想刹住盗伐偷猎这股风，单靠现有的护林员远远不够，必须有专门的队伍，加大巡查力度，及时掌握动向，提高破案能力。"

看到牛海成汇报工作善于抓重点，叶子青很高兴，正好趁此机会把筹备巡查破案组的想法跟骆副厅长说一说，也听听他的意见。

"牛副局长这趟下基层、跑林场，刚开局就大有斩获。当前护林员队伍力量薄弱，林区盗伐偷猎严重，我们想在现有的基础上，以护林员为主，再从机关和基层林场抽调人员，组建一支精干队伍，在林区开展巡查破案，有任务时集中，平时各就各位，开展常态化不定期检查巡查。"叶子青说。

牛海成接着补充："现在的护林员都是各自为战，缺少上级指导和横向联合，信息不畅，反应迟缓，常常被盗木贼牵着鼻子转，非常被动。组建巡查破案组，通过集中培训，提高组员巡查破案能力。按照局长说的，战时集中，平战结合，队员以原岗位工作为主，不增加编制，相当于护林巡检志愿者。"

骆副厅长听了当即表示赞同："成立巡查破案组，坚持常态化巡查检查，这个主意好。既不需要申请编制，也不增加财政负担，只须在省厅备个案，我坚决支持，名字简单点，就叫巡查组。"

叶子青说："好，就叫巡查组。"然后话锋一转，"虽然不要编制，可装备是个难题，巡查组需要配备必要的车辆和器材，还请省厅多多支持。"

骆副厅长想了想，突然有了主意："牛局不是卧底英雄嘛，给市公安局办了那么大的案子，奖励一台车算什么。就找市公安局要，我跟刘恺也熟，车辆和器材我以森林公安的名义协调，牛局也跟刘恺沟通沟通，摆摆困难，他肯定会大力支持。"

骆副厅长这么一说，大家都非常高兴。看到骆副厅长和叶子青还有深聊的意思，牛海成和李小妍礼貌地告辞。

从局长办公室出来后，牛海成邀请李小妍到他的办公室。

牛海成坐到老板椅上，示意李小妍在对面的藤椅上落座。藤椅是专门给来请示汇报的下属预备的。办公桌对面靠墙的地方摆放了一大两小三个实木沙发加一方茶几，那是来了比较重要的客人，陪客人坐在沙发上聊天喝茶用的。

李小妍在藤椅上坐下，牛海成笑着说道："你还记得我们在部队时候的习惯吧？领导办公室的配置和这里差不多，但我们不会准备藤椅，下属呈送文件或请示工作都是笔挺地站着，朋友来了才有座。首长和同级别的人来了，就一起坐沙发上。"

李小妍也笑道："我能坐这把椅子，看来我够了你的朋友级别啰？"

牛海成倒了一杯水，双手捧给李小妍："岂止是朋友！咱们是亲密战友，你说在林业局，我还有第二个像你这样的战友吗？"

李小妍心里一动，面上却故意绷着，她不想让牛海成看到她心里的动摇。

看到李小妍不吭声，牛海成自顾说道："我就是偶尔怀念一下过去，转业干部不管你心气多高，都得面对现实，人在屋檐下，不能翘尾巴，关键场合，切忌乱说话。现在局机关就咱俩是转业干部，说句不中听的，我们俩就是一根绳上的蚂蚱。"

牛海成想套近乎，李小妍偏不配合："你当你的副局长，我当我的人民群众，怎么就跟你拴在一起了？"

"局长这么器重你，你怎么态度还这么消极啊？"

"省长器重我，我也积极不到哪儿去，关键是我对当领导没兴趣。"李小妍说。

牛海成道："那看来你对局里组建巡查组也没有兴趣。"

"这事用得着我操心吗？你是组长，我是组员，你说了算，我跟着干。"

牛海成说："说白了还是想当领导，不想当组员，想当副组长。"

李小妍急了："别说副组长，组长我也不稀罕。"

牛海成故意逗她："看破红尘了？要是局里非让你当这个副组长不可呢？"

李小妍面露不屑："我可不像你，给个组长，比中了大奖还高兴。这个组长算个官吗？不过是局长手里的一张牌而已。干好了，局长慧眼识才；干砸了，就是替罪羊。这话你还爱听吗？我说的是实话。"

牛海成无奈了："我就知道你会这样想。我不是想当这个组长，我是想有个干事的平台，干事也不全是为了出名上位，是想活得更有价值一点。你想想，我都是抓阄进的林业局，怎么可能对功名还那么在乎？"

李小妍说："我是担心有人会成为替罪羊。"

牛海成笑道："我怎么着也在团长位置上摸爬滚打了八年，这点自保能力还是有的。你要说我有本事，那也算有本事，能够在团长这个岗位上坐稳八年无可替代；说没本事，也对，毕竟干了八年居然得不到提拔。我就是这么一个人，但如果因此就一蹶不振万念俱灰，我做不到。经历了这么多，最大的收获就是让我变得淡泊名利、宠辱不惊了。包括这次卧底任务完成后，其实市公安局想让我过去，但我不能三心二意，把林业局当跳板，否则，对不起叶局长的知遇之恩。"

李小妍还在回味牛海成的话，电话铃声就急促地响起。

电话是叶子青打来的，他告诉牛海成，骆副厅长初步同意了他的提议，他准备从林业局内部挑选人员来组建巡查组，小组成员暂定三十人，牛海成任组长，李小妍任副组长。组建事宜全权交由组长、副组长负责。

李小妍在一旁听得真切，待牛海成放下电话，李小妍没好气地开口了："这下好了，我也沾了牛局的光，还真给我弄了个官当。看来以后我就只能是跟在牛局后面屁颠屁颠地吃苦受累了。"

牛海成笑着安抚她："跟着我也不一定就全是吃苦受累吧？你不希望抓住那些盗伐偷猎的不法分子吗？再说了，有作为才能体现价值，难道要一直像现在这样管管档案、端水打饭、送送文件、等着上班下班吗？"

牛海成的话触到了李小妍的痛点，她安静想了一会儿，才小声辩解："可我是个女人啊。这么多大男人窝在办公室里，我却跟你在一线冲锋陷阵，在别人眼里我是不是脑子进水啊。"

牛海成严肃了起来："我们不是为别人活着。你要是确实不想干，我就另找人了，决不让你为难。"

李小妍皱眉道："你让我想想。"

既然局长做出了组建巡查组的决定，李小妍就知道这件事的分量，表面上跟牛海成磨磨叽叽，那是她没把牛海成当外人，行动上却一点也不含糊。领受任务后，李小妍就跟着牛海成继续按之前的计划跑基层林场。每到一个林场，既为了解情况，也为巡查组物色人员。

这次下基层，看到局长这么重视，其他副局长都一致对牛海成表示支持。李国友再也不敢出什么乱子，还主动配合搞好保障，派了局里最好的公务车和司机给他们。

有了专车和司机，下基层的效率果然提升许多。

牛海成务实，一到基层林场，就马上开展工作。听汇报是规定程序，但牛海成每到一个单位，都要求汇报掐头去尾、讲干货，听完汇报接着提问题，然后再到现场查看。这套方法是牛海成当特种团团长时形成的，按照这套既符合工作惯例又能体现个人风格的方法，他跑了几个林场，陆续选定了多名巡查组组员。

这天，牛海成一行人一路颠簸，好不容易到了花城最偏远的大坡岭林场。这个林场管着一个国家级森林公园、两处原始森林、数万公顷的封山育林区，场长叫李成。李成手持一份十几页的汇报稿，慢吞吞地三字一顿五字一歇，有时一句还要重复两遍。听这样的汇报能把人急出毛病，别说牛海成坐不住，李小妍和其他人也是饱受煎熬。

半小时过后，李成才读完两页纸。牛海成客气地打断他："李场长，稿子你就别念了，打印出来给我们人手一份，我们回头抽空拜读。你现在就简单把林场当前情况给我们说一说就可以了。"要是当年在特种团听这样的汇报，牛海成早就拍桌子了。

李成如释重负，但接下来的介绍也是杂乱无章，听得人云里雾里。

没办法，牛海成只得点将，让旁边的副场长补充。没想到，这位叫林健的副场长思路清晰，条理分明，说话有理有据，一下子就把情况介绍清楚了。为什么这样精明强干的人没有得到提拔，能力平庸甚至称得上水平低下的李成却能主管一方呢？过后，牛海成私下了解原委，才知道李成与李国友是老乡关系，是李国友在叶子青局长调来之前力主提拔的。叶子青上任之初，到林场了解情况，李国友授意李成借故避开，由副场长林健负责汇报，因此，叶子青至今也没见过李成。

现场考察的时候，牛海成懒得再搭理李成，点名让林健作陪。他铁了心要把林场的底数摸清楚。

在交谈中，了解到林健也是转业干部，牛海成就更高兴了："你怎么想到要转业到林场呢？"

林健告诉牛海成："我父母都是林业局的老职工了，我算子承父业。牛局，你不会也是家里有人在林业局吧。"

牛海成笑了："我家没人在林业局，过去跟人打交道多了，更想亲近大自然，就转到林业局了，本以为林业局简单，没想到是自己简单。"

林健知道这是一个敏感话题，也不深问，说道："转业干部到哪儿都一样，不求升官发财，只求开心平安。"

说起林场情况，林健如数家珍，很显然，这样的人才是管理林场的最佳人选，李成当个职工也许都不一定称职。牛海成打算回局里后就向叶局长力荐林健。

牛海成没料到，接下来其他林场还有比李成更让人头疼的事。尽管李成资质平庸，大坡岭林场的各项工作尚在正常推进中。牛海成和李小妍在跑第六个基层单位——西江林场时遇到的问题就更棘手了。这个林场由几座山连接而成。林场场部就在一座山脚下，山脚下有条江叫西江，林场因江而得名。江上有一座连接林区和市区的桥。林场场部相当于桥头堡，镇守着整个林区的大门。可就在林场场部到桥的中间地带，有一块坡地，坡地上建了一个私人养猪场。凡是来林场的人，老远就能闻到臭烘烘的猪粪味。不仅如此，养猪场外排的污水直接流入西江，更是一大生态污染。养猪场成了一个地地道道的钉子户，历任林场场长都想清除这个养猪场，结果都以失败告终。

正是因为提前知晓了情况，牛海成决定到这儿来小试牛刀。

牛海成和李小妍来到西江林场的时候，场长朱又楠早就恭候多时了。这个林场场长是林业大学的高才生，到这个林场时间不长，已经与养猪户斗过一个回合。第一次见到牛海成和李小妍，朱又楠热情得像是见到了久别重逢的老友。看到林场场长的样子，又了解到他出身于书香门第，父母都是教师，牛海成很自然想到了：这么一个温文尔雅的知识分子，哪会是一个乡村屠夫的对手。

牛海成和李小妍刚到桥头的时候，就闻到了随风飘来的猪粪味。朱又楠就从这个养猪场说起，开始汇报林场工作。他力陈养猪场对林区建设造成的影响和危害——除了污染西江水，还给林场人员出行带来不便，更重要的是这家养猪场的人经常带人进山，和护林人员多次发生冲突。种种蛛丝马迹还表明，林区盗伐偷猎现象屡禁不止，甚至愈演愈烈的情形也与这家养猪场有莫大关系。有几次朱又楠欲言又止，他不想把林区的问题一股脑地都说出来，他怕领导说，既然问题这么多，你这个场长是干什么吃的？

牛海成早就察觉到了他的异样，也很理解他的处境。在场部会议室坐下后，牛海成随和地说："朱场长，汇报稿我们抽空看，你就接着刚才没说完的话说，想说什么就说什么，大胆地说，好不好？"

朱又楠一听，高兴得像孩子似的："不用照稿汇报啊？！牛局，那我就即兴说了啊。"朱又楠虽然是一介书生，但毕竟在场长岗位上历练过一段时间了，他一眼就看出牛海成的与众不同来。他把林场的工作成绩、当前现状、未来发展等都提纲挈领地说了一通，重点还是回到了养猪场的问题上。朱又楠说，他上任不久，了解到这家养猪场既没有建设规划许可，也没有土地权属证明，属于百分之百的违建，于是就劝他们搬离，并许诺给予一定的帮助支持，可养猪场老板的回答是坚决不搬。朱又楠苦口婆心地做了几个月工作，磨破了嘴皮，始终收效甚微。当时局里正好下达封山育林指标，他便顺势而为，在桥头专门修建了岗楼，加装了栅栏，每天安排人员在桥头站岗执勤，检查过往人员和车辆。可是，不到一星期，栅栏就被破坏了，执勤人员还被养猪场老板带来的人故意找碴儿打得头破血流。

朱又楠固然书生气十足，但书生气并不代表就是软弱。他知道如果任由这家养猪场一直赖着不走，林场建设必将后患无穷。于是他想方设法，向上级申请到了两名森林公安在封山育林期间到桥头执勤，同时对养猪场断水停电——朱又楠到现在也不明白，养猪场是什么时候通过什么人把水电从场部这里接过去的。森林公安带枪执勤，加上断水停电，养猪场很快就瘫痪了，猪饲料断了来源，几百只猪饿得嗷嗷叫，成猪也运不出去。养猪场老板就专门组织人员到场部门口静坐，还拍下了视频发到网上炒作，护林员出来阻拦也被当场打得鼻青脸肿。朱又楠赶紧请示局领导如何处理与养猪场的纠纷，得到的答复是先恢复水电，然后再从长计议。

这一从长计议，就再也没有了下文。

听了朱又楠的汇报，牛海成决定在这个林场蹲下来，想办法拔掉养猪场这个钉子户。西江林场和养猪场的这场拉锯战让牛海成更加深刻地意识到，组建巡查组刻不容缓。对于林区发生的暴力事件，必须以暴制暴，才能止于未萌，否则只能是长期忍辱负重，直到一发不可收拾。

牛海成征求朱又楠的意见，问他道："朱场长，接下来你有什么具体的打算？"

朱又楠说："既然养猪场的人一点法制观念都没有，唯一的办法只有一个。"牛海成会心一笑："你是想用老办法，釜底抽薪？"这个外表文静的朱又楠，内心可不弱。

朱又楠顾不上谦虚，脱口而出："英雄所见略同。"

李小妍也听明白了，插了一句："他们又组织人静坐怎么办？"

朱又楠把目光投向牛海成，等着牛海成表态。

"兵来将挡，水来土掩。"牛海成语气决绝。

朱又楠只差手舞足蹈了："我就说嘛，只要有局领导的支持，拔掉一个乱搭乱建的钉子户有什么难的。"

在场的人都不约而同开心地笑了起来。

牛海成说："从现在起，断水断电，这是林场的地盘，我们等得起。"

朱又楠有点儿担心，怕牛海成对付不了这帮滚刀肉。不过，看到牛海成稳如泰山的样子，他心里也踏实了。

如牛海成所料的那样，养猪场第二天就开始闹腾了。他们轻车熟路组织起人马，到场部门前静坐示威，还拉起了横幅："猪有栏，断我水电者千刀万剐！"场部职工们看了横幅只差笑喷了："原来朱场长这名字还暗藏玄机啊，猪必须有栏啊。"说得朱又楠哭笑不得。

牛海成吩咐朱又楠安排几名护林员严阵以待，又叮嘱说："对方一旦有动武的倾向，我就带领警察出动，这颗'钉子'不拔掉，我就蹲在这儿不走了。"这次牛海成跟森林公安局要来了四名森林警察，他们随时准备配合牛海成执法。

朱又楠心花怒放，长期忍辱负重的他，终于要一雪前耻了。

事态基本上按照牛海成预计的方向发展。静坐到中午的时候，静坐的队伍里就开始有了骚动，有人喊口号"要水电！要生存！"喊得声嘶力竭之后，就开始辱骂旁边的护林员，但无论他们怎样恶语相向，护林员们都一言不发。

过了一会儿，省电视台的记者来了，在队伍里搜寻了一阵，找到了静坐的小头目，开始了现场采访。

"我是省电视台的记者，请问你们为什么要到这儿来静坐呢？"

小头目理直气壮地说："我们要求恢复水电。"

记者问："水电到底是属于林场的还是你们的？"

小头目绕开话题："你是他们专门请来的记者？"神色高度戒备。

记者说："记者就是专门为老百姓伸张正义的，只要你们是正当诉求，就应该帮你们呼吁。"

小头目不吭声，表情复杂地看着记者。

记者接着提问："请问你们用的水电为什么会跟林场连在一起？"

小头目说："断水断电就是把我们往绝路上逼。"

双方基本不在一个频道上说话。

记者继续发问："养猪场有土地权属证明吗？"

小头目火了："这就是我们的地，要什么证明？"

话音未落，"咣当"一声，记者的话筒被打落在地。护林员们马上围上来，护住记者。这时，静坐队伍已经乱作一团，小头目完全撕下了伪装，露出了寻衅滋事的本来面目，开始对护林员大打出手。眼看护林员寡不敌众，牛海成带着四名警察突然出现，大喝一声："住手!"这一声断喝惊天动地，在场的人全都愣住了。一米八五的个头，微黑的脸庞，浓眉大眼，声若洪钟，这是牛海成给这群人的第一印象。看到他后面还站着四个年轻的森林警察，这阵势确实让小头目心头一怵，不过，他很快就缓过劲来，明白这是关键一搏，如果往后退了，那就是满盘皆输。于是，他歇斯底里地对手下人喊道："给我上，往死里打，打死人我负责。"这个时候，牛海成出手了，如雷霆闪电，直冲小头目而去，其他四个警察也紧随其后，拦住作乱的人群。牛海成利用快速打法，掌掌击中小头目的要害，没过多久，小头目就如同一个笨重的沙袋倒在地上。其他几个寻衅滋事者也纷纷被警察拿下，面对警察手中的手铐，刚才还骄横跋扈的闹事者，个个呆若木鸡。牛海成厉声警告小头目："如果还要继续闹事，就别怪我不客气了，限你们本周之内搬走，否则，后果自负。"

小头目又惊又怕，从地上爬起来，带着人狼狈逃离了。

牛海成吩咐朱又楠重新加装栅栏，派人站岗执勤，阻断养猪场运输通道，彻底切断连接养猪场的水管和电路。

一个星期后，养猪场终于从西江林场的地界上彻底消失。

如此这般，在一个多月的时间里，牛海成和李小妍马不停蹄地跑了十几个基层单位，听了近二十场情况汇报。最重要的是，从各个基层林场的护林员中挑齐了巡查组成员。牛海成计划对巡查组组员进行专门培训，传授基本武功，配备专用装备。等到把这些巡查组的组员训练成他心目中的护林精兵时，不法分子和黑社会团伙就再也不敢到林区胡作非为了。

扬 名

第 十 一 章

巡查结束后，牛海成和李小妍回到局里上班，叶子青以林区巡查破案为由头，召开了巡查专题工作会议，由牛海成和李小妍汇报下基层工作情况。这样的活动在局里尚属首次，牛海成和李小妍想低调都不成。牛海成明白，叶子青这是想强化工作上的竞争机制，有了竞争机制，他才可以更好地在局里排兵布阵。

专题工作会在局会议室进行，参会人员把会议室坐得满满当当。

叶子青坐在中间的位置，副局长们分坐两边，李小妍也被安排在牛海成旁边落座。会议开始，由李小妍汇报下基层的总体情况，这是牛海成和李小妍事先商量过的。

牛海成这次故意留了个心眼，让李小妍冲锋，他殿后。在战术上，前锋过于突出容易落入对手的包围圈；在职场上，高调出场无疑会成为众矢之的。特别是处在相同赛道上的副局长们，谁都不希望斜刺里突然冲出一匹黑马。

基层林场的盗砍滥伐、走私犯罪问题一直存在，个别林场还很严重，大家心里明镜一样，只是不想管罢了。要想解决存在的问题，必定会触及个别人的切身利益，那是要得罪人的，甚至会引发尖锐的矛盾。因此，当初叶子青让牛海成下基层，许多人都抱着看好戏的态度，等着看他怎么收拾这些烂摊子。没想到牛海成这一次带着李小妍蹲点跑面，还真解决了基层林场好几个久治不愈的顽症。巡查组尚在组建之中，牛海成就开始施展拳脚了，在林业局这个新平台，他算是站稳了。

李小妍汇报完了，叶子青示意牛海成补充。牛海成心里明白，话说多了别人难免不快，但为了回应叶子青的安排，他必须有个态度，便谦虚谨慎地说："李小妍把我们下基层林场的情况向局领导和各位同志做了汇报，我没有其他要说的了。通过这次到基层跑面，我们虽然掌握了一些情况，但工作仍然有待深入。按照局里要求，下一步我们要落实林区巡查制度，巡查组人员已经基本选定，我们会尽快形成名单上报局里审核。"

叶子青又热心地追问一句："没有补充了？"

牛海成点头："没有了。"

叶子青环顾会场，征求大家意见："其他同志有什么要说的吗？"

此时的征求意见，大多是一种礼节性的尊重，但这一次叶子青话音未落，李国友就说话了。

众目睽睽之下，李国友刻意调整了一下坐姿，说："今天的巡查专题工作会议让我很受教育，局长想得很周到、很细致，值得我们学习，这次汇报让我更加深刻地认识到，牛局是名副其实的牛局。"他的话把大家逗笑了，还带出一阵小声议论。会场里的人都明白，李国友这是话中带刺。等会场平静下来，李国友接着发言："牛局来局里工作不久，就深入基层调研，作风踏实，敢作敢为，为整治基层林场的问题付出了不懈努力，是我们学习的楷模。"随后话锋一转，"不过，到基层不管是蹲点还是跑面，都要能沉得住气，不可急功近利。我们不是常讲关心基层、心系百姓嘛，比如处理西江林场和养猪场的纠纷，我们这样做是不是太绝情了？总不能对老百姓的生产生活漠不关心吧，大家说是不是？"

李国友说完，拿眼瞟了叶子青和牛海成一眼。叶子青气定神闲，牛海成脸上也是铁板一块，看不出一丝一毫的情绪波动。会场上鸦雀无声，真有点山雨欲来的意思。

本以为会议就这样结束了，谁承想半路上又杀出个程咬金。

兰副局长跳出来给了李国友当头一棒。林业局有四个副局长，各人分管一摊事，平时各自为政，开会才聚在一起。兰副局长叫胡兰花，人到中年，风韵犹存，人称"资深美女"，是从内勤秘书、办公室主任一步步干起来的。干到副局长，知道仕途到头了，无形中便还原了一份本真和率性，她分管机关事务、内勤、青年工作这一摊事，机关科室经常能听到她乐呵呵的笑声。刚当副局长的时候，大伙称呼她"胡副局长"，都觉得拗口，当时的局长习惯称呼她"兰花副局长"，后来大家就一致改称她为"兰副局长"了。

与世无争且资历深厚的兰副局长当然不会把李国友放在眼里，既然李国友敢以教训的口气对牛海成说话，那她就敢以教训的口气对李国友说话："牛副局长和小妍在基层调研一个多月，干了这么多事，都是大事好事，咱不能坐着说话不腰疼。心系百姓，关心老百姓生产生活——说得冠冕堂皇，那是普通百姓吗？普通百姓能一钉就钉好多年，把一个好端端的林区搞得乌烟瘴气？"

兰副局长敢说这番话，是因为西江林场那个养猪场钉子户的蛮横她也曾当面领教过。说牛海成的好话，不是因为她跟牛海成关系有多铁，而是想杀杀李国友的威风。李国友仗着有上级领导撑腰，一贯颐指气使，她早就看不惯了。

这番话犹如投下一枚小型炸弹，弄得一屋子的人面面相觑，李国友更是脸色铁青。大家本以为他会暴跳如雷地奋起反击，没想到他虽然脸色难看到了极点，最终却是不置一词。谁都不明白这兰副局长手里到底握的是什么样的撒手锏，能让李国友甘愿服服帖帖装一回孙子。

一看出了状况，秦副局长出来救场了："今天是专题工作会，大家不要太较真，牛副局长和李小妍同志下基层调研，为基层解决了难题，规范了基层管理和相关秩序，这是对基层林场建设的有力指导，是好事，可圈可点。李副局长说的话也不是完全没有道理，林业局管的地盘大，基层单位多，有些问题解决了还会有反复，老百姓的生产生活我们也要关注到，蹲点要能真正沉下去，才能更深入更扎实地解决更多难题。"

秦副局长资历老，马上到点退休了。兰副局长虽然听出他是在和稀泥，但不好四面树敌，只好偃旗息鼓。

几个副局长都跳出来亮相之后，稳如泰山的叶子青出场了。叶子青说："各位意见很好，仁者见仁，智者见智。牛副局长下基层，作风深入，点面结合，做法很好。基层林场是林业局的基础，基础不牢，地动山摇。考察调研，就是既要善于见微知著，又要敢于克难攻坚。对于基层林场存在的诸多问题，要查明原因，理清思路，及时整改。不光要解决违法犯罪问题，对于用人不公、为官不正、懒政怠政的状况也要着力改变。只要敢抓敢管，没有解决不了的难题；唯有坚持不懈，才能确保各项工作有序推进。"

叶子青的话虽然简短，但经过深思熟虑，说出来平静似水，听起来针针见血，敲山震虎，终究是不同凡响，与会者听了都一脸肃穆。

自从柳青青母女去了美国，牛海成回家的时候，再也没有香喷喷的饭菜等着他，多半时候他也懒得回家。下基层结束后，正好碰到"五一"小长假，单位食堂都关了门，再不回家不行了。牛海成就想自己动动手，做几顿好饭好菜过节。

　　花城的菜市场星罗棋布，各有特色。为了买到当天摆上摊档的海鲜，牛海成起了个大早，跑到一个离家很远的菜市场买菜。精挑细选地买完菜，也才9点，牛海成决定坐直达家门口的公交车。这个时候是出行的高峰时刻，公交车上人满为患，牛海成好不容易才挤上去找了个角落站着。

　　也正是因为公交车上人多，小偷有了用武之地。牛海成看到一个精瘦的小青年把手伸到一个姑娘贴身的小挎包里，神不知鬼不觉地夹出一个钱包来。尽管手法娴熟，也没能逃过牛海成的眼睛。牛海成前面还隔着一个乘客，于是他伸手拍了一下小青年，极其严厉地小声说："放回去！"话音刚落他就攥住了对方的手腕，而低头看手机的姑娘依然浑然不觉。这个小青年显然是老手，根本没有被牛海成吓住，反身一扭就从牛海成手里逃脱了。

　　牛海成大声叫司机停车抓小偷，这一叫不要紧，把偷钱包的小青年惹急了，他立刻像泥鳅一样钻到了车尾，想要跳窗而逃。牛海成早就看穿了他的企图，先站到了活动窗的边上。公交车司机很快把车停在路边。这时全车的乘客已经知道发生了什么事，丢钱包的姑娘也接着尖叫了起来，她钱包里有身份证、银行卡，还有为数不少的现钞。

　　车停稳后，牛海成率先下车。小青年知道逃不掉，也从车上下来，牛海成喝令他把钱包交还失主，他竟然不耐烦地说："你谁呀？你什么时候看见我拿人钱包了？跑到我们地盘上管闲事，活得不耐烦了！"小青年胆敢在众目睽睽之下耍赖，牛海成知道他必有同伙在，果然又从车上下来两个小伙子，一看就知道是一个道上的混混。窃包小青年看上去精瘦，而他的其中一个同伙却是人高马大，看起来并不比牛海成逊色多少，看那架势，显然是想教训一下牛海成。

　　这时，丢钱包的姑娘也下了车，她看到牛海成和三个混混摆开了架势，担心牛海成寡不敌众，想上前说些什么，却被牛海成用眼神制止了。

　　牛海成对窃包小青年说："我再说一遍，你别管我是谁，既然今天被我碰上了，你就得老老实实把钱包给我交出来，免得我动手。"

　　窃包小青年居然不知天高地厚地"哼"一声："你想英雄救美，还得看大爷我给不给你机会。"

　　在旁边一直虎视眈眈的大个子瓮声瓮气地吼："从哪儿冒出来的一根葱，识相的给我快点滚！"摆出一身的流氓地痞样。

　　牛海成知道今天的事必须武力解决了，他把买好的一大包菜扔在了路边，叫司机把车开走，别耽搁了大家的时间，然后转身向窃包小青年冲了过去。眨眼之间，窃包小青年就被踩在了脚下，嗷嗷怪叫。他的大个子同伙这时也冲到了牛海成面前，快速出拳。牛海成早看在眼里，猛然蹲下，大个子用力过猛，一时收不住脚，栽倒在地。牛海成紧跟着用力一脚踩在大个子的手腕上，痛得他像被杀的猪一般地嚎叫。另一个中等个头的同伙拿着棍子也冲了过来，一看对方势头凶猛，牛海成闪身躲过，然后一脚踢在对方的后背上。中等个儿在地上打了个滚，重新站了起来，接着又向牛海成冲了过来，牛海成趁对方立足未稳，扑倒在地，贴着地面横扫一脚，又一次把中等个儿打翻在地。窃包小青年一看大势已去，乖乖把钱包甩在姑娘的脚底下，然后和另两个同伙你看看我、我看看你，狼狈不堪地从地上爬起来，一瘸一拐地搀扶着溜走了。

　　牛海成一对三打趴三个小偷的视频被放到了网上，牛海成一下子火了。

　　休完小长假之后头一天上班，牛海成就成了林业局的焦点人物。到办公室里还没坐定，叶子青的电话就打过来了，问清了事情的原委，叶子青称赞道："海成你真是个人才，到林业局当个副局长真是委屈了你。"

　　牛海成宠辱不惊："局长你过奖了，我就是想找个清静的单位拿工资养老，没有什么委屈不委屈的。局长你这么高看我，我已经很知足了。"

叶子青说："没想到林业局并不清静，而且还很复杂是吧？你的心情我理解。其实现在哪里还有清静的单位，有的人连一点蝇头小利都不肯放过，这样的人多了，单位清静得了吗？再说了，林业局还真不是清水衙门，各方面的资源并不比别的部门少。"

牛海成知道叶子青是说上次巡查专题工作会上的事，既是向牛海成释放善意，也无意中透露出一丝焦虑。牛海成不想介入任何是是非非，于是安抚道："局长放心，我牛海成虽然与世无争，但对工作从不懈怠，只要是交给我的工作，我一定会努力完成，决不拖局里工作的后腿。"

叶子青更加推心置腹："海成，像你这样有能力、有胆识，还不计得失的人到哪儿找啊？！真是老天有眼，让林业局捡了个大便宜，你可要安心在局里好好干啊，想发展，这里照样有你的用武之地。"

叶子青接着告诉牛海成，说省厅骆副厅长从市公安局协调的警用装备和越野车到了，叫牛海成照单全收负责管理使用。叶子青还透露说，市公安局的刘恺局长有话，只要牛海成有需要，市公安局一定全力支持。

牛海成一听，还真有点抑制不住地兴奋。

不料，牛海成还没来得及去接收装备，李小妍就急匆匆进了他的办公室。

原来，丢钱包的姑娘居然是李小妍的表妹乔红。乔红拍下了牛海成制伏三个小混混的全过程，上传到了社交媒体上。打斗的场景真实惊险，牛海成虽然只是亮出简单几招，却是招招制敌，三下五除二解决了战斗，让网友们大呼过瘾。然而，网友们最关心的问题是：这是从哪里杀出来的英雄好汉？在哪里上班？婚否？……紧接着还有好事的网友开始讨论，通过牛海成的衣着煞有介事地一通分析。

李小妍看到乔红的朋友圈动态，给她打手机："乔红，你从哪里拍来的视频？你知道你视频里一打三的那个人是谁吗？"

乔红马上道："姐，我只知道是他帮我夺回了钱包，但不知道他是谁啊。听这意思，你认识这个人？我正想找他呢。"

李小妍骄傲地说："当然认识，我们局的副局长，刚从部队转业回来，我们是老战友。"

乔红惊叫："哟！这么巧，你的战友？不过这人太牛，打完那几个小偷就头也不回地走了，我问他是谁、在哪里上班，他理都不理。"

李小妍解释说："那就说明他挺身而出不是为了出名，也不想得到回报。"

"那也不能这么牛啊，我都觉得他有点不近人情了。"

"他当然应该牛啊，他就姓牛。"

乔红笑起来："还真姓牛？你的老战友？林业局副局长？不行，我得会会他。"

"你愿意找事你就来呗。"李小妍了解乔红的性格，只要是她想做的事，想拦也拦不住。

李小妍与乔红通完电话并未在意，结果，乔红这个不速之客还真的马上就赶到了林业局，神气活现地进了李小妍的办公室。李小妍这才匆匆来找牛海成。

听李小妍这么一说，牛海成哭笑不得："做好事还做出麻烦来了，你表妹找我干吗？"

李小妍说："能干吗？人家想认识认识你这位见义勇为的大英雄呗。"

牛海成无奈地笑笑："有必要见面吗？你说我不在办公室，去林场了。"

"说你胖，你气喘；说你尿，你还真没胆。见个面能怎么的，还真以为我表妹要以身相许呀？"李小妍一脸的不赞同。

牛海成嘿嘿一笑："我怕什么，我只是觉得这点事对我来说，真的是区区小事，用不着小题大做。什么感谢啊报恩啊，大可不必。"

李小妍说："我表妹还真没当成什么大事，丢个钱包对她来说根本就不算事，她也不是没丢过。她开着几家公司，虽然还够不着五百强，但足够她花天酒地，你以为她心疼的是她的钱包？"

"那她为的什么？"

"看到你能为一个素不相识的路人挺身而出，她佩服的是你的胆量和人品，她喜欢交这样的朋友。"

牛海成还是没答应："我不喜欢结交富人朋友，也不喜欢结交新朋友，因为天下没有不散的筵席，既然朋友最终都会散去，我费力交这么多朋友干什么？"

李小妍不想再费口舌，干脆下最后通牒："我表妹就是想请你在一起坐坐，你别想歪了，人现在就在我办公室，你看着办。"

牛海成最终还是到了李小妍的办公室接受乔红的拜会。乔红的表情既热情又好奇："牛副局长，你好，没想到你跟我姐还是一个单位的。"李小妍的办公室还有其他同事，大家纷纷循声望过来。

牛海成关心道："乔董，你好，钱包里面的东西都在吧？"

"都在的，牛局，钱包能完璧归赵，还得感谢你见义勇为。"乔红说话拿捏着分寸。

李小妍心里想，钱包是找回了，可魂儿又丢了。看着办公室里人多，说话不方便，李小妍低声提议说："要下班了，咱们边走边说。"

乔红来之前就订好了吃饭的地方，这是一家高档会所，在这样的地方吃一顿饭，价格不菲。三个人坐下后，乔红招呼点菜。服务生送上茶来，没有来得及随手关门，走廊上就走过一拨人来，其中一个人和牛海成的目光碰个正着，正是林业局的副局长李国友。牛海成心想：这不是冤家路窄吗？不仅如此，李国友在这匆匆一瞥过后，并没有跟着他的朋友们走过去，而是转身走进门来跟牛海成和李小妍热情地打招呼，一点不像是心存芥蒂的同事，倒像是过从甚密的好友。

李小妍和牛海成的脸色都有几分不自然，李国友却当没看见："牛局，小妍，你们也在这儿啊？我在隔壁，几个朋友聚聚。"他打量了一下李小妍，又看了看年轻漂亮的乔红，眼珠子转了几转，饶有兴趣地问李小妍："就你们仨？"李小妍灵机一动："还有一帮战友没到呢。"李国友一脸的不相信："好，我先过去应酬一下，等会儿过来敬酒！"李小妍不想他过来搅和，赶紧搪塞："不用了李副局长，我们的战友你也不认识。"李国友并不觉得难堪："认识牛局和你还不够吗？"看到李国友不依不饶，牛海成知道既然碰了面，刻意回避反而让人起疑，于是主动表现出几分热情来："李局有雅兴就过来喝两盅，都是一个局里的同事。"

"那我就先过去了啊。"李国友边说边退了出去。

乔红是有钱人，出手果然不凡，点的都是高档菜。牛海成看到乔红这样大手大脚，当场拿掉了两个菜，说："今天完全用不着这么破费，估计这顿饭钱都快赶上你那天钱包里的钱了，要是钱多了没地儿花，我建议给咱们林场投点资，既美化了山林，弄不好还能为你找到一条赚钱的路子。"

听了牛海成这番话，乔红不仅不恼，反而像发现了新大陆一样兴奋："牛副局长这才当了几天的林业局副局长，就彻底地进入角色了，三句话不离本行，句句都在理上。你建议投资林业，如果利好，我可是有兴趣的哟。我姐不也在林业局嘛，我要是投资，对姐的工作也有帮助吧？"

李小妍撇撇嘴："你还有这份善心？"

乔红道："不是我有这份善心，是牛局讲到了我的心坎上，投资林场，虽然回报周期较长，但等到见效的时候，那就是大收获。而且我也要支持牛局的工作呀，牛局不仅是你的好领导，也是我们中青年妇女的偶像。"

李小妍扑哧一笑："别把中青年妇女都拖累了，是你一个人的偶像吧？"

他们这边还没来得及开席，乔红正开酒的时候，李国友就带着几个人进来了，其中就有大坡岭林场场长李成。看到李成，牛海成想起了他的副场长林健，他当时还想着下基层结束就向叶子青举荐林健，后来一忙竟忘了。李成之前应该感受到了牛海成对他的不满意，今天却不仅不回避，还跟着李国友过来敬酒。也许是看到这么多天过去，自己依然平安无事，以为牛海成根本就没在意自己的平庸无能，专门过来探探虚实，或许也有套近乎的意思。无论出于何种动机，都说明李成脑子缺筋少弦。

李国友脸上已经有了两片火烧云，他把身后的一帮人介绍给牛海成和李小妍后，就提出让李成先敬牛海成，理由是"感谢牛副局长的关心和栽培"。牛海成听了只觉得滑稽，李成则像是接了圣旨，立刻把酒倒满，笑出了鱼尾纹，对牛海成毕恭毕敬地说："感谢牛局对我们林场和我本人的关心。"李成说完，自顾自地一饮而尽。牛海成从李国友和李成的举动中看出了一点儿门道，李国友到底还是怕牛海成在局长面前说李成的坏话，特意带他过来巴结牛海成。可很多事情往往就是弄巧成拙，这个"阿斗"场长不露面，牛海成一时还想不起他。这一露面反而提醒了牛海成，李成还在场长岗位上占着茅坑不拉屎。不过这个时候，牛海成自然是不动声色，但他看着李成跟着李国友的谄媚样，也想趁机敲打敲打他，于是一语双关地对李成说："谢谢你敬酒，跟着李国友副局长好好跑腿，别成事不足败事有余啊。"李成再蠢，也能掂量出此话的分量，心里咯噔了一下，求助地望向李国友，却发现李国友一脸醉态，正满脸笑意地向李小妍和乔红敬酒。

乔红请牛海成和李小妍的这顿饭，吃得一点儿也不开心。一开始是让李国友那帮人搅了兴致，李国友那帮人走了之后，她的服装店又打电话说店里有急事催她赶紧回去。

乔红对李小妍说："单我都买了，姐你和牛局安心在这里吃好喝好，我必须马上回去。"

李小妍不高兴地揶揄道："你真行啊，急煎煎要请客的是你，现在又急煎煎地要走，既然有急事，那你赶紧回吧，这顿美食只能由我和牛局替你享用了。"

牛海成怕误了乔红的正事，催促道："乔董你赶紧撤，只可惜这么好的美味大餐被我们浪费了。"

乔红起身拿包："才不浪费呢，这才叫物有所值。"说完急匆匆地离开了。

牛海成和李小妍刚刚吃完准备回局里的时候，乔红的电话就到了，果然是她的店里出了状况，说是前男友到她的店里闹着要撤资。一听到这个情况，李小妍就明白了乔红急着离席的原因，心里反倒有些过意不去。原来，乔红学的是服装设计专业，到法国留学回来以后就开了几家服装店，都是乔红独资开的，由专人打理。她认识前男友后，两人合伙开了一家，其中乔红占百分之六十多的股份。两人分手后，前男友嚷嚷着要按照现有规模撤资变现。乔红不想给他这笔钱，因为当初两人合伙的时候，店面很小，生意也做得不大，是乔红设计出了主打款型，用自己旗下服装店的资源来培育这家新店，又自掏腰包做了几年的宣传推介才渐成气候。牛海成听着李小妍讲述乔红的故事，不由得感慨社会的包罗万象和这些弄潮儿的敢作敢为，这一切与他早已习惯的生活方式相去甚远。

立　威

第　十　二　章

　　巡查组正式组建起来了，牛海成被正式任命为组长，李小妍和凌飞为副组长。凌飞是科班出身，从林业大学毕业之后一直在林业系统工作，与牛海成差不多同一时间进的林业局，是叶子青从人才市场里"淘"过来的。面试的时候，牛海成也觉得这小伙子既有超出同龄人的见解，又有一份难得的坦率和单纯。

　　巡查组的宗旨和任务都很明确：一切以巡查破案为中心，开展常态化巡查检查，及时发现林区的各种安全隐患；采取打防结合，做到召之即来；加强协同配合，全力侦破盗伐偷猎和走私案件，确保林区平安和各项工作顺利开展。

　　组员们各有分工：分布在基层林场的组员主要是负责林场的治安巡查，在机关工作的组员则负责专项工作。所有组员都经过牛海成和李小妍面试考核，最后由叶子青拍板。

巡查组刚开始运转，就遇到了不顺心的事。凌飞带领组员们去接收市公安局下拨给森林公安的警用装备时，却被告知李国友已捷足先登，抢先要走了那辆越野车。牛海成赶到现场的时候，车已经开走了，凌飞站在那儿一脸苦相。牛海成拿起手机就拨通了司机的电话："小陈，你把车开哪里去了？从哪里开走的赶紧给我再开回哪里，听见没有？"

陈占涛是李国友的亲信，自然是对李国友言听计从，但他听到牛海成在电话里的严肃训斥，心里还是怯了，唯唯诺诺了一番，马上请示李国友。李国友心里也在掂量牛海成究竟能对他构成多大的威胁，到底是这辆车重要，还是跟牛海成维持关系重要。李国友想了一阵，终究还是在内心做了妥协，坐着那辆越野车在局机关周围转了一圈，然后开到了牛海成的面前。

从车上下来的李国友，眉开眼笑，还装出一副完全不知情的样子："哎呀，牛局你这车真好，最新款的，里面宽敞舒适，发动机有劲，爬坡一点儿不费力，什么时候也给局里弄一辆大家坐坐。"

牛海成一听就知道话里带刺，马上绵里藏针地回击："这车就是局里的啊。主要任务是巡查破案，有空的时候大家都可以坐。"

"噢！是这么回事，那就好那就好。"李国友说完就带着陈占涛匆忙离开了。

李国友冷不丁地演了这么一出，反倒提醒了牛海成。他马上吩咐凌飞对下拨的装备登记造册，专人保管，由李小妍统一管理调度。局里要是借用，必须有局长和牛海成的签字，包括巡查组成员的调整使用，也要同时征得局长和牛海成两人的允许。这样一来，谁要想在巡查组调车调人就不那么方便了。

巡查组训练计划也同时出台，按照训练计划，巡查组全体成员首先要在局机关驻地集训三十天，主要练习三项技能：擒拿格斗、跟踪侦察、野外生存。在这三十天里，牛海成从基本动作讲起，传授出招诀窍和动作要领。

集训结束后，成员仍须每天按照规定动作练习数小时，半年后举办擂台赛。

集训班开班的时候，叶子青和副局长们都出席了。牛海成既是巡查组组长，又是总教练。李小妍作为开班主持人，在开班仪式上专门介绍了牛海成的简要情况。当她说到牛海成曾经是全军散打亚军，在国际军事五项比赛中获奖时，学员们个个脸上显出了敬佩的神情。

开班仪式上，叶子青没讲话，李国友作为副局长，想讲也没机会讲。仪式结束后，叶子青说自己要接着听牛海成讲课，其他副局长有事的话，都可回局里各自忙自己的事。李国友主动留下陪叶子青。他明面上是关心巡查组的建设，实际上是想掌握牛海成的底牌。

集训班的第一堂课，牛海成从武术起源、武德修炼讲起。看着学员们充满期待的眼神，牛海成严肃地说："武术也好，功夫也罢，必须扎实打基础，反复练体能，不断学习领悟。所谓绝招都是苦练出来的，光说不练，教出来的武功必定是花拳绣腿。"

牛海成的第一瓢凉水把个别组员心里浇得凉飕飕的。

有个组员马上就有了畏难情绪，课间休息的时候，他对牛海成抱怨说："牛局，练功夫这么难，我这上有老下有小，哪有时间练？练成了又有什么用？"

牛海成说："练功夫的最高境界是身怀绝技，那是极少数佼佼者才能做到的；其次是能攻善守，攻守兼备，这样的人，在危急时刻有能力挺身而出；再次是强身健体，这是大多数人能够达到的目标，这样的人，遇到危险也能灵活应对，有效地保护自己。关键看你想练到哪个层次。"

这个组员是李小妍推荐的，当时主要是看中他身强体壮，对人谦虚礼貌。现在看到他磨磨叽叽，李小妍生气了："想一口吃个胖子，哪有这样的好事，不吃苦能练好武功的话，人人都成武林高手了。在街面上混的小青年还能要几招，你要是坚持不了，不如趁早退出。"

一看李小妍较真了，这位组员马上乖乖闭嘴。

牛海成趁着中间休息，专门找了四名有功夫基础的学员，给大家表演了一回攻防技巧。牛海成要求这四人一起向他进攻，而且出手一定要快速、准确、凌厉，切不可因为他是教练就手下留情。一声令下之后，四名学员分别从四面同时向中心位置的牛海成发起进攻。虽然这四人都不是武功高手，可一齐猛扑过去，声势也如虎啸龙吟一般。围观者都为牛海成捏了一把汗，在他们看来，要躲过来自四个方向的攻击，除非从头顶飞越，或是遁入地下。可是大家谁也没想到，牛海成等到四人攻到近前的时候，突然下蹲，身体缩成一团球状，急速从其中两名学员的下三盘的空隙中滚出圈外，然后突然出现在两人的背后，发起攻势。没费太多工夫，就将两人扑倒在地。

看到这一幕，学员们个个目瞪口呆。叶子青连连点头赞许，李小妍更是为他高兴，只有李国友心里拔凉拔凉的。

巡查组集训班就这样快速地开班了，李国友也跟着叶子青一起听了牛海成的第一堂课，看了牛海成和四个学员的攻防表演。特别是看到李小妍跟在牛海成后面一唱一和，他心里的醋劲就像喷泉一样冒了出来。以前牛海成没进林业局的时候，李小妍虽然对他不假辞色，但对他的话还能听得进去。自从牛海成进了林业局，李小妍甚至连多看他一眼的兴趣都没有了。集训班上，牛海成当教练，李小妍做管理，几乎是全天候陪伴左右，这就更让李国友郁闷。李国友又想，自打牛海成进林业局之后，他在工作上就接连失利，手下的一些小兄弟也被牛海成弄成了惊弓之鸟，曾经想一步步挤走叶子青自己取而代之的计划似乎也变得遥遥无期。

思来想去，这牛海成就是自己的克星，是真正的威胁，必须果断地采取行动，让牛海成在工作上出现失误、生活上出现错误才行。究竟从哪儿下手？李国友一直没找着机会，这次集训班的举办让李国友看到了契机。

巡查组配有两台车，一台是省厅骆副厅长从市公安局协调的越野车，因为司机不够用，这台车主要由凌飞掌握。一台是从局里临时调用的中巴车，需要由局里调派司机负责接送参加集训的人员。这部分人员都是从基层林场来的，食宿都集中安排在林业局种子仓库内。牛海成为了尽快熟悉巡查组的组员，也申请了一间宿舍，准备经常到这里来吃食堂、打球。因此，司机每天除了要接送参加集训的人员，有时也要保障牛海成用车。李国友把自己的司机陈占涛派给了集训班使用，相当于在牛海成和李小妍身边安插了一个眼线。

牛海成虽然知道陈占涛跟李国友关系密切，却没往深处想。办集训班是为了工作，也不是牛海成个人用车，所以，他觉得陈占涛既然是局里的司机，而且还在李小妍的管理之下，就可以放心地把人用起来。

集训班开班的第二天，训练结束后，牛海成约李小妍、凌飞一块儿吃饭，讨论巡查组工作规章、警用装备管理、快速响应机制等相关事宜，同时带上了那四个有武术基础的学员。牛海成准备给他们开小灶，让他们先学一步，再由他们分头带领其他学员训练。

凌飞要把学员们安排好才能出发，牛海成于是让陈占涛把自己和李小妍先送到了附近的陶陶居饭店。陈占涛离开的时候，问牛海成吃完饭要不要他来接他们回去，李小妍对他挥挥手说："现在都是下班时间了，小陈你该干吗干吗去吧，不用管我们了。"

两人进了陶陶居，边点菜边等凌飞和四个学员。陶陶居是广味老字号，天天都是食客云集，李小妍是这里的老顾客，轻车熟路就把菜点好了。她还特意要了一壶菊普，这是为牛海成点的，牛海成不抽烟，喜欢茶，她也喜欢就着酽茶吃点心。她又给凌飞他们点了这里的招牌烤乳鸽、XO酱萝卜糕、香麻煎咸饼、生滚粥等。虽然在这里吃饭也花不了几个钱，但相比集训班的伙食标准，那也算是打牙祭了。

　　凌飞带着四个学员很快就到了，看到李小妍点了一桌子的菜，都笑得合不拢嘴。各人搬了椅子，围着两个拼起来的方桌坐下，大家边吃边聊。牛海成先是跟凌飞和四个学员讲解武术练习中的注意事项，然后传授两个拳脚招数的应用技巧，这算是独家秘传了。牛海成强调一定要拳不离手，苦练基本功。练功没有捷径可走，聪明人用的都是笨办法，一招一式都是汗水的结晶。凌飞和几个学员悉心领悟牛海成的话，人人脸上都充满了向往。既然四个组员在场，组长和副组长的专题讨论会就变成了扩大会，几个人又围绕巡查组工作规章等一揽子事项展开讨论。等到把桌上的美食一扫而光，要讨论的问题也有了眉目。最后牛海成根据大家的意见，把讨论结果一条条梳理出来，形成了初步方案，准备择日向叶子青汇报。

　　不料，第二天一大早，牛海成和李小妍还没到办公室，他们"秘密约会"的绯闻就在林业局传开了，说得有鼻子有眼，说是牛海成和李小妍先在陶陶居吃饭，然后到旁边的酒店开房，一夜未归。谣言在全局传得沸沸扬扬，叶子青也有耳闻。造谣的人要的就是这样的效果。造谣一张嘴，辟谣跑断腿，不管事情的真相如何，只要牛海成和李小妍拿不出自证清白的证据，林业局上上下下的口水就可以把人淹死。

　　牛海成因为集训班的封闭式管理反而是耳根清净，直到叶子青的电话打过来，才听说了这个"绯闻"，简直要笑掉大牙。他把真实情况跟叶子青仔仔细细地说了一遍，说凌飞和四个学员都可以做证，自己吃完饭还和他们一起回到了集训班。叶子青听完才放下心来。

　　牛海成放下电话，觉得这捕风捉影的手法也太烂了。他基本可以肯定，传播谣言的是陈占涛。陈占涛把牛海成和李小妍送到陶陶居以后就离开了，并不知道凌飞和四个学员随后就到，所以才会以为牛海成和李小妍真的是在约会。他还知道，陈占涛肯定是受了李国友的指使，否则，一个司机没有这么大的胆，也没有必要去嚼舌。

李小妍也猜到了传播谣言的是陈占涛，气得直跺脚，一定要调开他。牛海成却另有打算："陈占涛是李国友派到我们身边的眼线，既然知道了是眼线，那还有什么可怕的，我们可以把他争取过来，为我们所用。"

"李国友的人，能争取过来吗?"李小妍说。

牛海成有把握地说："你怎么就知道争取不过来呢。"

在陈占涛到巡查组工作之前，牛海成专门了解过他的大致情况：陈占涛是通过局里的招聘上岗的司机，上岗前是城郊帮人搬家拉货的个体户。有一次李国友搬家，通过熟人找到了他。搬家的时候，陈占涛看到李国友家底殷实，家里还有不少收藏，认定他是个有身份的人，再一打听，知道他是林业局的领导，就格外殷勤。李国友要给他支付搬家费的时候，陈占涛坚持一分钱不收。李国友虽然人不厚道，但也知道天下没有免费的午餐。他问陈占涛："你就是靠这个挣钱养家的，你不收钱，那你喝西北风啊?"陈占涛回答得很坦荡也很直白："碰到贵人，第一次免费，以后如果还有用得着我的时候，该收多少收多少。当然更希望领导能记得我，机会合适的时候帮着介绍一点业务，您这么大一林业局，少不了短途运输的活儿。"

话说到这个份上，李国友也就心安理得了，而且还真没忘记帮这个拉货的司机多揽点活。再后来，局里公开向社会招聘司机，李国友把这个消息告诉了陈占涛，还跟人力部门打了招呼。陈占涛进局里开车，从此拿上了一份旱涝保收的工资。李国友常把这件事情挂在嘴上，陈占涛也对李国友言听计从。

这年头，熙熙攘攘，皆为利往。李国友和陈占涛既不是生死之交，也不是患难兄弟，牛海成认定可以从陈占涛那里找到突破口，弄清楚李国友到底打的什么算盘。

这天，牛海成选在下班时间，把陈占涛叫到了集训教室。这间教室是局机关的招待饭堂改建的，以前用来接待上级领导，因此建得格外宽敞，屋梁也特别高，陈占涛走进来的时候，表现出明显的紧张。牛海成在椅子上坐得稳稳的，示意陈占涛搬个凳子到旁边坐下。牛海成人高马大，陈占涛一坐在边上，便有了矮人一头的感觉。沉默了几秒钟，牛海成用平静温和的语气开场，以此缓解对方的抗拒心理："机关到处都传我和李小妍私自约会，先到哪里吃饭，再到哪里开房，说得跟真的一样，是你说的吗？"

陈占涛虽然早有心理准备，但说话底气还是不足："牛副局长，我怎么会说这样的话呢，您是领导，我是小兵，我不想活了吗？"

牛海成一笑："那天送我们俩到陶陶居的只有你，不是你还会有别人吗？你也不想想，真要是约会，用得着你送吗？"

陈占涛愣着不说话，脸上红一阵白一阵。

牛海成说："那天你把我们送到陶陶居后不久，凌飞和四个学员也去了，我们除了吃饭，还在一起开会说事，这你不知道吧？你以为我和李小妍是去约会了，以为我们吃完饭就会去开房，所以自己就接着往下编，对不对？"

陈占涛脸上露出惊讶的表情，又本能地摇头否认。

牛海成接着说："所以，你编的谣言一传到集训班这边，大家听了都笑掉大牙。你不就是想好好在局里开车吗？本来凭这件事我就可以开除你，可我觉得你本质上并不坏，真正的坏人在你背后，你是受人指使，我说的对不对？"

牛海成用一种关切的眼神看着陈占涛："我知道你进林业局也是正儿八经经过了考核才考进来的。别人就是帮你顺口说了句好话，你就敢为别人拼命，值得吗？"

陈占涛低下头，不敢看牛海成，也不言语。

牛海成看出陈占涛内心很矛盾，处于他这样的地位，自然会权衡利弊以图自保。因此，牛海成也不绕弯子，直接摊牌："你知道我是什么人吗？全军散打比赛的亚军，国际军事五项比赛的获奖选手，你知道这是从多少个人里比拼出来的吗？你肯定不知道，我也不能告诉你，这是秘密。但是我可以告诉你，如果你一定要死心塌地跟着李国友干坏事，肯定没有好结果，知道吗？"

陈占涛张口想争辩，想了想，又闭上了嘴巴，肩膀垮下去，整个人又矮了几分。

牛海成接着说："你觉得李国友是个好官清官吗？他要是好官，你跟着他干没错，可他让你去干污蔑陷害别人的事，这样的官肯定不是好官，也不会是清官，而这样的人迟早要出问题，你陷得深了，他将来出了问题，你也跑不掉。"

如果牛海成只是想赶走李国友安排在自己身边的线人，他根本用不着这么费事，直接打发就够了，但牛海成想把陈占涛争取过来，为自己所用。

他用最后通牒的口气警告说："现在摆在你面前的路只有两条。一条是继续跟着李国友兴风作浪干坏事，这肯定是死路一条。另一条路是好好工作，诚实做人，争取有立功表现，我保证你的工作会越干越好。"

陈占涛全身直冒冷汗，牛海成的话让他乱了阵脚。他虽然没文化，但脑子不笨，李国友的所作所为也都看在眼里，他知道继续跟着李国友干那些见不得人的事，最终会自食其果。而且这些天相处下来，他也发现了，牛海成的人格魅力确实要比李国友高几头，按牛海成说的做，或许是条光明大道。这么一想，陈占涛就下了要跟李国友一刀两断的决心——大不了再去干他的个体户，也比不明不白当了炮灰强。

一看陈占涛不住地点头，牛海成知道自己的心理攻势已经奏效。牛海成放缓了语气，跟陈占涛说，他并不需要急于跟李国友撇清关系，而是依然像以前那样工作，只是不能再干损人利己的事。如果李国友再要他去干蠢事，他要及时报告，这样才能将功补过。

牛海成这么一说，陈占涛还真想起一件事来。不说不知道，一说吓一跳。陈占涛告诉牛海成，李国友前些天让他在牛海成的办公室里安放了一个小物品，当时李国友说这是每个局领导办公室都配有的，专门用来清除屋内的有害气体。陈占涛按照李国友的叮嘱，用透明胶把那个小物品粘在牛海成的办公桌下面。现在回想起来，那肯定不是什么清除有害气体的办公用品，而应该是见不得光的窃听器。

牛海成听了，心里大吃一惊，脸上却不动声色："什么时候给我安上去的？"

"哪天记不清了，反正那天您不在局里，我找局办公室的人帮开的门。"

牛海成心想，李国友这招够毒的。这段日子牛海成并没去过办公室，真是枉费他的心思了。牛海成又叮嘱了陈占涛几句，让他回去干好自己的工作，就当什么事都没发生一样。

李国友当然不会想到，他在牛海成办公室安放窃听器的事情暴露了，还给牛海成提供了一个将计就计的机会。

这天傍晚，李国友监听到了牛海成和李小妍在办公室的谈话。

"周末你有什么安排？"李小妍说。

牛海成答道："跟几个战友聚聚，你要不要参加？"

"我又不认识。"

"不认识没关系呀，都是战友。"

"算了，你们聚吧，下周一晚上干什么？"

"不干什么啊，你有事？"

"先订个房吧。我也有个战友要过来，女的，11点钟我要去接站。晚上我跟战友住酒店，好几年不见了。"

"那11点前干吗？"

"没事啊……"

一阵沉默，接着是窸窸窣窣衣物摩擦的声音。李国友忍不住浮想联翩。

然后是牛海成拨电话的声音，"嘟"的一声后，电话通了，牛海成按下免提，对方的声音跳出来："喂？五洲四海酒店，请问有什么可以帮到您？"

牛海成答："订房。"

"什么时候？"

"下周一晚上。"

对方稍做停顿，说："那就是18号，大后天。请问您要什么房间？套房、标准间还是单人房？标准间现在是五折优惠。"

牛海成脱口而出："套房。"

"好的，您稍等。"

电话沉默了一会儿，对方说话："那就给您订603号房，房价一千八。"

牛海成喊起来："这么贵，抢钱啊？能不能优惠一点？"

"不贵的先生！物有所值，您将体验到的是六星级的服务。"

牛海成迟疑了一会儿，最后说："行，就要这间房，明天过来交钱。"

李国友听到牛海成和李小妍在办公室里又扯了一会儿闲篇，还不时夹带点打情骂俏，然后才离开了办公室。

李国友虽然心里既痛又恨，但看到设局后终于有了收获，也不禁喜出望外，当即就开始了紧锣密鼓的准备。他知道自己没有权力查酒店客房，于是走了相关流程，协调了森林公安，以查走私珍稀动植物的名义准备到酒店办案。

牛海成的计划是，把五洲四海酒店603号房订好之后，就带着巡查组的骨干人员在房间开会，讲评前一段的集训成效，提出下一步的要求。如果李国友不上钩也没关系，集训班已经有个别人开始打退堂鼓了，有必要通过骨干做些思想动员工作。如果李国友真的来抓奸，有满屋子巡查组成员在场，看李国友怎么解释。

没想到的是，牛海成第二天去酒店交钱的时候，才被酒店前台告知，因为他没有付定金，603号房已经于当天早上被别人订走了。说是那位客人看中了603这个吉利数字，一定要这间房。这世上，就是有人这样任性。再加之牛海成确实晚交钱了，酒店就把房间给了别人。

突然出现这样的情况，怕伤害到603号房的房客，牛海成本打算终止计划。可凡事都有个先来后到，他希望酒店给个说法——既然推出预订业务，酒店就应该信守承诺。没想到，酒店前台的人也挺横，根本不理会牛海成的要求，甩出一句硬邦邦的话，意思是，订走这间房的人，主动不要折扣，而且是一般人惹不起的人。

牛海成憋了一肚子气，知道不好再出面订房。出了酒店大门，他马上叫焦利忠在603号房对面再订一间房，如果李国友果真要对他使阴招，那就让他稀里糊涂当一回马前卒，他倒要看看到底是什么人能这么任性。

星期一晚上，大戏开场。

牛海成带着凌飞和巡查组的几个人，提前到了酒店603号房斜对面的房间。可以预见，李国友来抓奸，遇到的将是一顿臭骂甚至是投诉。这回牛海成多留了个心眼，把焦利忠也叫来了。自从卧底任务完成后，焦利忠就在办理调动手续，准备进森林公安局，他觉得还是跟着老团长牛海成干工作带劲。

晚上9点钟左右，李国友果然在五洲四海酒店亮相了。他叫来了酒店服务生，身后跟着两名全副武装的森林警察，站到了603号房门前。他的如意算盘打得噼里啪啦响：他盘算着牛海成和李小妍进了酒店，一定是先做足前戏，然后再上床进入正题。等到两人难解难分的时候，他再让酒店服务员打开房门，直接看大戏。因为事关重大，李国友在门前曾经有过片刻的犹豫，最终还是果断地一挥手，让服务生打开了客房的门，他领着那两个警察迅速冲了进去。

牛海成一直在注意着斜对面套房的动静。听到对面门打开后的尖叫声，他知道李国友惹上麻烦了。

花城市的副市长徐少卿就这样被李国友逮了个正着。李国友把徐少卿和他的情人赤身裸体从床上提溜下来的时候，徐少卿认出了李国友，当头就是一记重重的耳光，打得李国友如同五雷轰顶，眼冒金星。李国友一看是徐少卿，一下子瘫在了地上。李国友在林业局能够底气十足，专横跋扈，就是因为背后有徐少卿撑腰。李国友抓奸抓到了他的头上，可真是大水冲了龙王庙。

回过神来，他赶紧对旁边的警察说："我们搞错了，赶紧撤！"然后从地上狼狈地爬起来，领着人像丧家犬一样地逃走了。

李国友仓皇地逃回家，惊魂未定之际，徐少卿的电话跟着就到了。

徐少卿在电话里怒斥李国友，根本容不得李国友辩解半句，骂到最后直接把电话摔了才算完事。李国友也知道任何辩解都无济于事，他只有挨骂的份，光挨骂也就罢了，他最害怕的是从此失去徐少卿这个靠山。

痛定思痛，他才反应过来是牛海成和李小妍合伙把他骗了。他在心里不得不痛苦地承认自己根本就不是牛海成的对手——这看似性格粗犷的一介武夫，心思却比大海还深。牛海成这个转业干部看上去与世无争，可每次遇到事情回击的时候总是招招凌厉、暗藏杀机。想起这些，李国友就后悔不迭，既后悔自己一开始就没把转业干部牛海成当回事，任其大展身手，成了林业局的一颗新星，又后悔自己主动招惹了他，眼看着自己的前途像陨石一样坠落。

李国友仓皇逃走后，焦利忠利用警察身份，到酒店大堂查了603号房客人的身份。徐少卿果然机警，订下603号房的是电视台的知名女主播马妮儿，徐少卿本人没留下一点痕迹。但牛海成平常就有看新闻的习惯，也曾在会场见过徐少卿一面，早就把徐少卿的形象牢记在心了。

集训班结业典礼，牛海成继续邀请副局长及以上领导参加。仪式很简单，集训学员表演一段武术，李小妍简要总结集训情况，最后叶子青讲话做指示。牛海成没有讲话，只是在学员表演的时候下口令、当裁判。叶子青认为牛海成"行事低调"，李国友看到的却是另外的意思：牛海成分明是在炫耀武力，甚至都能听到他霍霍磨刀的声音。

得　手

在酒店捉奸事件后，李国友沉寂了一阵子。徐少卿被捉奸的事只有少数几个人知道，因此没有成为大范围的新闻事件。牛海成只把这件事当作是对李国友的一次警示性打击，并没有穷追猛打。他前段时间一门心思地组织训练，开展巡查，查找林区安全隐患，回到了以前在部队时的工作状态。集训班结束后，来自林场的巡查组成员回到原单位，来自机关的组员也被分到几个偏僻的林场蹲点，与基层林场护林员一起训练和巡查。牛海成带着李小妍和凌飞，不定期组织检查抽查，督促巡查组成员的训练和工作，边训练边巡查，既保林业平安，也为半年后的擂台赛做准备。

不过，徐少卿可不想息事宁人，虽然被捉奸在床没有弄出大事来，但他始终觉得隐患没有排除。这之后，马妮儿像是受惊的兔子一样，跟徐少卿闹了一回又一回，一定要徐少卿挖出幕后黑手，斩草除根。马妮儿生性敏感，总觉得与徐少卿的奸情随时都会败露，以至于有段时间工作频频出错，还被领导停播了节目。徐少卿虽然表面上老练稳重得多，可心情也同样是焦虑不安，唯恐自己与马妮儿的奸情一朝败露，会拔出萝卜带出泥来。他越想越坐不住了，便心急火燎地把李国友召到自己的住处。徐少卿是外地调任的，没有带家属，住在市政府办公室安排的公寓里，一住就是好几年。

李国友一头热汗赶到徐少卿的住处，向徐少卿汇报了他和牛海成结怨的始末，一口咬定这件事肯定是牛海成一手策划的。徐少卿不由得大为震惊：一个转业干部哪来的这么大能量，居然能掌握他的行踪，还用了借刀杀人这一计？想想都不寒而栗。徐少卿哪里知道李国友是偷鸡不成蚀把米。

窗明几净的客厅里，徐少卿脸色阴沉地问李国友："你下一步打算怎么办？"

"牛海成这人让人捉摸不透，他应该是一个与世无争的人，可他确实有一些能力，在工作上总会出其不意地露几手。"

徐少卿不耐烦道："他是个圣人吗？他就没有弱点了？"

一看徐少卿怒了，李国友这才字斟句酌："他的弱点我觉得应该是太重感情。他跟李小妍是战友，所以他对李小妍特别好。李小妍对他挺痴迷，但他特别谨慎，估计很难犯错误。"

徐少卿嗤之以鼻："我就没见过不吃腥的猫。"

李国友叹气道："我一直想在他和李小妍之间找点事，没想到这次给他装窃听器竟然被他发现了，他现在肯定有了警觉。"

"难道就没有别的突破口了吗？"

李国友想了想，说道："他老婆和女儿都出国了。"

"什么情况？"

李国友说："女儿出国读书，老婆陪读。"

"老婆孩子在国外，家还在国内嘛！"

李国友明白徐少卿的意思，马上说："对，家在本市。"

徐少卿手一挥："那就双管齐下。"

李国友苦笑道："好的，市长，我努力，不过牛海成确实是个油盐不进的主儿。"

徐少卿不高兴了，开始大声数落："既然知道他不好对付，那你就认输好了，何必这么费事？听你这么说，牛海成还真是个人才。你自己没本事，就别跟有本事的人斗，这叫不自量力。"

一看徐少卿发火，李国友马上表态："您放心，牛海成的老婆和女儿虽然出国了，但家还在国内，看能不能从他家里弄点事，同时也在李小妍身上做文章。"

徐少卿知道李国友这个马仔还有用处，脸色随即缓和下来，转而耐心地说："一定要抓住牛海成的软肋，否则，只能是处处受制于人。不多说了，我等你的好消息。"

见徐少卿下了逐客令，李国友赶紧唯唯诺诺地退出，心里却在暗骂："明明是你自己撞在了牛海成的枪口上，还摆什么臭架子！说老子没本事，说不定哪天老子还不伺候了！"

生气归生气，可他们毕竟是一条船上的人。这个世界就是这样，社会就是一张张关系网，官场就是一幅幅路线图。人人都有感情倾向，个个都有利益定位。由于你的人生经历、学术见解、思想观念、情感取向等，一旦踏入社会，你就会被定格在某个网格中。

李国友现在有什么事都不再找陈占涛干，觉得他靠不住。李国友手里还有一张更重要的牌，那是组建巡查组的时候，他在叶子青面前推荐的一个人，叫杨立文，林业局林政科的科员，有些文字功底，经常被抽到综合办公室写材料，人机灵得接近圆滑，是李国友从林场调上来的，自然跟李国友走得很近。杨立文家在农村，父母多病，家境比较贫困，有一次杨立文父亲突发脑出血住院，交不起住院费，李国友主动把钱借给他，而且借的还不是个小数字。李国友从来不提还钱的事，这让杨立文感恩戴德，把李国友当成了自己的恩人。

杨立文圆滑会来事，很快就和巡查组的组员们打成一片。在集训班的时候，一开始他确实想好好练功，特别是知道了牛海成的经历、目睹了牛海成的身手后，心里对牛海成也非常仰慕。可真刀真枪地练了两天，他就吃不住劲了，全身像散了架一样疼痛难忍，疲惫不堪，马上打了退堂鼓。"七一"的时候，局里开展系列文化活动，叶子青要李小妍牵头组织。巡查组也踊跃参加，杨立文主动报名参加其中的拔河比赛。拔河比赛不过就是几十分钟的事，他都愿意从偏远地方赶过来参加。参加完拔河赛，他就跟李小妍说准备回林场去了。其实他根本就没想马上回林场，这段时间他被派到一个偏僻的林场，每天不是护林植树，就是训练和巡查，他早就烦透了。从本质上来说，他根本不是一个能吃苦的人，觉得还是跟着李国友吃吃喝喝更轻松惬意。

此刻杨立文坐在马路边上，看着来来去去的路人，心里想着如何才能完成李国友交给他的任务。李国友要他对牛海成多留个心眼，最好是在牛海成身上弄出点事来，让牛海成的工作开展不下去。思来想去，杨立文也理不出一个头绪来，索性漫无目的地转悠起来。他转来转去，转到了附近的一片居民区时，肚子就开始咕咕地直抗议。在杨立文看来，这片居民区比他老家县城的中心城区还要大，而且更加美观整齐。一楼都是店面，餐饮店、养生堂、足浴店、健身房、超市、药房、酒庄、银行……一应俱全，店面各具特色，且都装修得富丽堂皇。杨立文进了一家粤菜馆，点了自己喜欢的清水鸡、白灼基围虾、孜然羊肉，再加两碟小吃，配上一盘老婆饼，有滋有味地吃了起来，一边吃一边欣赏人来人往的街景。吃完饭，天就黑下来了，他打算去看正在放映的美国大片。电影9点钟才开映，他懒洋洋地起身，拐过街角，进了小区大门，穿过居民住宅区，眼前出现一览无余的江景。虽然尚是薄暮时分，但沿江的灯火已经点亮，时而能听到低吟的涛声。杨立文发现江边一栋居民楼的楼下有公用的桌椅，便找了一把椅子坐下，把腿搭在桌边上，吹着江风，百无聊赖地开始一层一层地数楼层。各栋楼楼高都不一样，最矮的也有19层，最高的有30多层。杨立文正一层一层地数着旁边的楼栋，突然看到一扇没亮灯的窗户被人打开了，随后一根绳子吊着一包东西被人放下来。那包东西无声无息、晃晃悠悠地停在了一层楼高的空中。楼上的人果然老到，怕包落到地面，被路人顺手牵羊。显然是有人偷了东西准备逃走，如果这个人沿着这根绳子滑下来，杨立文正好能将他抓个现行。杨立文坐在一棵有巨大树冠的榕树下，从楼上根本看不到树下面的他，他却可以清楚地看到楼上的动静。

杨立文看着那包东西，仿佛看到天上有一块馅饼，正慢慢落到自己手心。他估计楼上的人一定会确认下面没有危险之后，才会顺着绳子溜下来，这正好给杨立文留出了时间，他的当务之急是找到一根绳子。他看了看周围，这个小区路面干净得连草屑都看不到，到哪里去找一根绳子呢？杨立文急中生智，从榕树上扯下几根长而柔软的根须，以最快的速度拧成一米多长的绳子，用力扯了扯，居然非常结实。他心中窃喜，马上用这根绳子结了一个圈套。别小看了这个圈套，因为打了一个活扣，所以谁要是落到这个圈套里，只会是越挣越紧。一切准备妥当，杨立文便紧张地等待着那枚"馅饼"掉落。

终于有人从那根绳子上鬼鬼祟祟地往下滑。正在这人准备松开绳子跳到地面上的时候，杨立文的绳套不偏不倚地套住了他的双腿。由于双腿被急速收紧，对方结结实实摔在了地上。杨立文迅速上前压住对方的两只手臂，悄声警告："别出声，我是便衣，老实听我指挥。"

对方或许是一个惯偷，听了杨立文的话，一副认栽的样子，一声不吭。

一看对方结实的身板，杨立文不敢马虎，用对方的绳子反绑了他的双手，双脚也用绳子绑了，只留一步的距离，这一招还是牛海成教的，没想到这么快就派上了用场。杨立文认为妥当了，才一手提着赃物，一手牵着对方，来到江边的台阶上坐下。在路灯的照耀之下，杨立文这才看清对方的脸——浓眉深目，面庞清瘦，头发有几分凌乱，年龄在二十七八岁，整个人看上去还算精神，但此刻，脸上满是恐惧和不安。

杨立文注视对方片刻，不说话，然后打开了提包。对方挣扎了几下，知道徒劳无益，便很快平静了。

看了包内的物品，杨立文也暗暗吃惊，除了金银饰品，还有10万元左右的现钞。这些东西足以让杨立文心动，但杨立文很快就打消了将这些物品占为己有的念头，他要以这包赃款赃物为诱饵，让这个小偷为自己办更重要的事。

杨立文表情严肃，装成警察的口吻："你偷这么多贵重的东西，策划多久了？踩过几次点？同伙还有谁？"

面对一连串的问题，对方缄口不语，只是愣愣地看着他。

杨立文接着说："你今天碰到我算你幸运。我是警察，但是我不准备跟你公事公办，只要你按我的要求做，今天这些东西还是你的。"

对方以为听错了，表情古怪地看着杨立文。

杨立文有点不耐烦："没听懂吗？"

对方终于开口了："你真的是警察？"声音有点沙哑。

"当然是！当警察不光是为了抓人，还为了救人。"杨立文拿出证件在对方的眼前晃了一下，"这下你相信了吧？"成立巡查组之后，牛海成专门给每个组员准备了一个证件，以便巡查组在遇到各类森林案件时亮明身份。这个证件的外形和警察证有几分相像，无意中对对方形成了震慑，让杨立文占了便宜。

杨立文继续攻心："我不想公事公办也是为了挽救你，让你洗心革面重新做人。你想想，如果你今天遇上的是坏人，你会是个什么结果？把你往这江里一扔，江水滔滔，顺江而下，等你的尸体漂上来，也许是几天以后在几百里之外的事了，谁还知道你是谁？看你样子也就二三十岁，这么年轻，前面的路还很长，应该干点正事，干点好事！"

这个面庞清瘦的年轻人听了杨立文的话，先是不寒而栗，然后是幡然悔悟的样子，最终用略带沙哑的嗓音说："我愿意按照政府的要求做。"说话间都把杨立文改称"政府"了。杨立文心花怒放，转念又想，这人本来可以发一笔横财，却被自己阻拦了，要是没绑住他的双腿，估计他连弄死自己的心都有，要想办法约束他，才能让他成为自己忠实的马仔。再说，这些赃物赃款也有着难以抗拒的诱惑力。杨立文决定留下这些东西，但他要给眼前的小偷一个许诺，让他心甘情愿为自己做事。

杨立文对这人说："我们正在办一个案子，要查一个贪官，需要你配合去他家，把他贪污的钱财弄出来，你干不干？虽然我说过刚才你拿到的钱财还是你的，但现在你还不能拿走，要等你把我交给你的任务完成了，这些钱财才能归你。千万不要跟我耍心眼，即使你不要这些钱财了，我也可以找到你。我已经给你拍了照，你肯定不是第一次做这种事，有了你的照片，到我们的数据库里一查就能知道你的出身来历。"杨立文说话的时候始终回避一个"偷"字，而且逮住这人的时候他也确实给对方仔仔细细拍了照。

杨立文这么做，相当于上了双保险。为了确保万无一失，杨立文还给李国友打电话说了大致情况，并要局里的司机马上赶到这个小区的门口来接他。

等车的时间里，杨立文从提包里找到了纸笔，郑重其事地说："我现在必须正式地讯问你，留下你这次作案的材料，因为我们不会空口无凭地要你为我们办事。"

对方很配合，杨立文问一句他答一句，不到半个小时，李国友派的车还没到，讯问笔录就做完了。这个小偷叫赵心成，外号耗子。杨立文留下他的联系方式，把他带到小区门口，远远地当着林业局司机的面把他放了——既让这人看到有车来接而更相信杨立文是警察，又避免司机知道更多内情。

杨立文要求耗子办的事就是潜入牛海成家中，偷出牛海成家里值钱的东西。李国友还提出，最好能从牛海成家里偷到比钱更重要的东西。杨立文带着耗子到牛海成家附近踩了几次点，最后决定趁着牛海成不在家的时候，让耗子进屋行窃。

老婆女儿去了国外，牛海成基本不着家，到他家行窃易如反掌。于是，杨立文就选了个日子，让耗子先做好准备。对惯偷耗子来说，其实也没有什么准备的。晚上9点钟左右，略施小计，耗子就进了牛海成的家。既然房子里空无一人，耗子就不慌不忙蹲在客厅里先抽了支烟，才动手干活。抽完烟，耗子便打了手电，先进主卧，看到一个大保险柜，不由得大喜，心想果然是大户，柜子里东西肯定不少。于是他使出浑身解数，花了一个多小时，终于把保险柜打开了。打开保险柜，耗子简直不敢相信自己的眼睛，眼前的保险柜里没有金条，也没有现钞。保险柜一共有三层隔板带一个小抽屉，最上一层隔板上整齐地摆着军功章、奖章、奖杯，金光闪闪。中间一层隔板上摆放着几份文件，除了一份红头文件，其他都是复印件。最下一层隔板上放着几大本集邮册。耗子不信就只有这些东西，他又翻找了一会儿，从保险柜的小抽屉里找到了一对金戒指和一副玉镯、一本房产证，这些就是耗子在牛海成家主卧的全部收获。耗子又到其他房间仔细搜寻了几遍，掠走了柳青青衣柜里几套还没穿过几次的新衣服，那是柳青青跟女儿出国时特意留下的。

耗子留下保险柜里的房产证，将保险柜里的其他物品和柳青青的衣服打包后，直接从大门出来，消失在漆黑的夜幕中。

这段时间，牛海成一直在各个林场转悠，检查巡查组的训练情况，指导林区的巡查工作。他发现家里遭窃时已经是事发一个星期之后了。

耗子是老手，每次入室盗窃都会戴手套，轻易不碰目标以外的东西，经过的地方也都要抹掉痕迹，这次也不例外。警察在牛海成家里提取了物证，却没有找到更多有价值的线索。好在牛海成家里安装了监控，把耗子偷盗的全过程都录了下来。焦利忠把监控录像拿到市局的信息库里反复比对，最后确定了作案的案犯是这一带有名的惯偷耗子。

牛海成万万没想到家里会遭窃，而且这个窃贼竟然把一堆别人眼里不值钱的东西也偷走了。丢失一对金戒指和一副玉镯，牛海成根本没往心里去，他心疼的是他的军功章、奖章、奖杯和几本多年积攒下来的集邮册，而那份红头文件和几份复印文件被偷走，则让他暗暗有些担心。家里遭贼事必有因，但究竟是什么原因，牛海成一下子没想明白。既然一时理不出头绪，牛海成也不想耗费太多心力，他当下必须把精力放在巡查组的训练督查上。

杨立文把耗子偷来的军功章、奖章、集邮册和红头文件都收成一包，把金戒指和玉镯给了耗子。耗子提起上次偷得的金银细软和钱款，杨立文便作义正词严态警告耗子："那是赃物，谁也不能动。失主已经报案，你现在是上了公安内部网的通缉犯，如果不想进局子，你就赶紧走得远远的，别再让警察碰上，尤其不要让我们这个市里的警察碰上，知道吗？"耗子本来就对拿回东西不抱希望，干他们这一行，白忙活的时候多了。试探过后没有收获，耗子也就偃旗息鼓，离开了花城。

杨立文这才放下心来，他和李国友商量，决定把耗子从牛海成家里偷来的文件放到局里人能看到的地方。那些文件有上报上级的请示，也有上级下达的批复，大多是关于特种团的兵力部署、人员调整之类的内容，保密级别都在机密以上，上面清清楚楚签着牛海成的大名。一个副局长家里私藏绝密红头文件和复印件，给个党内严重警告处分都是绰绰有余。有了这个处分，牛海成想再升一级，那就难了。

过了几天，林业局机关的保洁员拎着一个帆布包进了局长办公室，说是在楼道转角的地方捡到的。叶子青打开帆布包，看到了有牛海成签名的机密文件，他猜测牛海成与这些文件有特殊的渊源和情感，便私自复印留存了几份，作为牛海成军旅生涯的纪念。幸好这位保洁员接受过培训，有保密意识，直接把这些文件拿给了叶子青，否则这些文件一旦传开，对牛海成的影响可就大了。他随即把这个情况告知了牛海成，牛海成从林场赶回来，清点自己的被盗物品。他发现窃贼只拿走了金戒指和玉镯，还有柳青青的几身衣服。奖章也只少了两枚，大部分军功章、奖章、奖杯和集邮册失而复得。牛海成自己都觉得这个小偷的做法有点不合常理。第二天，省林业厅领导的电话打到了叶子青那里，市政府分管林业的副市长的电话也打过来了，叶子青再三说明文件并没有传播开，这个事情才没有继续发酵。明明局里并没有传开消息，上级领导却都知道了，牛海成这才意识到，这次家里被盗不仅仅是一个普通的盗窃案，而是一件与他的政治前途密切相关的大事件。据叶子青说，分管林业的王副市长在电话里说得甚是严厉："一个林业局副局长，家里私藏机密文件，这可不是个小事，部队团一级领导，连起码的保密观念都没有，以后我们在接收转业干部的时候，还是要慎重起见啊！"从王副市长的话里，牛海成听出了不寻常的味道，思来想去，他并不曾得罪过王副市长，那么，肯定是有人添油加醋在副市长面前把这件事编派了一番。能惊动这样高级别的领导，牛海成估摸着，对方后续还会有动作，尽管现在还不能完全肯定，但牛海成猜测与上次的捉奸事件有关。

不过，牛海成的主要精力还是放在工作上，现在他更加觉得巡查组的训练一刻也不能耽搁——那是他手里的一把利剑，他要把它磨得锋利无比，有朝一日才能向对手亮剑出招。

布　　局

第　十　四　章

牛海成和李小妍人还在基层林场，乔红约饭的电话就打到了李小妍的手机上。乔红知道李小妍跟牛海成在一起，请吃饭当然是请牛海成和李小妍两个人。自从牛海成挺身而出为乔红拿回了钱包，乔红隔三岔五就要发个微信向他问好。雷公不打笑脸人，牛海成当然没有理由拒人于千里之外。但乔红要请客，牛海成却没有心情应酬。李小妍也心知肚明，要是从前，她也会推辞，可现在她却婉言相劝："你在公交车上露了一手，成了人家心中的男神了，这么心高气傲的人，又不是为了争取大客户，能放下身段执着地请我们吃饭，我当陪客都乐颠颠的，你这个主宾贵客却还扭扭捏捏，这样也太说不过去了吧?"

"听你这么一说，这顿饭不吃还不成了?"牛海成还是犹豫。

李小妍答道："吃饭不耽误你的事，兴许还会有帮助呢。都说三个臭皮匠能顶一个诸葛亮，我们正好三个人，而且都不比臭皮匠差呢。"

李小妍把话说到这个份上，牛海成看了她一眼，不说话，算是默许了。

如果牛海成天天耽于享乐，他肯定能与李国友和谐相处、相安无事，也不会与徐少卿为敌。可牛海成毕竟是为整个团的身家性命负过总责的人，他容忍不了自己的碌碌无为。

举杯消愁愁更愁。看牛海成心情不佳，李小妍建议改吃自助餐，吃完自助餐再一同去爬山。

来到餐厅，三人便各自拿着餐盘挑选食物。这里的自助餐花样繁多，牛海成胃口好，每样都想尝一尝，围着餐台转一圈下来，盘子里的食物堆成了小山。乔红打趣说："食客都像牛副局长的话，餐厅老板会哭晕。"

牛海成说："我吃的都是粗粮，不值钱的。"

李小妍调侃他："你不是正在为如何应对李国友发愁吗？怎么还有这么好的胃口？按照医学的说法，心情不好会直接影响胃口的呀。"

牛海成自信地说："不就一个李国友吗？你觉得我会败给他吗？"

李小妍说："他后面不是还有个副市长吗？"

牛海成嗤之以鼻："副市长又能怎么样，充其量不过是个腐败分子，只是现在还挂着个头衔罢了。他如果真是跟李国友沆瀣一气，那他和电视台女主持人开房的事还没完呢。如果连这点数都没有，那他这个副市长还能干几天？"

乔红一听牛海成说到电视台女主持人，马上敏感起来，凑过来问："什么电视台女主持？叫什么名字？不会是我闺密吧？"

看到牛海成和李小妍惊讶的表情，乔红解释道："我在法国留学时的室友马妮儿，就在电视台做主持人。前阵子同学聚会，听说她攀上了高枝。"

李小妍问："有照片吗？"

乔红葱样的手指弹钢琴一般在微信里翻找了一会儿，终于把马妮儿的照片找出来了。牛海成眯着眼认真端详后，确认马妮儿就是徐少卿的情人。

"确定吗?"李小妍和乔红几乎是异口同声。

牛海成看了李小妍一眼,点了点头,说:"那天他们两个人从酒店客房里慌慌张张地出门,当时我们就在对面房间,看得清清楚楚。现在看了微信里她的照片,我可以肯定当时和副市长开房的就是马妮儿没错。"

乔红焦急地问:"你们说的副市长不会就是管企业的徐少卿吧?"

牛海成道:"就是他。"

乔红恍然大悟:"怪不得。上次我请马妮儿吃过一次饭,她带着徐少卿一起来的。当时我正好有业务上的事需要徐少卿帮忙,还以为是马妮儿未卜先知呢。"

牛海成说:"你这么说,就更加证实了我的判断,马妮儿一定就是徐少卿的情妇。"

"别说那么难听好不好?马妮儿可是我最好的闺密。"

"我理解你,但我们还是要面对现实。"

"那下一步你准备怎么办?"乔红一脸的矛盾。

牛海成苦笑:"不是我要怎么办,是不知道徐副市长到底想把我怎么办!"

乔红叹气:"你们真结上梁子啦!"

李小妍觉得这是个机会,对乔红说:"表妹,你要赶紧约马妮儿出来,把情况跟她说清楚,她和徐少卿的事,不是我们有意设局。"

乔红第二天就约了马妮儿。

马妮儿跟以前完全判若两人,从聚光灯下的浓妆艳抹变成眼前的素面朝天,仿佛一下子又回到了大学时代,清纯的脸上还带着一丝淡淡的忧伤。

两人见面就先抱了个满怀,好不容易松开,乔红说:"怎么啦,这段时间在电视上都见不着你了?"

马妮儿忧郁地说:"工作太累了,我请了个小长假,想休整一段时间,调调心情。"

乔红旁敲侧击道:"只要没心事,心情自然会好;如果有心事,不把事弄明白了,怎么调也没用。"

四目相对,马妮儿终究掩饰不住内心的愁绪,开口说道:"确实遇上事儿了。也不是什么大事,就是挺烦人。"

乔红也不绕弯子了,爽快说道:"我知道,这种事只要处理得好,也没什么了不起。"

马妮儿有点愣神,一时转不过弯来,她还什么都没说,怎么乔红好像全知道了似的。

"像徐少卿这样的人,吃着碗里看着锅里。现在全国上下都在讲'八项规定',他还经常出入娱乐场所,到处接受老板的宴请,迟早会出问题。出了问题,你也脱不了干系的。"乔红直截了当地捅破了这层窗户纸。

听到乔红这么说,马妮儿大惊失色,尽管是最好的闺密,也难免尴尬。马妮儿红着脸问:"你怎么知道我和徐少卿的事?"

乔红正色说:"都到这时候了还跟我遮遮掩掩,我们还是最好的闺密吗?我怎么知道的这事不重要,重要的是你应该怎么解决好这事,你不就是为这事才心烦的吗?"

马妮儿说:"姓徐的整天追着我,我实在是没什么办法,他说要跟我约会,磨了一个星期我才答应,没想到头一回就被人盯上了,还逮了个正着,领头的好像是他的小喽啰,后来又被他骂跑了,我觉得这事有点怪……我肯定在电视台干不下去了。"说着说着眼泪就唰唰下来了。

听马妮儿这么一说,乔红知道这件事对她的影响很大,这种事一旦败露,像马妮儿这样的公众人物,很快就会成为众矢之的,过去的努力就算白费了。

"很显然,你必须与徐少卿一刀两断,这样才能慢慢将开房的事情化于无形。"乔红对马妮儿说，"谁也不知道这间房是你和徐少卿开的，只是徐少卿的人想算计别人，人家反戈一击，并不是针对你。"

乔红把前因后果说给马妮儿听，建议她不要逼着徐少卿去追查幕后操纵者，免得把事情弄大了。

正如乔红建议的那样，马妮儿不再逼着徐少卿去追查幕后操纵者，他求之不得。这一轮博弈让李国友深陷被动，还差点把徐少卿牵扯出来。知道牛海成的行动并非针对自己，徐少卿自然是多一事不如少一事。

离举办擂台赛只有两个多月了，牛海成和李小妍一面抓巡查组的训练，一面着手准备擂台赛的相关事宜。这天，叶子青把牛海成召进办公室，问起巡查组训练的情况。随后，叶子青告诉牛海成一个重要消息，全市即将开展一次打击走私专项行动，具体时间待定。上级要求林业系统一定要借这次专项行动的东风，一举打掉长期活跃在边远林场，尤其是绿营林场的走私犯罪团伙。这个团伙利用当地村民做掩护，犯下几起走私大案，但由于证据不足，一直逍遥法外，气焰非常嚣张。

叶子青征求牛海成的意见："这次专项行动是市委市政府统一部署的，由市公安局主抓，要求相关单位一把手、分管领导、职能部门步调一致，形成合力，同时也要充分发挥人民群众的作用，确保这次行动万无一失。你是分管领导，你对接受这项任务有什么想法？"

牛海成明白叶子青的意思，叶子青这是要给自己压担子。

牛海成心里高兴，但说话却很谨慎："俗话都说'老大难'，但其实老大出面就不难。这次专项行动事关重大，必须由局长亲自挂帅，调动各方面的力量，才能确保任务的完成。我随时听从局长指挥，协调巡查组积极配合森林公安行动，正好把这次专项行动当成实战来检验巡查组的训练成效。"

听牛海成这么说，叶子青放心了，又问牛海成："李副局长也想参加这次专项行动，我还没答应。你觉得他参加合不合适？"

牛海成很干脆："没什么合适不合适，他愿意参加就参加，但不能挂实职。他要是从中作梗，专项行动肯定会受影响。"这么大的事，牛海成不能和稀泥。

"那行，就给他挂个名吧，象征性的。"

"给他个观察员，观察观察可以，指手画脚不行。"

"这也是我的想法，上级单位有领导打电话说要发挥他的工作积极性，我们这样做，也是给上级一个说法。"

"他太积极了就容易坏事，我担心那些走私活动高发的林场有他的人。他在林业系统时间长了，培养了不少自己的亲信。"

叶子青内心也不想让李国友掺和到专项行动里去，但他不能告诉牛海成更深层次的原因。叶子青有自己的打算，他说有上级领导打电话要他注意发挥李国友的积极性不假，而且这个电话还是市长亲自打的。市长并不熟悉李国友的情况，只是问有没有李国友这个副局长，叶子青说有。市长就跟叶子青说，听说这个李副局长在局里是元老了，多压点担子给他吧。市长还透露，如果专项行动这一仗打得好，上级准备调叶子青上省厅任职。局长位置一旦空出来，牛海成和李国友相比，在任职时间上处于劣势。叶子青心里纠结，他认定牛海成是接替他的最好人选，但到了上面肯定通不过，任职时间短，加上又是转业干部，所谓"不懂业务"就是最有杀伤力的理由。如果牛海成知道实情，工作积极性肯定受影响，影响积极性就会影响这次专项行动的成果，影响专项行动的成果，就影响到叶子青的升迁，这当然是叶子青不愿意看到的结果。

说曹操曹操到，正说到李国友，李国友就出现在局长办公室门口。叶子青招呼他进办公室。

一看牛海成在场，李国友愣了一下，随即脸上堆起笑容，说："牛局也在。我向局长请战来了。"

叶子青故作欣慰："你也听说专项行动的事情了？大家都积极参战，也是为我分忧嘛。正想召集大家开个会，既然你来了，我们三个先商量商量。"

牛海成表情冷淡，他不想回应李国友的热情。李国友进门后，他本打算起身离开，听叶子青这么说，又重新坐下来。

叶子青坐直身子，拿出领导的姿态，对牛海成和李国友说："这次专项行动任务艰巨，上级要求党委重视，主官主抓，这次就由我挂帅了。我想了想，准备这样安排：牛副局长担任这次专项行动的副组长，李副局长担任观察员，李小妍任联络员，森林公安分局在专项行动期间受行动组领导，巡查组全程参与专项行动，由牛副局长直接指挥……"

叶子青越是往下说，李国友脸上就越暗淡无光。

叶子青说完，李国友接过话头，向叶子青请求："也给我挂个副组长吧，好赖我也是局里的老人了，否则我不好开展工作。"

叶子青看了看牛海成，没看出什么来，但叶子青心里明白，牛海成是自己手里的一张王牌。再看看李国友的表情，猜测他不过是有枣没枣都想捅一竿子，能捞着好处自然好，捞不着也无妨。

叶子青一语双关道："李副局长积极性这么高，很好！既然上级要我主抓这次专项行动，局里的工作还要你多操心才行，专项行动让牛副局长具体抓落实，毕竟是分管领导嘛！牛副局长你的意见呢？"

牛海成心领神会，叶子青这是在寻求火力支援，李国友不是省油的灯，光靠叶子青一个人压不下来。牛海成也不想跟李国友兜圈子，干脆一招制敌："专项行动就不劳李副局长大驾了。我从部队转业回来，在林业局可以说是举目无亲，没有任何裙带关系，李副局长就不一样了，不让你干副组长，是组织的关怀啊。据我所知，你在林业局经营这么多年，各个林场里都有为你鞍前马后办事的小兄弟，要是专项行动真把哪个小兄弟牵连进来，你怎么办？是大义灭亲还是包庇纵容？"

牛海成一下子点到了李国友的死穴，李国友一时不知所措，只好尴尬地笑笑，然后顺坡下驴："既然牛局这么说，我也理解，那就按局长说的办。"

这时，办公桌上的电话响起来，叶子青正好趁机送客，便客气地说："那你们去忙吧，有事再商量，我先接个电话。"牛海成径直出了局长办公室，李国友也只好怏怏退出。

牛海成回到办公室，琢磨市领导打电话帮李国友说话的事，心里有了些眉目，只是还需要更多的信息来证实。他打通了叶子青的电话，不绕弯子，直奔主题。叶子青还在办公室，对于牛海成的这通电话毫不意外，似乎也正等着牛海成发问。

叶子青说，帮李国友说话的是市长。而市长之所以帮李国友说话，果然是徐少卿做了工作。徐少卿刚来市里任职的时候，分管过一阵子林业，李国友便和徐少卿搭上了线，鞍前马后为徐少卿办了不少实事，成了徐少卿官场上的嫡系。徐少卿比现在的市长年龄大，任职时间长。市长刚从副市长岗位提拔当市长不久，多少会照顾一下老同事的面子。因此，工作上徐少卿偶尔会倚老卖老，在一些非原则性的问题上，市长也会对徐少卿表示尊重。这次徐少卿把李国友推上前，市长不好拂他的面子，便当着徐少卿的面给叶子青打了电话。

听叶子青这么连分析带猜测地说了一通，牛海成才放下心来。

打击走私专项行动尚在准备阶段，叶子青就提前召集牛海成、李小妍、凌飞和森林公安分局领导开会，研究部署了任务。会议明确森林公安分局和巡查组是这次专项行动的主力，叶子青全面领导，牛海成直接指挥，根据情况及时调用森林公安警力用于专项行动。

开完会，牛海成决定先行一步，争取主动，先到绿营林场探个究竟。

绿营林场地处两省交界处，于20世纪50年代建场，因为林场场部曾经是部队野营拉练的站点，所以取名绿营。从林场驱车穿越邻省，行程不足百里即可抵达国界，因此这里就成了犯罪分子走私的一条便捷通道。活跃在绿营林场周边的走私分子，依托林场，时聚时散，经常把珍贵林木、药材、保护动物走私到国外，然后又从国外走私贵重木料、象牙、汽车、柴油等到国内。什么赚钱就走私什么，只要有钱赚，有时连洋垃圾都不放过。

这伙走私分子长期在绿营林场一带活动，以林场和当地村民做掩护，逃避公安机关的调查和打击，每次都能化险为夷。因此，为了不打草惊蛇，市里明确要求，把打击这一走私团伙的前期任务交给林业局，以森林公安为主，市公安局派警力协助。

焦利忠正在办调动手续，牛海成和李小妍先到了绿营林场。绿营林场的场长林健第一时间向他们汇报了有关走私团伙的事。由于牛海成力荐，林健三个月前从大坡岭林场调到了绿营林场，担任场长。三个月时间，林健已经把林场里里外外摸得差不多了，对于他的专项汇报，牛海成挺满意。

林健陪着牛海成和李小妍在林场周围走访调查，没有发现走私分子的踪影。自从林业局成立巡查组之后，走私分子的活动就更加隐蔽了。走私分子通常选在夜间活动，而且在多处设有望风点，只要一有风吹草动就逃得无影无踪。这次专项行动还没有全面展开，保密工作也抓得很紧，但走私分子似乎已经探到了风声，显得格外安静。

无论什么样的犯罪团伙，犯罪手法都大同小异，为了逃避警方打击，他们都会改头换面、神出鬼没，跟警方捉迷藏，这个走私团伙也不例外。截至目前，谁是这个走私团伙的头目、团伙人数多少、他们有什么样的活动规律，没人能说出个子丑寅卯来。

牛海成和李小妍商量，决定以林场护林员的身份到村民家里走访，寻找相关线索。走私分子能够快速聚散，肯定有村民帮着打掩护，既然如此，那就从村民入手。

绿营林场属于偏远林场，上级来人少，牛海成和李小妍这是第二次来。绿营林场旁边有一个大型水库叫绿营水库，也是建于20世纪50年代，面积有数十平方公里。水库旁边的村子叫樟树湾村，改革开放之后，除了种地务农，樟树湾村的村民还因地制宜，依托绿营水库搞起了多种经营和特色旅游，多数村民开始种树，有种茶树、果树的，也有种松树、杉树、樟树的。因村子依山傍水，村民也有以抓鸟捕鱼为生的。春天，山上梯田里的油菜花一片金黄，这是村里养蜂户最忙碌的时光。这里的地下赌场同样也是"源远流长"，据说从水库建成之初就有了，开始是进出省的人在这里歇脚，搓几把麻将。后来，经过这里的人多了，樟树湾村就有了赌场，说是赚过路人的钱。其实不少村民早已把赌场当成了消遣的去处。从这里翻过山就是一个叫凤凰岭的村子。这个村子一半是平地，一半是丘陵，村民多以种地为生。村里有座河神庙远近闻名，香火特别旺盛。

在林健的陪同下，牛海成和李小妍在林场和樟树湾村之间溜达了一个来回，对这里的地形地貌有了一个初步印象。村子不小，粗略估算有上千人口。几百户人家散落在山坳里，一条蜿蜒的街道一直通往水库所在的山口。听林健说，绿营水库上了市里的旅游指南，每到春夏两季，全国各地的游客会慕名前来。林健领着牛海成和李小妍上了靠在码头的游船，围着无名岛转了几圈。其间远远看到有几个乘船游览的游客想上岛，被他们那条船的船主拦下了，船主说，游客要是想上岛，必须另外交费。一听说上岛要另外收费，几个兴致勃勃的游人立刻没了声响。

第二天吃完早餐，李小妍还准备再去樟树湾村里兜一圈。牛海成想了想觉得不妥：这样一个上千人口的村子，村里人做什么营生的都有，逐个排查显然不切实际，且他们两个陌生人在村子里来回转悠，一看就不是游客，很容易引起村民的怀疑，弄不好就真的打草惊蛇了。

他们于是先去场部会议室。林健把自己的茶叶拿来泡茶，三人边喝茶边讨论。

"走私团伙长期在这一带活动，学会了跟警方捉迷藏。怎样才能找到他们的蛛丝马迹，林健你有什么高见?"牛海成问林健。

牛海成对林健的印象不错，不光因为林健是转业干部，还因为从林健嘴里听不到"也许""大概""可能"之类的字眼，一是一，二是二，这一点很得牛海成的赏识。

一看牛海成充满期待，林健不敢马虎，皱着眉头想了想，说:"樟树湾、凤凰岭和咱们绿营林场这一带，之所以一直走私活动猖獗，主要是因为这里是一个三角地带。但凡三角地带，不仅有利于经济发展，还有利于互联互通，同时也方便走私分子与警方周旋。狡兔三窟，走私分子不仅可以把货物分而藏之，而且还能在这三角地带闪转腾挪，所以，他们能够一次次从警方眼皮底下逃脱。"

牛海成提出假设:"你如果是走私团伙的头目，会把据点或基地设在哪里，既能防范公安的搜查，又能方便走私货物?"

这回林健几乎是脱口而出:"我会建立三个据点或者基地，不能保证每次都没有损失，但要保证最大限度减少损失。"

"为什么?"李小妍问。

林健笑着说:"很简单啊!狡兔三窟嘛。干走私违法的事，害怕的就是哪一天被一锅端了，而把货物分类，分藏几处，查了一处，也还有另外几处。人员也是一样，你清查 A 处的时候，我在 B 处;你追到 B 处，我又到 C 处躲起来。公安疲于奔命，我却可以以逸待劳。"

"如果走私货物需要从陆路走，那可以走河神庙那边，走水路就一定是绿营水库，樟树湾地下赌场则是这个走私团伙的指挥部，也是一个走私窝点。你是这个意思吧?"李小妍也明白过来了。

林健连连点头:"差不多就是这意思。建三个点，各有各的用途，这是肯定的。"

牛海成也是这样判断的：要从樟树湾、凤凰岭和绿营水库三个地方同时破题，才能防止走私分子漏网。

林健拿出一张绿营林场的地形图来，三角地带在图上一目了然。牛海成看了，下一步行动计划逐渐清晰起来，他决定对樟树湾地下赌场、绿营水库的无名岛、凤凰岭村河神庙三个点同时展开调查。

樟树湾的赌场地处樟树湾村中部，不仅地理位置隐秘，而且交通方便，往东可以直达绿营水库，往西南方向，半小时内就能到凤凰岭村河神庙。为了掩人耳目，赌场的人不容许村民砍伐、修剪赌场和国道之间的树木和荆丛，任其野蛮生长，慢慢形成了一个巨大的绿色屏障，把赌场环抱拱卫起来。

凤凰岭河神庙地处半山腰。根据林健掌握的情况，庙堂后殿借助20世纪修建的战备坑道直接与山体另一边的国道连通，战备坑道修建得粗糙，但坚固而宽敞。河神庙虽然在半山腰，但有缆车接驳，既可藏物，又方便通行。若干年前，市宗教局应寺庙住持请求，多方协调，将战备坑道归于河神庙代为看护，也许这条战备坑道那时就成了不法分子的陆路走私通道。

绿营水库附近的无名岛隐蔽性强，人员进出少，也是储藏货物的好地方。牛海成分析，大宗货物短期储藏在岛上，然后通过水路运输，非常便捷高效。

焦利忠在这个节骨眼上赶来报到了。他调到森林公安局的手续一办齐，就在叶子青的安排下代表森林公安分局直奔牛海成这儿。

三个人正好各负责一个点。焦利忠负责樟树湾村，扮成绿营林场的人，深入赌场，见机行事把赌场头目引出来。李小妍负责凤凰岭村河神庙，扮成香客信众，混入求神拜佛的人群之中，不显山不露水，便于观察了解情况。无名岛所在水域面积大，情况复杂，牛海成把这块最难啃的骨头留给自己。

焦利忠进赌场之前，根据牛海成走访调查和林健提供的情况，知道了赌场的幕后老板叫铁娃，但没几个人见过他。从地理位置来看，这个赌场很有可能是整个走私活动的中枢，如果铁娃真有其人，很有可能就是走私团伙的头目。

焦利忠扮成赌客模样，好不容易才进了赌场的门。赌场是用山脚下一座废弃的仓库改造而成的，门面破烂不堪，到了里面却是别有洞天，装修得跟豪华酒店不差分毫，给人的第一感觉像是进了地下宫殿：大理石墙壁、水晶石地板、红木家具……专业的轮盘赌桌很有气势，周围可容纳数十人参赌或是围观。焦利忠大学毕业后，脱了军装换警服，什么世面都见过，可在这偏远山村见到如此豪华的赌场，还是很受震动。除了轮盘赌桌，靠墙摆放的供人休息的红木沙发和配套的茶几，还可以开展扎金花等赌博游戏——无论什么赌具，只要开赌就有专人在旁值守，等着客人下注。屋外门庭冷落，屋内热火朝天，一尺之遥，内外两个世界。大门口有专门把门望风的村民。只有熟客才能通过山坡的绿色屏障找到这条通往赌场的羊肠小径。

如果不是找村民带路，就算林健，也估计连赌场的大门都难找着。焦利忠同看门的村民打过招呼，表明了身份才得以进去，进门之后先熟悉赌场情况，围着轮盘赌桌反复观察，直到心里有数之后才下赌注。焦利忠上学的时候，数学是他的强项。这一次，他在轮盘赌桌旁边看了两小时，就算出了珠子落区的概率，然后小试牛刀，赢了一沓钱之后，打着响指离开了。第二天，焦利忠又出现在赌场里，依然是小赌一把，见好就收，拿了一沓钱又走了。经过两天的"实战"，焦利忠断定赌场老板在轮盘上做了手脚，使得珠子落区的概率偏大。赌场光是拿抽成就有很丰厚的收入，而这个赌场的老板贪心不足，恨不得把赌桌变成一台印钞机，居然在赌具上动起了脑筋。一般的赌徒沉迷其中，根本不可能发现这个猫腻。

第三天的时候，焦利忠赌注下得比较大，结果，一张张钞票又源源不断地被划拉到他的面前。这个时候，一个中年男人皮笑肉不笑地来到焦利忠的面前："请问老哥是哪方贵客？"

这个男人上穿带鳞片的皮衣，下套绑腿紧身裤，穿长筒靴，像刚从地里钻出来的穿山甲。焦利忠上下打量了他一番，不卑不亢地说："绿营林场副场长。你是铁老板吧？"

"场长贵姓？以前没见过老哥你呀。"

"刚来上班几天，免贵姓焦。"

铁娃哈哈大笑："场长姓焦，'性交'好，场长真是好身手！"一屋子人也跟着笑。

焦利忠不接话也不笑，用行家的口吻说："看到你这里的装修，就知道你的身家，赚老多钱了。这里的行情我知道，到了旅游旺季，你这儿的生意会更好，不过，都在道上混，别坏了道上的规矩。"

焦利忠敲山震虎，铁娃知道自己露了马脚，声音软下来："老哥火眼金睛，多多包涵。"

焦利忠对铁娃说："好说。今天就到这儿了，有空我再来，一为散散心，再者也是顺手挣点铁老板看不上的碎银子。"既然铁娃露了头，那就赶紧撤，免得生出事端。

铁娃脸上赔着笑，把焦利忠客客气气送出门，心里却在想：这绿营的人怎么也敢上我这儿来了？

李小妍负责调查凤凰岭村的河神庙，来确认这庙里的和尚跟走私团伙有没有关系。河神庙在绿营这一带名声很响，庙里的住持是一位年过七旬的老和尚，叫释了缘。释了缘带着一帮小和尚，天天在庙里打坐修行，偶尔也应周边村民的需要做法事。释了缘的大徒弟法缘在河神庙的厢房里专门拆字算命。李小妍进庙烧香的时候，释了缘正领着小和尚在河神庙的主神殿里做法事，围观的人群一直延伸到门外，不时还爆出一阵喝彩声。李小妍看到香客信众纷纷往功德箱里投钱，她也跟着投进去10元钱。这场法事显然已经开场了一段时间，看那阵势还会从正殿移向庙后面摆放香炉的场地上。

李小妍很少进寺庙烧香拜佛，看到河神庙里香火如此旺盛，心里暗自惊讶。这河神庙最早是出海渔民为祈祷平安归来修建的。发展到后来，进庙烧香的意义扩展了许多，不光是求平安，还求子求福求财求官。李小妍只求能尽快发现这里走私犯罪的苗头和线索。听过林健的介绍，她知道河神庙主殿后面有一条战备坑道穿山而过，直接与山外的国道相通。她随着围观的香客来到庙的后面，这里有一块人工开掘的平地，供奉着几尊专供游人磕头烧香的青铜香炉。十步开外果然看到几棵老树下面有一个坑道口，同一扇门差不多大小，同时进出两人都绰绰有余。看样子平时有人在坑道口把守，此刻只留下一副空桌椅。李小妍来到坑道口，想窥探里面的动静，却只能听到嗡嗡的回声。做法事的喧闹声太大，即便坑道里有人活动，也听不真切。李小妍就想，如果这庙里真有走私活动，做法事或许就是最好的掩护。

还没等她多想，就有人走过来询问："请问施主，您是为求财还是求子而来？"李小妍闻声转头，见一年轻和尚正对她行礼。

"不求财也不求子。是我的财，自然会来；还没结婚呢，哪来的子？"李小妍绵里藏针，不轻不重地怼了他一下。

看来这年轻和尚就是把门的，李小妍知道她不可能再靠近洞口了，就果断地折回头，回到围观法事的人群里。

既然牛海成把调查河神庙的任务交给了她，她就必须自己动脑子想问题了。她和牛海成在一起的时候，牛海成是主心骨，什么主意都是他拿。牛海成阅历丰富，思维敏捷，她甘当配角，现在牛海成不在身边，李小妍才感到了自主决策的压力。

直到释了缘做完法事，李小妍才随人群散去。她不甘心就这样两手空空地回去，所以没有马上离开河神庙，而是又漫无目的地转悠。在主神殿跟着香客烧香投钱之后，李小妍无意中转到河神庙的西厢房，这里是信徒斋戒的地方。李小妍主动找其中一名女子搭讪："靓妹，你这是来祈福的吗？"

年轻女子抬头看李小妍一眼，李小妍的美貌让她顿生好感，于是热情地说："我们都是来斋戒的。"

李小妍故作好奇："斋戒？最长可以斋戒多少天？"

年轻女子说："有好多是斋戒一天的，十天半月也可以。你打算来长住吗？"

李小妍说："一天短了点，我住几天吧。"

年轻女子问："来例假了吗？"

女人经期不可到寺院受戒可能也是一些寺庙的规定，李小妍不想正面回答，故意转移话题："怎么给钱？也没看见有收费处。"

年轻女子依旧热心地解释："没有收费处，有功德箱啊。你捐多少都行，不捐也可以，帮着干点活就行。"

李小妍向年轻女子道了谢，然后离开了河神庙。回到林场，牛海成也刚从绿营水库回来。他向水库码头边的游船询价，问他们是否可以停靠在无名岛旁，果然不出所料，这些游船几乎是统一了口径，牛海成只要一提出上岛，他们就要求加钱，而且加得离谱。牛海成不在乎花钱，他是怕同意加这么多钱会引起船主的怀疑，谁也不会为了上个荒无人烟的小岛加几百块钱。后来，牛海成回到林场跟林健商量，专门雇了一条渔船，以林场普查树种的名义上岛，这才绕开了这些船主的刁难。他登上岛，认真查看岛上的一草一木，发现岛上的一些设施很可能就是走私分子修建的，比如石板路、简易码头等。他们停靠的时候，总有游船在附近转悠，显然是想窥探他们的动向，这就更加证实了牛海成和林健的推测——这些游船跟走私团伙必然有着利益关系。

李小妍把河神庙的情况说给牛海成听，并提出想到河神庙斋戒，直到发现线索为止，她说只有这样，才不会引起人们的怀疑。牛海成点点头，嘱咐李小妍随时做好撤退准备——别看河神庙现在风平浪静，如果他们与铁娃真是一伙的，一旦发现有人在调查他们，说不定也会狗急跳墙。

李小妍第二天就到河神庙里斋戒去了，在知客和尚的带领下见到了住持释了缘。释了缘听说李小妍是来斋戒的，上下打量了李小妍一会儿，关切地道："施主人才齐整，看起来是过惯了优越生活的，既来斋戒，想必是遇到了难事吧？"

李小妍说："谢谢师父关爱，小女子没有什么难事，只是心浮气躁，做事粗心大意，想修炼一下心性而已。"

释了缘点头，向旁边的小和尚道："慧觉，你带施主去斋戒室吧。"

斋戒室门前有一个功德箱，凡来斋戒的香客都会捐一份善款。看到李小妍往功德箱里足足投了1000元，慧觉双手合十，嘴里叽里咕噜了一阵。李小妍就这样在河神庙安顿了下来。

牛海成这个点的监控行动也同步展开。他在水库边上租了一间房，紧临水库船闸的工作间，可以俯瞰水库码头全景。为防止走漏消息，林健为牛海成备足了食品，还弄来了一台长焦望远镜，用来观察整个水库的动静，只是到了晚上，就只能看到点点渔火。三个点的监视侦察，恰恰是牛海成负责的水库和无名岛方向遇到了瓶颈。

不过难题很快就解决了。山顶上有一座空军雷达站，主要负责监视这一区域过往的飞行器，也可根据需要监视特定的人和运动的物体。雷达站的官兵除了值班人员，每逢周三、周六都要下山跑步，牛海成便创造机会，和雷达站的站长"偶遇"。都是当兵的人，站长同牛海成一见如故，愿意帮助他开展工作。有了雷达站的帮助，凡是进入绿营水库的船只，都难逃法眼。

漏　网

第　十　五　章

市公安局统一下达了命令，全市的打私专项行动正式拉开帷幕。

仍然是刘恺和吕威统筹这场打私战役。吕威传来消息说，相关水域的船只活动比以往频繁。根据研判，走私团伙近期很可能要铤而走险。

李小妍已经在河神庙斋戒一星期了，庙里一切如常，该念经的念经，该打坐的打坐，她和参加斋戒的善男信女们一起听和尚讲经，每次都选择坐在能看到坑道口的窗户旁边，可一直没看见有人进入过坑道。

这几天，牛海成在雷达站里也没有发现无名岛水域有什么异常。

大战在即，牛海成叫焦利忠赶紧到赌场去探听虚实，如果赌场确实是走私团伙的指挥中心，现在应该有动静了。

焦利忠还没进门，就看出了变化，好几个外地赌客被拦在门外，说是熟客才让进门，差不多就是闭门谢客的意思。进了门又发现，赌客比以往少多了，大多是本村的村民，完全没有了以前的热闹。他随手下了几注，赢了一点小钱，可是今天围观的人很少，连起哄的人也没有。该怎样才能探听虚实呢？焦利忠想了想，便去找庄家玩骰子对赌，然后故意用力过猛，弄坏了赌具，同赌场里的人吵了起来。赌场里的打手不知去哪里了，没人敢出来说话，焦利忠对赌场的人说："叫你们老板出来！"赌场的人还是一声不吭。焦利忠就连喊带骂："你们的铁老板呢？就这点破事，想吵翻天是不是？赌场还开不开了？"这时，领头的才出来道歉："今天的事不怪大哥，怪我们的人。"焦利忠不依不饶："叫你老板出来给个说法，你说了不算。"领头的只好说："我们老板不在，我代他向大哥赔礼了。"一看这情况，焦利忠确定铁娃不在赌场，便转身离开。

铁娃不在赌场，赌场的人也比平时少了许多，这些都是值得注意的动向，估计铁娃要行动了。牛海成和焦利忠判断，铁娃这次无论是进货还是出货，干货除了走战备坑道，还可以从别的道走，但如果要走私大宗油品，绿营水库就是唯一的黄金水道。

李小妍那边也传来消息，说发现香客中有人到坑道口窥视，而且释了缘的大徒弟法缘也好几次到坑道口旁边转悠，不排除有意为走私人员望风的可能。她还听到一位宣传河神庙"神力"的村民说，每次铁娃有"大动作"，都会到庙里烧香祈福，以求平安。根据当前市场行情和三个监控点上出现的苗头判断，铁娃如果有行动，应该就在近一两天之内。这三处地方，如果判断准确，只要一处有动静，就会引起连锁反应。

铁娃也许很快就要登场了，多条线索都直接或间接地指向了他。牛海成感觉到决战时刻即将来临，开始考虑如何召集队伍。

叶子青下达成立巡查组的要求之后，很少过问具体细节，而牛海成却不敢懈怠，组织开展巡查组集训，见缝插针地督促训练。终究是天道酬勤，现在的巡查组组员除了每人必会的基本功，多数都有自己的一技之长，虽然不能用特战队的标准来衡量，但巡查组已经成为维护林区治安的重要力量，即使是执行重大任务，这支队伍也是得力助手。

带队参加过无数次军演的牛海成，深知保密的重要性，打私也是同样的道理，如果走漏消息，就会前功尽弃。因此，参加专项行动的森林警察一直处于待命状态，巡查组组员也是一样，不到收网的最后时刻，牛海成不会向他们透露任何行动细节。森林警察可以召之即来，巡查组组员就不一样了，什么时候以怎样的方式到绿营林场集中最稳妥，这个问题一直困扰着牛海成，最后，李小妍一句话点醒局中人。

李小妍说："不是早就准备搞擂台赛吗？这时间也差不多了，就以擂台赛的名义把巡查组成员集中到绿营来吧。"

听李小妍这么一说，牛海成兴奋得两眼放光："是啊，这么简单的办法我怎么就想不到呢？"

李小妍自谦道："智者千虑，必有一失；愚者千虑，必有一得啊。"

"这么个细节真把我难住了，而你却是信手拈来、举重若轻，我要好好向你学习。"牛海成还是第一次在李小妍的面前表现出甘当学生一样的谦虚。

李小妍既高兴又不好意思："千万别这么夸我，我只是老惦记着擂台赛的事，所以才想起这么一出。你不一样，你是全盘筹划，一时来不及理顺这团乱麻，即使我不出主意，最终你也会想到的。"

李小妍的话，像缠绵的丝竹之音，在牛海成的心里激起一圈圈涟漪。

牛海成他们在绿营林场忙得没日没夜，李国友和杨立文在后方也没闲着。自从牛海成和李小妍进驻绿营林场之后，李国友就一直想方设法打探牛海成和李小妍的行踪和动向，还派杨立文以巡查组组员的身份到绿营林场来过两次，但他每次都见不到牛海成和李小妍，也见不到林健，向林场的干部职工问起他们的行踪，个个都说不上来，不是他们保密意识强，而是他们确实什么都不知道。

"连场长去哪儿了都不知道，你们这林场是怎么管理的？"杨立文仗着有李国友撑腰，在林场干部职工面前耍起了官腔。

恰巧被问到的人里有一个是林场里出了名的暴脾气，听到杨立文这么说，当场就发作了："场长去哪儿了还得跟我们职工请示，你以为场长是'孙子'啊？"

杨立文愣了一下，自觉下不来台，只好硬着头皮继续摆架子："场长是不是失踪了？场长要是真的失踪了，那我就回去跟局领导报告了，这可是个大事。"

一看杨立文摆出一副狗仗人势的模样，那人更是气不打一处来，毫不留情地反击道："有能耐你一句话把我们场长给撤了。说来说去你不还得回去跟局领导报告吗？跟我一样都是给人跑腿的，有什么好横的。"

杨立文气得直翻白眼，甩下一句"没闲工夫跟你磨牙"就飞也似的走了。

牛海成听说杨立文专程来绿营林场两次，但什么事都没办就走了，不禁起疑，便问李小妍："杨立文是怎么进的巡查组？"

李小妍想了想，说："他找了局长，但他一向和李国友走得很近。"

"我现在才知道什么叫阴魂不散。"牛海成有几分郁闷，突然联想起家里被盗的事，总觉得有点儿不对劲。他原本想让巡查组的全体组员都参加这次专项行动，也好检验半年来的训练成果，现在改主意了，只挑可靠的，有一个算一个。

牛海成和李小妍对巡查组组员逐一进行排查，把李国友的关系户和对外交往复杂的组员都筛掉，最后挑出来二十人，其中包括杨立文。李小妍问为什么要留下杨立文。牛海成说，拿下了杨立文，李国友还会在别的地方动歪心思，如今既然知道了杨立文是李国友的人，叫凌飞盯住他反而省事。

正当他们紧锣密鼓地做各项准备的时候，局里办公室打来电话，通知牛海成火速回林业局向市领导汇报专项行动准备情况。

接到电话后，牛海成马上动身往局里赶，但心里别提有多别扭了，专项行动已经箭在弦上，他和刘恺、吕威一直都保持密切沟通，还有必要向市领导汇报吗？出发前，牛海成要求焦利忠和李小妍想办法，要有人在雷达站驻守，严密监视水库动静，万万不可泄露情报。

回到局里，首先是去见叶子青，见了叶子青，牛海成方知事有蹊跷。

叶子青问："谁通知你回来的？"

牛海成闻言大惊："办公室通知的呀，说是领导的指示。"

叶子青挠挠脑袋："你回来也好，把情况跟我们说说，副市长要听专项行动的汇报。"

牛海成不干了："局长，你是说我可以回来也可以不回是吧？要是这样我马上回去，我那儿的事多着呢，都快拉不开栓了。"

"我是想叫李小妍回来汇报就行了，不知怎么办公室通知的是你。"叶子青只好实话实说。

牛海成心里明白了几分，一定又是李国友从中兴风作浪，以叶子青的名义把他召回来，既然如此，那就看看他到底想演哪一出。

去会议室的路上，叶子青告诉牛海成，分管林业的王副市长被调走了，林业这一块暂时由徐少卿代管，这次来听汇报的就是他。林业局的专项行动，仅仅是全市打私专项行动的一部分，徐少卿直奔林业局而来，多少有点醉翁之意不在酒的意思。

徐少卿和牛海成虽然没有正面交过手，但两人握手的那一刻，互相都心照不宣。牛海成揣测着徐少卿此行的目的，徐少卿也感受到了牛海成特别的眼神。大家寒暄过后，纷纷按照秩序落座。牛海成坐在叶子青的左边，李国友坐在叶子青的右边。叶子青向徐少卿礼节性地问候了几句，然后把分坐两旁的副局长们一一做了介绍，徐少卿听完介绍一语双关地说："牛副局长和李副局长可谓是叶局长的左膀右臂啊。"

叶子青明白徐少卿的意思，笑着附和："徐市长说得对，干工作都离不开左膀右臂呀。"

会议进入正题，徐少卿说了来意，还特意强调了林业局这次参与打私行动的重要意义，市领导如何关注，为何要求全体副职来听会，等等。

徐少卿说完，轮到牛海成发言了，所有的目光都聚焦到了他的身上。

专项行动成功与否，关键在于保密工作做得怎么样。一看到会议室里这么多人，牛海成就在琢磨怎么做这个汇报了。他先从专项行动前期工作说起，接着谈到对专项行动重要意义的认识，听起来冠冕堂皇、无可挑剔，但都没有落在具体行动上。徐少卿显然对这些话不感兴趣，表面上笑容可掬，私底下如坐针毡，其他与会者也都是一副局外人心态。直到听到牛海成最后一段的汇报，徐少卿的眼神才聚了焦。

牛海成说："这次专项行动，我们按照市里的部署，对走私活动多发区域进行了排查，发现一些林场，特别是偏远林场，盗伐走私情况仍很严重。据林场员工和当地村民反映，林区走私国家保护动物、捕猎珍贵鸟类的现象屡禁不止。我们调查走访了绿营林场周边区域，查找走私团伙的足迹。这些走私团伙，虽然靠山吃山，以走私动植物为主，但也是什么赚钱走私什么，这次成品油涨价，他们又把目光盯上了油料走私。只是当地走私分子慑于这次专项行动，至今没有大的动静。而且团伙头目因为有案在身，长期东躲西藏，下落不明。我们预判，随着国际油价攀升，走私团伙无法抗拒这样的诱惑，近期应该有一次大的行动。为了货物安全，他们很可能会化整为零，通过公路运输，把油品直接转手给下游客户，也可能利用凤凰岭村河神庙后面的战备坑道，储运走私物品。据当地村民反映，以往大宗走私货物交易多在邻省某港进行，但这次专项行动，走私团伙早已得到风声，他们有可能会改变交易地点。"

牛海成扫了一眼屋子里的人，神色凝重地说："当务之急是摸清走私团伙这次走私活动的时间和地点，到时必须派出足够的警力实施抓捕。我的汇报就这些。"牛海成闭口不提地下赌场和无名岛。

牛海成的汇报听起来声情并茂，细琢磨却真假难辨，提到了走私团伙头目，却不提铁娃——这是他保密的重点内容，要是泄露出去，铁娃即使不溜之大吉也会按兵不动，如此专项行动就泡汤了。牛海成故意抛出河神庙、战备坑道，把视线转向公路运输，是有意误导听众，如果有人故意走漏消息，那就会逼着铁娃走私团伙走水路，只要铁娃走水路，那无疑就是自投罗网。

徐少卿听完后，略作思索，就问叶子青和其他副局长有没有补充的。其他副局长纷纷摇头，叶子青也不补充，于是请徐副市长做指示。徐少卿认为他已经从牛海成这里得到了有用的信息，也可以回去向市领导交差了，于是说了几句无关痛痒的表扬话便草草收场。

牛海成回到绿营林场之后，在林健的办公室里，几个人再次斟酌、细化了行动方案，完善了相关细节，然后迅速放出风去，说是巡查组的擂台赛提前在绿营林场举行。很快，巡查组的二十个组员就在绿营集结了，林场内外都贴出了大红标语：热烈庆祝林业局专业比武擂台赛在绿营林场举行。牛海成故意把动静放大，目的就是为了麻痹铁娃，让他的走私活动不受干扰、如期推进，自己则张网以待，到关键时刻一举将这伙走私分子尽数拿下。

牛海成的分析判断基本正确，铁娃确实在酝酿一场大的走私行动。这些年，铁娃从国外走私红木，然后与几家家具厂联手做成红木家具牟取暴利，同时还走私电器到国外，与几家民营企业都有订货协议，形成了长期的供求关系。这些民营企业专门仿制和翻修各类名牌家电产品，成了铁娃稳定的供货商。走私成品油也是铁娃的一条敛财渠道，上游有稳定的供货商，下游有稳定的客户，根据油价调整货品数量、选择交易地点。铁娃甚至还有几艘由渔船改装的油轮，专门用于油品走私。当然，铁娃的走私活动常常是随机应变，比如有一阵子，国内暴发禽流感，铁娃趁机将以超低价格收购到的大量病死禽类冻品走私到国外赚钱。铁娃的走私活动已经形成了一个完整的利益链，团伙里的成员各管一段，分工合作，无论是把货物运往边境某地，还是从边境某地接货，都有固定的人员接应联络。铁娃以赌场做掩护，不断扩充人马，吸纳的人员大多都是樟树湾村的村民。铁娃的原则是，平时不养闲人，走私完货物就按贡献大小分成，因此走私大宗货物不愁人手不够。而且但凡手下成员，都被要求对走私活动守口如瓶，对于泄密者，铁娃也有酷刑惩治。这一次，不断飙升的国际油价让他看到了发财机会，他准备从境外走私一批成品油到国内，大赚一把。原本想双管齐下，把手头的货物弄到境外去，再把成品油接回来，但现在他决定抓大放小，红木和"山货"先囤积着，以后再找机会出手。

牛海成和铁娃的较量，算得上是斗智斗勇。焦利忠在地下赌场里引出铁娃之后，牛海成领着人持续在三个点上细致排查，综合多条线索，深入分析研判，确认了铁娃组织领导走私活动的重大嫌疑，只等铁娃行动，就可人赃俱获。可铁娃偏偏一直按兵不动，始终不让牛海成找到突破口。之前焦利忠出现在赌场的时候，马上就引起了铁娃的注意，他暗地里派人跟踪过焦利忠一段时间，没有发现异常，到林场一打听，都说焦利忠是刚来的副场长。这些天，铁娃更是深居简出，处心积虑地筹划着如何把这次走私行动部署得更加周密。在樟树湾村，说到铁娃走私，人人绘声绘色；问到具体行踪，个个讳莫如深。可以说，铁娃几乎成了一个神秘的传说。但只要有足够的利益，狐狸就藏不住它的尾巴。国际油价不断推高，铁娃终于扛不住诱惑，趁着夜色上了无名岛。绿营水库山顶上的雷达站把铁娃的行踪尽收眼底。

铁娃查看了无名岛上的设施之后，跟对方约定了一个交货的日期，这个日期是铁娃精挑细选的，选在农历八月十六，这个日子象征着圆满。因为这次走私成品油的数量巨大，铁娃要求对方把油船停靠在边境某港，用自己的油轮到港口接驳，然后把油囤积在绿营水库的无名岛上，再通知下游客户到无名岛上运油。绿营水库与西江相连，常年依靠西江调节水位。西江出口又与大江相通，直通外海，是一条黄金水道。铁娃改装的油轮有时停靠无名岛简易码头，有时就在岸边抛锚，而且不断变换停靠地点，三十多个无名岛，成了铁娃跟警方周旋的天然屏障。

尽管铁娃认为自己的走私计划万无一失，但随着选定的日子日益临近，龟缩在地下赌场里的铁娃心情还是越来越紧张。铁娃天天在赌场里掷骰子、玩扑克牌，动不动就骂人，脾气比以往暴躁了许多。铁娃身边有一帮一起打拼过来的人，算是铁娃的铁杆兄弟，按贡献大小、能力强弱论资排辈，一直从老二排到了老九，内部人称"八大金刚"。八月十五那天，铁娃把"八大金刚"召集在一起赏月喝酒，酒过三巡，铁娃又掷起骰子来。先是同老二对掷，其他的人在旁边观战助威。老二二贵同铁娃一起蹲过监狱，一起睡过立交桥底，是名副其实的"患难之交"。借着酒兴玩了几盘，铁娃盘盘赢，顿时高兴起来，觉得是个好兆头，便对众人说："咱们明天先去河神庙拜河神，拜完河神回来再分工。"当地人出海或是出行都要去拜河神求个平安，铁娃更迷信，每次走私货物前都要去祭拜河神。

铁娃担心自己前几天的焦躁会影响到"八大金刚"，箭在弦上，提振士气是最重要的，于是，铁娃一扫脸上的忧郁之气，霸气十足地说道："弟兄们，明天大家可都得把活做漂亮了，活做漂亮了，大家吃肉；活做馊了，那就只有喝西北风了。"铁娃扫了大家一眼，看到"八大金刚"个个脸色凝重，就又给众人鼓劲道："这趟活虽然比较大，但说白了就是个偷税漏税的活儿，即使是落到了公安手里也罪不至死，没什么了不起的。放开手大胆干，出了事大家一起扛！"

"八大金刚"共同端杯向铁娃敬酒，然后跟着铁娃高喊："出了事大家一起扛！"

八月十六日这一天是黄道吉日，来河神庙上香的人比平时多了许多。李小妍撤出河神庙之后，还保持着与第一次到河神庙时认识的那名斋戒女子的联系。那女子叫耿霞，是音乐学院刚刚毕业的学生，因为找工作遇到困难，所以准备在河神庙斋戒一段时间再说。李小妍很快就和耿霞成了朋友。李小妍知道自己很快就会撤出河神庙，了解到耿霞打算在庙里多住一段时间，就想通过耿霞及时关注河神庙的动静。同时，李小妍还有心推介耿霞考林业局——偌大的一个局，连个组织文化活动的人都没有，耿霞正好是合适的人选。李小妍只是流露出这个意思，完全没提推介她考哪个局，但一段时间来郁郁寡欢的耿霞一下子就像换了个人似的，忧郁的脸上有了灿烂的笑容。她感受到了李小妍的善意，对于未来建立了信心。所以，当李小妍请她留意每天庙里的动静，关注来了些什么样的人、有没有什么特别的举动时，耿霞一点没有犹豫，像接受了一个神圣任务一般，非常爽快地答应了。

铁娃是八月十六日的清早带着手下的"八大金刚"去河神庙的。二贵提议分头祭拜，免得声势大了引人怀疑。铁娃迷信，没有采纳建议，他觉得既然是祭拜，就该统一行动，让河神保佑他手下的所有人。耿霞正在斋戒室听经，看到铁娃一干人马进庙，虽然没有统一着装，但很有秩序地入场，一看声势就与众不同。而且铁娃一行人祭拜的时候，释了缘和法缘都在一旁陪同，这可是少见的情况。铁娃一行人还没有祭拜完毕，耿霞就给李小妍发了信息，还描述了领头人的形象：中等个，大眼睛，高颧骨，尖下巴，络腮胡。焦利忠一听就知道是铁娃。

铁娃的船队一共有六条油轮。铁娃带着手下进庙祭拜河神之后，这支船队就出发了。

"铁娃已经开始行动，现在我们终于可以张网以待了。"牛海成按捺不住兴奋。

牛海成让李小妍留在雷达站继续监视水库的动静。焦利忠通知十名森林警察连夜赶赴林场，按指定地点就位。牛海成的计划是，森林警察就位后，他们手下就有三十人可用。焦利忠和凌飞分别带十五人，分乘两艘巡逻艇，在岸边埋伏，等待时机。牛海成则带着林健，租一条帆船，沿着水库边沿巡逻。这样一来，铁娃的人只要一露头，就陷入了他们的埋伏圈。

一切部署停当，只等铁娃落网。

在河神庙战备坑道连接国道的出口，牛海成也安排了森林警察化装成修路工，在国道上日夜坚守，以防铁娃两线出击。

两艘巡逻艇上的森林警察和巡查组组员，手机都按要求上交，只允许带队的焦利忠和凌飞对外联系。杨立文在凌飞带领的巡逻艇上，他怕别人起疑，乖乖上交了手机，可他心里一直在琢磨着怎样给李国友通风报信。他鬼点子多，听到牛海成通知凌飞带队到无名岛边上设伏，他知道这是一个重要的信息，必须让李国友知道，否则回去没法交代。于是，他眨巴着眼睛，想出了一条计策，对凌飞说："凌副，你把手机给我，我给李副局长打个电话。"

凌飞一愣，继而阻止道："现在这个时候最需要保密，你想干什么？"

杨立文说："保密也分对什么人，李副局长是这次专项行动的观察员，他想了解这边的情况，他有知情权啊。"

凌飞不同意："牛副局长叮嘱过，这里的情况对谁都不能说。"

杨立文并不甘心："牛副局长是我们的领导，李副局长也是我们的领导，李副局长在局里干的时间更长，你这样说，明显是不把李副局长放在眼里啊。"

凌飞并不知道李国友之前的所作所为，听到他这么说，也觉得有道理，便把杨立文的手机扔给他，说："就在这儿打。"

杨立文接过手机，故意磨蹭，打了好几次，都很快就挂了，说信号不好，反复叹气和拍打手机，其实是借着这些小动作，趁着凌飞忙着观察周围情况，给李国友发信息。杨立文发完信息，马上就删除记录，把手机交还给凌飞保管。

李国友接到杨立文的信息之后，马上带着两名森林警察往绿营水库赶。他早就想好了，不能让牛海成一人占了抓获走私团伙这么大的功劳。只要一确定行动，他就要赶过来，即便抢不到头功，至少也要分一杯羹。

既然是跟牛海成玩心计，李国友就没敢惊动林场的人，到了绿营水库，他到码头边高价租了一条游船，在水库里转悠起来。

时间有时像流水哗哗东去而无人在意，而有些时刻，你却无法忽略它，它像神秘的脚步，每一步都踩在心口上，让人紧张兴奋，甚至是惶恐不安。此时此刻，牛海成和他的人马就是这样的感受，铁娃和他手下的"八大金刚"也同样备受等待的折磨。

第三天的深夜时分，铁娃的船队出现在了绿营水库的水面上，进入无名岛水域。铁娃诡计多端，他让油轮拉开距离，分批次进入指定水域锚泊。正在这个时候，李国友租来的游船挡住了船队的去路，跟在李国友身边的两名森林警察出现在船头，亮着强光手电筒，向头船上的二贵喊话，要求停船检查。二贵一看这阵势，知道出了状况，赶紧掉头逃跑，其他几条船也开足马力四散奔逃，突突的马达声在水库里响起。眼看行动计划被打乱，牛海成只好向焦利忠和凌飞下达收网的命令。因为提早收网，铁娃的船队还有两条船没有进入包围圈。当牛海成登上铁娃船队的头船，在二贵的手机里看到他和铁娃的通话记录，目送那两艘尾船逃之夭夭时，就知道铁娃这次成了漏网之鱼。

通过对二贵的审讯牛海成得知，铁娃团伙确实建立了三个点：樟树湾地下赌场是铁娃的指挥部和集结点，河神庙战备坑道和绿营水库无名岛分别是陆路、水路两条走私通道的中转点。河神庙的住持释了缘和他的徒弟法缘都是铁娃走私团伙的外围成员。

牛海成经过这么长时间的努力，捣毁了铁娃的走私团伙，然而李国友最后时刻的介入，差点导致整个行动的失败，最后也没能抓住铁娃。对牛海成来说，算是功过相抵。好在叶子青的提拔没有因此受到影响。据消息灵通人士透露，叶子青被提拔到省厅是指日可待的事，只等程序走完。

这样的结果当然不是牛海成想要的，却是李国友梦寐以求的。

打　　击

第　十　六　章

　　没抓着铁娃，牛海成心里的失落只有他自己知道。但这次行动毕竟把铁娃的走私窝点给捣毁了，还缴获了大量的走私物品，所以市里主要领导对林业局这次专项行动的成绩还是充分肯定的。叶子青很兴奋，坚持要自掏腰包犒劳牛海成、李小妍、焦利忠、凌飞等一干人马。牛海成把林健也叫了过来。

　　叶子青谨慎且低调，专门选了一个颇为私密的地方。这个地方是叶子青远房亲戚开的一家私房餐馆，在一个老旧的住宅小区里，十一楼，既不临街，也不挂牌。牛海成坐着叶子青司机小魏开的车，七弯八拐才找到叶子青请客的地方。按照小魏的指引，牛海成先行上楼，其他人也刚在门口聚齐，不敢确定是否找对了地方，便把牛海成推在前面。牛海成一看门口的对联，就断定没有走错。只见上联写的是"风在刮，雨在下，我在等你回电话"，下联则是"上人参，吃燕窝，不如这里花样多"，横批"货真价实"。焦利忠感叹："真是干什么吆喝什么，这对联很会讨巧嘛。"李小妍看了看门牌，按响了门铃。林健总结道："不是广告胜似广告，看了一眼很难忘掉。"大家觉着林健的话既有道理，也很押韵，都附和着笑。谈笑间，门开了，大家一看，开门的正是叶子青。看着眼前的精兵强将，叶子青说："兵强马壮好打仗，帅哥靓女，能文能武，全齐了！"说话间，高高兴兴地把他们迎进屋里。

叶子青要牛海成坐首席，牛海成婉拒。叶子青说："这次打私专项行动，你是头功，理当坐首席。"其他人也起哄"听局长的"，牛海成推让不过，只好坐下，然后众人以叶子青为序依次入席。

这是典型的小范围聚会，一看就知道是用心准备的，虽然算不上豪华大餐，赶不上满汉全席，可菜的品相同样令人眼花缭乱：羊杂汤、鱼香茄子煲、碗仔翅、椒盐蛇……都是当地的美食，还为李小妍准备了红豆双皮奶，很是贴心。叶子青的远房亲戚是一级厨师，刚从五星级酒店退休，推掉了酒店的返聘，自己做起了生意。服务员上完菜以后，他也从后厨过来，专门介绍了菜品，以体现他对客人的重视。每介绍一道，李小妍就尝一回，谈感受，把大家逗得胃口大开。

叶子青实在，要求大家先喝汤，多吃菜。其实众人嘴里的馋虫早就在跃跃欲试了，叶子青一声令下，正合大家心意。汤鲜菜美，引得席间一片啧啧赞叹。

作为东道主，叶子青今天比平时更加平易近人。看到大家把自己喜欢的菜都尝了一遍，知道该上酒了，他给每个人都斟上酒，说起了祝酒词："今天是我个人特意给诸位准备的庆功宴。这段时间你们特别辛苦，所以我请大家先喝汤，暖暖胃，多吃菜，补补营养，酒也要喝一点。今天没外人。专项任务取得了不俗的成绩，你们都是有功之臣。虽然我是一局之长，但我也是林业局的新人，新人最大的短板是，两眼一抹黑，开展工作难，可有你们鼎力相助，特别是海成副局长进了林业局，跟你们大家一起，为局里破解了这么多这么大的难题，也等于是帮我这个新局长渡过难关。我今天是高兴加兴奋，兴奋加开心，和大家一起共度周末，我带头，干杯!"

说完，叶子青端杯，起身，与大家逐一碰杯，然后一口喝完了杯中酒。

牛海成也赶紧给叶子青和大家敬酒。在这次专项行动中，牛海成是承上启下的环节，虽然没抓着铁娃，但他和李小妍、焦利忠、林健等人朝夕相处，成了莫逆之交。进林业局半年多时间，可以说是牛海成的一段浓缩的人生经历，结识了这么多人，形形色色；遇到了这么多事，错综复杂。在部队的时候，他整天想着训练，瞄着比武，盼着演习。军中无戏言，军令如山倒，下级服从上级，大家都会自觉遵守这些代代相传的军规铁律。官兵也会闹矛盾，战友也会有分歧，可与尔虞我诈、钩心斗角不沾边。而林业局呈现给他的则是一面多棱镜，让他目不暇接。本以为自己见多识广，但在这半年里，他却明显感觉到凭自己在部队里获得的那点人生阅历已经是捉襟见肘。

牛海成心情复杂，向叶子青敬酒，脸上难掩自责之意："这次行动，局长很支持，大家很拼命。任务没有完成好，主要是我工作不细。没抓着铁娃，就不算圆满，有负局长的厚望。这杯酒敬局长，深表歉意!"

叶子青连连摆手说："不! 不! 你和大家都做得非常好，无可挑剔，能捣毁绿营的走私窝点，抓获团伙的大部分成员，这样的结果早已超出我的预期，也超出了市领导的预期。"

牛海成觉得叶子青是在安慰大家，尤其是在宽慰他。

牛海成马上又倒满一杯酒，举着杯对李小妍、焦利忠、林健和凌飞说："转业进局里，最大的收获是有一个好领导，结交了一帮新同事。这次任务，有局长全力支持，大家密切配合，还成了可以交心的朋友，在这里，借局长的酒向大家表示感谢了，希望未来还有更多合作共事的机会。"

听了牛海成的话，几个人都有点激动，纷纷起身与牛海成碰杯。

焦利忠说："牛局不仅智勇双全，还是拼命三郎，希望以后还有向你学习的机会，局里再有这样的任务，千万别忘了我。"

"话在酒中，干了。"牛海成道。

凌飞心怀歉疚地说："牛局交给我的工作没做好，影响了专项行动的圆满完成，我自罚两杯。"说完端杯一饮而尽，又要再倒一杯酒。

牛海成按住凌飞的手，主动碰了一下杯，说："你已经很尽职了，我也很满意。有人在这样的大事上都敢做手脚，说到底还是我想得太简单。"说完，喝尽了杯中酒。这次专项行动虽然让李国友钻了空子，但也证实了杨立文与李国友的特殊关系。

牛海成要带领众人一起给叶子青敬酒，被叶子青拦住了。叶子青有他的理由："这次交给你们的任务急难险重，我身为局长，名义上是领头挂帅，实际上是甩手掌柜。市领导专门表扬了我们林业局，说我们任务完成得很好，我这个局长沾了大家的光，有你们这样的团队，是局里的荣幸。"叶子青端起酒杯："刚才是一杯酒敬大家，现在我要一个一个敬，否则，不足以表达我对大家的敬意和谢意。"

敬李小妍的时候，叶子青夸奖说："小妍巾帼不让须眉，给牛副局长当助手，很称职，军功章有他的一半也有你的一半，你们称得上是黄金搭档。"说到这里，大家都纷纷笑起来，叶子青突然意识到话说得走样了，也尴尬地笑。

叶子青的表扬把大家的目光聚集到牛海成和李小妍身上，牛海成并不介意，他知道叶子青没有别的意思。回想进林业局以来与李小妍搭班干活的点点滴滴，觉得自己和李小妍真算得上是一对名副其实的黄金拍档，只要自己问心无愧，就不怕别人笑话。

叶子青敬酒对每个人都有一番针对性的褒奖。专项行动告一段落，叶子青在市领导那里是头功一份，犒劳部下激励士气尽在情理之中。但按照惯例，重大任务结束之后，局里会专门召开表彰会，如果公事公办，叶子青在表彰会上对参与专项行动的有功人员表彰奖励即可，可叶子青偏偏还要单独表达心意，这里面就多了一层意思。

叶子青能如此放低身段，众人自然是高调回报，觉得不把自己喝醉都对不住局长这份心意。叶子青敬完一圈，大家又纷纷回敬，你来我往之中，不免又遗憾没有抓住铁娃。

叶子青主动站出来担责："在牛副局长带领下，你们之间的协调配合已经非常好了，要说责任，那也是我这个一把手的工作方法需要改进，迁就个别领导的情绪，造成重要环节出现纰漏。"

叶子青这么一说，众人面面相觑。原以为叶子青被蒙在鼓里，对李国友从中作祟毫不知情，现在看来，叶子青对铁娃逃逸的原因和细节心知肚明。于是大家一起向叶子青敬酒，赞扬局长既科学统筹全局，又明察秋毫。

末了，焦利忠接过话头："收网的最后时刻，李国友突然出现在绿营水库，到底是想抢头功还是有意给铁娃通风报信，还真不好说。有李国友搅和，局里以后肯定事少不了。"焦利忠出于职业敏感，一句话说出了大家心中的疑虑。

牛海成突然想起小时候爷爷常常挂在嘴边的俗语，说："恶有恶报，善有善报，不是不报，时候未到。"把全桌人说得笑了起来。

这一晚，大家都喝了不少酒，叶子青更是破了例，已经喝到了临界状态。

散席以后，叶子青邀牛海成坐自己的车一起走，大家知道叶子青还有话要私下对牛海成讲。果然，叶子青趁着酒劲，对牛海成说了一番算得上是掏心窝子的话。

叶子青说："这次专项行动，海成你最辛苦了，你虽然是这次任务的最大功臣，但不一定是最大的受益者。上次市长在部署专项行动的时候，对我不经意地提起过，说专项行动后，如果没有什么意外，我可能就要调去省厅工作。捣毁铁娃走私窝点，抓捕走私犯罪团伙，市里对我们的工作总体上是满意的，我的调动估计也要提上日程了。我离开局长这个岗位，当然希望你能接上，林业局现在特别需要你这样的人才，但估计你直接转正的可能性很小。李国友正在四处活动，应该是听到什么风声提前做工作了。"

叶子青的话很艺术，该直接的直接，该婉转的婉转，牛海成一听就明白了。叶子青说牛海成不一定是最大的受益者，那他就肯定不是最大的受益者。听叶子青的口气，局长的位子很可能要换人了，叶子青已经有了去处，或许就是这次专项行动帮了他的忙，所以叶子青才坚持要单独慰问他们，否则于心不安。其实，牛海成一开始就没想自己受不受益的问题，叶子青还能牵挂牛海成的进退去留，牛海成已经知足了。

牛海成问叶子青进省厅要去哪个岗位，叶子青说可能是当副厅长。牛海成也借着酒劲跟叶子青开玩笑，说局长往上调，我们有依靠。叶子青不说话，反而一脸的纠结。牛海成知道叶子青脸上的纠结一半真实，一半是给他看，表明他重情重义，不是过河拆桥的人。

不过，叶子青的歉意和纠结是他自己的一厢情愿，牛海成根本就没放在心上。牛海成不关心谁来当局长，谁当局长也不能拿他怎么样，他依然当他的副局长，继续抓巡查破案，反走私贩私，打盗伐偷猎。牛海成觉得自己越来越明白自己想干什么、能干什么，甚至觉得在部队这么多年，练就了一身好武艺，这次来林业局才算真正找到了事业的平台、人生的坐标。牛海成当然不愿意李国友当局长，他觉得李国友根本不适合当领导，完全把官场当成了江湖，讲的是哥们儿义气，看重的是物质利益，工作方法也是江湖上的那一套。牛海成坚信，李国友即使当上了局长，那也是兔子的尾巴长不了，他这样的人，权力越大，垮得越快。

牛海成不想给叶子青增添一点思想负担，听了叶子青的话，他坦诚地说："局长，你就放心去省厅工作吧，我这里没什么，谁当局长也没你当局长好。我不希望李国友当局长，但也不怕他当局长，我和他井水不犯河水。我以工作为重，不管个人恩怨，他非要视我为眼中钉，我也不会被动挨打，毕竟是当兵出身，防御是我们最拿手的本领。"

叶子青听了，笑着点点头，不再言语。

牛海成说的并不是空话。他的父母都是铁道兵出身，从东到西、由北向南地建铁路，一直建到花城地界，才转业留在了花城。在花城停下前进的脚步时，他们才想起该把放养在乡下的儿子接到城里上学。

牛海成两岁开始就跟着爷爷奶奶在农村生活。爷爷是当地的乡村教师，也是村里的故事大王，他可以把《薛仁贵征东》《飞将军李广》《武松打虎》当作评书讲，讲得村里的大人小孩深更半夜都不肯离去。在大众场合，爷爷的故事主要是古代战争类题材。饭后茶余，爷爷讲得最多的是英雄救美、善有善报之类的故事。从那个时候起，牛海成心里就有了一种英雄情结。在农村的广阔天地里，牛海成养成了敢打硬拼的性格。虽然也算得上是那一方的孩子王，但牛海成从不犯浑，爷爷奶奶虽然疼爱孙子，但更乐意给他讲道理。

转学的第一天，牛海成进铁路职工学校的时候，像刚上嚼子的牛犊子，骨子里透着桀骜不驯。

进了教室，班主任向同学们介绍："这是新来的牛海成同学，大家认识一下。"

"一看就知道是'捞仔'，有什么好认识的。"

"捞仔"是当地对外地人一种地域歧视，是乡巴佬的代名词。

教室里立刻一阵哄堂大笑。

牛海成脸涨得通红，两只虎眼直视对方，然后从牙缝里挤出一句："你这烂仔，谁想认识你？"

牛海成话音未落，一本书就像无人机一样超低空飞过来，不偏不倚，正好砸在牛海成的肩头。对刚刚转学进校的牛海成来说，这显然是奇耻大辱。尽管之前母亲千叮咛万嘱咐，要他一定主动跟同学们搞好关系，可偏偏就有人在他转学的头一天，直接给了他一个下马威。牛海成被这个素不相识的同学激怒了，完全把母亲的叮嘱抛在了脑后，冲上去和那个熊孩子扭打成一团。尽管牛海成比对方矮了半个头，但他无所畏惧，而且表现出超强的战斗力。

教室里充斥着同学们的起哄和喧闹声，班主任是一个刚出校门的年轻姑娘，看到两个孩子扭打在一起，她在一旁像热锅上的蚂蚁，又叫又跳也无济于事。在课桌之间终究施展不开手脚，牛海成和熊孩子互相拉扯着到了讲台上，当着大姐姐一样的班主任和全班同学的面，牛海成抢先发声了。

"你们做证，看谁摔得过谁，三局两胜！"牛海成甩开被熊孩子抓着的衣襟，对老师和全班同学气呼呼地说。

掌声笑声混合着喝彩声爆棚而起。从同学们的掌声和眼神里，牛海成明白大家是在为他鼓倒掌。原来，这个熊孩子是学校里有名的小霸王，同学们一致认定，新来的同学牛海成将毫无悬念地成为熊孩子的手下败将。

那个熊孩子看一眼牛海成，说："摔就摔，谁怕谁。"

在一旁的班主任听他们说准备用摔跤定胜负，反而一下子冷静下来。她管这个班级没多久，那个熊孩子已经针对她导演过几场恶作剧了，而且经常把全班弄得鸡犬不宁。现在终于有人敢跟这熊孩子叫板了。她隐隐地感觉到，牛海成虽然个头没有熊孩子高，但同样也是野性十足，牛海成眼里透出的自信，足以证明他挑战的决心和勇气。如果牛海成能给熊孩子一点出其不意的教训，也正是她所希望的。因此，她严肃认真地当起这次摔跤比拼的裁判。

班主任都自告奋勇当裁判了，教室里又像开了锅一样热闹。

虽说是约定摔跤定胜负，但牛海成并不想按规则来，因为按规则来牛海成占不到便宜。趁着互相抓抢对方胳膊的时候，牛海成铆足劲一头撞到熊孩子的肚子上，当场就把熊孩子撞翻在地。

班主任在旁边用裁判的声调庄重宣布："一比零，牛海成暂时领先。"

躺在地上的熊孩子咬牙切齿地爬起来向牛海成发起进攻。

双方左冲右突地周旋了一会儿，牛海成趁对方稍有松懈之时，钩住熊孩子的一条腿，同时快速出手攻击他的上半身，熊孩子立足未稳，为了躲避牛海成的拳头，重心一偏，第二次倒在地上。

熊孩子气急败坏，灰溜溜地从地板上爬起来，摆出决一死战的架势。

牛海成并不想当孩子王，但被逼到这个份上，他也只能是背水一战了。熊孩子冲过来的时候，牛海成顺手抄起地板上的扫把照着对方的腿狠狠地扫了一把，熊孩子还没有冲到近前就被牛海成的扫把撂倒了。牛海成并不就此罢手，他冲过去摆出要用扫把狠狠抡下去的架势。

这时，年轻的班主任夺下了牛海成手中的扫把。

全班同学都凑过来，嘻嘻哈哈地看着牛海成脚下的熊孩子，同学们没想到这一次，剧情完全被新来的同学牛海成反转了。

父母当天就知道了这件事，是牛海成回家后母亲循循善诱问出来的。看着儿子一脸的鼻青脸肿，母亲除了心疼，更担心的是怕他出了什么状况。母亲特别关心儿子第一天上学的情况，她认为这是儿子人生的一个重要节点，希望儿子的人生像铁路的起点站一样，准时发车，安全停靠，千万别耽搁误点出意外。

牛海成顶不住母亲的一再盘问，支支吾吾说出事情的真相，而且做好了挨揍的准备。

　　没想到，父亲却说："第一天上学，同学就给了这样一份特殊的见面礼，运气不错。"

　　牛海成一时弄不准父亲话里的意思，诚惶诚恐。

　　接下来父亲一脸郑重地说道："给我听好了儿子，咱不可以欺软怕硬，但也要敢斗强敌。我儿子有血性。你不是说被你干倒的是一孩子王，还高出你半个头，同学们对他又怕又恨吗？你能战胜他，你这叫以弱胜强。"父亲顿了顿，自言自语地说："哼，有种！"

　　父亲接着又说了一通，那时牛海成才七岁，似懂非懂。后来，偶尔回想起父亲的那一席话，竟然觉得其博大精深，父亲的意思是：跟同学们相处，既不能欺软怕硬，也不能恃强凌弱；遇到刺儿头，实在躲不开的时候，该出手时就出手；做什么事都要有理有节，即使是正当防卫也不能过当，得饶人处且饶人；交朋友靠的是实力，巴结讨好交不到真朋友；等等。那天，父亲完全把他当成了朋友，促膝而谈，娓娓道来，和蔼可亲，牛海成感觉到自己一下子长大成人，可以和父亲平起平坐了。

　　有人说，朝鲜战争一仗打出了半个多世纪的和平。牛海成转学的头一天就跟熊孩子干了一仗，这一仗的意义也同样是非同小可，不光是把熊孩子打趴下了，而且保证了全班的"长治久安"，班主任再也没有受到熊孩子的欺负和捉弄。

　　一星期后，牛海成当上了班里的学习委员，尽管他百般推辞，这副担子还是落在了他的肩上。涉世未深的班主任也有深谋远虑的地方，征求牛海成意见时，牛海成其实更愿意当体育委员，但班主任想的是，如果让牛海成的强项更强，也许他就会成为另一个只会打架斗狠的熊孩子。班主任执意要让牛海成当学习委员，显然是有打磨他的意思。

学习委员每周都有几次把全班的作业本送进班主任办公室的机会。有一次，牛海成照例把全班同学的作业本送到了老师办公室，正在伏案工作的班主任抬头看了牛海成一眼，听牛海成汇报完学生完成作业的情况，随后满意地说："学习委员当得不错，带头做好作业更值得表扬。"

牛海成嗫嚅道："刘老师，我还是喜欢当体育委员，我也会积极完成作业。"

班主任咯咯笑了，随即把牛海成揽在怀里，在牛海成的额头狠狠地嘬了一口："你真像我弟，既调皮又可爱。以后别叫刘老师，叫姐。"

年轻的班主任叫刘芳。

牛海成记得当时班主任身上的香水味很好闻，一股淡淡的清香若有若无，她温润的嘴唇突然印在牛海成额头的一刻，牛海成感觉像一只水母游进了自己的心海，青稞一样的身心被注入一种特有的温暖，这感觉激发了牛海成成长的渴望。

说起来也是缘分，牛海成每升一级，刘芳都跟着升一级当班主任，一直到小学毕业，刘芳都是牛海成的班主任。而这个时候，牛海成家出了一件大事——父亲因为一次工伤瘫痪在床。这一下，牛家的顶梁柱坍塌了，乡下有年迈的爷爷奶奶，家里有刚上小学的弟弟，全家的重担一下子压在了母亲身上。那一阵子，母亲一下子老去许多，就在一夜之间，两鬓长出了白发。可全家人听不到母亲的一句怨言，甚至连一声叹息都没有。她像一架开足马力的机器，维持着整个家庭的运转：每天按时侍候父亲吃饭服药，洗澡擦身；定期去看望乡下的爷爷奶奶，置办生活用品。牛海成深知母亲的辛劳，决定辍学同母亲一起挑起家庭的重担。听到牛海成的这个决定，从不大声说话的母亲立刻变成了一头母狮。当时，牛海成被吓蒙了，父亲工伤瘫痪的时候，母亲都没有一声哀怨，牛海成说不想读书了，母亲倒觉得天要塌下来似的，急得对牛海成大吼大叫，然后把他搂到怀里大把大把地落泪。

牛海成从此不提辍学的事。

父母是牛海成的启蒙老师。父亲的睿智、母亲的坚韧像种子一样播撒在了牛海成稚嫩的心田里，然后生根发芽拔节成长，慢慢长成了坚硬的内核。当兵以后，无论再苦再难，牛海成都没有在上级面前叫过一声苦，当了干部，即使工作压力再大，也没在部属面前皱过一回眉头。

可是啊，傲雪的梅花，苍天总是让她雪上加霜。

就在获知李国友将成为自己顶头上司的第二天，牛海成突然接到了柳青青在国外遭遇车祸的消息。这个消息对牛海成来说是五雷轰顶。牛海成跟叶子青请了假，办妥了出国手续，购买了去美国的机票，匆匆奔向太平洋彼岸。

到了美国，他才知道柳青青已经躺在了冰柜里。他见到的是妻子的遗体。

接到女儿电话的时候，牛海成以为柳青青充其量是在医院治疗，没承想，柳青青已经与他和女儿阴阳两隔了。他久久端详妻子冰冷苍白的面容，无法抑制自己内心的伤痛，泪水像山洪暴发一样汹涌而出。想起妻子曾经的任性和温柔、缠绵和娇羞，牛海成肝肠寸断，痛不欲生。那一刻，牛海成的内心完全是崩溃的，像被人揪着，生生地疼。这个时候如果有人给他一拳，他也无还手之力。但他在心里反复叮嘱自己，一定要挺住，不能在女儿面前过于悲伤。

女儿海娃完全变了个样，脸色惨白，瘦骨嶙峋，不吃不喝，整日以泪洗面，身体虚弱不堪。牛海成的心被活生生地撕裂了，捏碎了。看着静静躺在冰柜中的妻子，定格在她脸上的惊恐和不甘，牛海成想捶胸顿足，但面对身边同样悲痛的女儿，他别无选择，必须坚强。那段时间，牛海成一方面处理柳青青的后事，一方面还要照顾女儿海娃。

处理后事并不复杂，这是一起普通的交通事故。肇事者是一个富家子弟，在高速公路上飙车，富家子弟把自己也撞了个七零八落，即使能活下来，也只能在轮椅上了此残生。经过交通警察勘验，肇事者负全责，牛海成得到一笔赔偿金。

母亲突然从女儿的生活里永远地消失了，海娃一时难以接受这样残酷的现实。为了尽快把女儿从悲伤绝望中带离，牛海成只好强忍悲痛，天天小心翼翼地陪女儿说话，委婉含蓄地劝她振作精神，变着花样为女儿做菜煲汤。早也盼晚也盼，牛海成终于看到了女儿那张苍白的脸上有了一抹血色。一天晚饭后，海娃突然提出要上学复课，牛海成百感交集之下，第一次在女儿面前大放悲声，这已经是来美国十多天之后的事了。

牛海成在美国住了二十天，他实在是舍不得离开女儿。他一开始不理解柳青青为什么一直坚持要来陪读，现在才真正明白了她的感受，却从此天人永隔，无法向她倾诉自己的心情了。

摊　　牌

第　十　七　章

　　牛海成带着柳青青的骨灰回到花城。在美国的时候，为了女儿，自己一直挺着。现在女儿不在身边，精气神一下子没了，像是被台风吹垮的房子，只留下一片破败的瓦砾。牛海成破天荒地倒在床上睡了两天两夜。两天两夜茶饭不思，滴水未进，无欲无求，仿佛成了一具僵尸，最终还是女儿的电话把他从痛苦中唤回现实。牛海成竟然忘了还要去局里上班，听到海娃在电话里的提醒，他才如梦初醒。

　　聪明的女儿知道父亲的秉性，一个铁骨铮铮的汉子，自我封闭在冷冰冰的家里，就像雄鹰被关在笼子里一样，一定会被撞得遍体鳞伤。女儿在电话里简直就是下命令，让牛海成赶紧上班，否则她就辍学回国。牛海成被女儿的最后通牒吓醒了。逝者已矣，生者如斯，他和女儿如果生活得不好，柳青青在天堂里也万难瞑目。

　　女儿好不容易挺过来，当爹的更不应该倒下。

牛海成强打起精神到了办公室，局办公室的内勤向他报告了局里的最新情况，这才知道林业局已经改朝换代了。叶子青调省厅任副厅长，李国友接替了叶子青的位置。也算赶巧了，叶子青说是这两天要抽空回来向李国友交班，局长的办公室还没完全腾出来，李国友就急不可耐地占领了局长的阵位。牛海成赶紧拿出手机想给李小妍打电话，这才知道自己的手机早已欠费停机，电话和信息根本进不来。这段时间家里出了这么大的事，哪顾得上手机欠不欠费。

李小妍接了办公室的座机电话才知道牛海成回来上班了，匆匆忙忙过来找他，进门的时候一脸的埋怨："你真能够沉得住气啊？电话不接，信息不回。"

"是吗？手机欠费停机了。"

"停得真是时候。"

说完，李小妍才看出牛海成脸色异常，问牛海成到底怎么了，一晃二十多天人影都见不着，好像突然人间蒸发了一样。李小妍的话里多少有些责怪的意思。

牛海成不想把自己的家事透露给李小妍，尤其不想让李小妍分担自己的痛苦。当年特种团曾经有战友在训练中牺牲，尽管当时牛海成十分悲痛，但也撑住了——在战友面前不能留下萎靡不振的印象。

牛海成说："你批评得对，这段时间我都在国外，家里事多，忘了跟你们联系。"

牛海成给手机充了话费，一大串未接电话和未读信息冒了出来，其中有来自叶子青的，有来自李小妍的，还有焦利忠、林健，甚至还有李国友的，另外还有过去几个老战友的短信或微信。叶子青的电话，他必须马上回，想必是叶子青离任前有话要跟他说。牛海成当着李小妍的面拨通了叶子青的手机，嘟嘟几声后，电话通了，传来叶子青的声音。叶子青先说他到省厅任职的事，接到任职命令，省委组织部就要求他尽快报到上班，因为省厅主要领导要进党校学习，走之前要交代一下工作，他作为新任副厅长不能缺席。末了，叶子青放低声音说："海成，我虽然不当局长了，但仍然管林业局这一块。你先别着急，看看李国友到底怎么干，实在不行，咱就挪个地方。"

"好的，感谢关心。"牛海成本想把柳青青去世的事情告诉叶子青，一看李小妍在旁边，怕一时说不清楚，话到嘴边也没有说出口。

叶子青说："没别的事，我先挂电话了，有人等着我去开会。"

挂了电话，牛海成对一脸担忧的李小妍说："谁当局长都不能把你怎么样，李国友当局长更不能把你怎么样，他还老想跟你套近乎呢。至于我，谁当局长都与我无关。我虽然不希望李国友当局长，但也不怕他当局长，他这个局长，显然是徐少卿出了力。你想想，徐少卿这样的腐败官员还能干多久？李国友这个官如果是徐少卿给的，你说他又能干多久？"

牛海成这么一说，李小妍心里敞亮多了。

牛海成想起手机上还有李国友的未接电话，就向李小妍问起李国友这些天的情况，一起推测他打来电话的原因。

正说着，李国友的电话打进来了，牛海成看了看来电显示，问李小妍："李国友的电话，接还是不接？"

李小妍直接按了接听键，递给了牛海成，牛海成"喂"了一声，对电话里笑道："恭喜啊，李国友局长，有什么事你讲。"

李国友在电话里打了一阵哈哈，用一副关怀的口气说道："我等着你回来上班为你开表彰会呢，你是捣毁铁娃团伙的最大功臣，头功非你莫属，这也是老局长定下的事，我不能打折扣。假休完了吗？你看表彰会安排在什么时候合适？"

牛海成感觉到李国友说话果然有了一种居高临下的意味。

牛海成的语气里没有波澜："安排在什么时候由你定，你是局长，你说了算。"

"好，那就定明天，我马上叫办公室筹备会议。"

当天晚上，李小妍就在微信上把会议安排发给了牛海成：林业局副局以上领导坐主席台，秦副局长主持，立功受奖人员坐前排，戴大红花挂丝绸彩带。牛海成作为立功受奖人员代表则坐在台下，并要上台做分享发言。

牛海成只是回复了一个"嗯"字，就再无二话。

第二天下午，表彰大会如期举行，不但林业局局机关的全体人员参加，基层林场除了值班人员也都要参加。一些基层林场离局机关路程较远，参加会议人员吃过早饭就开始往局机关赶了。举行这么大规模的会议，出自李国友的授意。这意思再明白不过，让林业局干部职工都亲眼见证林业局新领导上任，既体现新局长对立功受奖人员的关心和爱护，又彰显了新局长的别样风采。

会场是局办公室组织人员连夜布置的，显得分外隆重。牛海成的座位果然安排在台下的前排正中。然而，牛海成却一声不响地缺席了。会议开始之前，办公室的人打电话、发信息，牛海成的手机始终关机，给人一种不为所动的决绝。

既然牛海成联系不上，李国友便安排了李小妍作为立功代表领奖并发言。从表面上看，表彰大会是圆满结束了，可李国友却如鲠在喉。他当然知道牛海成为什么缺席。他本来准备了长篇大论，要在牛海成面前耀武扬威，但真正开始讲话的时候，原先酝酿的激情莫名地消退了一大半。原本的对手，现在已经分出胜负，一个坐主席台，一个坐台下的前排。主席台上的李国友，呈居高临下之势，看着台下坐得整整齐齐的全局干部职工，一种胜利者的豪迈油然而生。他的想法就是让全局上下干部职工，从四面八方聚到一起，洗耳恭听他的讲话，为他鼓掌。李国友醉心于这种一呼百应的感觉。然而，牛海成的缺席恰如给他泼了一瓢凉水，让他心惊胆战。牛海成刚转业来时只是孤家寡人，现在却有了跟他叫板的勇气和能力。

李国友被这种危机感压抑得喘不过气来。

表彰大会结束后，牛海成的手机准时开机，一切如常，李国友没有打电话问情况，牛海成也没有回复那一堆办公室打来的未接电话。双方都心知肚明，既然真刀真枪地干上了，就无须再做表面文章。

当然，李国友新官上台，也想先踢出头三脚给大家看。这第一脚是搞一次人员岗位大调整，包括基层林场，凡是他的人都要调整到合适的岗位上。到底什么叫合适岗位，则完全按照他的标准。第二脚就是杀鸡儆猴，要好好整治那些没把他放在眼里，尤其个别曾经对他出言不逊的同事，比如兰副局长。等踢出这两脚，把林业局的管理基础打牢之后，再踢第三脚。这第三脚自然就是要对准眼中钉牛海成狠狠地踢了，能踢倒牛海成最好，踢不倒也要把牛海成变成林业局真正无所事事的孤家寡人。

上任不到一星期，李国友就有了实质性动作。他决意把杨立文放到办公室主任的岗位上锻炼，便找了现任办公室主任罗小青到办公室谈话，给她两个选择：要么到基层林场去当副场长，要么继续留在局里管档案。罗小青是兰副局长培养的人，中年妇女，上有老下有小，听了李国友这样的安排，当然不愿意，马上就去找了兰副局长申诉。这回胡兰花一时也没辙，又不想在下属面前丢面子，便来了个缓兵之计，让罗小青先等等，说是要为她去找市里的领导，还特意放出豪言壮语："这李国友一上台就不得了啦！以为林业局成他的家天下了，看看到底谁会笑到最后。"等到罗小青一走，胡兰花心里就琢磨开了，她哪能为办公室主任去找市领导，市领导又不是她家亲戚。如果去找刚进省厅的老局长叶子青，叶子青立足未稳，这不是给人添乱吗？思来想去，她突然想到了牛海成。

犹豫片刻，胡兰花拨通了牛海成的电话。

胡兰花平时和牛海成来往并不多，但牛海成一向很尊重她，他觉得胡兰花关键时刻敢冲在前面，比一些墙头草两边倒的人强。

"兰副局长你好！今天怎么想起给我打电话了？"他的口气友好中带少许调侃。

"早就想给你打电话了，怕你太忙，表彰大会这么大的事你都顾不上参加，我哪好意思打搅你呀，好几次想打又挂了，怕你没工夫接。"

牛海成差点儿笑了，觉得胡兰花太能忽悠了，虽然是忽悠，听着却很舒爽。牛海成说："兰副局长今天这么客气，有点见外了。咱们这么好的同事，有事尽管说，只要我牛海成能办到的，保准办好。"

胡兰花听了，赶紧说正事："牛局，也没什么大事，只是听说李国友要把办公室主任换成他的人。局里用人从来都不是一个人说了算的，再说，这小青也是我一手带出来的，工作一直很努力，凭什么他李国友说换就换呢？我还听说他要上上下下来一次人事大调整呢，他到底想把林业局搞成什么样子！这样的人，怎么就当了局长，市领导是不是真的瞎了眼？"胡兰花在牛海成这里口无遮拦，虽然与她泼辣的性格有关，但也有刻意拉近与牛海成距离的意思，想着自己反正跟李国友早就闹掰了，用不着再跟在李国友的屁股后头乞和求安。

她丝毫不隐瞒自己与罗小青的关系，牛海成反而接受她的这种坦荡。牛海成很认可罗小青的工作能力，而且他也不能让李国友的计划得逞。既要给李国友一个下马威，也是给胡兰花一个支持，不能让李国友在局里一手遮天，无所顾忌。

于是，牛海成对胡兰花郑重其事地说："我非常赞成兰副局长的意见，如果开局党组会议，我们加起来算两票吧？咱们最好别指望这个会议，我找李国友直接摊牌，罗小青不能换，这样行吧，兰副局长？"

胡兰花听牛海成这么一说，真是喜出望外。她跟牛海成没什么私交，一开始还怕牛海成不买她的账，而且这件事李国友是始作俑者，源头在李国友那里，找别人都是给人出难题。没想到牛海成会答应得这么爽快，而且一点没有敷衍的意思。

"好好好！牛局就是牛局！智勇双全，文武兼备，难得的人才，放着你这样的人才不用，市领导就是瞎了眼。"胡兰花这回说的是肺腑之言。

牛海成架不住这番赞扬，赶紧找理由挂了电话。李国友想把杨立文弄成办公室主任，这让他一下子联想到了很多事。牛海成的思维有种反刍的习惯，隔一阵就要把过去的一些事拿出来理一理，对一些细节还会细嚼慢咽一般地琢磨。一琢磨，牛海成就觉得杨立文这人不地道，他决定在杨立文的升职问题上旗帜鲜明地表态。

牛海成本不想跟李国友正面交锋，但他明白这场交锋又是必须的。想了想，牛海成还是打通了李国友办公室的座机电话，这个电话前不久还是叶子青的，没想到这么快就易主了。

李国友看了来电显示，知道是牛海成，以为牛海成向他服软来了，心中暗喜，拿起电话大笑道："牛局你好！有事请讲。"

既然是直接摊牌，牛海成在电话里根本不绕弯子："听说办公室主任要换成杨立文，我第一个投反对票。"李国友听了不禁一愣，牛海成趁对方愣神的当口，换弹夹，接着是一阵机关枪似的扫射："杨立文这人挺复杂，这次铁娃从我们手上跑掉了，而他是唯一与外界联系过的人。可以说，铁娃之所以漏网，他嫌疑最大。另外，上次我家失窃的事，我认为也与内部人员有关。杨立文是仅有的几个到过我家的人之一。我还知道那个惯偷叫耗子，偷了我家之后，却再也没有露面，但我相信，法网恢恢，这个耗子终究有一天要落网。耗子一旦落网，我想有些人就该坐不住了。所以这个时候，轻易不要调整有争议的人，何况现在的办公室主任干得好好的。你一上任就搞大换班，这岂不正是司马昭之心吗？"

兵不厌诈，牛海成的话虚虚实实，足以让李国友的心理防线溃不成军。说当时杨立文是唯一与外界联系的人，李国友听了马上没了底气。把杨立文与铁娃逃脱扯上因果关系，李国友就更是心虚。因为证据不足，耗子在逃，牛海成才迫不得已把盗窃案搁置起来，但他并不打算放弃，一直在推敲这些细节，试图还原事件发生的逻辑。他也一直在通过焦利忠查找耗子的消息。耗子在这一带颇有名气，自从牛海成家发生盗窃案之后，耗子就像人间蒸发了一样，牛海成就更觉得事出有因。李国友一直以为牛海成对自家的失窃案不以为意，没想到，他理出来的思路居然跟真相相差无几，这让电话那头的李国友惶恐不已。

李国友自然是能掂量出牛海成这些话里不同凡响的分量，他知道自己这头一脚肯定是踢到了牛海成这块顽石上。他在电话里沉吟了一会儿，装出一副委屈的样子说："牛局你也别听风就是雨，这是从哪儿得来的消息，我没跟谁说过要换办公室主任啊，肯定又是胡兰花在那儿胡说八道。没别的事我就先挂了啊。"李国友迫不及待地挂了电话，这回他只能是打掉门牙往肚里吞，心里要多郁闷有多郁闷。

李国友的人事调整计划胎死腹中，但他不甘心就这样被牛海成啪啪打脸。已经放出去的话，现在没有了声响，必然会让他在亲信面前的威望跌至谷底。新官上任踢头三脚，头一脚就把脚崴了，在全局干部职工面前也是一个大笑话。他紧急把杨立文召到自己家商量对策，看看如何化解牛海成给他造成的危机。

"本来这两天就想走流程让你任办公室主任的，现在看来还不行，牛海成盯得很紧，还说到了他家的盗窃案。他是不是拿到了什么证据？耗子再也没有回来过吧？"杨立文刚进李国友的家门，就迎来了劈头盖脸的责问。

想到自己每次登门都拎着大包小包，李国友却没有一个待客的礼节，杨立文心里就来气了。于是，他不冷不热地说："李局长，你要是觉得我当个办公室主任都不称职，那就干脆让我到下面林场去，场长给不了给个副场长也行，你省心我也省心。"

李国友一看杨立文不爽了，赶紧递烟泡茶，看到杨立文脸色缓和了，才接着杨立文刚才的话说："立文你也别谦虚，当办公室主任你是绰绰有余，而且我这个局长今天就把话撂在这儿，这个办公室主任迟早都是你的，你放心。"接着话锋一转，"今天牛海成跑到我这儿，又说起他家盗窃案的事，他好像知道点什么似的，而且坚决反对你当办公室主任。我现在是局长，当然不能听他的摆布。当务之急是要给牛海成弄出点事来才行，他在这儿一天，你我一天都不省心，知道吗？"他故意夸大其词，就是想让杨立文知道，他当办公室主任的阻力来自牛海成，而且阻力巨大。

杨立文听了李国友讲的情况，自己也乱了方寸，他和耗子做下的事，一直让他心里不踏实，担心哪天会露馅，更怕哪天耗子明白过来，回到花城捣乱。有时他做梦都会被吓醒，梦见耗子回来了，而且拉着自己要去公安局自首。

照当前情况看，牛海成虽然没当上局长，但仍然是李国友的强劲对手，如果牛海成步步紧逼，李国友不仅没有反击的力量，甚至难以招架牛海成凌厉的攻势。眼看到手的办公室主任就这样被牛海成搅黄了，已充分证明了牛海成的厉害。而且，耗子的事还没完，哪一天耗子真要是回来了，牛海成从耗子那儿顺藤摸瓜，他杨立文也就自身难保了。这次专项行动，虽然铁娃跑掉了，但牛海成在森林公安那边有了人脉和威望。杨立文越想越觉得形势不妙，看着李国友一脸的期待，心里突然冒出一个想法，说："牛海成确实是我们的劲敌，想给他弄点事出来还挺难，他警惕性又很高。要真想省心，那咱们就只能是另辟蹊径了。"

李国友不解其意："另辟蹊径？"

杨立文说："想办法找到耗子，让他永远闭嘴。"

李国友一惊："那可是人命案，要吃官司的，一旦露出马脚，你我的前途不就全玩完了吗？"

杨立文冷冷地说："既然耗子贪财，我们就可以借刀杀人，让耗子去偷一户有钱人家，我们提前做点手脚，趁他跳楼逃跑的时候，让他意外失足摔下，一了百了。再说，耗子本身就是人渣，真要是摔死了，那也是他自作孽。"

李国友犹豫片刻："这个办法倒是可行，但你到哪里去找这么一家有钱人，你又如何到人家家里去做手脚？"

杨立文胸有成竹地笑了："这很简单，在市中心租一套房，里面摆上家具和大保险柜，等到耗子快要撬开保险柜的时候，我突然开门，耗子必然会跳窗逃跑。我们可以只留一扇能开的窗户，在这扇窗户下面虚设一根水管什么的，等耗子踩上去的时候，你我就彻底安全了。"

李国友听了暗自惊讶，对杨立文真的要刮目相看了，以前他只是觉得杨立文想问题比较周全，今天才发现，何止是周全，简直就是心狠手辣。

其实，杨立文对李国友还留了一手，他没有把除掉耗子的深层次原因告诉李国友。耗子留给了杨立文一个电话号码，两人一直保持着联系，但杨立文觉察，他越来越没把握能稳住耗子了。他觉得耗子就是他和李国友的最大隐患，要是让他亲手除掉耗子，他没有这个胆，也没这个实力，于是苦思冥想才有了他对李国友说的所谓另辟蹊径。

李国友犹豫了半天，最终也觉得没有比这更好的办法。杨立文就去具体操办这件事。

杨立文选择在城中区租了一套两居室，钱由李国友出。现在李国友当了林业局的一把手，权力更大了，弄钱的渠道也比以前多了，租房这点小钱对他来说不算什么。他给了杨立文10万元去办这件事，他也明白租房用不了这么多钱，此举意在安抚杨立文，作为他没当上办公室主任的补偿。三天之内，杨立文就完成了房子的升级改造，该贴纸的贴纸，该插花的插花，客厅里还铺上了羊毛地毯。主卧正面墙上贴了一幅半裸的模特照和一张电影海报，墙角放了一个大保险柜，床上特意摆了一个布娃娃，不光给人一种物质丰足的感觉，而且营造了单身女性闺房的氛围，目的就是引诱耗子上钩。

房子租好之后，杨立文自己先在这里住了几天。一方面是故意留下人居住的痕迹，另一方面是看到房子被他捯饬得有模有样，不甘心白白浪费了这样好的资源。杨立文一直渴望能在城里买一套房子，可天价房款让他望而却步。他尝试贷款借钱买房都没能如愿，不断攀升的房价像泛滥的洪水一样，最终淹没了他心中的渴望。而此刻他在城市中心租下的这套两居室，让他有了一种主人的错觉：终于可以尽情地呼吸这座城市里渗透着花香的空气，饱览城市梦幻般的夜景了。他是个名副其实的吃货，即使独自一人，也从不亏待自己，在厨房里忙了差不多一个下午，为的就是能美美地享受一顿丰盛的晚餐。等酒菜上了桌，他边看电视边喝酒吃菜，偶尔还哼起小曲，直至酒足饭饱心潮起伏。这样的夜晚，家人不在身边，正好是天赐良机，何不找个小姐来消遣消遣？这个想法就像一根橛子，一旦揳进了脑子里，就再也拔不出来。他犹豫了一会儿，就壮着胆子拨通了之前去夜店唱歌的时候一个小姐留给他的电话。

电话很快就通了，双方三下五除二就谈妥了价钱和服务内容。不到品完一杯咖啡的工夫，门外响起了轻轻的敲门声。

杨立文开了门，门口站着一个皮肤白皙的年轻女子。年轻女子身着一袭黑色纱衣，散发着浓浓的脂粉味，见了杨立文，微笑着说："刚才是您要服务吗？"

杨立文看到年轻女子模样俊俏，且穿着性感，满心欢喜，忙不迭地说："对对！快请进。"

女子袅袅婷婷地进屋，扫视一遍屋内摆设，径直在沙发上落座。杨立文关好门，随即跟过去也坐到沙发上，大胆地打量着陌生女子。既然知道她是做皮肉生意的，杨立文的脸上就不由自主地带了轻薄的神情。

女子会意，下一秒就把自己脱了个精光，把薄纱一样的衣裙揉成一团，扔在沙发旁边的茶几上，随即在杨立文面前站定，搔首弄姿一番。杨立文被撩得心头火辣辣的，但他极力压抑着自己像火山一样即将爆发的欲望，并不急于脱光衣服，他要慢慢消受这一晚的美好时光。他抚摸着女子雪白的肌肤，无所顾忌地揉捏她身上柔软性感的地方。

…………

按照先前的计划，杨立文准备好房子以后就要尽快引诱耗子来偷盗，可杨立文抗拒不了这温柔乡里的诱惑，又一连在这间出租屋里招嫖了几个女子，直到把李国友提供的现钞花去大半，才收心罢手，回到他处心积虑的事情上。

果然，一切如杨立文所料。耗子的这次盗窃成了他小偷生涯的绝唱。他摔下楼时的惨叫声听得这栋楼的居民毛骨悚然。摔在水泥路面上的耗子死不瞑目，也许他在从高空坠落时才意识到，是杨立文害死了他。他在这个行当里已经够得上大师级水平，没想到会栽在名不见经传的小人物杨立文手里。耗子进屋后不久，还没来得及打开保险柜，就听到了大门外响起开门的声音，显然是房主回来了。耗子打开了厨房的窗户，却不知道这扇窗竟是通往黄泉的门，让他告别了人间。

杨立文自然是第一个知道耗子坠亡的人。他一直在现场蹲守，甚至是看着耗子进入小区，然后大摇大摆地进了屋。杨立文把钥匙插进锁孔，制造主人突然回家的假象时，他还听到了耗子在屋子里惊慌失措弄出的声响。情急之下，耗子想到了攀到楼外躲一躲，然后再趁机逃离，这种情况他也不是第一次经历。可是，大厅的窗户和阳台都是封死的，耗子跑到厨房，打开了窗户，看到了窗户下面有一根横着的排水管，大喜过望，便急着踩了上去。没想到这排水管一踩就塌，他急速坠落，发出一声长长的尖叫，凄厉而绝望。有居民在阳台乘凉，看到有人从楼上惊叫着摔落，马上拨打了110报警。

干警赶到现场，调取了小区监控，很快找到了耗子坠楼的房间并对房间进行了现场勘查，一直忙到天亮。

仅凭现场勘查到的线索，警方一时难以认定耗子是他杀还是自杀。而耗子之前因为在牛海成家做下的盗窃案留下了记录，现在又突然冒出来，在别人的出租屋里失足坠楼，实在有些蹊跷。市公安局决定将两起事件并在一起，组建专案组进行侦破。焦利忠知道了消息，主动请缨，加入了专案组。

挂　　职

第 十 八 章

接到耗子坠亡的消息时，牛海成正在去奎县的路上。

市委组织部安排牛海成到贫困地区挂职任副县长的通知来得突然，是牛海成出发前几天才到林业局的。李国友看到红头文件时，不由得大吃一惊。按照惯例，下属的岗位变动、职务晋升、交流挂职等，都应该先征求他这个局长的意见，为什么牛海成去挂职，事前连一点征兆都没有？他本以为自己当了局长，牛海成与他的较量就会偃旗息鼓，最终牛海成只能接受现实而慢慢"臣服"于他。没想到牛海成还能使出金蝉脱壳这一招，而且动作神速，眨眼之间就脱离了他的"火力打击"范围。

8月上旬立秋，到了下旬，牛海成前往奎县挂职时，花城还是鲜花盛开，而当奎县出现在牛海成眼前时，这里已经明显有了如深秋一般的凉意，他心里不由自主地生出一丝凄凉。

牛海成对这个远在东北的国家级贫困县几乎是一无所知，到这里挂职是组织的决定，由不得他自己挑来选去，而且他也不是挑三拣四的人。

虽然是国家级贫困县，但县里接待他的规格并不寒碜。常务副县长李玉春带着县政府办公室主任还有县交通局局长、农业局局长一行人早早地迎候在了牛海成下车的车站。

李玉春一眼就从下车的人群中分辨出了牛海成。牛海成上身穿一件黑色夹克衫，下身是马裤呢军裤，脚穿三接头军用皮鞋，一米八五的个头在奎县这地方并不少见，但是他的军人气质颇引人注目。李玉春和牛海成握手，然后抢过牛海成手里的行李箱，热情地说："牛副县长你好！我代表梁书记和马县长欢迎你到我们县来指导工作。"李玉春是从县委办公室主任上位的，接待原本就是他的强项。

牛海成紧紧握住李玉春的手，连声道谢之后说："我是来学习的，请各位领导多多关照！"然后与站在李玉春后面的局长、主任等人一一握手。

牛海成没想到会来这么多人接他，原本以为县委办来个秘书就足够了，再不济就来个司机直接把他拉到住的地方完事。坐在别克商务车里，牛海成感觉有些不自在，侧头对李玉春说："李副县长，真是太麻烦你们了，来这么多领导。大家都那么忙，我这一来反而干扰大家工作了。"

到了这个人生地不熟的地方，李玉春带着一行人亲自接站，冲淡了他心中的孤独，但他并不习惯这样兴师动众。

李玉春热情地接话道："牛副县长初来乍到，人生地不熟，你千万别客气，你能到我们这儿来工作，就是对我们县经济建设的大力支持，安排好你的生活是我们义不容辞的责任，这几位局长、主任一起来，也是为了第一时间对接工作。"

牛海成只好积极回应："多谢了！李副县长，还有各位领导！"

谈笑间，车很快就到了一家餐馆门前。

这时天已经黑下来了，刚刚进门，事先点好的菜就开始上桌了。

一条从呼兰河捕捞的青根鱼占了半张饭桌，这条鱼据说有近10斤，给做成了"一鱼三吃"。李玉春介绍说："牛副县长你今天大驾光临，我们临时叫渔民捕捞了这条鱼。"

牛海成听了，心里很不是滋味："这怎么行，我可不是来享受的。李副县长，你用这么高的规格接待我，我就无地自容了。"

李玉春笑着解释："我们这儿也算是鱼米之乡，吃条鱼不算什么。你再看看其他的菜，也都是家常菜，猪肉炖粉条、酱爆肘子、麻辣土豆片、雪碧排骨、无敌大饺子。你再看这道菜，白菜帮子包肉馅，在婚宴上我们叫花开富贵，也叫孔雀开屏。其实今天吃的都是地地道道的家常菜，经济实惠，价廉物美，你就好好尝尝我们的东北味。"李玉春拿眼扫一遍在场的人，接着说，"今天我代表书记和县长请客，也是要犒劳一下在场的局长、主任。牛副县长你放心，家常便饭没几个钱，这顿饭我们还请得起。"

牛海成心里这才稍稍踏实了一些。

李玉春说完就赶紧拉牛海成入席，牛海成坐下后，其他人也迅速落座。

酒席上的气氛被李玉春搞得很活跃。牛海成也看出来了，几位局长和政府办的工作人员都对李玉春有几分敬畏，看来，李玉春是奎县的实权派。一上桌，李玉春就向众人隆重推介牛海成："牛副县长曾经是海军特种团团长，全军散打亚军，国际军事五项获奖选手，全国武术比赛参赛选手。你们知道是什么人才干得了特种团团长吗？"李玉春扫视一圈在座的部下，一脸的神秘："特种团团长必须是上天能驾机、出海能操舰、下海能潜水的人，在军界号称是空中雄鹰、陆地猛虎、海上蛟龙。我没说错吧，牛副县长？"

众人立刻一片惊叹，很是捧场。牛海成暗暗一惊，没想到李玉春居然把他的底细摸得清清楚楚，而他却没有来得及提前研究县里领导班子的情况，只是对县委梁书记和马县长略知一二。这不能怪他，指派牛海成挂职的红头文件到了局里还被李国友压了一天，牛海成直到出发前才知道是去奎县，脑子还没理顺林业局里的那些事，就仓促上路了。

牛海成不想在一个陌生圈子里成为靶子，便有意淡化自己，他微笑说："感谢李副县长这么高看我，我那都是徒有虚名，大家千万别当真。会一点花拳绣腿的功夫不假，但绝对没有李副县长说的这么厉害。"

众人又啧啧称赞他谦虚。

酒席上，尽管李玉春和他的手下都热情似火，牛海成却没心思贪杯。牛海成只想尽快进入角色，了解他的职责担当，尽快适应奎县副县长这个身份。

酒桌上的氛围还算宽松，既然牛海成如此谨慎，李玉春也不强求。他是土生土长的奎县人，从生产队长一直干到副县长，也是一路泥里水里摸爬滚打过来的，说起当地风土人情如数家珍。

奎县是小兴安岭西南边缘的一个小县。这里春季多风少雨，干旱低温，被李玉春比喻成一个天然的大冰柜，时令水果放在家里十天半月也新鲜如初。夏季天气温热潮湿，雨多成灾，动不动就成了一片泽国，免不了经常要抢险救灾。入冬后，天寒地冻，多数居民都足不出户，加之这里冬天昼短夜长，超市、商铺、酒店都早早打烊，居民就只能聚在炕头，听书讲古，闲话家常。李玉春说："咱们东北农民的好口才，那都是寒冬腊月在炕头上练出来的。别以为赵本山就铁岭有，在咱们东北，经常会碰到像赵本山一样幽默风趣的，说话造型比赵本山还赵本山。"

交通局局长恰到好处地接了李玉春的话："那些既不听书，也不喜欢唠嗑的村民，就只能是跟媳妇黏在一起，天天想着夫妻之间的那点事儿。村民们倒是乐了，可苦了大大小小的计生办主任。"

大家都打哈哈。然后，李玉春接着介绍奎县情况。

先前在牛海成脑子里一片空白的奎县，从李玉春绘声绘色的描述中，逐渐有了一个基本的轮廓，而且慢慢变得生动起来：奎县东部是一片丘陵地带，逐渐沿小兴安岭方向延伸而去，西部是一片洼地，北面紧靠呼兰河，呼兰河又派生出几条支流来，在奎县的西南方向铺展开来，川流不息，养育着这块土地上的人们。李玉春还特意强调，著名作家萧红的《呼兰河传》写的就是这块土地上的故事，自豪之情溢于言表。

虽说是国家级贫困县，可奎县农牧资源丰富，林茂粮丰，土地肥沃，用奎县人的话说，插根筷子在地里也能长成大树。奎县盛产大米、玉米、大豆、马铃薯，是全国有名的马铃薯之乡。

就是这块丰饶的黑土地，居然被列入国家级贫困县名单，让人吃惊。问起奎县成为贫困县的原因，大家总结说，这里每年5月才开春，10月就供暖，真正能出户干活的日子还不到半年时间，人们一年的大部分时间都窝在自家的炕头上，所以才没能摘掉贫困县的帽子。通过大家的介绍，牛海成也知道了为什么派他来这里挂职——奎县有30%以上的森林覆盖率，而且距离小兴安岭也不过是百来里的路程，牛海成作为林业局副局长来到这里堪称"业务对口"。

吃完饭，牛海成住进了县委招待所。这一夜，牛海成想起自己进了林业局之后发生的一些事，再回味奎县给他的第一印象，辗转反侧，夜不成眠。

第二天一大早，牛海成就正式上班了。奎县党委书记梁山和县长马其乐接见了他。书记和县长一文一武，一矮一高，站在一起格外醒目。梁山的个头，凭目测不到一米七，戴着原木色镜框的眼镜，说话轻言细语，居然和牛海成还是同城老乡，老婆跟随他来了奎县，儿子在深圳一家公司上班。县长马其乐是本地人，人高马大，跟牛海成差不多高，说话高声大嗓，满口当地方言，既热情又开朗。他们是一起进牛海成办公室的，一前一后，县长像书记身后的保镖。尽管梁书记和马县长的形象风格迥异，但两人对牛海成都格外友好热情。

聊起天来，牛海成才知道叶子青和马县长是表亲。叶子青的母亲是马其乐的远房姑姑，叶子青也是从奎县林业局局长的岗位调到花城的。而叶子青跟梁山书记也是过从甚密的朋友。

生姜还是老的辣，没想到叶子青办事如此稳健，保密工作做得密不透风，让李国友都来不及做手脚。牛海成由衷感叹："叶局长保密工作做得好，你们和他的关系我一点都不知道。我能到贵县挂职，显然是叶局长精心安排的，我决心不辜负梁书记和马县长，这样才对得起叶局长。"

梁山对牛海成一见如故："叶局长已经把你的情况跟我们介绍过了，非常欢迎你到我们奎县来挂职，牛局长这样的人才，我们奎县可是求之不得呀！"

马其乐性格爽朗，笑呵呵地说："到咱们这旮旯，生活条件跟你们大城市没法比，不过我们这儿的人朴实豪爽、热情好客是真的。"

梁山和马其乐你一句我一句，配合默契，既热情又温暖，牛海成赶紧表态："挂职可不是来享福的，吃苦受累我才觉得没白来，梁书记不是我现成的榜样吗？书记、县长，你们别把我当外人，既然来挂职我就要履职尽责，我也要认认真真当一回副县长。"

牛海成这么说，梁山和马其乐会心一笑。三个人又扯了几句家常，便一起去会议室交班。

牛海成跟随梁山和马其乐走进交班大厅，被县委办秘书引领到事先安排好的座位上。环顾交班大厅，跟林业局的交班室差不多。区别在于北方为了防寒保暖，内墙多用布艺装潢，南方则多半是用腻子粉或涂料刷墙。分布于主席台两边的电子屏幕上，专门打出了欢迎字幕。交班开始前，梁山把牛海成介绍给在座的四套班子成员。牛海成也应梁山要求，做简短的自我介绍和就职发言。

牛海成深知，这样的场合发言基本是礼节性表态，虽然是务虚，但不能空话连篇，同样也要有真情实感。牛海成运足一口气，保持笔挺站姿，目不斜视，说："各位领导，本人牛海成，来自南粤，首次入关。感谢组织关怀，让我有了为奎县父老乡亲服务的机会。虽然是挂职干部，但我也告诉自己，必须真抓实干，力争不虚此行，还望梁书记、马县长多多指教，各位同仁经常提醒。咱们当过兵的人，有以部队为家的传统，我一定把奎县当成自己家一样，为奎县的建设贡献绵薄之力……"

在交班大厅里，牛海成面对的是奎县众多干部，他无法一一考究，而众多干部却可以聚焦牛海成，听其言、观其行，给出第一印象分。

交完班，县委办秘书领着牛海成去了他的办公室。像当时进林业局一样，办公室里收拾得一尘不染，办公用品一应俱全，红木椅上还专门为牛海成放上了软乎乎的坐垫，坐下来之后，伸右手便能从笔筒抽出笔来，稍稍侧身，左手就能够得着饮水机。

屁股刚沾着坐垫，牛海成分管的林业局和农业局领导就等在了门外，要向他汇报工作。牛海成虽然觉得有些仓促，但不好拒绝。交班会上，书记和县长明确给他分了工，分管林业和农业，他必须尽快进入角色。他心里想的是，既然出来挂职，就不能给挂职干部丢脸，而且叶子青为他的事深思熟虑，他就更应该为叶子青争光。

因为是挂职干部，彼此之间没有根本的利害关系，或者说牛海成只是这里的匆匆过客，又是刚刚认识，大家就格外客气。

最先见面谈话的是刚从外地赶回来的林业局局长，按惯例他是最该去接站的，但因为当时他正在外地，李玉春就没有叫上他。牛海成是花城过来挂职的林业局副局长，现在又分管这一块，因此，林业局局长把奎县林业建设情况简要地汇报了一遍之后，非常客气地请牛海成指示工作。

牛海成关心地问："咱们这里的林区盗伐林木的情况严重吗？"

都是业内同行，问题大同小异，林业局局长也不避讳："一阵一阵的，抓一抓，好一阵，松一松，就闹鬼。林区盗伐林木是个老问题，伐木工下岗的多，又找不到别的营生，整天就打林子的主意。有个老职工为了给儿子娶媳妇而盗伐树木，还被判了刑。"

出于职业习惯，牛海成问了一句："既然这类问题屡禁不止，如何治理才好？"

果然，两地情况有些类似，林业局局长显得有些无奈："我们这里主要靠森林公安管，林区护林员只能制止一些小打小闹的事，要是碰到硬茬，都是森林公安出面，目前还没有更好的办法。下一步我们想在护林员队伍建设上下些功夫。"

一看林业局局长是个肯动脑子的人，牛海成就把花城林业局组建巡查组的做法跟他详详细细地说了一遍。林业局局长听了，很是兴奋，表示要好好借鉴花城林业局的经验，在队伍建设上下功夫，希望牛海成多多指导。

牛海成客气了几句，便结束了跟林业局局长的谈话。

林业局局长刚出门，农业局局长就进来了。

奎县被定位为农业县，农业是重头，分管农业的副县长更要了解"三农"情况。农业局局长跟随李玉春接站的时候同牛海成见过面，算是熟人了，不用互相介绍，直接进入主题。农业局局长说："我们奎县是农业大县，利用寒地黑土和世界公认45°纬度线粮食黄金生产带的资源优势，大力发展粮食作物和蔬菜瓜果种植，种植面积近两百万亩。奎县农业生产周期为一年一茬，生产期在5到10月之间，8到10月收获上市。"

牛海成说："我听过介绍，虽然只种一季，但产量高质量好。"

农业局局长点头道："我们奎县的农产品收购，部分区域已经形成了比较完善的加工和物流体系。每年收获季节，我们在具备交通条件的屯、村、镇和农场等产品集聚地建立田头收购点，方便农产品集中收贮、分级、包装及预处理。目前，区域化、规模化、专业化的田头市场已占全县三分之一以上。"

"那农业生产为什么还不能帮助奎县摘掉国家级贫困县的帽子呢?"这是盘桓在牛海成心中的疑问。

"主要是现代物流的覆盖面还不够,加之农产品附加值低。尽管我们有全国最好的大米、生猪,但我们这儿的交通条件还满足不了市场流通的需求,大量的农产品不能及时对接全国市场。"农业局局长解释说。

听了这些,再加上李玉春接站时对奎县风物的介绍,牛海成对奎县农业的整体布局、特色优势和发展短板有了一个大致印象。

牛海成跟几个与他分管工作相关的单位领导谈完话,算是走完了第一道工作程序。原本,按照县委书记和县长的要求,公安局局长也要和他见面并汇报工作,但因为局长出差在外,只能等有空了再说。

办公室里终于安静下来。牛海成给叶子青打了个电话,向他道谢,顺便了解挂职通知的来龙去脉。接着,牛海成又给焦利忠、凌飞和林健打了电话,说明自己工作的新变动。局里没几个人知道牛海成到奎县挂职,他走得急是原因之一,李国友也有意对全局干部职工封锁消息。牛海成打完这一圈电话,最后才抽出空来联系李小妍。

牛海成简单说了几句奎县的情况。李小妍则告诉他,自己回到了局办公室,李国友果然想设秘书岗,把她当秘书使唤。

当初叶子青把李小妍从森林公安那边调过来,是想培养她当办公室主任的。但李小妍看不上李国友的做派,本来就对李国友比较敷衍,待到李国友当上了局长,李小妍更是起了避而远之的念头。打私专项行动结束后,耿霞考进了局机关,李小妍便推荐耿霞进了办公室,想让耿霞逐渐取代自己在办公室的位置,自己好把主要精力放在巡查组的管理上。李国友看出了李小妍的策略,只同意耿霞负责宣传文化工作。牛海成到奎县挂职后,李国友认为时机已到，频频向李小妍示好，许诺让李小妍先当办公室副主任。李小妍知道李国友不安好心，对在李国友手下任职完全没兴趣。她也认定，李国友现在闹得欢，将来总要"拉清单"，她当然不会上李国友的贼船。

李小妍还告诉牛海成，巡查组已经直属李国友管理，日常训练都停了，基本成了李国友的一支公差勤务分队，该管什么不该管什么全由李国友说了算，基层林场已经有组员申请退出巡查组了。

牛海成听了沉默良久，并不多言，只是嘱咐李小妍照顾好自己。

牛海成的挂职生涯就这样静悄悄地开场了。

牛海成一开始以为挂职干部只是挂个名头，临时管管琐碎的小事，不会有多少实事大事可干，没想到，他很快就成了一个大忙人。梁山书记和马其乐县长根本不把他当外人看，上班不到一星期，就催着他到下面乡镇去走走，还一定要他把扶贫工作也分管起来。

接到挂职通知的时候，牛海成没敢想能在奎县大展宏图，只是当作暂时回避李国友的权宜之计，顺便到一个新的地方体验体验生活。不料，出发之前，市委组织部的金部长亲自打电话给他，提了几点希望，希望他能积极配合奎县县委书记和县长的工作，加强两地林业管理经验和技术交流。金部长还说："牛副局长，你在副局长岗位上已经几次出色地完成了上级交给的任务，这次去挂职，代表的是市管干部形象，相信这次挂职你会做得更好。"

牛海成当时以为金部长说的只是一些官话套话。到了奎县，见了梁书记和马县长之后，牛海成再回味金部长的那番话，才感觉似乎真有要打磨他一番的意思。

自从各相关局的局长向他汇报工作之后，牛海成的工作电话、接访、会议不断，迎来送往的事儿就逐渐多了起来。惊喜的是，在奎县这地方，举目无亲的他居然见到了当年特种团的兵。兵叫李忠，人如其名，在特种团的时候，忠厚老实，训练刻苦。有回海上冲锋舟训练，风大浪急，李忠不慎落水，被扣在冲锋舟里。当时情况万分危急，牛海成及时赶到，跳进海里，潜进冲锋舟救出几近昏迷的李忠，将其抱到岸上，紧急为李忠做人工呼吸，避免了一次训练事故，也让李忠捡回一条命来。李忠见了牛海成像见了失散多年的兄长，两人洒泪相拥，心绪难平。李忠告诉牛海成，退伍之后很长一段时间，他的工作都没有着落，迷茫之中也不好意思再联系牛海成。现在的李忠开了一家公司，专门收购经销东北农产品，奎县这里的农产品也是他的货源之一。他这几天正在田间地头组织收购，无意中从别人口中听到了挂职的副县长叫牛海成，欣喜若狂，放下手头的活计，直奔县城，不费多少周折就找到了牛海成的办公室。

见了自己的救命恩人，李忠百感交集，他强拉硬拽把牛海成请到奎县最好的佳诚酒店，点了满桌子的大菜，呼啦啦又招来一大桌子人，其中好几个都是特种团的兵，说是为牛副县长接风。牛海成见了自己带过的兵，也动了真情，把自己喝得七七八八，差点儿找不着招待所的大门。

回到招待所，打开微信，牛海成才知道错过了跟女儿视频的时间。柳青青走了半年多了，半年来，牛海成饱受煎熬，郁郁寡欢。这一刻，不听话的手指竟然鬼使神差地拨通了李小妍的电话。

牛海成"喂"了一声。

李小妍在那边略带调侃："牛局好！"

牛海成回一句："不好。"

"又喝酒啦？"李小妍说。

牛海成一愣："你怎么知道我喝酒了？"

李小妍"哼"了一声："这还用问吗？不喝酒也想不起给我打电话呀。"

牛海成辩解："不是想不起，是没事才没打。"

李小妍充满柔情地说:"没事也可以打。"

李小妍已经从叶子青那儿知道了柳青青的事。来奎县挂职之前,牛海成向组织部报告了自己的家庭变故,这是组织要求。叶子青随后就知道了这个情况,深感自己对牛海成关心不够,也更加体会到了牛海成的不易,所以特意和李小妍提起,让她在机会合适的时候开解一下老战友。

"我今天也没事,就想跟战友聊聊天。"

"你那不叫聊天,叫谈工作,除了工作还是工作。"

牛海成长叹一声,呼出肺里的浊气:"没办法,今天还得继续跟你聊工作。"然后跟李小妍说起书记、县长催他下乡的事。

李小妍听得很上心。牛海成谈着谈着头脑就清醒了许多,他告诉李小妍,书记、县长让他把扶贫工作也分管起来,这么大的事交给了他,但他这些天忙于接访应酬,没工夫静下心来琢磨究竟从哪儿下手,找什么样的助手合适。

李小妍说:"找女助手啊!你不是特别喜欢找女助手吗?"

牛海成顺坡下驴:"那我得跟书记提要求,让他给我配个女助手,否则对不住战友的关心。"

李小妍酸酸地笑:"想配就配呗,只要你觉得开心就好。"

牛海成向车队要了一辆三菱吉普,就轻车简从地下乡走访去了。本来牛海成只想要一辆车自己开过去,省了司机,可车队负责人明确说不行,给他派了一名叫亮子的司机。亮子是老司机,又是本地人,随领导下乡的机会多,熟悉当地情况,正好给牛海成当向导。

县级领导虽然不再配专车,但只要是公务下乡,必须由司机开车。至于为什么这样规定,亮子说主要是从领导的安全考虑,当然也有车辆保养维护的原因。

出发之前，亮子问去哪里，牛海成说哪里穷就去哪里。

亮子想了一下，对牛海成说："县长，那咱们就去七里沟吧。"亮子称呼牛海成为县长。

牛海成问："七里沟是个什么情况？"

亮子说："七里沟是我们奎县最穷的一个村。"

路上，牛海成又向亮子打听奎县的情况。亮子边开车边说，奎县这地方，东高西低。东部属于小兴安岭的缓冲地带，大部分地区为丘陵，土地贫瘠，而西部大部分则是洼地，土地肥沃，所以贫困村大多集中在东部。七里沟村是奎县最贫困的一个村，处在奎县边缘，三县交界处，行政管理相对薄弱，导致这里流动人口多，人员成分复杂。由于三县协调联动乏力，基础建设也相对落后，公路虽然进了村，但年久失修，早已坑坑洼洼，夜间车辆无法通行，下雨天就成了沼泽地。前些年，这里成了传销窝点，大多数村民都陷进去了，结果钱没挣着，反而被传销头目把钱卷了个精光，大多数村民都因此返贫。有几家因病致贫，更是一贫如洗。

牛海成听了亮子的话，心里既沉重又有一丝后悔，出门的时候一时兴起，甚至潜意识里还有逞能的意思，现在快要到最穷的村了，这下自己没有退路了。又想，这里的领导一茬接一茬，都没能啃下这块硬骨头，自己也没有三头六臂，这是逞的哪门子能？

牛海成暗暗懊恼的同时，突然想到一个问题："亮子，你怎么对七里沟村这么熟悉？"

亮子低声说："我家就是七里沟的。"

牛海成转头瞟了一眼亮子："亮子你不是忽悠我吧？七里沟真是最穷的村？"

亮子满脸诚恳："县长，您进去看看就知道了。"

牛海成故作轻松地笑笑："我就是为扶贫而来的嘛！不就一个七里沟吗？

还能是地雷阵不成。走，进村！"

进了村，牛海成才知道，这七里沟村固然不是地雷阵，可比地雷阵还难缠，只要是一脚踩上去，就很难利利索索拔出脚来。

迎接牛海成和亮子的不是村委会的任何一个村干部，而是一只"拦路虎"。

车行至村口，就被人拦下了。亮子摇下车窗，看到一个中年男子，一头乱发，身上的衣物灰扑扑的，他看了亮子一眼，大声嚷道："收费！"

亮子转头看牛海成一眼，然后对窗外问道："多少？"

"五十。"

"二十！"

"二十不行。"

"你干吗不去抢啊？"

"我抢不抢归你管吗？"

"县长在车上，你也要收？"亮子说。

"别忽悠人啊亮子，咱见过世面，别说县长，省长也照样收费。"

这时牛海成坐直身子，对着窗外的中年男人说："谁允许你在这收费呀？这里也没有收费站，你是什么人？"

中年男人怵了一下，紧接着口气又硬起来："这是我们村的路，谁走这里都得交钱！"

牛海成想了想，掏出五十元递给了那个中年男人。

亮子很不好意思："这是黑子的马仔。这帮人在村里横行霸道惯了，也不知道政府什么时候能收拾他们。"

亮子还告诉牛海成，黑子大名叫徐小明，足足一米九的身高，比常人高出一头，因其皮肤黝黑而得名号"黑子"。黑子曾做过一段时间窑主，后来因吃喝嫖赌赔了老本，成了无业游民。从此黑子不再干正经活计，而是靠帮人讨债、拦路设卡收费、组织"医闹"、碰瓷讹人等为生，远近闻名。

牛海成听了，面沉如水，不吭气。

车开到了村委会门口，只见大门紧闭，亮子于是先下车去探个究竟。不到10分钟，亮子返回，一脸为难地对牛海成说："县长，村支书、村主任都在，不过，他们都在摸麻将，说是今天给黑子庆生，旁边的农家乐已经准备了几桌菜，还问您参不参加？"

牛海成说："走，咱们参加，看看村支书、村主任怎么给一个混混祝寿。这浑蛋也不怕折寿。"

亮子怯怯地劝道："县长，您可不知道这黑子是什么人物，他要是耍起横来，可了不得。"

牛海成说："既然是这么厉害的人物，我就更要会会他。"

牛海成已经站在厢房门口了，麻将桌上还是热火朝天，没有人多看他一眼。牛海成把亮子挡在身后，声音平和地问："谁是村主任？谁是村支书？"

其中一个等着开牌的男人看了牛海成一眼说："我是村主任，你是谁，有什么事吗？"后面看牌的一个中年男子站起来说："我是村支书，请问你是？"村支书倒有几分热忱。

很显然坐在上首的就是所谓的黑子。没想到，村主任、村支书自报家门之后，黑子说话了："欢迎县长大人光临本村，请问有何公干？"

牛海成根本不搭理黑子，神情严肃地对村主任和村支书说："我是代理副县长牛海成，来这里了解扶贫工作。"

村支书赶紧迎上来，请牛海成落座。村主任依然没挪屁股，边码牌边说："县长你先坐，等我们打完这一把。"

牛海成的火一下子拱到了脑门顶："你这村主任就是这么当的？一天到晚泡在麻将桌上，就你这不称职的样子，难怪七里沟村的贫困帽子摘不掉。"

村主任看到牛海成一脸严峻，心里有了几分怵意，可在这么多人面前嘴上不想服软，便硬着头皮跟牛海成掰扯："县长你别生气，我们这村虽然贫困，但村民们过得还挺乐和，你千万别操心。"

黑子一看牛海成根本就不把自己放在眼里，心里有气，又放话了："别以为副县长就了不起，还是个代理的，我们见的官多了。这么多官来来去去，不也没让我们七里沟脱贫吗？我们也没打算靠谁，我们得靠我们自个儿。"

牛海成一看这阵势，就知道七里沟村的组织早就瘫痪了。村主任和村支书完全是徒有虚名，成了花瓶和摆设，说不定还会成为黑子的帮凶。牛海成仍然把黑子视作空气，只对村主任和村支书说："马上召开村委会，我要了解情况。"

村主任推倒面前的麻将牌，准备起身，被黑子按下了，这一切都被牛海成看在了眼里。看来，黑子已经成了这个村里的真正主宰，要想扶贫必须先把黑子这样的牛鬼蛇神扫除，把整天泡在麻将桌上、长期听命于流氓混混的村干部赶下台，让村民们选出自己的掌事人来，否则，扶贫永远都是纸上谈兵、水中捞月。

黑子按下村主任后，一脸震怒，开始对牛海成出言不逊："什么个鸟县长，跑到我们这儿来捣乱，今天你就别指望开什么村委会了，我们七里沟村也不欢迎你，你要知趣的话，就哪儿凉快哪儿待着去吧！"

牛海成一脸的轻蔑道："你连村委会委员都不是，有什么资格跟我谈村里的事。"

牛海成话音刚落，黑子突然掀翻了麻将桌，一下子冲到了牛海成的面前，二话不说，朝着牛海成当胸就是一拳。旁边的人特别是亮子，都为牛海成捏了一把冷汗，这黑子在方圆数十公里范围内打架都是有名的，而且从来没吃过亏。

然而，下一秒，屋子里的人全惊呆了。

牛海成居然轻巧地躲过了黑子的攻击，黑子由于用力过猛，一头栽倒在牛海成的脚下。如果黑子真是行家里手，一个回合里就应该知道牛海成功夫的深浅，此时他有两个选择：一是服软认输，从此改邪归正；二是保住带头大哥的面子，跟牛海成死磕到底。黑子选择了第二种，他以迅雷不及掩耳的速度，从地上猛然跃起扑向牛海成，牛海成早就做好了应对准备，同样是闪电一般后退两步，随之身体突然后仰，躲过黑子针对上三路发起的凶猛攻势。同时，左脚踢出，像标枪一样凌厉，直接踢在了黑子的髌骨处，精准而凶狠。只听一声惨叫，黑子摔倒在地，虽然剧痛难忍，但黑子只叫了一声，便强忍疼痛，目露凶光，嘴里不断发出低吼，急于从地上站起来。牛海成知道今天一定要把黑子彻底制伏才行，不镇住这样的村霸，扶贫工作无从谈起。

黑子终于从地上站起来了，虽然受到了两次重创，霸气已消耗大半，但他依然做最后的挣扎。只见他全身抖了抖，准备对着牛海成下三路发起攻击，企图反败为胜。牛海成已经决定彻底把他打趴下，但他明白必须事先声明，让周围的人理解他的做法，并受到震慑和警示。牛海成对黑子严厉警告道："我对你最后说一遍，前两个回合，我留了一手，希望你能有悔改之意。如果你执迷不悟，非要一较高下，那就别怪我手下无情！"

黑子心头一悸，面上仍然是张牙舞爪："别唬人，你一个代理副县长，天天坐在办公室里，站都站不久吧，还会武功？骗鬼呢。"说着从旁边的小跟班手里拿过一根木棒，挥舞着木棒杀向牛海成。

亮子在一旁警告黑子的小喽啰："这可是我们奎县的副县长，你竟然还敢助纣为虐？黑子不想活了，你也跟着找死啊！"亮子的话，让看热闹的村主任和村支书六神无主起来。

黑子冲到牛海成跟前的时候，牛海成却像旋风一般转到了黑子的身后，左脚一个旋风扫堂腿，趁黑子将要倒地之际，右手抓住了他的裤腰带，由于动作极为迅速，围观的人根本看不真切。一米九的黑子被牛海成横着提了起来，随即像一只笨熊被重重地摔在地上。牛海成踩住黑子肥硕的屁股，一下接一下用力，黑子也就一声接一声地号叫，末了，牛海成用脚尖把黑子翻过来，同时大声吼道："当着大家的面说，服不服？"

黑子领教了牛海成脚上的力道，心里有了惧怕，可他不愿意当着众人的面服软，只听他含混不清地低吼："老子不服！"

牛海成笑笑，松开脚让黑子站起来，不屑地说道："不服就再来！"牛海成的声音里透出一股寒气。

黑子又踉跄着扑过来，牛海成冲过去，用上了跆拳道的招式。打了几个回合，黑子终于挺不住了，躺在了地上，他知道今天遇到了克星。

牛海成并不恋战，他转过头，对村主任和村支书说："你们这样的村主任、村支书真是给组织丢大脸了，还有什么脸面对七里沟的村民？赶紧主动辞职吧。"

村主任和村支书张口结舌，半天也说不出一句完整的话来。

弄出这么大的事，牛海成赶紧向梁山书记和马其乐县长报告了情况，并主动提出愿意到七里沟村蹲点扶贫。

回城的路上，亮子告诉牛海成，他已经把村主任、村支书打麻将，黑子出手攻击牛海成的场景都拍成了视频，以防这些人反咬一口。牛海成听了很高兴，对亮子刮目相看。坐在车里想了一会儿，牛海成做出了一个决定，他对亮子说："亮子，今天的情况你也看到了，你们村不动大手术，这贫困的帽子一时半会儿摘不掉。明天开始你就跟我一起进村扶贫。你家里要是方便，你就给我弄一张床，让我在你家住一阵子。"

驾驶位上的亮子听了，心中大喜，当即回应说："县长，您住在我家太好了，我今晚就叫家里把床给您收拾好。您这一来，我们村有盼头了。"

牛海成笑道："亮子你也挺能忽悠嘛，你是有意把我往你们村里带的吧?"

亮子没有否认，声音低沉了下来："县长，我真不知道还有哪个村比我们村更穷更乱的了。这黑子已经在村子里横行霸道多少年了，没人管。每次县领导下乡扶贫，一听七里沟的情况都不想去，也只有您敢单枪匹马到我们村。"

牛海成拍拍他的肩膀，问："下一步如果七里沟选举村主任，你敢不敢参加?"

亮子想了好一会儿，回答说："县长您要是觉得我行，我就参加。"

"不是要让我觉得你行，是要让村民觉得你行。"

"自己村的事都不操心那还算人吗?县长您放心，我愿意参加村主任选举。如果能选上，我就不在县车队干了——光自己一个人过得好不算好，也希望县长您能扶我上马再送一程。"

驻　村

第　十　九　章

七里沟村的村支书和村主任还算明白，黑子事件后，两人主动提出了辞职。牛海成带着亮子很快就进驻七里沟村，要在村里组织村民选举，以最快的速度把七里沟村的村委会重建起来。

梁山书记要给牛海成增派几个助手，牛海成犹豫了一阵子，最终还是谢绝了。

之所以犹豫不决，是因为他确实需要助手；最终谢绝了梁书记的好意，是因为他目前还没有合适的人选。

牛海成住进了亮子家。亮子把家里最好的东厢房腾出来给牛海成住，牛海成每天从睡梦中醒来，看到的就是窗户外的第一缕晨曦。房间里，桌椅板凳、炕头都收拾得干净整洁。亮子家里并不富裕，主要靠亮子的工资养家糊口。亮子有一个女儿，在县城里上学，每个周末回家一次。亮子的老父亲还健在，跟亮子一起生活。亮子媳妇是邻县人，叫秀珍，人长得乖巧秀气，是亮子当年回家探亲时经人介绍认识的，婚前在哈尔滨打工，同亮子结婚后，就在家侍弄自家的几亩地，有了孩子就专心养育孩子。秀珍相貌姣好，黑子也打过她的主意，虽然碰了一鼻子灰，但黑子一直贼心不死。牛海成问亮子愿不愿意回村竞选村主任，亮子想了一会儿就同意了，多多少少也有这方面的原因。

牛海成住进亮子家之后，亮子就带着牛海成挨家挨户走访调查。一方面是为了摸清贫困户的底数，另一方面也是挨家挨户做工作，为村委会主任选举做准备。但黑子在村里横行太久，很多村民顾虑很重，即使牛海成和亮子苦口婆心，也是收效甚微。鉴于这样的情况，怕万一村民们不敢真心投票，牛海成决定暂缓村主任选举活动，以免让黑子这个村霸钻了空子。

牛海成住进亮子家，亮子特别兴奋。亮子有自己的打算，往大里讲，亮子知道牛海成进村扶贫是真扶贫，七里沟有牛海成的带领，脱贫是迟早的事；往小里说，牛海成武功高强，亮子一心想拜牛海成为师。牛海成刚来奎县的时候，亮子就听人说起挂职的牛副县长身手不凡。亮子一直想着能有接近牛海成的机会。牛海成那天急着下乡，打电话到车队要车，恰好亮子也在，一听说牛海成要车，亮子就主动请缨，几分钟之后就把车开到了牛海成的面前。牛海成一上车，就说哪里穷去哪里，不绕弯子，不打官腔，说话做事干脆。亮子明白，只有把牛海成请进七里沟村，七里沟村才有希望。亮子也知道，牛海成终究要离开七里沟，要想带领村民致富，就得靠自己努力，要想保一方平安，就得靠实力说话。亮子吃够了黑子的苦头，心里头早就憋足了一股劲。

一天，从村里的贫困户走访回来，牛海成回房间的时候，亮子也跟了进来，把一杯热茶放在了牛海成的炕头，说："县长，我想拜您为师，您愿意收下我这个徒弟吗？"亮子眼里充满期待。

"你想跟我练功？"牛海成有些意外，"我是在部队里练的，我练功那是为了打仗，你练功是为了什么？"

亮子不假思索地说："我就是不想让黑子这样的混混再横行霸道，想让乡亲们安居乐业。"

牛海成呷一口茶，笑着说："教你练功没问题，可是练功要吃大苦，你这年纪恐怕是吃不了这个苦了。我十七岁当兵到部队，就开始陆陆续续练功了，后来进了特种团，天天坚持练，你要知道，能练到最后的人也不多。"

亮子一下子急得脸红脖子粗："县长请您相信我，我也是当过兵的人，虽然没法跟您比，可什么苦我都能吃，我一定能坚持到最后。"

牛海成看着亮子说道："先别把话说满了，真到吃苦的时候你就知道滋味不好受了。"

亮子口气坚决："县长您还不了解我，我是什么苦都吃过的人，我知道要做成什么事都不容易，不容易我才觉得有意义，只要能把功夫练成，什么苦我都能吃。"

"那好，从今天开始，你必须按照我给你的规定，把动作做到位。"牛海成做了一个从扑倒到仰卧起坐再鲤鱼打挺的连续动作，接着又一个后空翻，稳稳当当地站在亮子的面前，"一百个俯卧撑，一百个仰卧起坐，一百个下蹲，举重一百次……每天坚持跑一万米，半年后，不用我教你，你都会把黑子打趴下。"

亮子半信半疑地问道："您刚才这么高难度的动作，还有那天您跟黑子对阵的时候，出手快得我们都看不明白，都是靠这一百一百地练出来的吗？"

"当然，这叫基本功。基本功练好了，再教你几招，那就是如虎添翼；没有基本功，不管你学了多少招式，那也都是花拳绣腿，既没有爆发力，更缺少杀伤力。"

从此，亮子按照牛海成为他制定的"功夫套餐"，一招一式、一丝不苟地练了起来。

　　时间过去了十多天，牛海成在亮子的带领下把全村跑了一遍，发现七里沟村的情况比较典型：三百多户村民，生活都不富裕；有六十多户贫困户，其中多数人家缺少劳动力，也无稳定收入来源，仅有的一点自留地也已撂荒；五户特困户，家里没有一个壮劳力，一家人穿的是补丁衣，住的是年久失修的危房，餐桌上的饭菜难以下咽……从都市里来的牛海成内心被震撼了，贫困的定义在他的脑海里不再抽象，而是化作了活生生的场景。如何让村民脱贫，这个原本与他的人生毫不搭界的问题，竟然一夜之间成了他绕不开的难题。

　　七里沟村和奎县的其他贫困村一样，交通落后，农产品收购、贮藏及运输受制约，加之农产品附加值低，缺乏与市场的有效对接。除此之外，七里沟脱贫还面临另一个拦路虎，那就是基层组织软弱涣散，乡村建设和管理能力严重滞后，尤其是缺少致富带头人。

　　对七里沟村的状况摸过底之后，牛海成脑子里有了解决问题的基本思路，但他的习惯是，每个方案落地之前，都要先征求周围同事的意见。要是在局里，牛海成有事就会找李小妍商量。现在他身边只有亮子，亮子除了完成牛海成交给他的工作，剩下的时间就是一门心思地练功习武，暂时还没有余力建言献策。

　　牛海成决定把了解到的情况向梁山书记和马其乐县长详细汇报，听取他们的意见，然后再确定下一步的行动方案。

　　两位领导对牛海成汇报的情况非常重视，要求牛海成把这段时间进村入户了解到的情况，稍加整理之后在常委会上做专题汇报。

　　到了开会的时候，常委会又变成了常委扩大会，财政局、科技局、民政局、社保局和农业局领导都参加了会议。

　　梁山书记主持会议："今天会议的主题是扶贫。牛副县长花了十多天的时间，在七里沟村扎根调查，了解到了我们平时没有了解到的情况。我们先听听他介绍的情况，然后大家发表意见，讨论扶贫工作究竟怎样深入。"

这段时间，牛海成完完全全沉到一线去了，进村入户，逐家走访，别说是挂职干部，就是本地干部也很少有人做得到。

牛海成的发言字斟句酌，言语平和，以七里沟村为重点，以点带面，列举了全县贫困村目前面临的主要困难，简要分析了贫困的原因，最后谦虚谨慎地表态："梁书记，马县长，各位领导，七里沟村的扶贫工作对我来说是一个新课题，遇到的现实问题多，致贫原因错综复杂，脱贫方法至关重要，还请梁书记、马县长还有在座的各位领导多教方法、多出点子。作为挂职干部，我会尽力协调两地相关部门和社会力量，为奎县的经济建设和扶贫工作出力。"

牛海成讲完，财政局、科技局、民政局、社保局的主要领导都抢着发了言，每人都站在自己单位的角度提了建议，有建议修路的，有建议发展养殖的，有建议科技下乡的……见仁见智，各有道理，但不管什么样的建议，都离不开钱，可国家级贫困县缺的就是钱。

最后发言的是县扶贫办副主任陆文星。

扶贫办主任出差在外，所以委派陆文星参会。扶贫办是具体抓落实的部门，陆文星知道不能像前面的领导们那样提建议，于是先是发自肺腑地把牛海成赞扬了一番，最后当众表态要认真落实县委县政府领导指示，听从牛副县长的指挥，扎扎实实把扶贫工作抓出成效，切实让贫困户真正脱贫致富。

梁山书记最后讲话，专门讲评了各人的发言，特别肯定了牛海成的工作。会议当场拍板，同意由牛海成牵头，以扶贫办为主，抽调相关部门人手，组成扶贫工作组下乡扶贫，以七里沟村为重点，逐步向全县辐射。对扶贫工作中遇到的硬骨头，集中攻坚，要钱筹钱，要人给人，切实把扶贫工作扎扎实实地抓出成效来。这个决议很快变成红头文件下发到全县各乡镇及相关县级单位。

尽管县委书记、县长都同意牛海成组织扶贫工作组进村扶贫，但牛海成心里一点底都没有，为稳妥起见，他决定只带陆文星和亮子进村，之后再视情况决定是否增加人手。

陆文星跟着牛海成一起进了七里沟村。牛海成住亮子家，陆文星住隔壁村民家。陆文星以前来过七里沟村，当时他还不是副主任，带着扶贫办筹集了一批物资和资金，发放给贫困户。后来，他又来过七里沟村几次，查看扶贫效果，没想到扶贫办为村民筹到的发展资金基本没有被用到生产上，而是被挪作他用。查问资金具体去向，村主任和村支书都讳莫如深，村民皆不知情，陆文星人微言轻，自然也是无力回天。

既然牛海成已经把全村跑了一遍，而且亮子就是本地人，对七里沟的情况非常熟悉，陆文星就简化了调查摸底这个环节，但他还是特意去看望了当年的几个特困户，一是想证实牛海成的说法，二是想看望曾经帮扶过的熟人。如今见了当年的特困户，真有一种"看洞中依然旧景，望窗外已是新春"的苍凉感——几年过去了，这些人家还是一贫如洗。

陆文星回到住处，稍事歇息，想着要和牛海成聊聊扶贫的事，便来到亮子家，正好看到牛海成和亮子都在练功。

陆文星一直想见识牛海成的拳脚，当下就笑着恳求："牛副县长既然身怀绝技，何不让我长长见识？"

牛海成谦虚地笑道："绝技没有，雕虫小技倒有两招，让陆主任见笑了。"

话音刚落，就见牛海成连续来了三个后空翻，最后猛然跃起，在一人多高的墙壁上留下两个脚印后，飘然落地，稳稳地立在两人面前。

亮子练了这么长时间，也是第一次见牛海成做出这样的高难度动作，陆文星更是看傻了眼，半天才回过神来，不由得对牛海成心生敬意。

亮子颇为得意，把那天牛海成制伏黑子的细节说了一遍。

牛海成赶紧转移话题："这个不值一提。做好扶贫工作才能解决根本问题。扶贫工作是一项复杂的民生工程，七里沟村之所以贫困，既有自然环境条件的影响，也有人为的因素，村里的基层组织陷于瘫痪，是长期扶贫不力的一个重要原因。其他的贫困村虽然没有像黑子这样的混混把持村委会，但村一级组织软弱无力也是普遍状况。"

陆文星试探着问："牛副县长的意思是先把瘫痪的村委会推倒重建？"

牛海成点头道："新的村支书要等组织根据程序来任命，新的村主任则要尽快选出来，以免耽误工作。我鼓励亮子参加村委会选举，亮子也有这个信心。不知道陆主任是否同意我的想法？"

陆文星说："当然好啊！亮子都已经在县机关找到铁饭碗了，还愿意回七里沟，就凭这个决心，什么事都能办成。"

牛海成笑起来："是啊！自家自建才能用心，外人给力不如自己努力。"

亮子内心感动，也咧着嘴笑道："牛县长来咱们村扶贫，又有陆主任加入，我们村的苦日子算是熬出头啦。"

事情远没有亮子想象的简单。原来的村支书和村主任辞职后，由已经退休的村支书临时主持村委会工作，在牛海成和陆文星的督促下，村委会在村里组织村民选出村委会主任的候选人，黑子居然榜上有名。黑子在村子里横行多年，有一定的社会基础，上次败在牛海成的手下，虽然当场认怂，但并没有就此认输。据村民反映，黑子已经盯上了村主任的位置，早就开始暗中拉票了。牛海成和陆文星当然不允许这样的情况发生，黑子要是当了村主任，七里沟村的脱贫就完全成了一句空话。当务之急是挫败黑子当选村主任的阴谋，同时要把亮子推上村主任的位置。

要使这件事既符合选举程序，又达到预期的目的，就有大量的工作要做。选票握在村民手里，你想当村主任，那得让村民投你的票。有一部分村民胆小怕事，慑于黑子的淫威，不敢按自己的意志投票；还有小部分村民只看重个人利益，谁给好处就投谁。这样一来，真正为七里沟着想的村民反倒不敢讲话了。

村东头的小酒馆是黑子的小舅子开的，这会儿成了黑子请客拉票的据点。这一天，黑子又在这儿宴请村民，这些村民大多是村里数得着的人物，有的还是黑子的铁杆粉丝，如果要选村主任，这些人就是黑子最稳定的支持者。

黑子在大桌子的主位上坐定，然后招呼这帮人入席。一看黑子又带了这么多人来吃饭，小舅子不高兴了，附在黑子耳边说："姐夫，你招呼的这些人，可都是白吃不给钱的货。"

黑子瞪小舅子一眼，生气地说："咋啦！没我这姐夫，你这小酒馆能开得起来吗？当前正是我用人的时候，在你这儿吃顿饭，你还不乐意了？"

小舅子说："姐夫你在我这儿请客我哪能不乐意呀！我是担心，姐夫你请这么些人，有用吗？"

黑子哼了一声，说："你还真是小看这些人了，没有他们我就是孤家寡人，你懂吗，这叫群众基础。"

黑子这一通忽悠，小舅子有点转不过弯来，小声嘟哝道："群众基础就他们这样的，那我这饭馆不需要这些群众基础，需要的是钱啊，你说姐夫你都记多少回账了，再不给点钱，你叫我怎么往下开呀。"

黑子被唠叨烦了，恶狠狠地说："你还有完没完啊？再啰唆我把你姐也休了！"桌上的一帮好吃懒做的吃货个个一脸坏笑，其中一个抢过黑子的话题说："什么时候休老婆可得提前说一声，咱娶不上媳妇，能不能让我捡个便宜？"

黑子"呸"一口，骂道："你们也配，一帮懒蛋。"

接着是一阵浪笑。说话间，开始上菜。

菜谱都是黑子事先定好的，有小鸡炖蘑菇、猪肉炖粉条、咸鸭蛋、炒红肠，还有一大盆杀猪菜。

菜刚上桌，一群人呼呼啦啦像秋风扫落叶，个个吃相难看，黑子又叫小舅子拿酒，小舅子又是老大不乐意，小声嘀咕："还要酒啊？"

黑子喊道："上'老村长'！"

小舅子皱眉道："姐夫，这酒老贵了！"

黑子便教训小舅子："不喝老村长我咋能当选村主任啊！"

小舅子解嘲地笑笑："说得也是，姐夫你要是真的当上了村主任，我这生意可就全靠你罩着啊。"

一帮人端着酒杯敬黑子，黑子说："虽然都是自家兄弟，但酒也不能白喝。过两天选村主任了，你们都是合法公民，到时给我投上你们神圣的一票，我这村主任要是当上了，自然少不了兄弟们吃香喝辣的好日子。"

全桌人就一起喝彩："投黑子，当村主任，没说的。"

一杯酒下肚，有人问："黑子，听说亮子也竞选村主任？"

黑子愣了愣，没说话，脸色阴沉。

马上又有人跳出来接话："亮子哪是黑子哥的对手？到时摆个擂台试试，看他敢不敢上台，能接住黑子哥几招。"

黑子听了，眉开眼笑，当众喝下去一大口酒，立刻变得豪情满怀，拍着胸脯对大家说："谁想当村主任，都得过比武这一关，没点功夫，哪能保护乡里百姓，你们说对不对？"

"对！比武选村主任，这个提议好！"一桌人一起起哄。

牛海成和陆文星也在马不停蹄地为村主任的选举做准备。他们分头找村民座谈，向村民传达县里帮扶七里沟村脱贫的决心，描绘七里沟村的美好前景，特别强调了七里沟人要想过上好日子，就必须把准心里的公平秤，选出品德好、能力强的致富带头人。虽然他们都觉得亮子是村主任的合适人选，但在谈话过程里，他们并没有向村民流露这样的态度。他们也没有试图阻挠黑子参选村主任。

黑子是七里沟的合法村民，他虽然长期鱼肉乡里，欺压村民，但在警察那里没有违法犯罪记录，所以最后他依然能够和亮子在众多人选中胜出，进入村主任候选人名单。不到二十人的村民代表会议，有几个人提名黑子为村主任候选人，虽然跟亮子比还是差了许多，但把其他人比下去了。

黑子成为村主任候选人之后，并不想坐等结果，又让人在村里贴出告示，强烈要求以比武代替竞选演讲，还列出了几条摆不上桌面的理由。

和亮子关系比较好的村民很为他担心，亮子迎着大家的目光，一脸自信："他想比武咱就比呗！他出什么招我都奉陪。"

亮子说得轻轻巧巧，让在场的人吃惊不小，唯独牛海成心里有谱。这段时间，亮子天天都起早贪黑地练武功。鞋子练坏了几双，脂肪练成了疙瘩肉，肉掌练成了铁砂掌。牛海成还私下里教了他几招，功夫不负有心人，此时的亮子已经不是彼时的亮子了。

牛海成支持亮子迎战："乡政府肯定不允许什么比武决胜负。但如果黑子发起了挑战，我们没有理由不迎战，再说啦，如果七里沟村没有一个人能胜过黑子，那么谁当了村主任之后都很难开展工作。按照程序选村主任，亮子当选没有悬念，大多数村民心里都有一杆公平秤，所以黑子才提出比武，亮子要是比武也能赢，黑子就再也不敢横行霸道了，七里沟村从此也就安宁了。"

"亮子要是比输了呢？"陆文星终究有些担心。

"不会的。"牛海成斩钉截铁地说。

村主任选举那天，是个大晴天，选举会场设在村部篮球场。这个篮球场除了可以打球，平时还用于村里集会、看电影、举行其他大型活动。为了这次村主任选举，陆文星配合村里提前在篮球场上搭好主席台，设立了秘密写票点，挂起了红布会标，上面写的是"七里沟村村委会主任选举大会"。

乡政府派了工作人员范小五来组织村主任选举工作。上午9点左右，选举大会正式开始，在这之前，村民陆续到场，操场上热闹非凡。主持人是村里退休的老支书，他也是村选举委员会的主任，老支书虽然年近七旬，但精神矍铄，思路清晰，声音依然洪亮。站在主席台上，老支书手握电喇叭，向台下的村民大声宣布："七里沟村村委会主任选举大会现在开始，下面由乡政府的范小五同志宣读选举办法。"

范小五上台宣读了《中华人民共和国村民委员会组织法》相关条款和村委会主任选举办法。随后由老支书主持，按照相关程序选出了唱票人、计票人、监票人，每道程序都做得一丝不苟，让人无可非议。

台上摆着透明的投票箱。工作人员已经把选票发放到持有选民证的村民手中。村主任选举是直接选举，只要在选票上自己认定的候选人下面打钩就可以了，不同意的打叉或不打叉都行。选票设计简单明了，即使是识字不多的村民，也能顺利地完成投票。村民们轮流上台，把手中的红色选票投到票箱里。工作人员开箱验票，老支书主持计票，那一刻，台下的几百名村民都一声不响，当计完最后一张选票的时候，结果已经一目了然，选票箱旁边的黑板上，亮子名下的选票数遥遥领先。

范小五拿着话筒走到主席台上，正要代表乡政府宣布选举结果，黑子就跳到了台上，大喊道："我们早就提出了比武选村主任的要求，乡政府置民意于不顾，这样的结果我不接受。"

黑子在台上这么振臂一呼，他的跟班们马上鹦鹉学舌一样地呼应："这样的结果我们不接受。"

村民们也一下子炸了锅，觉得黑子太猖狂了。

黑子继续在台上胡搅蛮缠："亮子，你想当村主任可以，有本事就出来比试比试，没有实力当了村主任也没人听你的，选票能比得过我的拳头吗？"

他的跟班们也跟着起哄："亮子出来！亮子出来！"

黑子料定，无论他在台上怎么喊怎么闹，亮子都不敢伸头，一个在城里待惯了的司机，拿什么本钱跟他黑子对阵。黑子也知道，选举都选完了，他再怎么闹，村主任也已经没有他的份了，但他要是在现场把亮子打趴下，从此以后，亮子也不过是个站不起来的村主任，他黑子照样在村里横行霸道，吃香喝辣。

正在黑子打算把投票箱砸了的时候，亮子快步上了台，气定神闲地站在黑子的对面，冷冷地对黑子说："你想怎么比？"

黑子轻蔑地说："怎么比都不懂，还敢上台来丢人。"

亮子不恼，冷笑道："你想怎么比，亮子我今天奉陪到底。"

既然双方都同意，牛海成、陆文星、范小五和老支书商量了一阵，确定了比武规则，征求黑子和亮子的意见，两人均无异议。

比武裁判是范小五。范小五站在两人中间，宣布了比赛规则，比武方式是徒手搏击，被对方打倒在地10秒不能站起来为输。

范小五当着台下的村民的面，对亮子和黑子大声喊道："准备好没有？"

黑子瓮声瓮气地"嗯"了一声。

亮子则是响亮地回答："准备好了！"

范小五拉长音调高声宣布："比——武——开——始——"

说完便走下主席台。

台上，亮子和黑子远远地对视。黑子眼里既有迷茫又有愤怒，他不明白，闷葫芦一样的亮子怎么忽然敢跟他这个七里沟的"霸主"打擂台。亮子看着黑子，心里也在想，跟黑子打擂台不是为了自己，而是为了七里沟的乡里乡亲，这一战一定要取胜，不能容许黑子再在七里沟村胡作非为了。

亮子之所以信心满满，除了自己的苦练，还因为牛海成专门教了他几招，他已经把"倒挂金钩"、前后空翻练到熟能生巧的程度了。

亮子和黑子的比武就这样开始了。两人一开始都非常谨慎，不想被对方摸到自己的路数。黑子是七里沟首屈一指的大力士，比亮子整整高出一个头来。亮子虽然健壮，但身材并不魁梧，跟黑子一比，差了一个重量级。僵持了片刻，两人同时冲向对方，出拳，两拳相击之后，两人都倒退了几步。黑子感受到了亮子的力道，暗暗吃惊。亮子则对自己更有信心了，觉得黑子力量虽猛，但自己应该能够抵挡，要是从前，早就被黑子一拳打趴下了，而现在，自己虽然倒退了几步，但最终还是稳稳当当地站住了，他意识到这是自己这段时间苦练的结果。紧接着，双方再次交手，亮子始终牢记牛海成为他定下的比武攻略：黑子体积大，爆发力非常强，尽量避免正面硬对抗，而要不断与之周旋，消耗他的体力，找准机会，袭击他的软肋，这样反反复复，让他防不胜防。等到他精疲力竭时，就能四两拨千斤，只须用平常一招，就可将其击倒。

周旋了两个回合之后，黑子也看出了亮子想拖垮他的意图，于是他不再跑动，虎视眈眈地立于台上，保持面向对手，让亮子在他的外围兜圈子，从而来消耗亮子的体力。但亮子不中计，也停止周旋，退到几步开外，摆出决一死战的架势，然后以百米冲刺的速度冲向黑子，诱使黑子发力出拳，亮子冲到黑子眼前的时候，突然纵身一跃，双手抓住主席台顶棚的横杆——这是专为亮子设计的，身体瞬间腾空。黑子使十二分力打出的拳头也随之落空，同时，亮子的双脚已经重重蹬在了黑子的双肩部位，像两只铁锤砸了过来。肩胛骨钻心的疼痛让黑子站立不稳，疾速后退到了擂台的边沿，他拼命地摇晃着身体，试图站住，整个人像一棵被台风吹得即将倒地的大树。紧接着，亮子一头撞在了黑子的胸部，黑子像一头黑熊被撞倒在地。

在村民的惊叹声中，黑子艰难地爬了起来。现在亮子心里已经有了决胜的把握，他知道黑子确实是力气大，但他的速度不够快，这是黑子的致命弱点。双方重新站位，亮子脸上挂着一丝笑意，这笑里有不屑、有鄙视、有自信，显然是给黑子看的，有激怒黑子的意思。黑子刚才落了下风，心理上有了障碍：如果输了，他在七里沟就再也没有威慑力了，他的那些拥趸肯定会纷纷离他而去。

这一次，黑子抱定了以逸待劳的想法，无论亮子怎么挑逗，他都不为所动。很快，亮子开始进攻了，看到黑子出拳后，又来了个"倒挂金钩"，整个人吊在了栏杆上。亮子"倒挂金钩"之后，黑子的拳头马上失去了往日的威力，而亮子却能居高临下、运动自如，拳头可以直捣黑子的头顶和面门，还可施展脚的威力。黑子想以逸待劳、以静制动，亮子便上蹿下跳地攻击，黑子想躲都躲不开。有几次亮子"倒挂金钩"，打得黑子眼冒金星。黑子被激怒了，不断寻找机会还击，结果又连连打空。看到亮子居然有了这样的功夫，台下群情振奋，喝彩声一阵接着一阵。

黑子听到喝彩声，拳风、脚风更加凌厉，虽然没有章法，但力道很足。亮子知道，单靠正面硬攻一时难以将黑子制伏。他突然心生一计，在频频进攻中故意露出败相，黑子以为亮子体力不支，于是越战越勇。没想到，亮子并不惧怕他的拳头，而是以横拨直，避实就虚，身体像是黏着黑子的拳头一样，如影随形，柔韧变幻，不断把黑子拳头的力道化解于无形，让黑子暴风雨般的拳头拳拳落空。这样以柔克刚的打法，是牛海成借鉴太极拳原理自创的一套侦察兵捕俘拳，模拟在黑暗中与对手过招，眼前漆黑一团，脑子里空无一念，唯能听闻对手出拳的方向和声响，然后因势利导、顺水推舟，化力为空。为练这一招，亮子天天半夜里开练，在黑暗中闭着眼感悟，练到能够感知周围物体的气息，虽然还没到出神入化的程度，但他感官的灵敏度已经大大提高，这也是他能够化解黑子拳头力道的原因。

黑子一看铁拳变成了棉花拳，便想抓住亮子。以黑子这样的身板，本来完全可以像举重运动员一样把亮子抓起来举过头顶，然后狠狠地摔到台下。然而，亮子早有准备，在黑子出手之前就出其不意地闪到了黑子身后，抱住了黑子的腰。黑子极力想甩脱亮子，但几次都没有成功，等到黑子精疲力竭之时，亮子的双手突然滑到黑子的脚踝处，用力抱紧黑子的双脚，站立不稳的黑子轰然倒地。倒地之后的黑子，拼尽全力挣扎，想从亮子手里挣脱。亮子乘势而上，锁住了他的双腿，任凭黑子拳打脚踢也不放手。直到过了10秒，亮子才将黑子的腿放开。

黑子比武落败，灰头土脸地出了会场。

请　贤

第　二　十　章

　　村委会主任选举结束了，亮子辞去了县车队司机的工作，回到七里沟村走马上任，跟牛海成、陆文星一起筹划如何让七里沟村尽早脱贫。

　　牛海成明白，任何脱贫良策都不会凭空得来，只能到现场寻找答案。有一年，牛海成还是特种团团长的时候，参观驻地脱贫成果展览，市委领导介绍的扶贫经验，至今都让他记忆犹新：石灰岩区的贫困户通过集体搬迁脱贫，这叫"釜底抽薪式"脱贫；边远山区的贫困户通过修路挖渠脱贫，这叫"舒筋活血式"脱贫；农业地区通过改善种植业脱贫，这叫"强筋壮骨式"脱贫；平原地区通过引入企业脱贫，这叫"输血供氧式"脱贫；毗邻城市的贫困地区通过帮带脱贫，这叫"婚恋式"脱贫。最后这位市领导总结说，脱贫没有固定模式，一定要因地制宜、广开财路、授人以渔，这才是治本之策。这些话，现在想起来，仍然是一部活生生的扶贫指南。

　　牛海成和陆文星商量后，决定进一步对七里沟村的自然环境进行考察分析：七里沟村缺什么？短板在哪儿？优势何在？别人的蓝本对我们有什么样的启示？牛海成、陆文星和亮子反复讨论交流，条分缕析，抽丝剥茧，七里沟村扶贫工作慢慢有了些思路。

虽然奎县是农业大县，但七里沟村处于奎县东部的丘陵地带，农业恰恰是弱项，因此必须改善种植业，一定要看准适合种什么经济作物，这是第一步。有了好产品，要想运出去，必须有好路，所以要拓宽村里道路，促进产业升级，这是第二步。

"咱们就先走这两步试试？"牛海成对陆文星和亮子说。

陆文星点头道："虽然只是走两步，但走好还真不容易。"

牛海成道："那当然，摆在我们面前的难题肯定不少，所以我们要集思广益。考察七里沟村的自然环境，光靠我们自己还不够，我们得请农业专家，只有让科技人员帮我们分析把关，下一步的针对性种植才有科学依据，只有科学扶贫才能管长远。"

"请农业专家这事我来负责。"陆文星自告奋勇。

对于修路这个难题，亮子有切肤之痛，他感慨道："七里沟人做梦都想修路，可是修路要花钱，在丘陵地带修路更花钱。咱们七里沟村有个顺口溜叫作：'七里沟，路难走，一条道走到黑，村西到不了村东头。'"

奎县这么个国家级贫困县，又是农业大县、人口大县，要用钱的地方多了去了。县委书记和县长在会上说"要钱筹钱"，却不敢说"要钱给钱"，说明县财政并不宽裕。看着陆文星和亮子期待的眼神，牛海成知道他们是在等着他拿主意。关于修路的事情，牛海成早有打算，但毕竟没有十足的把握，不敢当着陆文星和亮子的面夸下海口，只是婉转地说："要想富，先修路，这是必需的。修路也许是我们扶贫遇到的最大难题，但我相信，办法总比困难多。"

陆文星点头，说："之前梁书记和马县长召集相关部门研究扶贫工作，大家说得都挺好，但不能让他们光拿主意不拿钱。"

请农业专家的任务本来是由陆文星负责，可正是这个时候，中央下达了精准扶贫的要求，需要对贫困户精准识别、建档立卡，让真正的贫困户得到帮扶。牛海成想了想，既然梁书记和马县长要他把全县的扶贫工作都管起来，那就不能光考虑七里沟一个村。陆文星是县扶贫办副主任，必须统筹全县扶贫工作。如果把陆文星一直拖在七里沟，就延误了全县扶贫的大局。牛海成最后决定让陆文星先回县里，他自己去省里请农业专家。

一大早，亮子就开车送陆文星回县里去了。屋子里一下子安静下来，只有西厢房里的秀珍在编织手工艺品，正屋的里间偶尔传来亮子父亲的咳嗽声。牛海成在房子里来回走动，听到了屋外骤然而起的几声鸟叫，突然想起女儿来。这段时间心思全用在扶贫上了，没工夫跟女儿联系，于是他忐忑不安地拨通了海娃的电话。接到爸爸的电话，海娃显然非常欣喜。没了娘的孩子，突然间长大成人。以前她不曾过问牛海成的生活，柳青青走了之后，父女俩只要一通电话，还没轮到当爹的关心女儿，海娃就急着问寒问暖，问得牛海成热泪盈眶。海娃学业顺利，成绩又回到班上的前几名，还拿到了学校的奖学金。听到这样的好消息，牛海成才放下心来。

请农业专家进村指导，本是易如反掌的事，没想到会出现波折。

他们要请的农业专家易学农是土生土长的奎县人，祖祖辈辈以农为生，他的爷爷是当地有名的庄稼把式，希望孙子也能传承祖业，故而给孙子取名叫学农。也许是耳濡目染，后来易学农真的就考上了农业大学。本科毕业他又接着读研究生，研究生毕业后到省农科院工作，结婚之后，就定居在省城了，也当上了研究员。这些情况，都是从县委梁书记那里得知的。

牛海成带着亮子进了省城，还特意给易学农带去了奎县的大米和马铃薯。这两样土特产是亮子执意要送的，看起来普通，但货真价实，品质一流，是名副其实的原生态农产品，城里人普遍喜爱。

他们抱着米和土豆，按下了易学农家的门铃。易学农显然是发达了，防盗门做得固若金汤，一副拒人于千里之外的样子。

过了一小会儿，门上的小视窗打开了，铁丝网后面露出一张女人的脸，精致的脸上满是警惕。

"这里是易研究员的家吗？"亮子在牛海成身后抢着问了一句。亮子在县车队工作了几年，跟领导进省城下乡镇多了，早就习惯了替领导投石问路，为领导保驾护航。

女人表情淡漠："你们是谁？"

亮子说："我们是易研究员老家来的，送点土特产过来。"

看女人还没有开门的意思，牛海成说："我是奎县的副县长，姓牛，是奎县县委梁书记介绍我们过来，找易教授谈点工作上的事。你方便就开门，不方便我们就先走了。"

女人把门打开了，一脸阴郁地上下打量牛海成和亮子。牛海成空着手随女人进了客厅，亮子紧随其后把大米和马铃薯放到客厅的墙边上。女人说："易学农不在家，牛县长您找他有什么事吗？"为了引起女人的注意，亮子放下土特产的动作有些夸张，可女人连一句推辞或者感谢的话都没有。

牛海成一听易学农不在家，根本就没打算坐下来，站在客厅里，环顾一遍客厅的摆设，然后问："易教授什么时候回来？"又像是自言自语，"不行我们干脆到办公室找他。"

女人顿时有些手足无措，看了牛海成一眼，说："他出差去了，说是过两天回来，您打他手机吧。"牛海成点点头，然后招呼亮子："好吧，那我们就不打扰了。"说完就匆匆忙忙走出门去，女人站在门口，像是送客，又不全是，脸上的表情显得局促。

牛海成从易学农家里出来，犹豫再三，还是打通了易学农的电话，这才知道易学农确实人在外地。

一听说牛海成是梁书记介绍来的，易学农在电话里非常客气："牛副县长您太客气了，有什么事电话说一声就行了，千万别劳您大驾跑这么远。既然是县长亲自出马，肯定是关于扶贫的事儿吧？"

牛海成说："易教授真是料事如神。"

听了牛海成的恭维，易学农就更加客气："我叫我的同事先跟您下去看看，他也是我们所里的研究员，比我强，我出差回来就赶过去，不能误了您的事。"

牛海成有些意外，易学农特别善解人意，和他的家人完全不一样。牛海成叫亮子把车开到了农科院门口，不一会儿，易学农的同事田野就拎着手提包上了车。牛海成热情地跟他握过手，两人一同坐在后排座位上。

听到田野自报家门之后，牛海成也忍不住笑起来："农业专家的名字个个都与农业有关，易教授叫易学农，你又叫田野。田研究员你是从事哪方面的研究？"

田野想了想，说："牛县长说得也是啊！看来谁干什么工作都是早有定数，我这一辈子跟农业算是结下不解之缘了。我是专门学土壤分析的，刚刚从俄罗斯回来，他们那里的寒地黑土与我们这里有很多相似之处。"

田野出生在省城，农业大学毕业，现在是省农科院研究员，易学农的徒弟。田野听说牛海成是特种团团长转业到花城林业局任副局长，然后到奎县挂职副县长，负责全县扶贫工作，马上一脸的肃然起敬："久仰牛县长大名，不远千里来奎县扶贫，省农科院田野向您致敬。"

牛海成笑着回应："对农业专家，我们才真的是久仰了。"

田野谦虚地说："农业专家还没来呢，我师父易老师才是真正的农业专家，农大教授，博士生导师，我是他的徒弟。"

牛海成发自肺腑地感叹："有了专家的指导，我们心里就有底了。"

"牛县长您千万别把希望寄托在我们身上，我们那都是纸上谈兵，真功夫还是在您这儿。"田野说得格外诚恳。

牛海成和田野你一句我一句聊天的时候，陆文星的电话打到了牛海成的手机上。陆文星说扶贫办主任出差回来之后，按县委领导指示，带领相关人员下到贫困村做精准识别工作去了，给陆文星的任务是回到七里沟村，继续协助牛海成工作。县委梁书记希望在七里沟村抓出一个扶贫样板，给全县扶贫工作提供先行经验。于是，车路过县城时接上了陆文星。陆文星上车的时候，把梁山书记赠送的茶叶分发给牛海成和田野，并转达了梁山书记的问候。牛海成心里暖暖的，几个人一路热热闹闹地聊到七里沟村。

车还在路上的时候，亮子就吩咐媳妇秀珍备饭。自从牛海成住进亮子家吃第一顿饭，牛海成就跟亮子定好了规矩，每天交三十元伙食费，饭菜不能超过一荤两素一汤，只要是超过了，牛海成就要加钱。今天请田野过来，亮子声明一定要由他家做东。

秀珍端上桌的是三荤三素一汤，其中有一条酸菜鱼，一锅东北乱炖，一盘黄焖鸡块，再加上烧茄子、东北大拉皮、白菜炖豆腐，饭前，秀珍还给每人盛了一碗海带排骨汤。

菜上齐了，亮子说："今天我们家秀珍多做了几个菜，我算是代表七里沟村给几位贵客接风啦。"

田野在众人的礼让之下，尝了一口菜，说："这里要是家家户户都能做出这样的饭菜，就用不着扶贫了，开个店，保准客似云来。"

吃完饭，亮子领着大家径直上山头察看。

几个人站在高处，俯瞰七里沟，眼前是一片望不到头的沟沟坎坎。田野看了七里沟村的地形地貌，眉头微皱，虽然他只负责土壤分析，但在这丘陵地带，大面积的种植本身就是个难题，如果土壤肥力不足，又缺少灌溉施肥的条件，想帮扶这里的村民脱贫很难。亮子当向导，几个人一起满山遍野地转悠。田野每到一块地都取一把土，装进玻璃瓶里封存编号。牛海成、陆文星和亮子则负责跟在后面当脚夫。

从田地里考察回来，晚上吃完饭，亮子继续练功，陆文星去贫困户家里核查材料去了。牛海成和田野坐在院子里聊天，说起考察农田的事，都盼着易学农赶紧到七里沟村来。其间，田野拨打了几次易学农的手机，但对方都关机，就有点心神不宁。牛海成早就觉得有些异常，于是问起易学农家的情况，田野就一五一十地说开了。

易学农家的情况有些复杂，夫妻关系长期处于失和状态。易学农是当初在省城读研究生时，与妻子李娟结下的姻缘。说起来算是奇遇，易学农星期天坐公共汽车进城，一个乘客突然晕倒，而且就晕倒在易学农的脚边。这个没有见过多少世面的穷书生，第一次遇到这样的状况，慌乱中就拨打了120，随后又把晕倒的乘客送到了医院。等病人被抢救过来之后，易学农才知道这位晕倒的乘客竟然是从省民政厅退休的副厅长李如意。事实告诉人们，悲剧之初常常并无征兆，甚至是以喜剧面目出现，而命运却早就偷偷地为一切埋下了伏笔。被易学农出手相救的李如意，正好家有小女初长成，尚待字闺中，而且女儿李娟也在父亲急救的时候赶到了医院。刚刚清醒过来的李如意，第一眼见到的是一脸青涩的易学农和女儿关切的脸。李如意后来知道这个救了他的年轻人是农业大学的高才生，想到女儿早就到了谈婚论嫁的年龄，便有了撮合之意：易学农虽然人个头不大，但相貌还算端正，而且既然是农大的研究生，说明智商不低；女儿虽然个子高挑，看上去亭亭玉立，可面貌并不出众，且学历偏低，高中毕业后进了民政厅的下属单位，多少还是靠着父亲的关系，才有了一份旱涝保收的工作。

转危为安的李如意，一看易学农准备离去，当机立断，拉住易学农说："感谢学农的义举，否则我也许早就到了九泉之下，与家人阴阳两隔了。"易学农从小到大都没有这么近距离见过这么高级别的干部，居然还这样平易近人，一时受宠若惊，说不出话来。李如意接下来说的话几乎让易学农怀疑自己出现了幻听："学农，你对我的恩情我无以为谢，如果你不嫌弃，就娶我家小女为妻如何？"李如意一口一个学农，早把易学农当成了自家人。

这话让易学农猝不及防，也差点让易学农激动得热泪盈眶。李娟当时就在旁边，看上去文静娴雅，个头跟他不相上下。听到父亲的话，李娟虽然没有当面表态，但脸上的羞怯已明白无误地出卖了她。

这门亲事就这样闪电般地定了下来，两个年轻人也很快坠入爱河，几个月之后就举行了婚礼。两人卿卿我我地度过了蜜月期，然后平稳过渡到"保鲜期"。没想到，婚姻还没经历三年之痛七年之痒，易学农和李娟之间就出现了意想不到的状况。

有一天，李娟曾经不辞而别的前男友突然像从地里冒出来一般，一脸忏悔地戳在了李娟的面前。李娟坚决将其拒之门外，他却毫不气馁，甚至是越挫越勇，最后干脆跪地求情。这个时候，易学农正好回家了，看到这种情况，大为惊讶。

李娟的前男友是个名副其实的花花公子，跟李娟如胶似漆地热恋的时候，跟别的女人也一直眉来眼去，到了跟李娟谈婚论嫁的时候，原本仕途正劲的李如意突然因病从工作岗位上退了下来。一看失去了这个有权有势的靠山，李娟的前男友立刻变卦了，马上对李娟冷落下来，而且很快就投入了别的女人的怀抱，据说是傍上了一个富婆。为了尽快摆脱李娟的纠缠，他干脆玩起了失踪。

易学农毕竟是知识分子，彼时在省农科院已经初露锋芒，而且具备了一定的实力，正准备要重回农大攻博，形势一片大好。而李娟的前男友经过几年的折腾，早已没有了当初的风流帅气，一副穷困潦倒的模样。他混到这般走投无路的境地，思来想去，权衡利弊，就想回到李娟的身边继续吃软饭。他知道李娟不会轻易原谅他，所以早就做好了打持久战的准备，看见易学农出现在眼前，不但不畏惧，反而像见到了救星一样，在易学农的面前，毫无廉耻地把他和李娟过去交往的情景绘声绘色地描述了一遍。成长和工作环境都很单纯的易学农不知如何面对妻子的隐瞒，内心在那一刻慢慢崩溃。经过了几次天翻地覆的争吵，互相怀疑和试探，他和李娟的婚姻也走到了风雨飘摇的边缘。

面对李娟前男友的反复纠缠和李娟含混不清的态度，易学农铁了心要离婚，李如意努力劝和，李娟态度摇摆，一时听从父亲的话对易学农和颜悦色，一时又受了前男友的蛊惑对易学农百般挑剔。两人像两国交战一样，打打停停，停停打打，一拖就是几年。前段时间，易学农再也不想抽出精力来应付这狗血家事，一纸离婚诉讼送到了法院。

田野说："我师父这次铁定是要把婚给离了的，他们的婚姻早就名存实亡了。"

牛海成像是宽慰田野，又像是自言自语："那我们就耐心等待吧，等易教授把自己的事情理顺了，再集中精力投入工作也不迟。"

一切如田野所料，易学农回到家后很快跟李娟办完了离婚手续。他从家里拿了自己的衣物，算是净身出户。最后跟李娟挥手而别的时候，李娟像木偶人一样，眼里没有了爱也没有恨，那一刻，易学农的心像是被人狠狠揪了一下。

易学农领着田野，拿着上次取样得出的土壤检验报告，进一步考察七里沟村的地理环境，然后到气象局获取气象资料，再找农业技术推广站和种业公司的工作人员一起开会，讨论这里到底适宜种植什么样的经济作物——有了好产品，才有脱贫的资本。陆文星和亮子跟在这师徒俩后面做后勤服务。

架桥修路这一步至关重要，难度也最大，牛海成主动认领了这项任务。在筹划这个事情的时候，他不由自主地想到了乔红。乔红有钱，也想投资，虽然到七里沟扶贫现在看起来是个亏本的生意，但长远来看，这里的寒地黑土蕴藏无限商机。

牛海成先是拨通了李小妍的电话，他想先征求李小妍的意见。但电话被挂断，李小妍回信息说："正在开会，一会儿联系你。"

等李小妍电话的时候，牛海成心里急，忍不住给乔红发了一条信息："乔董忙啥?"

乔红回复："本人傻忙。牛大局长躲哪里去了? 您这信息可是百年一遇，千年等一回呀。"

牛海成："到东北挂职来了。"

乔红："到东北挂职能想起我，那真是万分荣幸了。"

牛海成："千万别荣幸，有事跟你商量呢。"

乔红："有事请指示，服从命令没商量。"

牛海成："信息说不清楚，等会儿我打电话做专题汇报。"

李小妍的电话很快打过来了，不等牛海成说什么，就径直说起单位的烦心事，一肚子怨气绵延不绝。

李国友一直觊觎李小妍的美色。当了局长以后，李国友便觉得自己机会来了，有事没事对李小妍示以关心。正值省厅一位调研员来林业局检查工作，李国友作为局长竟然主动提出要陪同前往基层林场考察，还让李小妍同行，说她之前刚和牛海成走了一圈基层林场，比较了解情况，正好当向导。本来一路还算顺利，但到了最后一站大坡岭林场的时候，出了状况。

白天考察完工作，李成领着他们三人到了林场旁边的一个农家小店。酒席刚开始，李成就不断劝酒。因为是这次检查的最后一站，所以调研员也放开了喝。李成劝酒的时候，李小妍不断给他使眼色，李成故意视而不见。以前公务宴请是客随主便，入乡随俗，现在公务活动是清规戒律，条条分明，但李成仗着山高皇帝远，隔三岔五就会偷偷破戒。

李国友也借酒发挥，李成给他满上，他根本不推辞，端起杯，对李小妍说："小妍陪我们走了几站，辛苦了，我先敬你一杯!"

李小妍内心很抵触，不说话。

调研员兴奋地接茬："李局百忙之中还亲自参加检查，我这一来，给你们添乱了，看了几个林场，建设得有模有样，规章制度也挺健全。"

李小妍心里想，林场建设得再好，也不是李国友的功劳，他这才上任几天，风气就开始走下坡路了。再说调研员下基层，大半时间都是走马观花式的，对林场的认识也很肤浅。不过，出于对上级机关领导的尊重，李小妍脸上始终保持着微笑。

李国友又问："小妍这一回下来检查工作，有什么收获吗?"李小妍知道李国友没话找话，既有居高临下之意，也是当众套近乎的意思。

既然李国友问到她了，她不能再装聋作哑，想了想，说："跟着领导走，当然有收获，不光是能学知识长见识，还能提升酒量。"实话实说，一语双关。

几个人都笑了起来，李国友笑得最响，他知道李小妍话里有话，但故意装作听不出来，顺着话茬说："有收获就好，多跟领导学，才能当领导。"

还没等到李小妍接话，李成就抢着附和："局长说得对，领导多指教，我们才能进步快。"

李小妍本来对李国友前面的话就有气，正好趁机对李成发难："就你会拍马屁，不拍马屁哪有场长当，就你这水平当了场长还想当局长不成?"

当着省厅领导的面，被李小妍这么一数落，无疑是一记闷棍敲在头上，李成立刻满脸涨得通红，一时理屈词穷，急得竟说不出话来。

李国友赶紧解围："你肯定得罪小妍了。小妍下基层那可是代表局机关的啊，你要听从指挥，服从安排。还不赶紧敬酒。"

李国友一口一个"小妍"，李小妍心里别提有多别扭了，但因为有调研员在场，她只好尽力克制。这时李成按照李国友的指示，硬着头皮向李小妍敬酒。李小妍口气生硬地说："先去敬省厅领导！就你这点儿悟性还想往上爬。"

李成左右为难，不知道到底敬谁为好。

李国友提醒说："我不是说过吗？李小妍到林场来是代表局机关的，她怎么说你怎么敬啊。"

李成赶紧端杯敬调研员，没想到，调研员也很坚持："女士优先，敬酒也不能三心二意呀，李场长。"

李成知道这酒肯定是敬不痛快了。他暗自生起气来，自己跟着李国友鞍前马后这么多年，好不容易混了个场长，今天被李小妍这样为难，李国友却拿不出一点局长的威势来帮他，反而还一副色眯眯的样子，对李小妍言听计从。当局者迷，旁观者清，李成工作能力弱并不代表他傻，他几次想提醒李国友别在李小妍身上花工夫了，话到嘴边又咽回去了，怕李国友误会了他的意思。可此刻李成却有一种如鲠在喉不吐不快的感觉。

他当着三个人的面，连喝三大杯酒，少说也有半斤。果真是酒壮尿人胆，半斤酒下肚，他立刻换了样，摆出一副天不怕地不怕的架势说："我自摸三杯，算我敬三位领导。你们谁都比我这个破场长大，我就是个跑腿的，我不喝谁喝？我不下地狱谁下地狱？"

接着盯住李小妍说："李小妍，你这官当得才有价值，连李局长都不敢小看你。你看我这破场长，像条狗似的，鞍前马后还不落好。你虽然没有明确职务，却处处受人尊重，牛海成护着你，李局长让着你。凭什么，就凭你是一美女，美女就是好，人见人爱。我这场长，领导说吼就吼，想骂就骂，跟你一比，我这哪是人过的日子……"李成酒后居然变得嘴尖牙利，这让李国友和李小妍都深感意外。

李小妍截断李成的话头，厉声警告："你这场长当得到底称不称职，你自己不知道啊？当不当狗那是你自己的事。"

一看李成口无遮拦，李国友气急败坏："别人说你是个阿斗，你还真就是个阿斗，算我瞎了眼！给我听好了，再胡说八道，我立刻撕了你的嘴，信不信？"

调研员见状，赶紧上前劝解，李国友依然怒气未消，指着李成的鼻子说："不用你陪酒了，我陪调研员就够了，你们都是大爷。"这话显然也是针对李小妍说的。酒席最终不欢而散。

说来也巧，正是这个当口，李小妍的腰痛病又犯了。那还是在部队参加演习时留下的病根，跟部队一起上山下海，长途奔袭，结果把腰伤了。平时只要劳累过度就会复发，严重的时候躺在床上动弹不得。此时复发，她不得已提出病休。医生给李小妍开了半年的病休单，她觉得这是天赐良机，让她远离李国友和李成这帮人。李国友提不出二话，只好勉强同意。

牛海成知道李小妍的情况后，心里自然着急，知道是乔红经常陪护她看医生，才稍稍放下心来。转念一想，何不让她跟乔红一起来奎县走走，等身体康复之后再回林业局上班，也顺便动员乔红来奎县投资。

李小妍一听牛海成要她和乔红一起去奎县走走，她也很想去，想都没想就答应了，虽然没完全康复，但心情好了很多。牛海成跟她说想让乔红到奎县投资，又怕将来挣不到钱，所以不好向乔红开这个口。

李小妍说："乔红是商人，她有自己的职业敏感，能不能赚钱让她自己判断，她不会放过任何赚钱的机会。"

牛海成坦诚相告："这个地方我认为有发展的潜力，也有自己的优势，赚钱是迟早的事，但能赚多少钱我就说不准了。"

李小妍反问："既然有潜力又有优势，为什么当地人这么多年都没发现呢？难道就你牛副局长有商业眼光？何况你还是一介武夫。"

牛海成不以为然："武夫怎么啦，经商难道比打仗还复杂吗？"

李小妍想了想，说道："还真是这么个理。你既然有这个想法，现在就跟乔红谈。"

牛海成反而犹豫起来："说风就是雨，你比我还急。这不一定是很快见效的投资，咱们再论证论证可行性，投资可是要拿真金白银的。"

李小妍说："真正的商人不会急功近利，乔红投资还从没有失过手，你说的情况她会认真考虑。"

两人又聊了一会儿，最后决定由李小妍打电话跟乔红说投资的事。乔红听了一半就满口答应，李小妍忍不住提醒道："你不会是因为看牛海成的面子吧？扶贫投资可不是开玩笑的事，不光是讲经济效益，还要讲社会效益，弄不好要亏本的，你可得想好了。"

乔红听了李小妍的话，笑得直不起腰来："姐，你也太高看我了。我就是个商人，凭什么我投资要看谁的面子呀，要是还有赚钱之外的社会效益，那我还非投不可了。"

李小妍和乔红千里迢迢开车到了七里沟村，快要进村的时候才告诉牛海成。对于李小妍和乔红的到来，牛海成满心欢喜，他把李小妍和乔红马上要进村的消息和她们此行的目的告诉了大家，大家都很兴奋。除了去参加扶贫培训的陆文星，牛海成、易学农、田野和亮子都到村口列队迎接。

乔红停好车，李小妍从副驾驶位下车。两个女人一前一后走来，像两朵盛开的鲜花，让人眼前一亮。本来牛海成站在排头，李小妍和乔红偏偏从排尾的亮子开始握手，最后才握到牛海成。到了牛海成跟前，李小妍半真半假地当众问责："牛副局长，你可倒好，跑到这儿修身养性来了，只管自己吃饱喝醉，不管战友吃苦受累。"

乔红也在一旁没心没肺地添油加醋："牛局变牛县，到哪里都是牛。牛副县长一声召唤，我姐跑得上气不接下气。"说得李小妍满脸通红，大家都笑起来。

李小妍反驳道："一听说来这里投资，你可是比谁都兴奋。"

乔红笑着说："是啊，有地方投资当然高兴，何况牛大县长的宣传这么到位，我能不动心吗？"

亮子家里一下子热闹起来，秀珍开始了灶前灶后的忙碌。

李小妍和乔红来之前，牛海成想着她们来奎县投资，就必须安营扎寨做长远打算。之前问她们俩打算住哪里，李小妍和乔红异口同声说哪儿也不去，就住村里，还说"住村里多好，山清水秀，空气清新"。那语气，不是来投资，而是来享受生活的。

亮子就把李小妍和乔红安排到附近的村民家里。那户人家与亮子家关系密切，男人在外做生意，平常家里只有女主人，算是七里沟村的富裕户。因为担心秀珍忙不过来，这家的女主人也带着孩子过来帮忙操持接风宴。牛海成想着正好来个大聚会，把七里沟村扶贫工作的中坚力量都聚在一起。于是，易学农和田野房东家的大人小孩也被请过来了。宾主坐定之后，菜上了满满的一大桌，大盘菜大碗酒让李小妍和乔红真切地感受到了东北人的豪爽。

牛海成要亮子开席，亮子没推辞，红着脸说："今天好不容易让我亮子做回东。为了帮咱们村脱贫，牛县长和扶贫办陆主任来七里沟都两个月了，易教授、田研究员也放下自己手头的工作住进了村里，今天牛县长又把乔董和李总请过来了，扶贫队伍越来越壮大。我们七里沟穷了这么多年，现在终于看到了脱贫的希望，我们几户人家真该好好地敬你们几杯酒。这第一杯酒，我代表村里敬牛县长。"

亮子当了村主任，水平果然见长。他一口气敬完一桌客人，每杯都有说法，连隔壁的房东也没有落下。

女人腿脚更勤。李小妍和乔红加入后，牛海成组建的这个扶贫工作队又扩大了考察范围，一行人不知不觉走遍了奎县的大小村落。偏安一隅的奎县不时让人眼前一亮：这里有抗日英雄纪念馆和烈士陵园，有爱国主义教育基地；这里还是民间艺术之乡，剪纸、书法、诗会都是声名在外的文化名片，具有发展乡村旅游的先天优势；这里黑土流金，抓起一把就能挤出油来。更让人想不到的是，金秋时节，这里的森林植被仍然郁郁葱葱，植物园里的物种千姿百态，看得人眼花缭乱。

大家走了一圈，认定奎县这块宝地具备成为旅游景点、养殖基地、东北粮仓的条件。一些乡村之所以尚未脱贫，主要是因为资源缺乏整合，优势尚待发掘，资金非常短缺。此外，老百姓的思想观念守旧落后，缺乏创新意识，也是一些村寨脱贫难的重要原因。

易学农和田野把七里沟村土壤的各项数据同世界各地相同纬度地区的相似土壤一一比较，然后对七里沟村乃至奎县的地形地貌进行反复研究，得出了结论。易学农说："奎县大部分区域属于寒地黑土，肥力足，病虫害少，夏季日照时间长，温度适宜，可以种植像灵芝、黄芩一类的名贵药材。不仅如此，奎县的地形也是独具特色，有山有水，山水相依，可以大力发展养殖，但养殖必须告别传统模式，而要从培养新品种、杂交品种上求突破，真正创出人无我有、人有我优、人优我特的新品牌。"易学农从事农业科研多年，然而以前更多的是在实验室研究数据。纸上得来终觉浅，这次回到家乡，真正扎下根来，通过对土壤抽样检测、对气候观察对比、对地形地貌进行综合分析，眼看着可以用数据指导实践，他自己也觉得很振奋。

乔红是投资者，牛海成让她也说说想法。乔红说："到贫困村来投资，难题肯定不少，需要各方面的支持，能不能一路畅通，我心里没底。至于如何帮助村民脱贫，我完全同意易教授的思路。既然来投资，就不能光盯住七里沟这个地方，牛县长带我们走了一路，我发现奎县还有很多资源没有被开发出来，比如红色基因传承、爱国教育基地、乡村旅游等。七里沟村是奎县数得着的贫困村，如果易教授的思路在这里见了效，我的投资就不仅限于七里沟村，而要辐射全县。我想让贫困村像一些富裕村镇一样，把路修到田间地头，这样村里的种植、养殖产品就可以通过物流电商进入全国市场，就会有全国各地的游客来奎县旅游观光，所以，我除了修路，还准备投资养殖基地，打造乡村文化品牌，以此吸引各地游客。"乔红看牛海成一眼，又补了一句，"要干就往大里干。"

乔红有这样的决心和胆识，牛海成暗自高兴，亮子心里的石头也随之落了地。

李小妍赞叹道："乔董眼光独到，看了一遍，就成竹在胸了，一听就是大手笔。"

听到李小妍这样调侃自己，乔红反击道："姐，你也学会唱赞歌了？再喊乔董，我都听不懂了。"

听了乔红的话，大家都笑起来。

易学农听出了乔红的顾虑：虽然投资决心已下，但她也害怕阻力太大。尽管牛海成是挂职副县长，县委领导对扶贫帮困也非常重视，但乔红还是担心将来会遇到一些人为的关卡影响她的投资规划。

易学农跟李娟离了婚，现在是一身轻松，他早已把自己绑在了牛海成的扶贫战车上。他也有自己的人脉资源，相信没人能阻挡得了扶贫工作前进的步伐，于是鼓劲道："我是土生土长的奎县人，我们奎县这个地方民风淳朴，政风还算清廉，真要是有人给扶贫工作捣乱，我们大家都不会放过他，乔董你就放手干吧。"

乔红笑容绽放，说："教授就是教授，一句话就解除了本姑娘的顾虑。"

明　朗

第 二 十 一 章

　　七里沟村的扶贫工作组兵分两路，一路易学农和田野继续考察分析，确定种植养殖的品种，另一路李小妍、乔红尽快启动投资程序。这两件事是脱贫攻坚的重头戏。说起来只是两件事，做起来可是千头万绪。种植养殖虽然有了总体思路，但细化起来情况就比较复杂，比如种植方面，根据土壤肥力和气候的不同，山地可以种药材、甜菜、大豆，平地可以种大米、土豆，分类规划起来，工作量就非常大；而养殖方面，当地人多以养猪为主，奎县是生猪大县，可是养殖户收入一直上不去，怎样才能说服他们改变传统的养殖方法，闯出一条新路来，也不是一蹴而就的事情。易学农和田野一直在动脑筋想办法。

　　乔红计划在村里老旧公路的基础上，拓宽路面，截弯取直，延伸长度，打通断头路，使之与省道连通。修路要投资，但公路通了，发展产业才能赚钱。乔红还准备在七里沟村建养殖基地，发展乡村旅游。有牛海成牵线搭桥，修筑公路的手续程序简化了许多，工程队也以最快的速度进场施工。

这边公路建设如火如荼，那边乔红和易学农联合开办的养殖基地的建设申请也已上报待批，相应手续均在办理中。乔红和易学农商量，既然是建养殖基地，那就一定要做大规模、做多品种，不光有传统养殖，更重要的是发展特色养殖。

特色养殖必须首先从养殖项目上破题。这段时间，易学农和田野师徒二人一个猫在山里，一个蹲在河边。功夫不负有心人，最后他们都有了各自的发现。

土壤分析结束后，按照易学农的安排，田野负责帮助村民调研水产养殖项目。他每天起早贪黑到河边考察，但兜兜转转好几天也没有看中一块像样的滩涂，要么过于平坦，要么水又太深。失落之余，田野突然发现滩涂上有几粒野鸭蛋，比鸡蛋略大，其中有白色的、绿色的，还有麻色的。田野欣喜若狂，之后考察的时候就留意起滩涂上的野鸭蛋来，一个星期下来，捡了一篮子的野鸭蛋。虽然水产养殖一时没理出头绪，但捡到这一篮子野鸭蛋，也算是意外收获，晚上收工回到亮子家，正好可以为餐桌上增加一道美味。当时扶贫工作组的全班人马都在场，一篮子野鸭蛋提到牛海成面前的时候，田野本以为牛海成会乐不可支，不料他看了野鸭蛋却陷入深思，随后问了田野一堆问题。这个时候，秀珍闻声而出，准备拿几个鸭蛋为大家做最后一道菜，却被牛海成拦住了。

牛海成说："能捡到这么多的野鸭蛋，说明滩涂上的野鸭不少。想想城里饭店的水鸭汤几百块钱一锅，要是我们能孵出小鸭，让村民专人饲养，这不也是一条致富路子吗？"

牛海成的话犹如一石击水，溅起无数浪花，大家的话匣子一下子被打开了。

乔红说："野鸭会飞的呀，等它翅膀硬了就会飞走，到那时就真的是'鸭飞蛋打'，赔了工夫又亏钱。"

全屋子里的人都笑。只有牛海成和田野没笑。

李小妍说："那就圈养呗。"

"据我了解，凡是野生动物，要想圈养驯化，都需要一个过程。此外，被驯化的野鸭它不需要再飞翔了，活动范围受到了限制，肉质也会慢慢发生变化。"易学农说。

众人一时无语。他们面对的是一道难题，然而这道难题的背后，却蕴藏着近在眼前的希望。

一直在思考怎样实现传统养殖升级的田野突然灵感闪现："跟网箱养殖同样的道理，我们也为野鸭织一张'天网'，这样就能保持野鸭的天性。不仅如此，在养殖过程中，我们还可以有意识地对野鸭进行飞行训练，利用野鸭的生活习惯，因势利导，把野鸭变成会飞的家鸭。"

乔红兴奋起来："田研究员说得很对，即使是人工养殖的动物也可以通过增强它们的运动量来让肉质更优更好。"

牛海成总结道："这就叫众人拾柴火焰高。脱贫的金点子这不就出来了吗？我们完全可以让有经验的养殖户承包这样的项目，如果顺利，就可以逐步扩大。"

大家这一通讨论，让易学农也有了灵感。他在山里猫了一段时间，除了发现山鸡、豹子、猫头鹰等一些飞禽走兽的踪迹外，见到更多的则是野猪。他原先还没想好怎样利用这些野猪帮村民生财，听了大家关于圈养野鸭的一番议论，立刻开了窍：这野猪不也同样可以繁殖吗？如果跟家猪配上了种，生出来的就既不是纯种野猪也不是普通的家猪，既可以养得住，猪的肉质也可能有一个大的提升。如果肉质有了大的提升，这养猪可不就做到了人有我优、人优我特？到那个时候，还愁挣不到钱吗？

易学农这么一说，又引来了众人一波兴奋的浪潮。

　　乔红恭维中带调侃："教授的思维就是有创造性，连'跨界婚姻'都想到了，将来培养出优秀的'猪二代'，肯定能卖个好价钱。"

　　李小妍说："扶贫本来就是一个不断探索的过程。易教授的思考建立在调查研究的基础上，只要我们敢想敢闯，就能走出一条扶贫的路子。"

　　乔红正色道："特种猪养殖项目做好了肯定挣钱，关键是要得到相关部门的支持，保护好野猪资源，才能把特种猪养殖规模做大。"

　　李小妍看着乔红，调侃道："一口一个特种猪，说得挺顺口。你不会是有意伤牛副局长自尊吧，他可是特种团出来的，对'特种'二字比较敏感。"

　　乔红笑着反击："姐，不带这么挑拨的啊，我这是为了工作。"

　　牛海成笑道："李小妍说得对，我当了八年特种团团长，乔红你说特种猪，我确实比较敏感。不过要真是把特种猪养好了，这可是一条致富路，只要老百姓能脱贫，伤点自尊算不了什么。"

　　说得大家相视而笑。

　　一直在思考的易学农把话题转了回来："我们养殖基地就叫'特种养殖基地'，这个名字很响。现在养殖基地还没开始建场就已经有两个项目了。乔董把养殖基地建起来后，我们肯定还可以挖掘出更多的优质项目。养殖基地的员工就从村民中选，规模做大了，村里的经济就被带动起来了，我们也一定能够打出叫得响的品牌来。"

　　易学农的话让乔红怦然心动。她知道易学农这番话不是代表专家学者的观点，而是站在扶贫的角度讲的。在乔红眼里，易学农虽然是专家学者，说话办事倒是很接地气，人看上去虽然没有牛海成那样抢眼，却也耐看，她越看越觉得易学农有那么一点儿帅气。

　　大家讨论得差不多了，饭菜也上了桌，于是热热闹闹地开饭。

　　"种植养殖两手抓，彻底摘掉穷帽子"，这是易学农提出的口号。种植这一块，又经过了一段时间的土壤分析和对地形地貌的综合评估，扶贫工作组确定了七里沟村发展种植的基本方向：平地以种植优质大米、甜菜为主，坡地以种植蓝莓、茶叶、棉麻等为主，山地以种植人参、灵芝为主。每块分给村民的地都标出了种植的作物、方法和各项指标，种子由政府统一提供，易学农和田野亲自把关。当然，这些经济作物收获的时候，还得依靠乔红修建的公路运向四面八方，这些都在整体筹划之中。

养殖这一块，也做了具体筹划。七里沟村雨水丰沛、草木茂盛，但因为观念的关系，从前村里看不到牛羊的踪迹，养猪户都很少。为了减少风险，让村民们通过实践积累养殖知识，扶贫工作组决定先将传统养殖项目包干到户。通过一番有理有据的宣讲，不光是猪牛羊和鸡鸭鹅等养殖项目有了村民认领，只要有钱赚，有的村民还主动提出想养兔子。水产养殖除了鱼类，一些村民还开始尝试饲养大闸蟹、淡水珍珠。可以想象，如果把传统养殖搞起来，未来七里沟村将是"风吹过草地，牛羊满山坡"的景象。大家经过商定，决定把升级优化传统养殖项目作为养殖基地的主攻方向，变传统养殖为特色养殖，并跟村民养殖户形成长期合作关系，联合开展动物疾病预防、育种繁殖、品种优化行动，及时提供技术指导，共同把养殖产业做大做强。

正是牛海成把扶贫搞得热火朝天的时候，县委梁山书记一行人突然来到了七里沟村。看到七里沟村火热的场面，梁山乐坏了。

"牛副县长，你使的什么招，把教授和美女老板都请来了。"

梁山跟易学农、李小妍等人一一握手，握到李小妍的时候，李小妍调侃道："牛副县长这办法有点像传销，不管是赔是赚，先让熟人朋友上套。"

梁山忍不住哈哈大笑，随后感叹："为了扶贫，海成可是使出了浑身的劲，把你们这些好朋友都发动起来了。大家要是都有你们这样的干劲，奎县最起码可以提前几年摘掉贫困县的帽子。"然后，转头对随行的李玉春说，

"李副县长，七里沟的扶贫工作要作为全县的试点单位，好好总结经验，迅速在面上推广。"

李玉春是专门到车站迎接牛海成来奎县挂职的人，对牛海成的底细门儿清，他接过梁山的话说："梁书记您放心，我们一定会把七里沟的经验好好消化推广。

梁山接着补了一句："选个时间，请牛副县长给我们机关干部上上课。"

牛海成赶紧推辞："带兵的人摸爬滚打干点实事还行，哪会上什么课。"

梁山说得恳切："牛副县长你千万别推辞，你这样的领军人百里挑一，把我们机关干部当作你的兵带一带多好啊。有些干部懒散惯了，你帮我们推一推，也是对我们奎县干部队伍建设的促进，更是对我工作的支持啊。"

牛海成知道梁山说的是真心话，奎县政府机关的干部队伍当前的工作作风确实不容乐观，但这不是牛海成该管的事，听了梁山书记的话，他只是笑笑。

梁山随后一五一十地给李玉春下达任务："回去以后，具体时间你安排，把牛副县长请过去给我们讲一课，讲讲部队的管理和执行力，讲讲军人的作风养成，讲什么都行，海成你定，我们洗耳恭听。"

牛海成笑了："梁书记来真格的啊？你这可是赶鸭子上架。"

梁山由衷地说："海成你就别谦虚了，要不是你挂职，想请你还请不到呢。机会难得，你把你的经历和带兵体会给大家说一说，让大家好好受受教育。"

牛海成说："书记过奖了！"

梁山拍拍牛海成的肩膀，不容置喙地说："就这么定了，你好好给我们上一课。另外，我今天来的主要任务就是来犒劳犒劳大家，这一段时间你们辛苦了。"

随行的李玉春插话道："梁书记早就要来，今天取消了两个会才赶过来的。梁书记的意思是先看看你们的住处，再听听你们这段时间的工作情况，然后一起吃个便饭。"

梁山严肃起来："今天取消两个会能说明什么呢？文山会海嘛！这种状况本来就该改变，以后可开可不开的会坚决不开，可发可不发的文电坚决不发。"

牛海成马上接上一句："可吃可不吃的饭坚决不吃。"

梁山连连摆手："不！不！今天这顿饭不是可吃可不吃的饭，是一定要吃的饭。你们在一线埋头苦干这么长时间了，我们这次是专门送温暖来了。"

梁山一行人走访了几家农户，因为陆文星还在省集训班上，所以由村主任亮子陪着介绍情况。在这样的非正式场合，梁山没有要求听汇报，主要是向工作组提问，由牛海成来回答。梁山偶尔也会把目光投向其他人，问到相关问题时，易学农和田野，以及乔红和李小妍，就会适当地补充几句。

扶贫遇到的困难波折，被牛海成一笔带过，说起扶贫两步走的思路，同样也是云淡风轻，但梁山是个明白人，深谙其中的酸甜苦辣，知道牛海成是不想给他太大压力。得知乔红的投资规划是先在七里沟扎根，然后在全县开花，这无疑是给梁山的政绩锦上添花，梁山笑在眉头喜在心，一个劲儿地表扬牛海成扶贫思路好、作风实、动作快，赞叹乔红和李小妍有眼光、格局大，对易学农和田野也不乏赞誉之辞，最后承诺一定要当好后勤，搞好服务。

走访完农户，李玉春带领众人来到村口的老季餐馆。这家餐馆以前是黑子的小舅子开的，活生生让黑子给吃垮了，欠了一屁股债，只好转让给了七里沟村的村民老季。老季对餐馆做了简单的装修，重新开业还不到一个月时间；对菜品也做了大的调整，有荤有素，以素菜为主，每个菜都做得有模有样，色鲜味美。菜名也很形象直观，各具寓意：莲花吐蕊，孔雀开屏，春蚕吐丝，松鹤延年……蔬菜种类繁多，都是绿色食品，很受游客喜爱。烹饪方式求简，营养价值并不逊色，而且价廉物美。老季餐馆一下子就火了，不仅本乡人爱吃，同县其他乡镇，甚至其他县份的人也慕名前来。乔红也相中了这家餐馆，她想帮着老季把餐馆做大，隔三岔五就会到餐馆里指导，帮老季出点子，下一步还想增加投资，变为合伙人，把南方的菜系也引进来。

老季每次见了乔红就像见了财神爷一样开心。这次县委书记一行人光临他的餐馆，更是让他大为振奋。接到李玉春的通知之后，他就开始了紧张的准备，把看家本领都拿出来了。老季以前在县城做餐饮业，因为父母身体不好，他惦记着照顾老人家，所以想回到村里开餐馆，正好碰上黑子的小舅子转让餐馆，他就盘下了。

梁山也认识老季，他来奎县任职之后，就成了老季在县城开的餐馆的常客。那是一家大排档，地处县委机关附近，梁山有时工作一忙错过了饭点，就直接拐进老季的大排档。所以，梁山跟老季是老熟人。听说村头的餐馆是老季开的，梁山就吩咐李玉春提前到老季的农家乐订了房间，他要亲自做东请客。

一行人进了餐馆，宾主落座之后，李玉春简单开场："今天，县委梁书记特意来七里沟村看望大家，也是来指导扶贫工作，下面先请书记讲话。"

梁山赶紧摇头否认："我们这次是来学习的，不是来指导的，也没有指导的资格，因为我们不如你们了解情况。今天来，一是慰问，牛副县长、易教授、田研究员等各位领导和专家，深入一线，寻找扶贫良策，还有乔董和李总，千里迢迢来到七里沟这个地方，吃苦受累，真心扶贫帮困，大家同心协力，战斗在扶贫一线，劳苦功高，辛苦了。二是了解情况，看看村民生活怎么样。老季是我的老熟人了，看到饭馆开得这么好，我非常高兴。听了亮子主任介绍村里的情况，看了几家农户，扶贫工作都在按计划展开，可圈可点。这第三件事嘛，大家肯定想不到，我要给大家一个惊喜。"说到这里，梁山卖起了关子，一脸神秘的笑容，等待众人的反应。一看大家无一例外都是一脸的迷茫和期待，梁山笑着说："别看我没怎么下来转，但一直关注这里的情况，我今天要当一回月老，为乔红同志和易学农同志牵线搭桥，希望七里沟村的扶贫工作在取得丰硕成果的同时，也能成就一段美好的姻缘。"

梁山说完，桌上就"嗡"的一声炸了锅一样。这样的消息太令人震撼了，大家一下子回不过神来。

梁山书记既然敢当众给人牵线搭桥，那一定是早就胸有成竹了。大家看了看易学农和乔红的表情，似乎就明白了什么。

乔红脸上升起一片彩霞，一贯大大咧咧的她，这时也有几分腼腆。易学农更是手足无措，像个做错了事的孩子，嘟哝了一句连他自己都听不清的话："我配得上乔董这样的女强人吗？"

乔红倒是听清了，从鼻子里哼了一声，说："你这教授当的，关键时刻掉链子啊？你是看不上本姑娘吧？"

听乔红这么说，易学农赶紧表态："扶贫让我和乔董结缘，感谢梁书记，感谢牛县长，我一定虚心向乔董学习，共同做好扶贫帮困工作。"

李小妍扑哧一声笑了，说："不愧是专家教授，三句不离本行。"

在场的人纷纷为梁书记的提议鼓掌，满屋子充满了欢笑。

转眼间就到了年底。亮子已经在易学农、田野的指导下，组织村民将种植、养殖项目分门别类，包干到户，责任到人，然后一步一步向前推进。乔红投资的公路改造工程进展顺利，正在向田间地头延伸。

牛海成和李小妍决定回一趟花城。自从投资展开后，乔红经常奔走在两地之间，而李小妍自从来了奎县，就一直没有离开过。牛海成同凌飞、焦利忠，甚至叶子青都偶有联系，知道巡查组已经处于瘫痪状态，林区的乱砍滥伐事件又开始死灰复燃。叶子青回到局里坐镇过一段，力图恢复巡查组的工作，但由于李国友暗中阻挠，最后只好草草收兵。

牛海成没有告诉李小妍这些情况，怕她知道了闹心。他自己有空的时候，偶尔会琢磨家里被盗案和耗子死因的关联，他想等挂职结束后，把这几件事一件一件弄清楚。现在，李国友把持着林业局，而他又在奎县挂职，有心破案却分身乏术。转念一想，要让其灭亡，先使其疯狂。李国友如果真是耗子坠楼事件的策划者，而且和徐少卿处在同一利益链上，那他就会越来越疯狂，离垮台的日子也就为期不远了。

这已经是除夕的前一天，街面上、小区里已经张灯结彩，开始营造节日氛围了。牛海成回到家的时候，家具上早已蒙尘；打开水龙头，水管里的铁锈把水染成了红色。女儿在国外，他根本没有过节的心情，只是到楼下超市买了一桶矿泉水上来。看着窗外的万家灯火，想想自己一人吃饱全家不饿，也懒得打扫卫生，连澡也不想洗，活动了一下筋骨，就直接上床睡了。

牛海成躺在床上，禁不住感到凄凉：别人家都在喜迎新年，自己却孤家寡人面壁而卧。牛海成又想，还是要尽快回林业局报个到，同李国友正面接触一下，看看他当前的心境和状态。接着又想起半年前家里被盗、耗子坠楼……往事一件一件从脑子里冒出来，直到一股浓重的困意袭来，才把他推入迷迷糊糊的梦乡。

梦境总是离奇而又滑稽。

在梦里，牛海成见到了许多人。芸芸众生，来去匆匆，时光穿越，阴错阳差。他梦到自己带队演习，行进的路上，耗子却突然从地里冒了出来，耗子是来喊冤的，他说是杨立文害死了他。牛海成就想，耗子不是从楼上摔下去了吗？还没来得及细问，耗子两眼就流出鲜红的血，整个人也变成了一具骷髅。牛海成继续带队往前赶，上级突然改变任务，要求牛海成参加易学农和乔红的婚礼，牛海成只好把队伍交给了别人。赶到婚礼现场的时候，梁山一行人早就在婚礼现场等着了，有人告诉他，新娘临时换成了李小妍，因为乔红跟人私奔了。跟谁私奔？牛海成急得到处打听，有人说是跟李国友，又有人说是跟徐少卿。牛海成想去把乔红追回来，梁山说参加易教授婚礼是政治任务。牛海成远远地看到了身穿婚纱的李小妍，犹如五雷轰顶，忍不住对着婚礼上的人一声怒吼。

这一声吼，撕心裂肺，石破天惊。牛海成醒了，全身是汗。

回味刚才的梦境，牛海成有种劫后余生的庆幸，噩梦醒来是早晨，真好。恰恰这时响起了敲门声。这么早就有人敲门，自己还没来得及洗漱，开门见客免不了尴尬，要不要马上开门？正犹豫中，门外的人说话了，竟然是李小妍。

牛海成百感交集：一分钟前还在梦里，梦醒后真人就来了，生活有时居然是这样神奇。

知道骗不了李小妍，牛海成在床上应道："你怎么来了？我还没起床呢。"

"没起床有什么大不了的，开门吧。"李小妍完全不把自己当外人。

牛海成冲进洗手间洗漱了一把，穿戴整齐地跑出来开门。站在门口的李小妍嗔怪道："干什么呀？开个门有这么难吗？家里是不是还有别的什么人？"她手里拎着一大包零食和一些食材，隔着塑料袋就能闻到里面诱人的香味。

牛海成做了个请的姿势："既然这么说，本人愿意接受全面检查。"

李小妍笑了笑，说："即使有人，也早溜了。"

"你还真怀疑上了？我还没说你搅了我的好梦呢，本打算今天多睡一会儿的。"

"都几点了还在睡觉？这大过年的，你就准备这么凑合呀？"

"什么叫凑合，养精蓄锐最重要呀。"

李小妍进屋，把提着的零食放在桌上，把其他食材拎进厨房一番收拾，然后开始做早餐。牛海成脸上写着一个硕大的问号："大过年的，你不在自己家好好过，跑我这儿来干什么？"

李小妍嗤之以鼻："你以为我愿意来你这儿啊，我爸妈回老家了，我也是一个人，想想你一个人在家可能连饭都吃不上，我不能眼睁睁看着战友饥寒交迫吧。"

"这么说，有人陪我过年了，而且还是女人。"牛海成的心情雨过天晴。

李小妍打断他："瞧把你美的，我只陪白天，晚上生活自理啊。"

牛海成笑着追问："说明白点。"

"我说得还不够明白吗？白天陪你吃饭，晚上各自回家。"李小妍转身看牛海成。

牛海成叹息道："咱们这叫惺惺相惜，还是同病相怜？"

李小妍把做好的早餐放在桌上，说："大过年的，这话听起来真别扭！谁是'猩猩'？你还没说一公一母呢。谁也没病，干吗要相互怜悯？你为我站岗，我为你疗伤，一起穿过几套蓝军装。什么叫战友？这就是战友，不是吗？"

牛海成拍拍脑袋，说："我为你站岗，你为我疗伤，一起穿过几套蓝军装，在林业局，这样的战友只有你呀。"

李小妍不说话，只是静静地笑。

牛海成原本并没打算认真过这个年，李小妍的突然到访，虽然让他措手不及，但也让他感觉非常开心。尤其李小妍刚才不经意说的那番话，让他不由自主地想起陈酿一般的军旅岁月，想起他和李小妍的点点滴滴。他临时决定要拿出自己最好的手艺，做一顿李小妍最喜爱的海鲜大餐。

两人吃完早餐，李小妍留在家里打扫卫生，牛海成则风风火火地进了海鲜市场，精挑细选采购了一大包海鲜食材。回到家的时候，李小妍已经把牛海成的家收拾得干干净净。牛海成一头钻进了厨房，开始大显身手。

牛海成平时不做菜，一旦进了厨房，就完全换了个样，比大厨还专业。他和李小妍商量，把年夜饭定在下午5点，比平时早一小时，主要是想吃完年夜饭，有足够的时间收拾残局，然后专心致志地看春节联欢晚会。多少年了，他们都是春节联欢晚会最忠实的观众。

李小妍不想让牛海成在做菜上花太多时间，她说两个人三菜一汤就足够吃了。

牛海成既没有做三菜一汤，也没有弄出大盘小碗一大桌，只是做了一菜一汤，可就是这一菜一汤，却让李小妍终生难忘。说是一盘菜，可这一盘菜非比一般：菜盘是特制的，一条木帆船的造型，其中有层层叠叠的船舱，菜就放在这一个个船舱里，一条大鱼躺在主甲板中央，围绕着大鱼摆放的是蒜蓉蒸龙虾、清蒸鲍鱼、白灼海蟹、炭烧生蚝……海鲜之间，衔接着青的菜蔬，白的腰果，黄的菠萝，养眼、开胃、长见识。

汤是刺鲀汤。刺鲀是海鲜中的王者，在海鲜市场上也很难买到，能喝上刺鲀汤，绝对是上辈子修来的口福。牛海成有渔民朋友，长年保持联系。当特种团团长的时候，每年的海上演习都需要这些渔民配合，牛海成便和他们成了莫逆之交。每次渔民遇到台风，万一触礁搁浅，都少不了特战官兵参与救援，特战官兵不知不觉中就成了渔民的守护神，渔民对特种团团长牛海成就更加敬重。牛海成平时不在花城，这次回花城过年，渔船驶回了大江，渔民朋友就打电话跟他拜年。一听说牛海成想买刺鲀，正好就有了回报机会。牛海成就这样毫不费力地买到了刺鲀。

海鲜大餐还没上桌，热气腾腾的香味已经弥漫了整个屋子。等到牛海成把忙了一下午做出的"海鲜船"端上桌的时候，时间正好是下午5点钟，一切都按时间节点推进。这归功于牛海成当兵多年养成的习惯。

李小妍看到眼前的海鲜大餐，当场惊呆了。她没想到牛海成能把一盘菜做出这么多花样，也突然领悟到了牛海成的良苦用心，心里止不住滚过一波热浪。

这个除夕对牛海成和李小妍来说都是意义非凡的。牛海成做的海鲜大餐不仅是视觉盛宴，更是味觉盛宴，吃得李小妍终生难忘。毫不夸张地说，这是李小妍这辈子头一次吃这样的美味佳肴，每一样海鲜都有各自的特色和味道，有的脆生生却带一丝清甜，有的肉质细嫩又不乏嚼劲，与葱姜蒜浑然一体，再配上生抽陈醋，蘸一点儿辣酱，那滋味和口感，让人拍案叫绝又回味无穷。吃到最后，牛海成才端上他精心烹制的刺鲀汤，刺鲀汤成了餐桌上的一篇"总结"，肉之精细，汁之鲜美，闻起来浓香绵长，像横空出世的彩虹，也像喷薄欲出的朝霞，在天空留下最深邃的记忆。

李小妍顾不上矜持，连连尖叫："这汤太鲜了，牛海成你的手艺太棒了！"

两人频频举杯，一直吃到春节联欢晚会即将开播。李小妍要收拾碗盘，被牛海成拦住了。牛海成说："不就一盘两碗吗，还用得着劳您大驾？"李小妍想想还真是，别看海鲜大餐看得人眼花缭乱，吃得人刻骨铭心，其实最后就剩下一个盘。牛海成三下五除二地把盘里的残羹剩汤收拾进垃圾桶里，方便快捷又省事。

牛海成收拾得有条不紊，李小妍就心安理得地坐下看电视，牛海成紧接着就把一杯热气腾腾的普洱茶送到李小妍的手上，并贴心嘱咐："趁热喝，消食暖胃。"

李小妍没想到牛海成还能如此知冷知热，开始还担心他连饭都可能吃不上，现在看来实属多虑。以前只知道牛海成在工作上追求完美，现在才发现牛海成在生活上的细致也是常人难及。

"没想到你还是做菜高手，我还能有这等口福。"李小妍说的话发自肺腑。

"当年你护理我，我就想亲手为你做一顿大餐犒劳你。可惜当时我没有施展的平台，只好跑到刘佳的饭馆里不咸不淡吃一顿，结果还让刘佳恶心了一把。"

"刘佳那是由爱生恨，故意气你。"

"从那以后我们就一直没再联系。想想也有些神奇，如果不是父母坚决反对，也许我跟刘佳早就成了一家人。"牛海成沉闷得太久了，一开口就有点管不住自己的嘴。

李小妍看牛海成一眼："听你的口气，有点后悔哟？"

牛海成实话实说："后悔谈不上，只是偶尔想起人生中曾经遇到过的人，心里会有一丝淡淡的怀念。"

李小妍马上对号入座："我算不算你人生中曾经遇到过的人？"

"何止是遇到的人，你是我遇到的贵人。"牛海成说。

李小妍失笑道："我不是什么贵人，也不想当你的什么贵人。"

牛海成知道自己词不达意，急着解释："刚转业那阵，是我人生中最心灰意冷的一段时间，抓阄进了林业局。没想到，你是我在林业局遇到的第一人，好像就是专门在那儿等着我一样。当时我太惊奇了，你说我们缘分未尽，这句话一下子钻到我心里去了。"

李小妍定定地看着牛海成："不好吗？"

牛海成不接话，却说头一晚的梦境："昨天晚上梦见你嫁人了，把我急得团团转，在你的婚礼上大吵大闹，结果把自己弄醒了。"

李小妍听了咯咯笑个不停，一直笑到直不起腰来。

春节联欢晚会还在欢声笑语，李小妍的电话响了起来。

一看李小妍来了电话，牛海成马上把电视音量调小。李小妍按下接听键之前，就告诉牛海成是李国友来的电话，牛海成说可以听听李国友说些什么。电话接通，李小妍按了外放键。李国友在电话里空前地热情，先是拜年，再是赞扬李小妍有能力有个性，然后问李小妍节后能不能回局里上班，表示她要是回局里上班，那就先当办公室副主任，罗小青暂且在办公室主任岗位上闲着，等时机成熟马上调整，由李小妍接替。

李小妍一听就觉得李国友的话里有文章，笑着回应："李局长，感谢你的关心，但我早就说过了，我根本没有当办公室主任、副主任的想法。我一下子还回不来，请李局长多多体谅。即使回局里上班，我也还是干我的老本行，办公室科员，巡查组副组长。"

奇怪的是，听到李小妍说一时回不来，李国友说话的语气里反而流露出了喜出望外，这完全不是他平常的风格。

牛海成和李小妍从李国友的电话中感觉到他当前也许处于困境之中，于是赶紧找凌飞了解情况。这才知道，市纪委检查组已经进驻林业局，李国友整天像热锅上的蚂蚁，生怕生出事端。林业局下面的基层林场都有他安插的人，李国友也知道他的这些走卒根本不省心，不知道什么时候就会捅娄子，何况李国友本身也不干净，不定哪天就露了原形。李国友主动给李小妍打电话，其实是投石问路，骨子里是不希望李小妍在这个节骨眼上回来搅和，一听李小妍说不回来，马上放下心来。既然知道了李国友的情况，牛海成也不打算在局里露面了，准备在家里待几天之后就回奎县去。乔红投资办养殖基地还有很多手续等着办；等开了春，种植、养殖项目则要逐步完善扩大规模，特色养殖也要尽快上马。

接完电话，李小妍提出回家，牛海成没有挽留，他明白李国友的电话把李小妍的心情弄坏了。自家的车在车库里趴了半年多，估计现在已经开不动了，牛海成便打车送李小妍回家，李小妍没有推辞。在车里，李小妍轻轻依偎在牛海成的肩头，牛海成分明感受到了李小妍轻微而又温暖的鼻息，他很想偏过头去，给李小妍深情一吻，最终还是把这个念头偷偷藏在了心底。

送完李小妍，牛海成回到家的时候已经很晚了，但他丝毫没有困意。他想趁这段时间把耗子坠楼事件好好梳理梳理。

牛海成想到，耗子坠楼事件一直没有定性，也许是因为证据不全，焦利忠才没敢出手，更有可能是立案时机不成熟，毕竟一个森林警察势单力薄，如果仓促出手，一旦触动某个大人物，也许就会深陷被动。

想到这里，牛海成拨通了焦利忠的电话。一听牛海成回了花城，焦利忠十分兴奋，两人寒暄两句，便马上进入正题。牛海成问："耗子坠楼事件有什么新发现吗？"

焦利忠说："这半年，在耗子坠楼现场提取的人证物证，我们已经分析查验过多次，现在保存在局里的档案库里。我们确实觉得疑点不少，但要想有新的发现，还需要继续深入分析，有的证据还需要复查。牛局你什么时候有空，我们好好捋一捋。"

牛海成说："利忠你如果明天有空，就到我家里来，咱俩好好合计合计。"

"好的，牛局，明儿一早我就过来。"焦利忠回答得干脆利落。

大年初一，焦利忠召之即来，牛海成内心很是过意不去，如果不是事关重大心里着急，牛海成万不会打扰焦利忠与家人团聚。好在李小妍前一天为他备好了过年的水果和零食，让他可以好好招待客人。

两人简单吃过早餐，焦利忠便向牛海成讲述了当时干警到案发现场提取物证的经过。

耗子坠楼后，干警和法医赶到现场，先是对耗子进行尸检，然后调取小区监控，找到了耗子坠楼的房间，并进行了现场勘查，提取相关物证。再后来，又走访了几家住户，寻找目击者。焦利忠主动加入专案组后，通过对耗子坠楼现场人证、物证的整理分析，发现那段时间曾经有两名男性、多名女性到过出租屋，两名男性的其中一个是耗子，另一个就是那个房子的租客。但他每次出现都戴遮阳帽、大墨镜，看不到脸。后来焦利忠专门走访了房东，房东也只能确定租客是中年男人，头戴黑色遮阳帽，用墨镜遮住了大半边脸，再讲不出其他特征。焦利忠了解到，该租客出手大方，多给了房东一个月房租。房东只顾着数钱，哪有心思管租客长相，能够知道是男是女就不错了。焦利忠查看案发现场的时候，发现客厅的阳台和窗户都被封死了，只有厨房里的窗户可以打开，能打开的窗户下面的排水管是一根虚设的新水管，明显是有人故意挂在那里的。据目击者回忆，耗子从楼上摔下时还大喊了一声"救命"。

焦利忠一口气讲完了提取物证、勘查现场的过程。

牛海成听完后做了简单归纳："耗子大喊救命，足以证明耗子不是自杀；租客乔装打扮，还用假证租房，就是为引耗子上钩；耗子坠楼之后，租客便人去楼空。这些都说明这个租客是处心积虑要杀害耗子。找到租客才是揭开真相的关键，恰恰也是调查的难点。"

焦利忠说："这么说，找到了租客，就一定能找到谋杀耗子的凶手？可这租客到底是谁？"像是问自己，更像是问牛海成。

牛海成十分肯定地说："只要找到租客，就能真相大白。"

想想大过年的，不能光顾着干活。牛海成拿了一盘水果正准备到厨房去洗，焦利忠一看，赶紧抢过牛海成手里的活，三两下就把洗净了的水果放回茶几上，两人边吃边聊。李小妍想得挺细，各样水果都买了一点，香蕉、橘子、苹果、梨，两人都可以各取所需。焦利忠心想牛海成一个大男人，心比女人细。牛海成想的则是，大过年的不能怠慢了自己的好兄弟，吃了水果，他硬是又强迫焦利忠吃了奶片、朱古力。

租客是谁？这问题像一座最后的堡垒，挡在两个人的面前。

既然房东给不出答案，身份证又是假的，最好的办法，还是只能从监控里去筛查。这样一说，两人又有点儿失望。这时牛海成的电话响了，接通后对方说自己是外卖员，要他出门拿外卖。牛海成心里纳闷，他根本没有点外卖。

拿到外卖才知道是两份快餐，上面还留有纸条，写着"中餐和晚餐"，一看就知道是李小妍的笔迹。牛海成心里暗暗感动，在门外收好了纸条，提快餐进屋，对焦利忠说："今天过年，别人吃年饭，我们吃快餐，太委屈你了，利忠。"

焦利忠接过快餐，笑着说："年饱年饱，吃快餐正好，更何况牛局你还买的是豪华套餐。"心里就特别佩服，牛海成虽然是大男人，但心真的是比女人细。他哪儿知道这全是女人的功劳。

想到这里，焦利忠突然有了灵感："按常理，小偷应该不会偷出租屋，因为租客不会把金银财宝放到出租屋，可这套房子租出去才几天就遭了贼，东西没偷着，人还送了命。"想了想，又说，"没搞清楚情况就盲目去偷，这根本就不是耗子的风格，耗子可是这一带有名的惯偷。"

牛海成听了，细嚼慢咽不吭声，他在回味焦利忠的话。吃完快餐，他把快餐盒扔在一边，抹了抹嘴，喝了一口浓茶，也给焦利忠的茶杯倒满，等焦利忠放了碗筷，他才说："既然谋杀者千方百计想蒙混过关，我们也不跟他兜圈子了，与其被动跟进，不如主动出击。"

租客到底是谁？牛海成一时也无法回答，但他想起部队演习时的图上推演，认为先设个假想敌也未尝不可。他早就对杨立文产生了怀疑，便把杨立文设定为耗子坠楼事件的策划者，然后往回推敲，一团乱麻终于有了头绪。

牛海成推测说："杨立文用假身份证租房，怕被人认出来，所以租房的时候特意戴着帽子和墨镜；他租房不是为了招嫖，而是为了除掉耗子，招嫖只是临时起意；进屋后故意把房间和阳台的窗户封死，只留下厨房一扇窗户能够打开，还在窗户下面虚设一根水管，几个点构成一个死亡通道；耗子坠楼后，他立刻人去楼空，踪迹全无。这一切显然都是精心策划的，目的只有一个，那就是为了杀人灭口。"

"为什么要对一个小偷杀人灭口？"

"因为他的存在危及了某些人的安全。"

牛海成继续道："按照我的猜测，耗子是受人指使，打开了我家的保险柜，本来是想到我家偷一笔巨款，那样就可以作为我贪污受贿的证据，没想到偷到的都是一些对他们没用的奖章、奖杯之类的东西，他们怕耗子被警察逮住供出他们，就让耗子隐姓埋名远走他乡。但耗子渐渐不听摆布了，他们才起了杀心。我们现在完全可以缩小包围圈了，就从李国友的马仔杨立文查起。"

焦利忠还是有些惊讶："牛局，你是怎么怀疑到杨立文的呢？"

"说来话长。"牛海成说，"我是从全市开展打私专项行动的时候就开始怀疑杨立文的，后来的调查也证实了我的判断。你把杨立文当成那个租房客，先前的疑问就都有了答案。"

焦利忠想了一会儿，说："是啊，他应该是租了一套房，把里面打造成老住户的样子，我在现场的时候，就有这样的感觉。卧室里摆着一个大保险柜，床上还专门放个布娃娃，让耗子相信是某个贪官为小三买的房，耗子还以为这回逮到了大客户。"

牛海成说："不光是钱财的诱惑，一定还有更大的许诺，连蒙带骗，让耗子就范，最终成功导演了这出失足坠楼案。你不是说了吗，耗子这样的惯偷，不会盲目下手，既然最终还是下手了，就说明有人暗中指使。如果杨立文策划了耗子坠楼事件，后台老板就一定是李国友。"

焦利忠很快明白过来："房子里出现多个女性的痕迹，说明杨立文跟几个女人有染，他把出租屋打理得有模有样之后，临时起意，要在实施杀人灭口计划之前尽情地享受一番，因为他不想浪费花钱租来的房，何况还多给了一个月租金。如果这几个女人就是三陪小姐，那在市局或多或少都会留下案底，找市局去查一下不就明白了吗？"

"不管这些女人是否与本案有关，但这些女人肯定就是我们找到租房客的突破口。"牛海成说。

焦利忠会意，把握十足地对牛海成说："牛局，我以前参加过市局统一组织的扫黄行动，这个地段就是三陪女的天下，藏污纳垢的场所多着呢。如果能找到这几个女人，拿着杨立文的照片让她们辨认，就可以确定杨立文到底是不是租房客了。"

听了焦利忠的话，牛海成几个月来第一次笑得开怀。

焦利忠于是查找那几个进出出租屋的女人的身份。要到市局的档案库里查案底、比对照片，手续不好办。焦利忠灵机一动，找到了管出租屋这块城区的片警，焦利忠运气好，片警是个老警察。老警察需要尊重，焦利忠这方面最在行，拿着好酒好烟去了。一开始，老警察还以为是找他办什么事，搞清楚焦利忠的来意之后，老警察打量了焦利忠老半天，不吭气，带着一种怪异的眼神，意思是都这年代了，还有这么敬业的年轻人？

焦利忠也明白老警察眼里的含意，故意把话往俗里说："老前辈，这个案子对我个人而言至关重要，领导好不容易交给我这样一个任务，我要是把这个案子破了，上半年升职晋衔就算是十拿九稳了。"

老警察怪异的眼神这才恢复正常："这我倒是相信，年轻人要求上进是好事，这个忙我愿意帮。"

老警察既然愿意帮这个忙，那就不是说大话，他在这一片工作三十多年，片区的一草一木、一砖一瓦他都了如指掌。一看焦利忠拿来的照片，他就认出来了，那几个女人早就是几进几出的老油条了，每次逮住了，老警察都是苦口婆心地教育一番，但隔一段时间她们又会撞在老片警的枪口上。焦利忠这次不光是把这几个女人的情况给摸清楚了，连她们的电话号码都弄到了手，但焦利忠没敢轻易惊动她们。焦利忠是在把杨立文和李国友其他亲信的照片拿到手之后，才小心谨慎地敲开了一间出租屋的门。

出租屋里住着一群年轻女人，人人都有八九分的姿色，个个都不是省油的灯，焦利忠亮出了警官证，开门的女人再看他一身的凛然，赶忙让他进屋落座。

第一夜被杨立文召去的女人叫刘春花，圈子里的人都叫她阿春。焦利忠问起半年前那间出租屋里发生的事，阿春记忆犹新，因为杨立文给她和她的姐妹们留下的印象太深了。

焦利忠把一溜照片摆在桌上，让阿春和她的姐妹们辨认，阿春只一眼就挑出了杨立文。

焦利忠盯住阿春，严肃地问："你确认住在那间房子里的人是他？"

阿春表情轻松："就是他，烧成灰也认得。"

"为什么？"

"李哥出手大方，花样翻新，挺带劲儿。"然后，阿春把姐妹们都叫过来辨认。焦利忠一下子明白过来，干阿春这一行的，同样也是肥水不流外人田，杨立文租房之后，第一天招嫖的是阿春，接下来几天，阿春的姐妹们轮流上。杨立文诡计多端，他当然不会把自己的真实姓名告诉这些三陪小姐。

焦利忠无心在她们身上多花心思，录入了她们的身份信息，留好了她们的询问笔录和音频视频，并要求她们随时准备出庭做证。几个年轻女子这才有点慌神，几乎是异口同声地问："李哥犯什么事了？"

焦利忠说："他姓杨不姓李，也没什么事。万一需要你们出庭做证，我们同时也会保护你们的隐私。我奉劝你们对今晚的询问保密，不要走漏了风声。"

阿春和她的同伴们整齐划一地向焦利忠保证："是！焦警官。"

焦利忠把询问阿春她们的情况报告给了牛海成，牛海成既惊讶又兴奋，杨立文果然是耗子坠楼案的真凶，而且出手阔绰，显然背后有李国友的影子，既然如此，林业局的反腐大戏很快就要开场了。牛海成叮嘱焦利忠沉住气，继续完善相关证据。

案情进展到这个份上，牛海成把情况告诉了叶子青。叶子青听了，深感震惊，虽然自己对李国友的小动作早有觉察，但没料到他如此险恶。叶子青说，李国友既然以身试法，那就是自毁前程。

杨立文有杀人嫌疑，警方已经掌握线索，森林公安局对该案正式立案侦查，由焦利忠完善杨立文杀人犯罪的相关证据。鉴于现在李国友是林业局局长，有可能牵涉其中，牛海成又远在奎县，为防止走漏消息，侦查工作一直秘密进行。

解　　难

第 二 十 二 章

　　春节后第一天上班，牛海成和李小妍就一同回到了奎县。机票是在春节前就订好了的，两人到了机场才会合。李小妍大年三十晚上回到家之后，整个春节就再没有见到过牛海成。

　　李小妍问起牛海成这个春节都怎么过的，牛海成不仅一脸神秘，而且前言不搭后语。既然有难言之隐，李小妍也懒得打破砂锅问到底。当初说好白天一起吃饭，晚上各回各家，第二天她怕牛海成饿了闷了，好心好意地给他寄送了两份快餐，哪里想到牛海成连个电话都没回，觉得是自己咸吃萝卜淡操心了。想起这些，李小妍心里就有点小小的不快。李小妍哪里知道，这个春节，牛海成基本上是和焦利忠泡在一起分析案情，还同焦利忠一起去勘查了耗子坠楼的房间，查看了厨房窗户下面依然悬在那里的一段水管。由于耗子坠楼事件还没有结论，房屋被封存，暂时不允许对外出租，房东为此叫苦不迭。也因为没有对外公开案情，内情仅限于少数几个人知道，对李小妍同样守口如瓶。

回到奎县，他们直接去了七里沟村。

刚到村口，乔红就等在那儿了，一看就知道有情况。果然，一下车，乔红劈头盖脸的一句话就是："你们俩倒挺悠闲的，我这都急死了。"

"什么情况？"牛海成的心一下子提到了嗓子眼。

"情况不妙，进屋慢慢说。"

进了亮子的家，落座，上茶，牛海成和李小妍好不容易把气喘匀了，乔红这才一五一十把事情的来龙去脉给抖搂出来。

乔红目前在奎县的投资主要有两项，一是投资七里沟村的公路，把年久失修的路面拓宽、取直，延长到田间地头，并与奎县的国道连通；二是投资特种养殖基地。先期投资几千万用于修路，现在公路建设已接近尾声，奎县境内的国道离七里沟村有数十里地的距离，乔红从国道上接了一条三级公路到村口，从村口进村改为四级公路。目前三级公路已经完工，只等县交通局来验收；进村的公路正在修造中，进村后又扩成了两条，分别到达田间地头和养殖基地。准备建养殖基地的这一带是丘陵地带，其中的一块天然坡地被乔红看中了。她和易学农、田野反复研究论证，最终把特种养殖基地选在了这个地方。牛海成也去看了他们选的这块地：这块坡地的背后是影影绰绰的远山近岭，右面10公里以外是一条大河，左边延伸出去几十公里是奎县县城，而乔红投资的公路已经连通国道，进入了全国的公路网，还可以便捷地触及四通八达的铁路干线。

当时牛海成问过乔红，为什么选这个地方？这已经算是奎县最偏远的地方了。

乔红告诉牛海成，她要的是这里的整体布局，后有靠山，前有平原，水源丰富，尽管身处奎县的纵深处，但相对东北全境却靠近中心地带，而且林业资源丰富，有很多原生态物种，除了养殖还可以干点别的什么，万一特种养殖不成功，就直接把这里变成奎县的农牧产品经营中心。

可是现在，乔红遇到了难题。刚进七里沟村投资的时候，她就把修造公路和租地的一系列手续报上去了，公路修造很快得到批复，租地却一直没有拿到上级批文。春节之前，乔红和易学农、田野再次踏上这块规划开发的土地时，万万没有想到的是，已经有人在这块地上砌起了半里长的围墙。乔红一看，脸立马就绿了，彻彻底底傻了眼，脑子里冒出一连串问号：是谁捷足先登？显然是私自占地开发，谁有这么大的胆子？转念一想，肯定不是普通的百姓。

乔红茫然四顾，周围是一片翠绿而寂静的山林，她像一匹受惊的母马，按捺不住地长啸一声，然而苍天无语，她只能听到自己的回声。

乔红几乎是狂奔下山，易学农和田野在后边像保镖一样地跟着。下了山，乔红脸色铁青地去问亮子。亮子是村主任，天天带着村民修路造田，等着下种育苗。新的村支书郭小凡上任后，他们组织村委会对每家每户都分门别类，按照人头、家底、能力为他们安排脱贫项目，协调各方完成扶贫工作组下达的任务。亮子这个小得不能再小的芝麻官，哪能回答得了乔红提出的大难题。

牛海成和李小妍回花城过节，乔红怕搅了他们与家人团聚的兴致，就没敢跟他们联系，独自一人在奎县苦熬，望眼欲穿地等待牛海成和李小妍归来。

乔红说到一半的时候，牛海成心里就有了数，知道这回又摊上事了。自从来到七里沟村扶贫之后，他就再没有回过县政府，因此，对县里的情况若明若暗。有人在他的眼皮子底下玩起了猫腻，他还蒙在鼓里，现在才意识到自己把奎县想得太简单了。

牛海成心里拱起一团火，本想把这件事跟梁书记汇报，拿起电话的时候，又改主意了，觉得还是少给书记添麻烦为好，能自己解决的事尽量不上报。于是，他直接把电话打给了县国土资源局局长孙雨林。

电话很快就通了，孙雨林在电话那头表现得十分恭敬："您好，牛副县长！请问您有什么吩咐？"

牛海成口气平和地说："七里沟村西南面的那块坡地被谁占了？"

对方沉默了一刻，然后小心翼翼地回答："牛副县长，我先了解一下情况，等会儿向您汇报。"

牛海成也不客气："好的，我等你的回话。"

牛海成听出来了，孙雨林明明知道七里沟坡地被占的事，却不正面回答，说明后面还有"大神"。猜想他是请示去了，等统一口径了，再回过头来应付牛海成。

果然，半小时之后，孙雨林的电话回过来了，一副爱莫能助的腔调："牛副县长，我了解过了，七里沟村的那块坡地确实是另有用途了，说是要建设一个旅游景点，开发商早就定好了，只等上面的批文。"

牛海成质问道："这块土地被人占了，你是国土局局长，你事先不知道吗？"

"牛副县长，这是根据县领导的指示招投标的，各项手续都合理合规。"

牛海成忍不住大声斥责："我正管着七里沟的扶贫呢！而且公路建设投资都快完工了，这块深山沟里的坡地批文还没下来，你们就偷偷摸摸圈地，甚至没有跟我通气，什么意思？你们这是为七里沟的老百姓脱贫着想吗？"

孙雨林在电话的另一头赔笑道："尊敬的牛副县长，这么大的事，我一个小小的国土局局长哪能做得了主。"

没等孙雨林往下说，牛海成就毫不客气地挂掉了电话。

牛海成马上把易学农和乔红等人召集起来商量对策。孙雨林肯定撑不住这么大的事，充其量是马前卒一个，究竟谁是幕后操盘手，牛海成分析来分析去，估计是几个副县长中有人在这里面起了作用。

牛海成建议："不管怎么样，咱们先摸清情况再说，我马上赶回县里，看看我们的用地申请到底卡在哪儿了。这么大的事，肯定要开常委会研究，然后逐级上报市里，还必须有书记、县长的签字。"

易学农赞同："对，先摸清情况，然后再见机行事。"

李小妍宽慰乔红："多少风浪都过来了，这点事算得了什么？没有过不去的坎。"

乔红突然有些伤感："来这里投资是不是一个错误？"

易学农赶紧轻言细语地安慰："这点小玩闹就能打败你吗？"现在他担心乔红撒手不干，更怕哪天乔红从他的眼前消失，两人已经到了难舍难分的地步。

乔红哼一声："才不呢，我就是觉得这样做有点下三烂。想赶走我，没门。"说着自己又笑了。

牛海成风风火火地赶回县委大院，直奔梁书记办公室汇报情况。真是赶巧了，梁山前脚进办公室，他后脚就跟了进来。见了牛海成，梁山嘘寒问暖，赶紧叫秘书泡茶。

牛海成一路狂奔进城，早就口干舌燥，接过秘书送过来的茶水喝了几口，才一五一十向梁山说起七里沟的情况，最后说到了七里沟坡地被人私占的事。

七里沟的坡地被乔红看中，准备建特种养殖基地，帮助七里沟村脱贫。如果成功，将是全县的示范点，这个情况梁山早就知晓。得知这块坡地悄无声息地被人私自占用，梁山同样大吃一惊。

"确定是被人占用了？"梁山满脸疑惑。

"确定，我专门打电话到国土局，找过孙雨林，孙雨林知道这件事，还说县政府正在等上面的批文。"

"岂有此理！"梁山大怒，"这么大的事，谁给的权力？建设用地要逐级上报审批，没有我和老马的签字也没法上报啊！"

说完径直在办公桌上的呈阅件里翻找，最后找出一份文件来，皱着眉头看了一阵，递给牛海成，说："看看是不是这个。"

牛海成拿起文件仔细看了一下，说："梁书记，正是这份文件，你还没签字。"

"我刚从外地回来，一堆文件我还没来得及看呢。怪不得老马说有个急事想开常委会。我叫他们先议，等我回来再开，没想到都形成会议文件了，我还以为他们等着我回来开会呢。老马这人有时还真有点儿糊涂！"

梁山说的老马，是县长马其乐。

老马不糊涂，但被副县长奚明华搞糊涂了。马其乐没到过七里沟扶贫现场，不了解那块坡地的前情后续，更不知道乔红在几个月前就将那块坡地的用地申请报到县政府相关部门了。按照相关规定，如遇急事，并且书记在外地，可以委托县长召开常委会，但必须跟书记详细汇报会议议题。奚明华在副县长岗位上有年头了，想在职级上搏一把，希望有朝一日能接常务副县长的位置。如果不是因为牛海成到奎县挂职副县长，扶贫工作也许应该由他牵头。奚明华曾经抓过一段时间的乡村扶贫，但一直成绩平平。确定牛海成分管扶贫工作后，奚明华悄悄跑过几趟七里沟，回来后就向马其乐汇报，表示要将七里沟村建成旅游景点，把帮助村民脱贫的远景规划描绘得无限美好，对牛海成等人在七里沟村的扶贫情况却只字不提。不仅如此，奚明华还跟马其乐说，他已经向梁书记做了详细汇报，书记同意县长主持开会。马其乐没想到这里面会有这么大的猫腻，跟梁山在电话里沟通情况时，顺便提到七里沟村建旅游景点的事，梁山以为说的是养殖基地建设，还认为是牛海成和乔红催得急，就同意了。没想到，原来是奚明华想趁梁山不在，由马其乐牵头定下，等到红头文件下发，梁山再过问此事，一切都为时已晚。

县委书记不在家的时候，只要有常委会记录，上报下发的红头文件由秘书盖上书记的印章照样管用。好在牛海成这边追得紧，再加上梁山提前两天从外地赶回，让奚明华的如意算盘落了空。

"文件没有书记的签字，一切都来得及。"牛海成说。

梁山余怒未消："这件事先不声张，看看他们到底还想干什么。你们顺着上报的渠道，查查七里沟村扶贫投资用地的申请到底卡在哪儿了。上报了几个月，我都看不到，反而冒出这样一份红头文件来。"梁山说到这里，拿起那份尚未签阅的红头文件哗啦啦翻了两页，重新扔到一边，"如果是正规用地，自然该上会的上会、该上报的上报，大家好好交心通气，光明正大地摆在桌面上。既然有人想趁我不在偷偷摸摸干，肯定就有见不得光的东西。"

话说得差不多了，牛海成请示道："梁书记，那我们下一步怎么办？"

梁山干脆果断地说："一边查之前的申请卡在哪里了，一边重新报用地申请，越快越好。我看谁还敢从中捣乱。"

有了梁山这句话，牛海成心里踏实了，就起身告辞。

梁山要留牛海成吃中午饭，但牛海成心里有事，急着回七里沟，连自己的办公室都没进，便谢绝了梁山的邀请。梁山过意不去，坚持让牛海成带几袋水果回去。

牛海成赶回七里沟村，来不及坐下来喘口气，就把扶贫工作组的人都叫到了一起。从牛海成嘴里，大家知道了梁山的态度，情绪稍稍安定了些，乔红悬着的心也放下了一半。

牛海成最后总结道："这么大的事，竟然敢把县委书记蒙在鼓里，这可不是什么好事，说明奎县的政治生态很不正常。既然有人敢玩阴的，那咱们就奉陪到底。下一步，请陆副主任了解我们上报的用地申请到底被压在哪个部门了，同时，再报一份上去，让梁书记、马县长看到，尽快上会。我们也要主动作为，看看是哪家房地产商占了这块地，如果搞清楚这个地产商的社会背景和来龙去脉，我们就什么都明白了，这也是帮梁书记的忙。"

牛海成琢磨着，有人神不知鬼不觉在坡地上砌了半里地的围墙，这人到底是真投资，还是捣乱？无论是哪个级别的旅游景区，都需要有配套的公路交通，要有与当地的风土人情融为一体的独特人文景观，还要有旅游部门的宣传推介，而这一切，七里沟村的坡地根本就不具备，最起码短时间内不可能达到这样的条件。牛海成坚信，即使是建旅游景点，也不可能有哪个私人老板傻到把大把的钱撒在这深山老林里。

很显然，跟乔红抢占坡地的不是一个普通老百姓，而是有政治和经济两方面势力的人。有人算的是政治账——明明是亏本生意，还怕乔红占了先机，红头文件都准备往上报了，可见用心良苦。当然，砌这堵墙的人，也一点都不会吃亏，甚至会得到更大的补偿，否则，动作不会这么神速，毕竟在这深山老林里砌这么长一圈围墙也不是个容易的事。很显然，砌这堵墙仅仅是做个样子而已，至于什么时候建房盖楼，那是另外的话题，砌这堵墙的目的就是阻止乔红投资。这个所谓的投资人到底是个什么货色，是牛海成急于弄清楚的，只要这个人浮出水面，也许一切就真相大白了。这个时候，李忠突然从牛海成的脑子里冒了出来。李忠以前是特种团的兵，牛海成救过他的命，如今在奎县也算得上是一个有头有脸的生意人。别看李忠忠厚老实，为人诚实，但机灵劲足够，让他打听这件事情，一定可以弄得清清楚楚。

牛海成拨通了李忠的电话。

"团长，您有什么指示？"突然接到牛海成的电话，李忠甚为惊喜。

牛海成开门见山："有个事你得帮我打听打听，这个事很急也很重要。"

李忠同样干脆："团长您有什么事尽管吩咐。"

牛海成跟李忠细说了七里沟村坡地被人私自占用的来龙去脉，让李忠重点在房地产商人的圈子里排查。

李忠接到牛海成的电话后，捧着脑袋琢磨：在七里沟村私自占地，名为投资，实为捣乱，既然这人心怀鬼胎，空口肯定是问不出来的。李忠一想，做生意的人，互相之间都有盘根错节的联系，不行就设几个饭局，趁大家酒酣耳热之际，总能套出一些信息来。

李忠左思右想，想起了奎县商会的副会长马彪。马彪以前也是特种团的兵，同样是牛海成一手带出来的，长得人高马大。退伍回到地方后，被安排在社会组织管理局，从科员干起，后来几经辗转，干上了商会副会长。商会是政府与商界的桥梁、纽带，一方面可以为政府提供商家信息，为招商引资提供便利，另一方面也不排除有人会为官商勾结牵线搭桥。在特种团的时候，李忠和马彪就是好战友，李忠虽然话少，却跟马彪合得来，两人有事没事就黏在一起。

李忠跟马彪说起七里沟村的事，马彪一听，马上响应。两人在电话里一个个排查，讨论哪个公司在县委县政府大院干的工程多，谁和县领导走得近。虽然这些事在明面上大家都讳莫如深，但私底下好朋友在一起还是会相互透透底，尤其是商会，与本地和外出经营的商家老板都有联系，会不定期地组织一些不同范围的聚会。

李忠和马彪排查了老半天，排查出一个人来。那人叫郝建民，奎县人，房地产商，在奎县做过几个工程，都是县政府主持招投标的工程，工程完工后，半年前又开始到花城承包工程项目。郝建民行事低调，低调得近乎神秘。有一次郝建民回奎县，商会得知后，安排了一次小聚，奎县的副县长奚明华也被邀请过来一同聚餐。商会的安排可谓用心，局外人看不懂是借郝建民请奚明华，还是让奚明华陪郝建民，也许两者兼而有之。马彪作为商会副会长，当时也在场，他发现郝建民跟奚明华非常熟络，话也谈得非常投机。分析来比较去，马彪和李忠认为，胆敢私自占用七里沟坡地的，郝建民嫌疑最大。

马彪说："这个郝建民，跟奚明华关系不一般。这次私下里占地，没有奚明华这个后台，谁能有这么大胆？"

李忠担心误判："但假如另有其人呢，我们不就白忙活了？"

马彪说："那没关系，我这儿还有其他可能的人选，咱们一个个排查。先从郝建民查起。"

李忠跟马彪通完电话，随即就把他从马彪那里获得的信息报告给了牛海成。他不但介绍了郝建民在花城承包工程的情况，还把郝建民的照片也发过来了，那是商会请奚明华和郝建民吃饭时，马彪随手拍下的。牛海成心想，既然郝建民在花城承包工程，正好让焦利忠对他进行明察暗访。

牛海成把七里沟坡地被占的前因后果，详详细细地跟焦利忠说了，还特意把郝建民和奚明华两人的照片打包，通过手机发给了焦利忠。

有牛海成提供的信息和照片，找到郝建民并不难，但要从素不相识的郝建民嘴里套出情况，就不是一件轻而易举的事了。焦利忠接到任务后，苦思冥想从哪儿才能抓到突破口，想了半天没结果。于是，他让刘海先盯着郝建民，见机行事，慢慢深入。他则围着林场一边转圈一边思考，闭着眼，一圈又一圈，最后撞在了路边电线杆上，自己都觉得好笑，竟然走火入魔了。

围着林场转不出个结果，焦利忠索性坐公交车进了城。焦利忠老婆还在老家，因为工作稳定，一直没有随调，焦利忠相对是个自由身。进了城，车站附近就有一个公园，焦利忠信步走了进去。散步走路，他认为公园是最好的去处。进了公园，一看比平时热闹，焦利忠这才想起今天是西方的情人节。他刚刚坐到路边的长条石板椅上，就有个小姑娘拿着花束来叫卖："叔叔，买一束花吧，今天是情人节！不贵的，15块钱一枝。"焦利忠没有送花的需要，自然不为所动。但卖花的小姑娘刚离开，又来了一个小男孩，差不多是同样的说辞，焦利忠就买了一枝玫瑰花。他知道不买一枝花拿在手里，坐在这里就不会消停。坐在长椅上，他就想，这舶来的情人节、圣诞节比本国的传统节日还热闹，除了年轻人赶时髦，那些老板、经理，做生意、搞工程的，如果有情人，多半也是会过这个节日的。想到搞工程的，这郝建民不也是一个包工头吗？今天是情人节，郝建民会老老实实待在工地吗？当然不会。既然如此，完全可以了解一下他的行踪。如果他真弄出点花边新闻来，再从他嘴里套出消息就容易多了。

如同漆黑的天幕上闪过一颗流星，焦利忠的脑子突然亮了一下。要抓到郝建民的把柄，今天就是最好的时机。想到这里，焦利忠兴奋起来，他把花扔进了旁边的垃圾箱里，拨通了徒弟刘海的电话。

没想到，郝建民还真有情况。刘海报告说，郝建民正在公园里闲逛，看样子是与人有约。

过了一会儿，刘海又报告说，郝建民刚刚接了一个电话，已经离开了公园，在等出租车，不知道要去哪里。

焦利忠一听，赶紧叮嘱："跟住了，千万别给我弄丢了哈。"

刘海回话："师父，你放心，丢不了，这点事都做不漂亮，我算是白跟你混了，你干脆一脚把我踢开好了。"

焦利忠摆出师父的架势："好好干活，现在不是吹牛的时候。"

刘海还是可靠的，信息随后就到，说郝建民进了富来登酒店，正在给人打电话，听口气不像是跟情人约会。

焦利忠把自己这边的情况告诉了牛海成，最后嘀咕了一句："到底是什么人能够让他取消公园里的约会？"

"会不会是奚明华？"

"凡事皆有可能。"

"利忠你想想，除了他爹妈，还有谁他会这么重视，再说啦，郝建民也没有更大的背景啊，我看十有八九就是奚明华。"

焦利忠还想说什么，刘海电话来了。

"喂，什么情况？"焦利忠迫不及待地问。

刘海说，郝建民到富来登酒店的餐厅订了一间包厢，看样子是要接待客人。焦利忠严肃起来："听好了啊小刘，最好弄清楚郝建民接待的是什么客人，能知道他们的谈话内容就更好。"

刘海沉吟片刻，小心谨慎地说："师父，要想知道他们的谈话内容，那就只有一个办法。"

焦利忠问："什么办法？"

"窃听。"

焦利忠有一丝犹豫："没别的办法了吗？"

刘海解释道："靠酒店服务生不行，知道这事的人多了，容易泄露出去，对咱们不利，很容易把事情弄大。"

"你带窃听器了吗？"

"嘿！师父，早准备着呢。"

焦利忠感叹道："你小子可以出师了，古人说得没错，教会徒弟，饿死师父。"

正如焦利忠和牛海成的判断，情人节这天郝建民原本是打算和一个女人约会的。那个女人在郝建民工地旁边开了个小店，两人一来二去的熟了，郝建民就开始打她的主意，试探了几次也没上手，女人装傻充愣，却又留给郝建民一线希望。好不容易才加了女人的微信，正好情人节是个机会，为了表示自己并不粗俗，郝建民说要请女人休闲一天，女人好不容易才应承下来。郝建民欣喜若狂，早早地就到公园里等候。不料这个时候奚明华却从老家杀到了花城。究竟来干什么，奚明华在电话里讳莫如深，郝建民也不敢多打听，这是他们之间的规矩。家乡的父母官来了，何况他们之间还有着非常紧密的利益关系，即使郝建民心里再不情愿，请吃一顿饭也是必需的。他万万没料到的是，身后多了一个甩不掉的尾巴。

刘海也已经跟着焦利忠学得快成精了，他趁着郝建民还在前台跟服务生聊天，神不知鬼不觉地就把窃听器装在了郝建民所订包厢的餐桌下面。

拿到录音之后，焦利忠发现实际情况与他们判断的相差无几。奚明华见到郝建民后，没有更多的寒暄，直接跟郝建民谈起了七里沟占地的事。奚明华之所以急匆匆地杀到花城，正是因为之前他们提交到县常委会的关于七里沟村坡地的议题被搁置了，而乔红的用地申请又重新报了一份上来。奚明华闻到了火药味儿，于是不声不响地来到花城，同郝建民商量对策。

有了奚明华和郝建民的谈话录音，焦利忠心里就有底了。在牛海成的协调下，奎县公安局的刑警林锋连夜赶赴花城，焦利忠把前期的侦查情况与林锋对接之后，又迅速到局里办理了协作手续。

第二天，林锋、焦利忠和刘海就出现在郝建民在花城的项目部门口。当焦利忠向郝建民出示警官证的时候，他一脸懵懂地看着林锋几个人，问："警官你们找我有事吗？我没犯事啊。"

林锋不动声色："我们找你核对点事情。"

"找我核对点事？"郝建民口气有几分抵触。

焦利忠接话："找个地方说话。就在这项目部方便吗？"

郝建民一听，马上在脑子里权衡起来，既然是可以在项目部说的事，那就不是什么大不了的事，再一细想，自己也没落什么把柄在警察手里，口气就强硬了些："几位警官，我这工地还有一大摊事呢，不会花太长时间吧？"

林锋拉下脸来："时间长短由你自己决定啊！你要是配合，用不了几分钟，你要不配合，那就难说。"

郝建民看一眼三个警察凛然的脸色，心里发怵，马上退让说："只要几位不嫌弃，那就在项目部谈吧。"

林锋三人坐下后，郝建民坐在对面，一开始还想装聋作哑，听了林锋一席话，心理防线当场就全线崩溃。

林锋的这番话，是事先跟焦利忠商量好的，根据窃听到的奚明华和郝建民的谈话，他们把郝建民私自占地的来龙去脉理了一遍，形成了一个完整的推理链条，并且还把奚明华突然到访花城、郝建民如何接待的细节也添加进去，目的是让郝建民在惊恐之中心理防线不战自溃。

林锋盯着郝建民的脸，像跟老熟人聊天一样娓娓而谈："今天专门来找你核实问题，是因为我们已经掌握了你的情况，否则不会大老远从奎县连夜赶来。你也是奎县人，咱们不用绕弯子。你昨天本来是另有约会的，但副县长奚明华突然来了，你临时决定请他吃饭，虽然你很烦他这个时候来，但你没法拒绝，因为他是副县长，而你在奎县的工程基本上是他给你的。当然，你也为他做了不少事。这次他叫你私下占了七里沟村的一块坡地，名义是旅游开发，实际上是为了阻止别人开发。你也知道，那块坡地现在搞旅游开发只能是白扔钱，可奚明华一定要你先占下这块地，给你的回报是准备把奎县的一个工程给你做。这块地，县委早就确定要建一个扶贫项目，正在报批之中，你却偷偷圈占了这块地。现在知道县委主要领导在查这件事，奚明华就急了，专门跑过来跟你商量，实在兜不住的时候，还得让你承担损失。我说得没错吧。"

林锋这番话，无异于把郝建民扒得一丝不挂。这一刻，郝建民像一只被关在玻璃缸里的老鼠，无处躲藏。郝建民想不明白，他和奚明华的交易，怎么会点点滴滴都被摸得一清二楚。他看看刘海，又看看焦利忠，眼里充满无助和恐慌，然后，无奈地点了点头，算是承认了他私自占地的事实，以及奚明华是幕后推手。

讯问中，焦利忠看到郝建民对奚明华还抱有幻想，便在一旁帮林锋敲边鼓："你还指望着奚明华给你工程做啊？应该不会再有这种可能了，一看奚明华同你干的这些见不得人的事，就知道奚明华不是个什么好官，也许下一步纪委就该找他谈话了。到那时候，万一把你们一锅端了，别说是做工程，你连今天的自由身都没有了。"

郝建民听了，直冒冷汗，连说话都不利索了。

拿下郝建民之后，牛海成及时把情况上报给了梁山书记。梁山非常慎重，他内心并不希望奚明华有重大违纪行为，当务之急是让牛海成的扶贫项目顺利推进。而奚明华这边，梁山准备安排纪委书记对他进行诫勉谈话。

梁山决定亲自督阵，叫国土局牵头，把七里沟村的扶贫项目投资做成会议方案，尽快召开常委会讨论报批。梁山比牛海成还急，扶贫项目一天不落地，他一天不安心。本以为奚明华懂业务，情况熟，会助扶贫工作一臂之力，没想到他反而会从中作梗。回头细想，才觉得自己作为奎县的县委书记，带班子、用干部、抓工作，终究还是忽略了一些细节。奚明华的问题，其实早有苗头，只是一直失之于宽而已。再仔细琢磨，班子成员中出现的问题，比如好酒贪杯、爱听好话、对外交往复杂、看重职级、攀比待遇等，他不是没发现，只是碍于情面，没能及时去扯扯袖子。仔细一想，这些毛病离违法犯罪也就是一步之遥。想到这里，梁山心里有了深深的危机感，县委书记身居高位，可要当好真不容易，如果闭目塞听，失管失察，转身就会有人捅娄子。由此看来，班子成员的廉洁问题必须要提到重要议事日程上来了。

梁山想到这里，吩咐秘书把县长马其乐请过来议事。

不过一杯茶的工夫，马其乐来了。马其乐这一段时间正在督促县里几家企业转型升级，还带着相关部门整治几家排污大户，也是刚刚回到办公室。马其乐坐下，梁山问了几家企业转型升级的情况，才讲到要说的话题上："老马，这几天你得留出半天时间来。七里沟扶贫项目投资的事，咱们还得重新开会议一议，力争让投资项目尽快报批落地。外省有人主动来咱们县投资扶贫项目，多好的事，居然有人从中阻挠。"

马其乐一愣："县委决定的事，还有人从中阻拦？吃了豹子胆了。"

梁山叹息道："人要是利令智昏，那就没有不敢干的事，何止是吃了豹子胆。"

接下来，梁山跟马其乐说起奚明华的事，马其乐这才知道了奚明华瞒天过海，私自怂恿郝建民占地的详情。马其乐很吃惊，自我反省说："七里沟坡地的事，我没把好关。奚明华说跟你详细汇报过，我以为就是你的意见，我不了解坡地的情况，也没跟你好好通气。现在想来，下面的人都可以对我这个县长撒谎了，说明我管理不严，这可是个深刻的教训。"

梁山忧心忡忡地说："但愿奚明华不要有太大的问题。现在一个领导干部出了问题，往往会牵动一大片。当前全县任务这么重，企业要转型发展，扶贫要攻坚，还要关注老百姓的米袋子、菜篮子，哪一件事都需要牵头协调、真抓实干，班子成员出了问题，全局必定受影响。"

马其乐建议："要不要先叫纪委介入，找奚明华谈谈话，即使没有大的问题，也要好好给他和我们大家提个醒。"

梁山一脸严肃："咱俩想的一样，先派人跟奚明华谈，到该认真查摆问题的时候了。同时，我们县委一班人也要积极贯彻落实中央、省委和市委关于反腐倡廉的要求，主动开展整改。"

在县里的全力支持下，七里沟扶贫项目用地的批文很快就下达了，特种养殖基地正式开工建设。施工图纸是按照易学农的要求，征求扶贫工作组全体人员的意见，由乔红找花城设计院设计的。亮子负责在村民中物色人选，乔红投资的项目招工的时候，凡是村民能够承担的，一律不找劳务公司，为的是照顾七里沟村的村民。

按照施工计划，特种养殖基地建设周期为半年时间，乔红觉得时间太长，特意增加了施工机械和人员，用两班人马轮班施工，希望能把耽误的时间补回来。开工仪式过后，人员、车辆和施工机械于当天全部到位，火力全开，一时间，七里沟这块沉睡已久的土地，终于苏醒了，机械没日没夜的轰鸣惊飞了树上的鸟儿，吓跑了长年在这儿出没的野兽。一群野猪拥挤在一起，远远地看着这片突然变得热火朝天的土地，不断在周围逡巡，每一次大的声响都会让它们惊慌失措，逃出几步远又小心翼翼地折回。它们舍不得这块世代居住的家园。易学农和田野也在现场，一直观察着野猪们的动静，他们最担心的是把这群野猪吓跑了。好在有预案在先，在特种养殖基地建设工地，率先建起了一排开放性猪舍，养了一群母猪和公猪，母猪都已进入育龄阶段，公猪也已进入成熟期。亮子派人把这群猪喂养得油光水滑，每个食槽里天天都准备了丰富的食料。猪也是聪明的动物，不仅聪明，而且多情。人类把公猪配种当成一种交易，公猪却把这种人类的交易当成事业，天生就是娱乐至死的典范。既然人们为这些野猪准备了令它们垂涎欲滴的美食，还专门饲养了一批正值花季的年轻异性，无论公猪还是母猪，都不免为之神魂颠倒，不管环境凶险，早把生死置之度外。伴着机声隆隆的节奏，野猪们开始了它们的甜蜜生活，而且是一发而不可收，后来无论机器声多大，也没能把这些野猪吓跑。易学农和田野看到这般情景，会心一笑，这些幸福感爆棚的猪可是七里沟村养殖事业的"先锋队"呢。

乔红想赶在牛海成挂职结束之前，让他亲眼看到扶贫的成果，也好回花城向领导复命。

牛海成看出了乔红的心思，提醒说："乔董你别太急。赶工成本太高，你虽然财大气粗，可也是一点一滴挣来的辛苦钱，不忍心让你为我们付出这么多。再说，工程太急了，安全也没保障。"

乔红笑笑："牛局你放心，安全是重中之重，我一定确保万无一失，能往前赶就往前赶。跟着你来到这里，我是有付出，但更多的是收获，不光是下一步有经济收益，还改变了我的经营理念，我要做更大的事。"

在牛海成和乔红之间，李小妍向来保持中立："牛副局长你也别管乔红怎么做，乔红你该怎么做就怎么做，也别只想着用这扶贫项目为谁增光添彩，各人做好各人的事。"

田野在一旁止不住叹息："牛副县长一年的挂职时间对我们来说实在是太短了，要是延长为三年多好。像这样再干两年，奎县的扶贫工作肯定能成为全省的样板了。"

田野不提便罢，一提起牛海成几个月后挂职期满这个话题，大家心情陡然沉重起来。尤其亮子最为失落，牛海成的出现，不光是改变了七里沟村贫穷落后的面貌，也改变了亮子的人生轨迹。

亮子说："真舍不得牛县长回花城，我们这里太需要他这样的领导，哪怕是让牛县长再多待上个一年半载，让我当牛做马都乐意。"

牛海成赶紧宽解众人："我巴不得在这儿再待个三年五年，有你们这些贴心的朋友，有吃有喝有说有笑，精神愉悦延年益寿，何乐而不为呀！我们都同七里沟结下了不解之缘，我即使回到花城工作，以后也会常来。等退了休我就到奎县来养老，还和现在一样，住在亮子家！"

特种养殖基地投入建设后，传统种植养殖项目也很快落实到户、责任到人，开启了七里沟村民脱贫奔小康的新里程。易学农和田野打算依托传统种植养殖项目，不断升级优化，形成自身特色。除了野鸭和野猪两个项目，继续摸索创新当地气候地理条件下种植养殖的新方法，指导种植户和养殖户搞果树嫁接、水产养殖，计划年内再推出几个新项目。半年时间不到，七里沟村就完全变了样，家家户户都被动员起来了，山坡上果树成行，田野里绿油油一片，家家户户牛羊成群。以前找块庄稼地很难，现在寻块荒地不易。前些年，村里贫困户的土地基本都撂荒了，现在种植项目一下来，全村的土地不够用了。天气刚刚转暖，全村男女老少就投入繁忙的春播之中，这是多年不见的景象。虽然土地已由各家承包，可干活的时候，在村委会一班人的带动下，还是出现了互助协作的大集体景象，田间地头一片欢声笑语，久违的二人转《大西厢》也飘进人们的耳朵里：

一轮明月照西厢

二八佳人巧梳妆

三请张生来赴宴

四顾无人跳花墙

…………

扶贫的各项工作进展顺利，用不着牛海成事必躬亲了，他完全可以回到县政府去过自己的清闲日子。要是换成别人，肯定是更愿意待在舒适的办公室里，经常在领导面前刷存在感，偶尔下乡体察一下民情，把日子过得既风光又滋润。可牛海成自从进了七里沟村，就很少回县政府的办公室，他发自内心地觉得待在七里沟村比待在办公室强。在七里沟工作务实、心里踏实、生活充实，不仅亮子家的饭菜香，而且身边的工作伙伴有志一同，大家感情融洽，工作尽心竭力，人人都有自己的舞台。这对过惯了集体生活，家庭又突遭变故的牛海成来说，无疑是一个舒心的港湾。让他脱离这个集体，回归办公室生活，每天上班下班，按点开饭，回到宿舍，电视为伴，别说还有几个月，就是几星期也会把他憋出病来。

不过，刚刚可以喘口气，梁山的电话就来了。

"喂！海成，你在哪儿呢？"

牛海成回答说："噢！梁书记你好，我在七里沟呢，有什么指示？"

梁山在电话那头笑了："还能有什么指示？说话见外了吧，这么长时间我们都没顾上关心你，把你撒在七里沟，对不住你啊！明天回来一趟吧，马县长说要跟你喝酒，我作陪。"

一听梁山这口气，就知道书记县长要唱双簧。既然书记不敞亮，牛海成也揣着明白装糊涂："嚯！书记你和马县长在一块儿呀？那我就不打扰了，七里沟这里的各个扶贫项目都开工了，事情不少呢。我有空再回县里给书记、县长汇报工作。"

"海成，明天你真得回来一趟。我和县长商量过了，有件事还得请你牵头呢。"书记终于撑不住了，实话实说。

一听说有事要让他牵头，牛海成心里就直打鼓，不想又搅到是是非非里面去，于是客气地推辞："书记你太客气了，我能力有限，牵头怕是不合适吧。"

"能不能牵头我们知道，明天你无论如何先回来一趟吧。"梁山有点急了。

牛海成这才认真起来："好的，梁书记，那我们明天见。"

"好！我们等你。"梁山说。

牛海成一看梁山这么急，跟李小妍合计过之后，当晚就赶回县里。第二天刚到办公楼门口，就看到了早早等候着的梁山和马其乐。原来，在过去的一个星期里，奎县汽车站走失了两名不满三岁的男孩。昨天下午，又有一名五岁的女孩在附近走失。根据作案手法分析，警方初步断定是拐卖团伙所为。走失孩子的家属已经在县公安局门前闹过几回了，关注的媒体也越来越多，而奎县已经多年没有发生过这样的案件，缺乏相应的处置方案和应对办法。因此，梁山才那么紧急地请牛海成回城，想请他作为专案组特邀专家，参与案件侦查。

他们一起走进县委办公楼的会议室，县公安局局长杜一平领着刑警大队大队长毛敏和几名干警已经等候多时了。大家坐定以后，先听杜一平汇报情况，看看有没有新的发现。杜一平刚从副局长岗位提上来，最早当过刑警队队长，参与侦破了几起有影响的案子，但在副局长的岗位上养尊处优多年，远离一线，对于业务似乎也陌生起来，这次突遇失踪大案，竟然有点乱了方寸的感觉。这让梁山和马其乐很不放心。

杜一平汇报完情况，梁山就把牛海成介绍给了杜一平和在座的干警，还简要介绍了牛海成在特战团的经历，最后强调说："多年没有发生的失踪案在我们县发生了，而且还不止一起，上级要我们限期破案，但目前还没有任何有价值的线索。这个案子要是破不了，老百姓会天天埋怨我们。我是县委书记，我不懂破案，但我知道在座的各位务必同心合力，拧成一股绳才有战斗力。牛副县长全程参与指挥，大家要积极配合，力争按期破案，拜托你们啦！"

梁山面沉如水，话句句扎心。

讲完，又和颜悦色地征求牛海成的意见。牛海成知道这不是逞能的时候，但又怕梁山不放心，只好安慰梁山说："梁书记你放心，杜局长统一指挥，我跟大家一道，有十分力使十分力。"

分析案情的时候，毛敏坚持认为，这三起儿童失踪案均为一个拐卖团伙所为。杜一平不置可否，牛海成也不急着表态，尽管他心里认为毛敏的意见也许是对的。一个星期内发生几起儿童走失案，一个团伙作案的可能性很大，但从监控上看，是不同的几个人把三个孩子拐走的。杜一平叫毛敏不要过早地下结论。毛敏回敬说，他这还不是结论，只是推理作案过程。杜一平瞪毛敏一眼，不再吭声。看得出来，杜一平和毛敏之间存在过节，相处不融洽，但兹事体大，这个时候两人还是都努力克制情绪，谁都不敢炸刺。最后，在听取了其他干警的意见之后，杜一平确定了工作方案：第一，派干警从奎县汽车站出发，到沿途就近的汽车站调看监控录像，看是否能发现被拐的孩子；第二，立刻与公安部打拐办取得联系，上传失踪儿童信息，请求指导并协助侦查；第三，把失踪儿童的照片挂在网上，号召网友帮助寻找。

杜一平这样部署，毛敏提不出反对意见，牛海成也觉得没有什么不妥。

现在的问题是三个孩子在汽车站消失了。奎县汽车站与火车站毗邻，火车站旁边还有一条河，是呼兰河的支流，可以直达省城，这样一来，人贩子流窜的渠道很多，可能坐长途班车，可能坐火车，还有可能坐船。不仅如此，在汽车站和火车站的后面是连片山林，人贩子也有可能把这三个孩子弄到山里藏起来，等到风声平息后再想办法离开。这几天，从杜一平开始，干警们脸上都清一色地阴冷。这也难怪，出了重案理不出头绪，上面又追得急，谁的压力都不小。

牛海成从毛敏那里了解到了更详细的消息：前天刚刚走失的小女孩是奚明华姐姐的孙女，这个消息被公安局有意封锁着，不对外宣传，只有书记、县长和有关的几个人知道。别人可能认为这纯属偶然，但牛海成不这么看，而且奚明华自己对这件事一声不响，他就更觉得其中另有缘由。

除了留下几个值班的，刑警队和打拐办的干警全都出动了，按照杜一平的部署，兵分几路，开始了大范围的排查。杜一平部署任务的时候，把干警们都派了出去，家里只留下了毛敏和几个值班干警。杜一平虽然对毛敏有成见，但也知道毛敏的能力，在急需用人的关键时刻，他不想压制毛敏，只是希望毛敏有说服他的理由。

牛海成从接受任务的时候起，就已经进入了角色，也感觉到了自己肩上的责任，但因为一时没有成熟的想法，基本没发表任何意见。这被杜一平理解为事不关己、高高挂起，甚至从心里对梁山的安排有些不服气，觉得梁山拿牛海成当个宝，其实是看走了眼，瞎耽误工夫，这两天也没见牛海成展示过什么特别的才华。当然，杜一平的心思逃不过牛海成的眼睛，只是牛海成并不介意，他觉得杜一平这么看他也有道理——要让人服气，自己就必须有能让人服气的实力。

派出去的几路人马，一直都没有传回好消息。沿途的车站，还有水路的站点出口，凡是有监控录像的地方，干警们都调出来看了几遍，不是看某一时刻，而是看某个时段。杜一平给干警们规定的是调看失踪案前后三天的监控视频，光这项工作，就把干警们的眼睛都看红了，却始终没有发现三个儿童和拐卖嫌疑人的影子。公安部刑侦局打拐办接到奎县公安的报警后，在儿童失踪信息紧急发布平台上发布了三个失踪儿童的信息，同时迅速协调奎县周边地区的打拐办核对信息，拉网排查，网上的信息比对也始终没有停止。

尽管是多路出击，三个星期过去了，依然没发现有价值的信息。奎县干警从各路返回之后，聚集在会议室里，开始对排查过程进行查漏缺补，梳理清查容易被忽略的地方，这也是侦查办案的工作程序。

这个时候，干警们可以畅所欲言，甚至可以发发牢骚，说说气话，这些都在情理之中。千里奔袭，无功而返，谁心里都不好受。往常这样的时候，杜一平都是一声不吭，他要稳住情绪，从而稳住军心。这次他也不是刻意要摆出架势，他是真不相信自己的部署有问题，毕竟抓人贩子都是这个路数，难道还有别的高招吗？他留心看了看毛敏，毛敏也是双眉紧锁。

这个夜郎自大的家伙！杜一平心想，以前遇到案子的时候，毛敏总是一副狂妄自大的样子，有几次还真是被他独占了鳌头，可惜那都是些小打小闹的案子，真有大案要案来检验毛敏的真本事时，他竟然显得这么无能。

可是今天，特别是现在，杜一平非常希望毛敏能像以往那样狂妄，像以前那样力挽狂澜，最好是一语定乾坤，干脆利落地把这个案子破了。如果真是那样，他杜一平心服口服，绝不贪功，还会积极为毛敏请功，开表彰会，戴大红花，甚至是让毛敏来干这个局长他都乐意。

看看大家牢骚发得差不多了，杜一平才心平气和地说："大家沿途查了那么多车站、码头的监控，刚才又梳理了一遍整个调查过程，应该没有大的疏漏，这么说，有没有可能是我们的调查方向有问题？大家都说说自己的看法。"听杜一平这么说，众人你看看我，我瞅瞅你，会议室里鸦雀无声，最终，杜一平忍不住问："毛队长有什么要说的吗？"杜一平表情诚恳，没有别的意思，他是真的烦了累了，也确实感到自己已经是江郎才尽了。

毛敏抬头看了杜一平一眼，又看看牛海成，两人的目光无意中相遇了，牛海成点点头，也希望毛敏发表自己的看法。

毛敏清了清嗓子说："我还真没有什么新的想法，只是觉得，这个拐卖团伙不像是个正规的拐卖团伙。"他这一句词不达意的话引来一阵哄笑。然后，他红着脸解释说，"反正我感觉他们的手法并不专业，更像半路出家、顺手牵羊什么的。"

"还不够专业，还要怎么专业，把我们全累死才叫专业？"一个干警气呼呼地说。

"我不是这个意思。真正狡猾的拐卖团伙，即使没出这个地方，也会制造已经走远的假象，可我感觉，这几个嫌疑人还没有来得及出奎县汽车站，说不定就憋在哪个地方，我不相信他们能飞出去，再说，奎县也没有飞机场啊！"

"不能坐自家的船走吗?"另一个干警猜测。

"当然可以,但沿路的码头也查过了,无论是看监控还是寻访码头的船工,都没有发现什么可疑的船只。"

"说了半天,啥意思?"杜一平听得不耐烦了。

毛敏嗫嚅道:"我想是不是该改变一下侦查思路。"

这话引来干警们一阵讪笑。

有个干警说话了:"我们都跑了这么多路,查了这么多地方,改变思路不就是前功尽弃吗?怎么个改变法?"

"既然没有一点有价值的线索,说明这条路子有问题呀。"毛敏也窝了一肚子无名火。

"那毛队长就给指条明路呗!"这样话赶话,大家就有点上火,口气也不客气起来。

杜一平赶紧出来打圆场:"你们也不要为难毛队长,侦查办案往往就是这样,越是困难的时候,也可能是越接近成功的时候。光明大道都是靠集体的智慧走出来的。"

杜一平这么说,显然是给毛敏救场,可毛敏并不买账,反而严肃起来:"我的意思是大家不要只往一个思路上想,人贩子难道就一个套路吗?再说了,有的人贩子为钱,也有的人贩子是为泄私愤报私仇,还有的人贩子是为了引发社会动乱。别以为人贩子都是为了钱,要是为了钱,肯定早就乘火车或者汽车甚至坐船跑了,我们跑了这么多地方,公安部打拐办也在全国进行了信息筛查,算得上是天网恢恢了,也没有发现一点线索,所以,我觉得这人贩子真不一定就走远了。"

这回没有一个人说话,房子里安静得连一根针落在地上都能听见。

也许是为了打破沉默,杜一平向牛海成请示道:"牛副县长有什么高见吗?您可是梁书记请过来的专家,我们等着您出出主意呀!"

杜一平的话一出口，在座的干警都一脸认同。牛海成一直没有发言，干警们心里早就开始嘀咕了，既然是特战英雄，那就该露一手吧，何况还是梁书记请来的专家。有的干警比较理智，就会宽厚地想，作战是作战，破案归破案，两者还是有区别的。破案就是动脑跑腿熬大夜，运气好，破案早，运气不好，底儿都会赔掉，到哪里都没有百分之百的破案率，破不了案，那就得认命。在干警们期待和揣摩的眼神里，牛海成开口说话了："首先声明，我没有高见，只有一点想法，可供参考，也可以不参考，我既同意杜局长的部署，也赞成毛队长刚才的说法。"

说到这里，牛海成有意停顿一下。果然，干警们偷笑，杜一平失望，都认为他是在敷衍，不过是个两边讨好的角色。

牛海成则旁若无人地继续他的分析："同意杜局长的部署，是因为必须防范嫌疑人逃出了奎县；赞成毛队长的说法，是因为这几个孩子的失踪确实不同寻常。毛队长说得有道理，有的拐卖是为钱，也有的是为报私仇，还有的是为了制造轰动的社会事件。在座的大家都知道了，最后被拐走的小女孩是奚副县长姐姐的孙女。有没有一种可能，前面拐带两个男孩其实只是铺垫，最终目的是绑架奚副县长姐姐的孙女，而且不想让外人看透其中的秘密，只希望让奚副县长明白其中的用意？"

说到这里，牛海成放慢语速，希望有人插话，他可以更有针对性地解读，可是没有一个人吭声。他的分析，让在座的干警们慢慢听出了门道，大家都期待他一气呵成，道出其中玄机。

既然大家都不想打断他，牛海成自嘲一笑，继续往下说："大家都不说，那我就继续班门弄斧了。我注意到，在小女孩失踪的第二天，就有人在县政府门前贴出了讨薪声明。前两个男孩失踪之后，没有人贴声明，为什么小女孩一失踪就有人贴了呢？我认为这绝不是巧合。这几天我专门了解过，县委大院的安居工程完工有一年了，县医院的搬迁工程也已竣工两年多，参与这两个工程的农民工却没拿回自己的工资，他们心里的那个苦，可能就慢慢变成了恨，结成了仇。而这两个工程都和奚副县长负责的工作相关。所以，我想这几起失踪案或许就是绑架案。假设把农民工的工资都发了，三个孩子会不会自动回来呢？我这只是一种假设，咱们不能去冒这个险，案情就是命令，时间就是生命。我建议还是要兵分两路，一路继续沿线调查摸排，另一路由我和毛队长负责，再加两个帮手，就在奎县本地排查，查找蛛丝马迹，看看能不能尽快找到这几个失踪的孩子。"

牛海成不鸣则已，一鸣惊人，一席话说得在座的人目瞪口呆，震撼、惊讶、称奇，各种感觉在在场人员的心头交织。沉默10秒钟之后，会议室里自发地响起一片经久不息的掌声。杜一平这一刻才真正对牛海成刮目相看了，虽然儿童失踪案现在还没有眉目，但牛海成这样一番鞭辟入里的推理分析，有现实依据，有动机研判，也许真有可能把在黑暗中摸索的他们带向光明的彼岸。

杜一平想都没想，张口道："就按牛副县长说的办，咱们兵分两路，毛敏跟着牛县，再带两个人，人手不够再增加。牛副县长，您还有什么指示？"

牛海成平静似水："哪有什么指示，早说好了的，你统一指挥，我听从指挥。"

杜一平宣布散会。两路人马各自去安排落实。

毛敏对牛海成打心眼里服气："牛副县长，您这么强的调查分析能力，要是在公安部门，早就是破案专家了。"

牛海成打断他的恭维："侦查破案我真是外行，刑警队长在我眼里就是福尔摩斯。其实我想到的你也已经想到了吧，我得好好向你学习。"

毛敏反倒不好意思了："您比我们考虑得都全面，调查得也比我们深入，听了您的分析推理，既大胆又专业，我们都感到惭愧了。"

牛海成诚恳地说:"那是因为我没有你们那么大的心理压力,敢想敢说,至于说得对不对,还得由实践来检验。无论我推理得多么严密,思考得多么周全,都需要结果来证明,如果三个孩子找不着,再好的推理、再完美的方案都没用。毛队长,你觉得咱们下一步该从哪儿开始?"

牛海成有意减轻毛敏的思想压力,激发他的潜能。他觉得毛敏确实是个可造之才。

毛敏对牛海成大有相见恨晚之感,立即吩咐手下林锋和另外两个干警:"既然牛副县长敢这么推理,那我们就敢这么调查,先查查写讨薪声明的人。"

牛海成对他竖起了大拇指。

牛海成把案情跟梁山和马其乐私下做了汇报,梁山和马其乐都不约而同地大吃一惊,意识到奚明华的问题可能比他们想象的还要严重。上次七里沟村坡地事件之后,纪委找奚明华谈话,要求奚明华深刻反省,主动交代问题,争取组织宽大处理。这次梁山亲自出面找奚明华,要求他将功补过,把其中的隐情说清楚。奚明华知道自己的事情藏不住了,也慑于县委书记的威势,不敢再有隐瞒。其实,姐姐的孙女一失踪,再看到讨薪声明,他心里就大致明白是谁干的,只是他一时想不到能兑现农民工几百万元薪水的办法,就抱着一丝侥幸心理,希望警方既能尽快侦破拐卖案,又不牵扯到他的身上。

奚明华这边一松口,毛敏就迅速带人对实施县委大院安居工程和县医院搬迁工程的包工头谭力维实施抓捕,随即进行了审讯。

审讯由毛敏主持讯问,牛海成旁听。既然案情线索已经非常清楚,毛敏也懒得兜圈子,按程序讯问过谭力维的基本情况之后,单刀直入:"是你拐走了三个孩子吗?"

谭力维呆呆地看着毛敏。

毛敏放大了音量："谭力维，是你绑架了三个孩子吗？"直接说成了绑架。

谭力维战战兢兢地摇头，然后又点头，口里喃喃道："是……不是，是我的手下人干的。"

"你们为什么要绑架三个孩子？"

"我们不想绑架孩子。我们只是想讨回工资。"

"讨薪与孩子有关吗？"

"我们要和奚明华谈判，讨回我们的工资。可他家没有小孩子，只好拐了他姐姐的孙女。"

"前面被拐的两个孩子与你们讨薪有关系吗？

"那是为了迷惑公安，我们只想抓住奚明华姐姐的孙女，奚明华心里也清楚，我手下人给他发过信息，而且我们没有虐待孩子。"

毛敏严厉地说道："你不知道绑架罪要判重刑吗？"

谭力维点头，然后说："没办法，讨不回工资我宁愿坐牢了。两年都拿不到工资，我的工人连看病的钱都没有，乡里乡亲的，我没脸见人。我连自己老家的房子都卖了。"

在场的人既意外又震惊，毛敏也不例外，停顿了片刻，语气缓和地说："什么都别说了，赶紧把三个小孩完好无损地送回来，否则，你这后半辈子会把牢底坐穿，你知道吗？"

谭力维叩头如捣蒜。

根据谭力维提供的地点，毛敏手下的干警迅速把失踪的三个孩子解救了出来。

失踪的三个孩子找到之后，杜一平撤回了另一路人马，梁山和马其乐这才松了口气，马上着手解决工程款被拖欠的问题，奚明华正式接受纪委调查。

儿童失踪案从案发到破案，前前后后共二十多天。结案之后，梁书记强留牛海成在县里住了几天。就是这几天，牛海成也没有闲着，天天跟梁山和马其乐讨论扶贫的事，计划下一步把七里沟村的经验向全县推广。牛海成赶回七里沟村的时候，已经是一个月之后的事了。

站在村口，七里沟村的变化让牛海成眼前一亮：路宽了，地绿了，老季餐馆成功地完成了升级改造，成了村里的第一道风景。乔红既投资又出力，餐馆的整体改造方案就是她找设计师做的，她想为下一步开发旅游做准备。她认准了奎县这块地方，打算通过建爱国主义教育基地带动这里的红色旅游。

看到七里沟村的各项工程一点一点收尾，牛海成心里满是欣慰，这些项目落地，他倾注了大量心血。特种养殖基地被乔红和易学农当成大本营来建设，开工时间不长，但基地已见雏形：建起了办公室，也建起了员工宿舍、饭堂、实验室、育种站，庭院之中，树木葱茏，既能当成休闲之所，也是家禽牲畜繁衍的地方。为了迎合动物的习性，圈舍依山而建，错落有致，既有开阔的场地，也有藏身的空间。边开工边养殖，野猪不仅没被吓跑，队伍反而不断壮大。看到野猪驯化效果显著，野鸭饲养也进展不错，易学农和田野又对肉鸽和香鹑进行驯化改良。李小妍则自始至终在工地监工。

牛海成也没让自己闲下来，和亮子一起领着村民们修堤筑坝，植树造林。整个春天，七里沟村新增果林近百亩。按照易学农的估算，这些果树三年之后就可挂果，到时靠着已经修到山脚下的公路，与全国的市场连成一片，就会有可观的经济效益。

洪　　峰

第 二 十 三 章

忙忙碌碌之中，时间到了7月，这一月，牛海成即将挂职期满。可就在这一月，黑龙江源头冰雪融化殆尽，再加上连日暴雨，东北全境出现重大汛情，大河小河的水位都不断往上涨，多条大河告急。整个奎县都在这几条大河的包围之中，七里沟村更是位于河的下游，防汛压力极大。

七里沟村成立了抢险突击队，亮子是村主任兼突击队队长，民兵连长任副队长。还成立了预备队，任务是协助突击队，村支书任队长，李小妍和乔红也被编入了预备队。出现险情和紧急情况，突击队组织攻坚，预备队负责保障。

牛海成带领的扶贫工作组是七里沟村防汛段的主心骨。梁山已经明确，牛海成和陆文星担任七里沟河段抗洪抢险总指挥和副总指挥，全面负责这里的防汛工作。因为七里沟村是大河下游的一个冲积带，又是奎县县城的第一道屏障，所以梁山和马其乐商量后决定，从其他地方增派数十人加入七里沟抢险突击队。

牛海成按照部队组织实战演习的套路和方法，把人员编组、定岗，然后划定村属各组防汛地段，制订了各种应急预案，不断督促各项抗洪抢险措施落实到位。

汛期开始后，牛海成就领着陆文星等人搬到了大堤上，李小妍和乔红本来可以在村里留守，但她们坚决不干。

李小妍说："我是军人出身，早就参加过抢险救灾，我干吗要留守？"

乔红则说："你们能上，我凭什么不能上？我不能让洪水淹了我辛辛苦苦做起来的工程。"

牛海成的话她们都不听，亮子就更劝不住她们，只好安排她们搞后勤保障。

水位一天天往上涨，一点儿也没有回落的意思，人们的心也就跟着一寸一寸地往上提，一直提到了嗓子眼。

防汛指挥部通过广播定时播报水位涨落，大堤上到处是人，二十四小时轮换扛沙袋加固堤坝。一连几天，太阳都没露脸，雨哗啦啦下个不停，往日河滩里的青草小树都不见了，冷风呼啸，空气中弥漫着前所未有的紧张、焦虑和不安。

大堤上二十四小时都有人巡逻。到了晚上，到处是熊熊燃烧的火把，有时像火龙一样游动，有时又分散成一簇簇的光点。入汛以来，这里已经出现多起管涌，一有管涌，就是一次紧急集合，铜锣声响得惊心动魄，民工像冲锋一样，迅速集结到有管涌的地方，抛石堵漏垒沙包。

然而，道高一尺，魔高一丈，尽管抗洪队伍众志成城、严防死守，脚下的河水仍像是桀骜不驯的猛兽，在河道里横冲直撞，发出阵阵惊天动地的吼声。入夜，汛情更加严峻，水位暴涨，站在大堤上甚至有明显的晃动感。

最大的洪峰如期而至，挟雷裹电，咆哮如雷。

"不知道我们这堤能不能顶得住这么大的压力。"陆文星忧心忡忡地说。

牛海成表情凝重:"梁书记把这个地方交给了我们,还增派了人手。七里沟这个地方,是奎县的第一道关口,关系到全县数十万人民的生命财产安全,我们责任重大呀!"

眼前的河道上后浪赶着前浪,在拐弯处激起无数浪花和漩涡。岸上的人看着这万马奔腾般的洪流滔滔东去,一丝胜利的希望在人们的心头冉冉生起。然而,牛海成的神经反而绷得更紧,他知道最大的一次洪峰过后,水位就要回落了,但他总担心这次洪峰会弄出意想不到的状况。

牛海成绝不是庸人自扰,根据他的经验,最后时刻往往最出人意料,战场上常常是最后一搏扭转危局,舞台上的压轴戏更让人刻骨铭心。

牛海成格外冷静地对大家说:"事物的发展,越到最后,越难把握,千万别以为最大一次洪峰马上过去就没事了,即使是水位回落的时候,由于堤坝早已松软,仍然存在溃堤的风险,我们丝毫不能掉以轻心。"

陆文星听牛海成这么一说,有点儿沉不住气了,对着亮子大喊:"村主任!你去组织抗洪各班组进行战斗动员!"

亮子应声而起,一脸懵懂:"陆主任,这战斗动员怎么说?"

陆文星急了:"怎么说还不会?党员干部冲锋在前,休息在后;同心协力战洪魔,严防死守保平安;人人恪尽职守,确保万无一失;人在堤在,誓与大堤共存亡!想怎么说就怎么说,有气势就行。"

亮子如离弦之箭冲出帐篷。

牛海成的担心不幸应验,这次洪峰果然非比寻常,在七里沟防汛地段弄出了一件惊心动魄的大事来。

尽管抗洪的队伍都像钉子一样钉在大堤上,洪峰过境七里沟防汛段河道时,还是顺手牵羊在堤坝一个薄弱处撕开了一道口子。发现的时候豁口像脸盆那么大，突击队立刻就冲上来了，预备队也跟着冲上来。一袋袋的沙包接二连三地抛进了豁口，一筐筐的碎石紧跟着也丢了进去，直到整整一大卡车的碎石快速填了进去，才慢慢堵住了漏水的口子。

被洪峰撕开的口子刚被堵上，大堤上的人们还没来得及松口气，软得像面包一样的堤基却又被漩涡剜去了一大块，紧接着就出现了滑坡。在一片惊呼声中，有人落水了。牛海成这个时候正在周围察看，听到惊叫声，心里一沉，百米冲刺一样来到出现滑坡的堤坝上，看到几个人已经掉进了水里。

陆文星脸色惨白，急促地对牛海成说："李总——李小妍落水了，还有两个民工……"牛海成像是被人猛击了一掌，脑袋嗡的一声，出现了几秒的空白，随即大喊："赶快救人！"转身对陆文星吩咐，"陆主任你组织人在岸上接应，医疗救护做好准备。"

牛海成说完就跳下去了，亮子和几个会水的村民也接着跳下去了。落水的一共有三个人，其中两个民工，另一个是李小妍，李小妍一直参与抗洪现场的医疗救护，她正给受伤民工包扎，脚下的堤坝突然滑坡，民工猝不及防落水的时候，把李小妍一同带进了水里。

此时过境的洪水异常凶猛，流速很快，好在落水的两个民工都懂一些水性，加上有亮子他们的帮助，最终脱离了险境，被陆文星组织的人救上了岸。牛海成和李小妍本来也已脱离险境，正奋力游向岸边，却突然被接二连三的几个大浪淹没了。

岸上的乔红眼睁睁看着牛海成和李小妍被洪峰卷走了，觉得天塌地陷，泪水伴着雨水一起涌流。易学农在一旁抓耳挠腮，半是安慰半是提醒地催促道："我估计牛县长和李总不过是被洪峰带到下游了，陆主任已经向县里报告，请下游的乡镇抓紧时间救人。牛县长那么好的功夫，他们不会有事的。"

梁山和马其乐听到这个消息，心急如焚，马上把情况报告给了市防汛指挥部，市里派出了救援人员沿河道搜索，开展水域救援。陆文星和田野带着民工沿河岸寻找牛海成和李小妍的下落，一场声势浩大的搜救行动沿河两岸连夜展开。

牛海成死死地抓住李小妍的手腕，努力让李小妍浮在水面，自己则顺着水势浮沉，尽量保持体力。等他再次半身浮出水面的时候，已经被水流冲到了百米之外。幸运的是，这个时候，牛海成手里多了一根硕大的原木，原木上的老树疙瘩成了他的抓手——那是洪峰顺流而下的时候从上游带来的浮材。有了这根原木，牛海成心里一下子踏实了许多。水流仍旧湍急，牛海成一手攥着李小妍，一手抓着原木，顺着洪峰漂流，人轻松了许多。李小妍喝了不少水，肚子胀得难受，吐出了几口浑水，整个人处于半昏迷状态，但牛海成现在不怕了，知道李小妍只要没有被水呛着，脉搏和呼吸都在，就没生命危险。有了这根脸盆口粗细的原木，凭着当年在特种团练就的水上功夫，他坚信自己一定能够带着李小妍战胜洪魔。

天亮的时候，牛海成发现河面变得宽阔。当他看到前方出现一座决了口子的拦河大坝时，他知道自己和李小妍得救了。

大坝的溃口是人工开掘的，水中拉了一层铁丝网，专门用来拦截上游漂流下来的物资。洪峰从溃口奔流而下，取代了旁边的水闸，流速大大减缓。牛海成拼尽全力，带着李小妍躲开河道中心水流的推力，游到大坝溃口的铁丝网边上。

因为李小妍极度疲劳，又喝了一肚子泥水，牛海成担心她缺氧，有性命之忧，故将李小妍背到大坝上，帮她清除口鼻内水、泥及污物，排出她体内的积水，接着为她做心肺复苏，直到李小妍睁开眼睛。

看到她苏醒，牛海成才全身一软，泥巴一样瘫在了大坝上。

过了许久，李小妍才颤颤悠悠地坐起，她感觉自己浑身散架一般地疼痛。看着河中依然狂奔的洪水，慢慢回忆起昨天落水的情景，仍然惊心动魂，可她的记忆断片儿了，记不清落水之后发生的一切。她摇了摇躺在旁边筋疲力尽的牛海成，有气无力地问："我们怎么到这个地方来了?"

"我们被洪峰冲到了这里。别怕，我们安全了。"牛海成闭着眼回答。

李小妍悲喜交加，止不住热泪盈眶，伏在牛海成身上，紧紧搂住了他。牛海成犹豫了片刻，也终于把手覆在了李小妍的腰背上，将她拥进怀里，眼里闪着泪光："李小妍，你要是有个三长两短，我这下半辈子真的是没法过了。"

梁山带着县里组织的医疗队把牛海成、李小妍送回了七里沟村。陆文星向梁山报告牛海成和李小妍被洪水冲走的消息后，梁山寝食不安，一夜未眠，心里承受了巨大的压力和痛苦。牛海成到七里沟村扶贫，是梁山亲自安排的任务，若是堂堂特战英雄被一场洪水夺走了性命，还搭上了一个李小妍，他不知如何向花城的领导交代，如何向牛海成和李小妍的家人交代。突然听到牛海成和李小妍得救的消息，梁山简直欣喜若狂，当即带着医疗队来到了现场。医生诊断的结论是，牛海成和李小妍身体已无大碍，只是由于极度疲劳，免疫力下降，当务之急是好好休息，恢复体力。

牛海成和李小妍被安排在了乔红刚刚建成的特种养殖基地的经营部里。经营部建在山脚下，还没有对外开放。这里原本是荒郊野外，没有城市的喧闹，远离了红尘纷扰，很是清静。牛海成和李小妍在这里扎扎实实睡了两个昼夜，第三天醒来的时候，就像浴火重生一般。牛海成活动了一番腿脚，全身又恢复了活力，看到周围忙碌的医生护士，有些不好意思："我怎么就变得这么贪睡了呢，想醒硬是醒不来，给大家添麻烦了。"

隔壁房间的李小妍，也差不多前后时间醒来，憔悴的脸上恢复了多日不见的红润。她想硬撑着下床走动，被护士轻声劝住了，说她还需要静养一段时间身体才能康复，并提醒她肠胃受了损伤，饮食要尤为注意。

一直在房间外陪伴的乔红闻声而来，看到李小妍醒来了，脸上充满了失而复得的狂喜，抚着李小妍的肩膀道："姐，你吓死我们啦。"两个女人无声地拥抱在一起，悲喜交加，泪如泉涌。

　　看到身体恢复得很好的牛海成，乔红是又惊又喜："敬爱的牛副县长，您真是太了不起了！"说完，激动得差点又要落下泪来。

　　牛海成怕大家担心，故作轻松地说："相当于搞了一次几十公里的武装泅渡，没有什么，只是拖累大家了。"

　　扶贫工作组圆满完成了扶贫任务，七里沟的各个扶贫项目都已落地生根，基础设施建设也已进展过半，易学农、田野和七里沟村建立了定点协作指导关系，乔红的投资项目仍在进行中，等项目完工，下一步再视情况扩大经营。

　　牛海成挂职期满，近日将和李小妍一起返回花城。

　　梁山特意派秘书带车到七里沟接牛海成、李小妍一行。

　　终于要和七里沟村说再见了，牛海成向闻讯赶来的村民们一一告别。亮子一家人早已跟牛海成处成了亲人，亮子虽然在一旁不吭声，可眼圈一直红着。牛海成心里也不好受，但他有意安慰大家："我们不是七里沟的过路客，我们都还要回来的，以后亮子家依然是我们的根据地。"

　　商务车载着扶贫工作组成员回到县委大院的时候，受到的是英雄般的礼遇。县委大院的机关干部在大门口列队欢迎他们，领头的是梁山书记和马其乐县长。车刚停稳，梁山就上前打开车门，在众目睽睽之下，同牛海成紧紧地拥抱在一起，并附在牛海成耳边上说："海成呀！那天我可是一整夜没合眼，听说你和小妍被洪水冲走了，感觉天塌了一样。如果你们回不来，我这个书记肯定没法干了，不是组织不让我干，而是我一辈子于心不安呐！"

　　"海成让书记操心了！"牛海成既感动又不安。

梁山松开牛海成，然后和马其乐一起同其他人一一握手问候，再然后便带着牛海成一行穿越欢迎的人群，来到县委大楼门前的台阶上。县委办主任早就把欢迎程序准备到位，先是为牛海成、李小妍、乔红、易学农、田野、陆文星等人戴上写有"抗洪勇士"的绶带和大红花，然后，县里主要领导同他们合影留念。合影过后，欢迎的人群变换成整齐的方队，庆祝牛海成挂职圆满结束的仪式开始了。仪式由马其乐主持，梁山致辞。

这个庆祝仪式是按梁山的指示安排的，县委办主任专门为梁山撰写了讲话稿，稿子写得很有文采，但梁山最终没用稿子。牛海成和李小妍被洪水卷走，然后死里逃生，让梁山也同样经历了一次大悲大喜。现在看到两个人完好无损，扶贫工作组满载而归，他不光是激动和喜悦，还有一种如鲠在喉的冲动。牛海成带队进村扶贫，在他的心里立起了一座丰碑。牛海成协助侦破儿童失踪案，又让他佩服得五体投地。梁山致辞的时候，早已忘了口袋里的讲话稿，心里话像喷泉一样喷涌而出，对牛海成在七里沟村开展的扶贫工作如数家珍，从开始进村入户了解民情，到扶贫项目落地生根，其中的困难曲折，说得生动形象。台下的干部拿自己偷偷跟牛海成一比，不禁脸红耳热，赞叹不已。

牛海成回花城的前一天，梁山和马其乐专门设宴为牛海成、李小妍和乔红饯行，特邀易学农参加。席间，梁山和马其乐对牛海成一行人开展的扶贫工作赞扬有加，并祝易学农和乔红早结良缘。牛海成离开奎县后，易学农将继续指导奎县的扶贫项目。牛海成明白，梁山爱才心切，不忍人才流失，极力想促成易学农和乔红的婚事。翌日临行前，梁山又亲自把牛海成一行送到机场，过了安检，牛海成还能看到梁山站在入口处挥手。

在等待飞机起飞时，牛海成接到了叶子青的电话，叶子青告诉牛海成一个重磅消息：徐少卿被双规了。叶子青推测，如果李国友真与徐少卿有扯不清的关系，那这次他的局长位置也将不保。目前各方都在关注事态发展，牛海成回来得正是时候。

叶子青的电话在牛海成心里掀起一阵波澜。李国友跟徐少卿肯定有不清不楚的关系，林业局局长换人是迟早的事，不过，牛海成对当局长不抱什么念想，也没有更大的兴趣。他只想把耗子的死因先查清楚，把杨立文的嫌疑彻底坐实，他不能容忍一个有案底的人逍遥法外。如果李国友确实是杨立文的后台老板，甚至就是这一事件的幕后推手，那么李国友的垮台也就快了。

看牛海成接电话时跑得远远的，李小妍心里好奇，等他接完电话，李小妍旁敲侧击地问："谁的电话，这么神秘？"

牛海成赶紧解释道："刚才是叶厅打来的电话，说徐少卿被双规了，我是怕你们为马妮儿担心，才没敢声张，想等回到花城以后再说。"

乔红也为之一惊，嘴上却说："徐少卿被双规了，这有什么不好说的？你不是早就说过，这样的腐败官员干不了多久吗？不过，真希望马妮儿不要受到牵连。"

这时，空姐在客舱前部提醒乘客系好安全带，飞机马上就要起飞了。牛海成顺手帮李小妍系好了安全带。飞机引擎的巨大声波淹没了客舱里乘客的说话声，飞机进入跑道，加速，然后急速升空。

冒 险

第 二 十 四 章

终于回到了阔别已久的花城。

牛海成他们出站的时候，竟然看到叶子青领着焦利忠和刘海，以及叶子青的司机，早就等在了航站楼的出口。原来是梁山提前把牛海成的航班号告诉给了叶子青，叶子青就带了焦利忠，焦利忠则叫上了刘海。

出了机场，已经到了饭点。叶子青吩咐司机把车开往提前订好的酒店。

一年没见，恍如隔世。进门落座，等菜上桌。虽然中间常有电话沟通，但叶子青还是一个劲儿地问长问短。大家不想给叶子青添堵，自然都拣好听的说，听到高兴处叶子青就会放声大笑。

饭菜上来了，叶子青说："先吃菜，咱们边吃边聊。"

谁都不把叶子青当外人，于是呼啦啦吃起来。乔红虽然是第一次见叶子青，在这之前却已经听了不少关于他的故事，叶子青也知道乔红这次在奎县扶贫立了大功，大家都是一见如故。

叶子青依然平易近人，没有一点架子，像长者一样给众人斟酒夹菜。喝第一杯酒的时候，叶子青说："海成挂职一年了，自己吃苦受累不算，还把小妍和乔红拖下了水。梁书记和马县长对你们这几个人赞不绝口，一再要我好好地替他们感谢你们。"

叶子青是奎县人，说起奎县的事，自然是信手拈来。叶子青说，奎县的大米没菜也能吃两碗；奎县的鹅，小孩都能当马骑，肉质细嫩口感好；呼兰河的鱼最大的能长到几百斤，如果一直长下去，都能赶上海里的大鲨鱼。李小妍、乔红都笑着点头称是。叶子青又赞扬乔红，在奎县投资，不光要有眼光，还要有胆量。大概是从梁山那里知道了她和易学农的事，还开玩笑说，以后成了东北人的媳妇就知道，东北男人在人前吆三喝四，像个大丈夫，背地里把老婆当女儿养，只要老婆高兴，让干什么都行。说得乔红开心大笑，大家也笑。叶子青历来给人是古板印象，难得在小圈子里展示他的开朗。

司机吃完饭，一声不响地出去了。叶子青这才拉开架势说正事。

叶子青说："奎县县委为海成写的挂职鉴定，县政府的表扬信和感谢信，前几天就摆在组织部金部长桌上了。市纪委检查组到林业局检查，干部职工反映李国友的问题不少，情况通报到组织部，正好赶上市委调整干部的时间点。金部长征求了省厅的意见，已经把海成当林业局局长的方案报上去了，应该很快就要开会了。"

这又是个重磅消息。大家都打心眼里替牛海成高兴。焦利忠和刘海嚷嚷着要敬酒，李小妍和乔红在一旁兴奋得直拍手。

牛海成的心情倒是有些复杂，他不希望李国友当局长，因为李国友当局长最终会把林业局搞乱。但牛海成自己也不想当这个局长，他毕竟不是专业出身，到林业局的时间也不长。再说，林业局局长跟特种团团长一个级别，牛海成十年前就当上团长了，现在让他任林业局局长，他也兴奋不到哪儿去。

这样一想，牛海成的话就说得特别恳切："当局长我可真没这个思想准备，老局长了解我，我也没到哪个领导那里去跑过官要过官，我是真不想当这个局长，而且林业局有更合适的人选。但话又说回来，如果上级非得给我压这副担子，我也只能服从组织安排。"

叶子青说："目前林业局还没有比你更合适的人选。"说完带着大家一起给牛海成敬酒。

牛海成为表心意，扎扎实实喝了一大杯。

牛海成知道自己很快要当局长的消息后，并没有特别的欣喜，他所欣慰的是，没有了李国友这个障碍，就可以放开手脚调查杨立文了。

从奎县返城，身心俱疲，休息了两天，牛海成才上班。办公室还是以前的办公室，但罗小青已经安排人把他的办公室擦得窗明几净。自从上次牛海成把李国友调整办公室主任的方案搅黄后，罗小青对他就更尊重更殷勤了。牛海成即将当局长的消息，还没几个人知道，局里一如往常，大家各管一摊。李国友知道牛海成和李小妍一起从奎县返回。李小妍继续回办公室上班，跟李国友销了病假。李国友虽然觉得李小妍的病假休得长了些，但知道她在奎县扶贫中立了功，奎县县委和县政府的表扬信早就到了他的手上，他也不好说什么。

李国友是第一个来到牛海成办公室的人。

牛海成见李国友进门，礼貌性地上前与他握了握手，毕竟一年没见面了。李国友坐下来就问起牛海成在奎县的情况。李国友说："牛局在奎县挂职成绩突出，扶贫工作搞得很有起色，表扬信、感谢信都到局里了，要不要给全局干部职工做一场事迹报告？"

牛海成自然不会把李国友的话当真，更不想高调宣扬这次挂职经历，只是淡淡地回应："到了奎县，我只是按照书记、县长的要求抓工作，也没有什么特殊的贡献，算是完成了挂职任务。"

"牛局你太谦虚了。"

"不是谦虚，确实是按照书记、县长的要求抓工作。"

"你回来了，赶紧把巡查组管起来，我这儿也顾不过来。"

牛海成笑了，他知道李国友把巡查组搞得七零八落，现在又回过头来讨好自己，他根本没兴趣说巡查组的事。

牛海成有意问起："徐少卿被双规了吗？"

李国友猝不及防。

副市长被双规是大事件，李国友无法回避，只好说："是的，徐市长一星期前被双规了，主要是贪污受贿问题。"

牛海成接着追问一句："对咱们局有影响吗？他曾经分管过一阵子林业。"

李国友脸色有些难看："应该没什么大的影响。我跟他也不是特别熟。"

牛海成便一脸意味深长地笑："现在的贪官一出事就会带出一拨人来，但愿不要把别人牵连进去。"

李国友赶紧掉转话头，征求牛海成的意见："李小妍回来了，安排在哪个岗位合适？"

牛海成也不避讳，在李国友面前对李小妍大加赞扬："李小妍这次在奎县，虽然不是挂职干部，但确实为奎县办了几件实事好事，安排在哪个岗位，由李局长决定吧。她也没心思当什么主任副主任的，有工作干就行。"

看到牛海成这样大包大揽地为李小妍拿主意，李国友心里很不是滋味，好像牛海成抢走了他的心爱之物一样，不由得回敬一句："那就把她安排在办公室副主任岗位上吧。"

牛海成不置可否，也不再接这个话题。

一看牛海成反应冷淡，李国友装模作样地说："牛局你要对局里的工作多提宝贵意见，挂职都能把工作做得这么出色，局里的事你更要多出力呀。"

牛海成知道李国友是在虚情假意地安抚他。徐少卿被双规之后，李国友失去了一个重要的靠山，做人做事也低调了。牛海成心想，自己马上就要取而代之了，李国友却到现在还被蒙在鼓里，这就有点儿悲剧色彩了。

为了讨好牛海成，李国友还说要把封山育林这一块工作交给他管，牛海成只是心不在焉地应付。李国友反而误读了牛海成的意思，以为他表现出的是人在屋檐下不得不低头的无奈。

牛海成挂职结束，风光地回到局里，李国友心理上的压力不言而喻，但比李国友压力更大的是杨立文。

杨立文隐约感觉到牛海成一直没有解除对他的怀疑，而且暗地里还有动作。耗子坠楼后不久，他在电话里约过阿春，想重温旧梦，没想到阿春像见了瘟神一样，连称自己"改行了"，问她要同行姐妹的电话，也被干脆地拒绝了。

杨立文对着电话破口大骂，骂完之后，冷静下来想，又觉得阿春的行为反常，肯定是有别的原因。杨立文在脑子里梳理了若干种可能，最后他想到可能是警察找到了阿春。如果真有警察找到了阿春，那他很可能就露馅了。想到这里，杨立文的腿都软了，他觉得有一种潜在的危险正日益向他逼近。杨立文随后去了阿春之前的住处找她，可是房东说阿春她们早就搬走了，再打阿春的电话，已经停机。他一时也想不出有什么好的计策，浑身上下被冷汗浸了个透。

这之后的日子杨立文是在焦虑不安中度过的，他成了一只惊弓之鸟。他跟李国友分析过这件事，李国友一口就否定了他的猜想，还反复安慰他。他知道李国友是个糊涂虫，跟他分析情况等于鸡同鸭讲，现在只有寄希望于自己，但他给李国友也留下了一句狠话："李局长，反正现在咱俩是一根绳上的蚂蚱，谁都知道我是你的人。我做什么事都会被认为有你在幕后指使，真到了那个时候，我也就顾不了这么多了。"

李国友听出了杨立文话里的威胁，安慰他说："没影的事，你疑神疑鬼，没事都会被你搞出事来。"

杨立文不再跟李国友浪费口舌，他从牛海成对他的态度里读到了令人恐惧的东西，他决计要先下手为强了。

杨立文开始筹划如何置牛海成于死地。他想了多种方案，又都一一推翻：投毒，他找不到机会，因为牛海成根本不与他为伍；暗杀，凭牛海成的身手与警觉，他更不可能成功。杨立文想置牛海成于死地，是为了保全自己，如果两败俱伤，那他不会干。他翻来覆去想找个稳妥保险的办法，最后想到了爆炸。

爆炸得有炸药，杨立文寻找炸药也费了九牛二虎之力，先是在网上寻找卖家，没想到网上对危险物品管控很严，还差点弄出事来。然后，想到部队的弹药库里去偷，又觉得这样风险更大，部队弹药库把守严密不说，即使成功偷出了炸药，部队一旦发现炸药被盗，必定会穷追不舍。再然后是想在鞭炮上做文章，把鞭炮里的火药一点点抠出来，再装上雷管，但还是担心鞭炮的火药能量不够，而且自己也不会组装。最终他决定到专业公司去买。

通过正规途径购买炸药，就必须通过公安部门履行完备的手续，这倒是难不住杨立文，他拟了一个因治理山体滑坡需要申请购买炸药的报告，拿给大坡岭林场的场长李成。李成不明就里，以为是局里下的任务，而且大坡岭林场大门口两旁的山石确实有掉落的风险，要是能把两边的陡坡炸平，这对李成来说也算消除隐患，他心里甚至还有几分感激，觉得李国友没有忘记他，一直牵挂着他这里的工作。

"这工程款从哪儿出?"李成小心翼翼地问。

杨立文拉大旗作虎皮:"你把这个申请变成你们的报告,需要多少钱也一并写上去,看看局里能给你多少钱。李局长很关心你们。"

李成大喜,连连点头:"好,我马上写报告。"

杨立文反复叮嘱:"报告弄好了先给我啊,我跟局长去做工作,争取把钱给你要下来。"

李成一听,喜上眉梢,连声道谢。

杨立文把李成申请炸药的报告递到李国友面前时,李国友也有几分意外,问杨立文:"怎么突然想起治理山体滑坡来了,这是李成的主意还是你给他出的主意?"

"我建议的。这个主意不错吧?要是哪天他那个林场真的山体滑坡了,没伤着人也就罢了,万一死了人,对您也有影响啊!明摆着的事故隐患没人管。"

李国友嘟哝一句:"你以为我这个局长还能干到那里山体滑坡的时候吗?"

杨立文不干了:"局长您都这样没信心,那我们还怎么干?您可是我们的主心骨啊。"

李国友这次是少有的痛快,大笔一挥,在购买炸药的申请报告上签了字,而且对于工程拨款也没有任何意见。

这次购买炸药,杨立文特别热心,一百公斤炸药运到林场时,杨立文也主动跟着,名义上是替局里把关,实际上是找机会做手脚。他用自己事先准备好的物料换出了一些炸药和雷管,又从网上购买了附加装置,躲在房子里,按照网上教的方法折腾了几个晚上,终于做成了他想要的"炸弹"。

杨立文做的炸弹能定时,能遥控,理论上还有感应功能。

炸弹有了,怎样放到牛海成身边,这又是一个难题。

一番绞尽脑汁之后，杨立文想到了快递。

交给快递公司去寄送肯定不可以，但可以伪装成快递公司的包裹让牛海成接收。杨立文在最后的环节进行了周密的筹划，趁牛海成上班的时候，花钱找人冒充快递员给牛海成打电话，说有快递要送给他，而自己则乔装打扮后亲自将装有炸弹的包裹送到了牛海成家门口。说来也是巧了，前几天李忠给牛海成打过电话，说自己老家的苹果、梨都熟了，问了牛海成的详细地址，要给他寄。因此接到快递电话时，牛海成以为是李忠寄过来的特产，没有丝毫怀疑，就让放到自家门口了。按照杨立文的设计，这个快递只要当场被拆开，就会马上爆炸；即使没有当即拆开，只要是把它移动位置，改变放置的方式，也会延时爆炸。

最近这段时间牛海成基本上每天都按时回家，但这天下午下班的时候，李小妍打来了电话。

"出去转转吧！"李小妍说。

牛海成孤家寡人无牵无挂："那就转转吧。"

李小妍揶揄道："还挺勉强的嘛？"

牛海成赶紧否认："没有，没有！我也想出去透透气。"

李小妍问牛海成："那咱们上哪儿转？"

牛海成想了想，说："老地方吧！"

下了班，两人一前一后出了门，坐公交车进了中心城区。

这是新增的一条公交线路，穿越市区的几个著名景点，还路过一条步行街，步行街上有几家老字号美食。上了这趟车，不是上步行街，就是去旅游景点，因此市民们把这路公交车称为"旅游巴士"。

公交车不紧不慢往前开，过了几站，乘客逐渐多了起来。公共场合，牛海成和李小妍多半是眼神交流，并不言语，都愿意把目光投向窗外看风景、想心事。从奎县回来后，两人即使不在一起，每天也都会有联系。牛海成陪李小妍去医院检查了两回，医生说她身体恢复得很好，牛海成才彻底放下心来。挂职的时候，两人经历了生死，心态和生活方式都有了变化，双休日不是爬山就是游泳，饿了就去陶陶居、莲香楼享受美食，还打算以后每隔十天半个月就看场电影。

公交车到了步行街站，牛海成和李小妍两人下了车。

进了莲香楼，找了个卡座，两人相对而坐。牛海成要来菜谱，让李小妍点餐。莲香楼也是花城老字号。李小妍点完点心和其他一些食物，把菜谱交给牛海成。牛海成点了三个小碟、一盅猪肺腰子汤，还要了两罐啤酒，启开，倒满两杯，一杯递给李小妍。两杯相碰，各喝下去一口，牛海成说："今天我怎么觉得你有点儿不对劲？"

李小妍抿嘴一笑："哪里不对劲了，是你疑神疑鬼吧！"

牛海成说："没有不对劲就好，咱们喝酒吃菜。"

李小妍夹给牛海成一个黑金包："尝尝这个，特别鲜！"

两人正吃着，李小妍的电话响了。

李小妍看了来电显示，故意按下免提键，示意牛海成注意听，然后才说："你好，张秘书！"

"今天下午常委开会了，牛海成任林业局局长。"电话那头说。

牛海成听了，当场愣住。

李小妍问："那李国友去哪儿？"

那边说："暂时闲置。没问题的话，给个虚职；如果有问题，等待处理。"

李小妍说："那谢谢你啊，张秘书！"

"不用谢，先挂了啊。"张秘书很谨慎，不多说一句话。

李小妍放下电话，端起酒杯，说："你都听到了，恭喜牛海成同志荣升林业局局长。"

牛海成也端杯，一脸疑惑："你还有这样的路子，不简单啊。"

李小妍说："同一年转业的战友，去年当了市委书记的秘书。叶厅说你当局长的方案只等开会通过了，我就想起让张秘书及时透露一下消息，下班之前他告诉我常委正在开会，我就约你出来等消息了。"

牛海成有点惊讶，也有点感动。

李小妍一半认真，一半调侃，说："马上要当局长了，准备如何治理林业局？"

牛海成想了想，说："依靠大家，无为而治。"

李小妍看着他："别打官腔了，说点具体的吧。"

牛海成夹起一块牛仔骨，边啃边说："上任后第一件事，就是把耗子坠楼事件和我家的失窃案查清楚。就像这块骨头，再难啃我也要把它啃下来，只有把这两件事搞清楚了，我才有心思干别的工作。我相信耗子不会失足坠楼，也不能容忍有人长期逍遥法外。"

李小妍咯咯笑道："你这不像是林业局局长，倒像是公安局局长。"

牛海成啃完牛仔骨，说："局长也是可以换岗的，一把手不懂业务没关系，会用人就行。"

李小妍微笑道："也许你说得对。你以前也不是干林业的，进林业局时间也不长，可为基层林场办的事，件件都漂亮。看来掌握领导方法比懂业务更重要。"

牛海成点头道："一个人即使浑身是铁，又能打几根钉？小成绩靠个人，大成功靠团队。"

李小妍觉得牛海成像个哲学家，说出的话，听起来简单明了，揣摩起来则意味深长。她忍不住好奇地问："既然你认定耗子是他杀，那是不是猜到凶手是谁了？"

"你还是不知道的好。"

李小妍问:"为什么?"

"会吓着你。"牛海成不像是故弄玄虚。

"有这么严重?"

"凶手你很熟悉。"

李小妍追问:"我不会被吓着,到底是谁?"

"凶手应该就是杨——立——文。"牛海成一字一字地往外蹦。

李小妍不但没有被吓着,反而像是早知道似的:"回想起杨立文以往的一些细节,越想越觉得他就是凶手。这个人太有心机了,跟李国友也有扯不清的关系,他要是凶手,李国友肯定也脱不了干系。"

两人吃完了饭,接着又去看了场电影,然后,牛海成才把李小妍送回家。他自己回到小区的时候已经是深夜,看到眼前熟悉的场景,忽然想起了妻子柳青青,要是以前这个时候,夫妻俩肯定要视频通话了,可现在的他,却只能在自家的小区里徘徊踟蹰,形影相吊。思及往事,牛海成不想立刻回家,想在小区里多转一会儿。

可就在这时,他住的楼里传来了爆炸声,虽然听到的是一声闷响,却能感受到爆炸的巨大威力。爆炸声响过之后,窗户玻璃被纷纷震落,哗啦啦落下一片,大多数住户都被惊醒了,整栋楼立刻灯火通明。然后是嘈杂的人声、急促的脚步声,有人大声喊叫,有人骂骂咧咧。不明就里的人们开始愤怒了,以为是谁搞的恶作剧,搅了他们的美梦。牛海成听音辨位,感觉爆炸就发生在自己家附近,赶紧跑上楼去,果然发现自家大门被炸坏了,门前一片狼藉,一只狗倒毙在门口,嘴里还残留着快递的包装纸皮。

牛海成直接把电话打给了吕威,同时也通知了焦利忠,叫他火速赶来现场。

这一夜,牛海成一直守在自家门口,配合市局警察勘查现场,同焦利忠一起提取物证，分析案情。牛海成首先想到的是，这次爆炸也许又是杨立文干的。他想起上午有人给他打电话送快递，现在看来就是这快递里面有玄机。

根据对现场情况的分析，快递包裹里，除了炸弹还有烤鸭和火腿，目的是让人把它当成亲戚朋友寄来的特产。为了做得牢靠，包裹被人挂在了门把上。意外的是，这天牛海成一下班就被李小妍直接约出去了，没机会进家门，包裹也一直没人动。半夜时分，被流浪狗闻到了香味，饿急了的狗跳起来用爪子扒拉开包装盒，接着就是"砰"的爆炸声，狗随之毙命。

牛海成暗自庆幸，这一次是李小妍救了他，要不是跟她一起在外面吃饭看电影，而是像平常那样早早地下班回家，说不定被炸的就是他了。

等到市局的警察和焦利忠处理好现场，天已经亮了。牛海成跟李小妍打了个电话说明情况，就同焦利忠在小区外面找了一家旅店补觉。

牛海成和焦利忠醒来的时候已是中午，两人填饱肚子后，又分析了一阵。牛海成终于下了决心，对焦利忠说："利忠，你马上回去向局长汇报案件侦查情况，然后迅速带人把杨立文监控起来。我跟你们局长打电话，由你牵头负责杨立文案件的侦破。"

焦利忠一蹦三尺高，说："好的，我马上回局里办手续，把这几起事件串联起来并案侦查。"说完匆匆往局里赶。

王顺子是森林公安的警察，焦利忠的徒弟之一。他的感官比一般人敏锐，即使是睡觉正打着呼噜，旁边的人只要有点动静，他就会醒来，而且马上能进入战斗状态。别看他个子小，擒拿格斗一点不赖，对付杨立文绰绰有余。焦利忠叫王顺子带个同伴过来，一起监视杨立文。王顺子说自己一个人足够。焦利忠也不再强求，他对王顺子的本事心里有数。牛海成把王顺子安排进办公室，名义上是办公室新来的科员，实际上是专门来盯杨立文的。焦利忠向杨立文摊牌，要求他不能离开机关办公区，工作时间同王顺子一起在办公室上班，业余时间跟王顺子同吃同住，还专门给杨立文和王顺子腾出一间宿舍。杨立文当然不傻，知道自己被软禁了，装出一脸的冤屈："焦警官，你们这是要限制我的人身自由吗？我可是守法公民，犯什么事了？"

焦利忠看着他，冷冷地说："以前我还真是小看你杨立文了，都这个时候了，你还不知道自己干了什么？耗子怎么死的，你心里最清楚吧？"

杨立文装糊涂："我不懂你说什么。谁没见过耗子，耗子不就是老鼠吗？"

焦利忠嘿嘿笑道："你还挺能装。你到市区租房子干什么？赵心成怎么就恰恰从你租的房子里掉下去摔死了？你白天亲自把快递包裹放在牛局家门口，晚上就发生了爆炸。这些难道都是巧合吗？"

杨立文避其锋芒："焦警官，现在可是法治社会，给人定罪是要有证据才行的，光凭口说成吗？"

焦利忠早有准备："从耗子坠楼我们就开始搜集证据，我作为人民警察，一定是在法律范围内行动。适当的时候，我们会拿出证据，你必须主动配合调查。"

王顺子亮出森林公安出具的监视居住令给杨立文看。

那一刻，杨立文面如土色，仍强装镇静："我当然愿意配合调查，但把我软禁起来，剥夺我的人身自由，等到公安机关帮我洗清罪名的时候，焦警官你要负责任的。"

焦利忠鄙夷一笑："假如你确实没犯罪，当然要恢复你的自由。现在你最好还是规规矩矩待着，很快就会真相大白。到那个时候，如果你是被冤枉的，我愿意承担全部责任。"

杨立文苦笑，低头不语地回到办公室去。王顺子也紧跟了过去。

转　正

第 二 十 五 章

三天后，市委组织部到林业局宣布了一系列任职命令：牛海成任林业局局长，林健任副局长，李小妍任副局长。李小妍转业时是技术九级，相当于副团，进了林业局后，配合牛海成抓获了老鬼团伙，参加了全市统一部署的打私专项行动，获得市一级表彰，后来又自愿参加奎县扶贫，获得奎县县委和县政府的一致推荐。正因为这样，上级才考虑破格提拔李小妍为副局长。林健在林业局原本就是大场场长，在大坡岭林场任副场长期间，主持场长工作，为林场办了很多实事。兰副局长临近退休，退居二线，不再担任副局长职务。李国友到省厅帮工，另有任用。

市委的一纸任命，彻底改变了林业局当前的格局，终结了李国友惨淡经营的利益圈子。官场上的进退去留，既讲究师出有名，顺理成章，也有偶尔冲出的黑马。现在提倡选贤用能，有了破格提拔的先例，以后冲出的黑马会越来越多。有趣的是，李小妍提前打探到牛海成当局长的消息，却并不知道自己获破格提拔。市委张秘书没有透露她当副局长的消息，她自己也根本想不到还有当副局长这回事。

牛海成当了林业局局长，上任的第一件事就是督促森林公安局成立爆炸事件调查组，林健挂名组长，负责协调与森林公安的工作。森林公安局指派焦利忠任常务副组长，组员从森林公安局抽调。

爆炸事件之后，森林公安局局长带着焦利忠专门到市公安局，就爆炸事件和对杨立文的调查，向刘恺做了专题汇报。既然已经有了充分的证据，刘恺同意马上对杨立文立案调查。在对杨立文立案调查的同时，刘恺让吕威以最快的速度做了两件事，一是在全市开展一次全面排查，清查年内购买炸药的单位和个人，了解炸药使用情况，查找安全隐患。二是由焦利忠负责，立即对杨立文住处进行搜查，从杨立文住处搜出了剩余的炸药和制造炸弹的工具。李成申请购买炸药的手续没毛病，可李成没想到自己被杨立文当了枪使，查到他这儿的时候才如梦初醒。

对杨立文立案调查后，警方把几起事件的监控和其他人证物证结合起来，相互补充，并案分析，形成了完整的证据链：杨立文威逼利诱，让耗子到牛海成家偷窃；因为害怕耗子走漏风声，又精心策划，造成耗子高楼坠亡；最后在牛海成家门口制造爆炸的犯罪活动。

因为案情重大，杨立文被市公安局直接带走调查，随着调查的深入，李国友不久也被双规。

坐在林业局局长位置上的牛海成有点恍惚，脱下军装的这两年，仿佛按下了快进键，一路奔跑着向前，从不知道自己想要的目标，左冲右突之间，竟然盘活了一步步险棋。转业时降的一级又调了回来，这在转业干部中是凤毛麟角——团以上职务的转业干部，多半都是在副职岗位干到光荣退休。短短的两年时间，牛海成在林业局干得风生水起，即便是挂职这样费力不讨好的活，他也干得照样出彩。

自从进了林业局，工作上遇到的难题真不少，可总能踏平坎坷成大道，牛海成知道，自己没有三头六臂，靠的是大家的智慧、集体的力量，如果是单打独斗，也许早就一败涂地。

既然当了局长，就要认真筹划林业局的工作，虽然没有改天换地的宏图大志，但也不能只满足于守摊混日子，何况李国友留下的还是一个烂摊子。

牛海成打算做一个林业局建设三年规划，相当于干完一届任期。他不想把林业局局长做得像特种团团长那样遥遥无期，只想扎扎实实干完一届之后，再找一个自己心安的去处，这是他回到花城之后心里冒出的想法。

搞了个三年规划的初稿，牛海成自己并不满意，想先征求一下意见再说。李小妍的办公室就在他的楼下，跺跺脚李小妍就能知道他的动静，本想打电话叫李小妍上楼来，又觉不妥。信步来到走廊上，牛海成这才发现，已是盛夏时节。每年这个时候，花城到处都是一派姹紫嫣红的景象。林业局办公楼前的凤凰木早就开成了火红一片，把整栋办公楼都映红了。这情景吸引了办公楼里的人们，他在二楼走廊里就能知道楼下也有人在观景赏花。

"这凤凰花今年开得这么红，像火一样。"胡兰花说。

胡兰花虽然退居二线了，但办公室依然保留着，副局长待遇也基本未变。

"是啊，兰姐，这花也是有灵性的植物，人气越旺花就越艳。"李小妍搭腔，她们两人的关系历来不错。

胡兰花一语双关："去年也没见这树开花，看来今年局里势头不错啊！"

李小妍说："凤凰花可是有来头的，兰姐。非洲有个国家把凤凰花定为国花，国内的厦门、攀枝花等几个城市把凤凰木定为市树，厦门大学、汕头大学也把凤凰花定为校花呢。"

胡兰花有几分惊讶："看不出来它这么有来历啊！"

李小妍顺着话说："要不怎么叫花开富贵呢，凤凰花就是富贵花。"

牛海成发了一条信息给李小妍："别赏花了，上来商量一下工作。"

李小妍看到牛海成发来的信息，知道他也在二楼走廊上看花。她故意走进办公室，又停留了一会儿才上楼去敲牛海成办公室的门，怕引人误解，手里还特意拿了一份文件。

牛海成一脸期待地等着她。

李小妍调侃道："牛局召见，有何吩咐？"

牛海成郑重其事地说起林业局的未来三年规划。

牛海成兴致勃勃地说完，李小妍的反应并不热烈，只是淡淡地说："三年规划听起来很响亮，关键是能不能按点推进，逐条兑现。"

"那就需要大家的共同努力。"牛海成有些失望，也有些底气不足。

"省级层面才有一个三年规划，我们也搞三年规划，而且提出这么宏伟的目标，你这算是新官上任烧的第一把火吧？"

李小妍的话绵里藏针，牛海成当副局长的时候，李小妍从来都是顺着他说，这刚当局长，她就开始犯颜直谏。牛海成明白其中深意，内心很受震撼，他怕李小妍说一半留一半，便做洗耳恭听状，等着李小妍继续讲。

看出牛海成脸上的诚意，李小妍缓了缓口气，说："三年规划虽然好，但不需要层层搞。现在既不是年头，也不是年尾，而且我们局的情况有些特殊，李国友和杨立文之前把人心都搞乱了，如今拨乱反正最重要，还不如每年办几件实事，把林场的建设搞上去，让林场干部职工真正享受到单位发展的红利。"

一席话听得牛海成心悦诚服，惊叹道："你这水平明显见长啊，虽然给我浇了一瓢凉水，可浇得正是时候。"

李小妍干脆顺杆爬："不在其位不谋其政，现在我有责任了，必须积极为主官出谋划策呀！"

意识到内心刚刚萌芽的那点自我膨胀，牛海成马上提醒自己：输给谁都不可怕，可怕的是输给自己。这样一想，牛海成果断地说："你的建议有道理，三年规划不搞了。俗话说，为官一任，造福一方，每年扎扎实实办几件实事才是正道。"

牛海成上任后想干的第一件实事，就是对基层领导班子进行全面考核，摸清干部队伍的底数，然后根据实际对班子做出调整，切实改变个别基层领导班子软弱涣散的状况。有了好的干部队伍和领导班子，才真正具备干事创业的基础。

这是牛海成当了林业局局长之后的开篇之作，所以他非常慎重，先私底下征求了一遍党组成员的意见，才召开局党组会议，专题研究干部考核问题。会议决定组织两个考核组，对各个林场的场长和相关部门领导进行全面考核。两个考核组分别由牛海成和林健带队。

人事科做了一个考核计划，最后由牛海成审定，从德、能、勤、绩、廉几个方面，采取听工作汇报、个别谈话、现场考察、民主测评和民主推荐等方式，对基层单位的班子成员和领导干部进行考核。

牛海成刚进林业局的时候，李小妍带着他下林场，那是新官上任的必修课，虽然不能说是走马观花，但程序确实简单。时隔两年，牛海成作为局长下基层考核领导班子，完全不可同日而语，必须带齐全班人马，走完各项流程。当年牛海成是想对叶子青有个交代，现在牛海成是想对林业局的将来有个交代。

考核组下基层考核前，各单位已经提前得到了通知，但为了防止"表面光"，具体时间不预先告知，考核顺序也秘而不宣。第一站选在了大坡岭林场，大坡岭林场的场长还是李成。

把大坡岭当成第一站，不是牛海成的意思，而是办公室排的序。牛海成只有原则要求，把偏远和难题多的林场留给他。因为事先没有通知考核组具体到达时间，大坡岭林场没做任何准备，连李成也不见踪影。副场长把牛海成一行人迎进会议室，一面叫人安排食宿，一面向牛海成汇报情况。

汇报完场里的情况，李成还没到林场。牛海成黑着脸问副场长："李成人呢，我们来了他都不露面，官架子这么大？"

副场长说："场长说家里有事，好几天没来上班了。"

场长是林场的一把手，有事必须跟局里请假报备，好赖不能擅离岗位，何况早就接到了考核的通知。李成到底是因为什么事上不了班，副场长也说不清。如此散漫，别说是场长，普通职工也不行。牛海成心里的火一下子拱到了脑门顶："这场长当的，想来就来，想走就走，完全就是甩手掌柜！"

李小妍在一旁吩咐副场长给李成打电话，叫李成马上赶回林场上班。

李成接到电话，一听牛海成带着人到了大坡岭林场，而且要求他马上赶回单位上班，就知道自己这回撞在枪口上了。他断定自己即使是马上赶回林场上班，那也是自取其辱。李成以为是副场长向他隐瞒了情况，一上来就责怪副场长："牛局长到场里来，也不提前告诉我，你是想故意出我洋相啊？"

副场长说："我也不知道考核组今天会来林场，这次考核没提前告知具体时间。"

李成一听，觉得牛海成就是冲着他来的，索性一副死猪不怕开水烫的架势："牛局长一上台，我就该下台了，我不是他的人，他也不是我的菜。"

牛海成在旁边听得真切，没想到李成还会如此嚣张，那就干脆拿他开刀："大家都听到了，李场长早就有了辞职的心，看来是真的不想干了。既然这样，那副场长先主持工作，等有了考核结果再说。"

考核组随后按程序展开工作。第二天，李成才露面，牛海成没见他，委托李小妍跟他谈话。李成知道，自己的好日子到头了。

牛海成带着一行人到西江林场的时候，迎接他的不是朱又楠，而是副场长吴戈。当时清理养猪场的时候，朱又楠留给牛海成的印象很深。牛海成问吴戈，朱又楠为什么不在岗，吴戈告诉牛海成，李国友一上任就把朱又楠给撤了，而且一直不给西江林场配场长，而让吴戈主持林场的工作。牛海成一听，恍然大悟：李国友故意把林场场长的位置空着，显然是想留给自己的人，只是还没来得及大调整，他的仕途就走到了尽头。

吴戈说，朱又楠后来主动辞职，去了东部某个城市做生意。牛海成叫人事科的人打电话给他，让他回局里上班，朱又楠回话说他的生意刚刚摸到点门道，暂时不打算回林场了，牛海成听了，心里窝火，心绪难平。他觉得李国友太可恶了，为了一己之私，拉帮结派不说，还千方百计排除异己，要是他在任上再干几年，林业局不知道会变成什么样子。

牛海成和林健带着两个考核组，扎扎实实把林业局所属的基层林场、林业工作站等单位跑了一遍，花去了一个多月时间。下坡容易上坡难，李国友在任上才一年，就让很多问题积重难返，这是牛海成万万没想到的。

李国友上任之后，基层林场的吃喝风也开始死灰复燃，以前盈利的林场，好几个出现了亏空。一些基层林场面临很大的困难和问题：领导班子不力，财务亏空大，基础设施落后，植树造林进展迟缓。不仅如此，几个毗邻市区的林场场长，也大多被李国友不声不响换成了自己的人。如果李国友用的确实是能人，那也无可厚非，但从考核结果来看，这几个场长无论是个人能力，还是工作实绩，都很平庸，其民主测评结果也不尽如人意。考核还发现，个别林场场长一天到晚就在混日子。也有的偏远林场，自恃山高皇帝远，上级机关去得少，很多规章制度都只是挂在墙上、喊在嘴上，成了一纸空文。很显然，要真正把基层建强，关键是要把班子配强。

考核工作组回到局里，马上把考核情况跟局党组成员通了气。牛海成打算根据这次考核情况，对基层单位的领导班子进行适当调整。于是，牛海成叫人事科根据考核结果做出干部调整方案，然后择机提交局党组会讨论通过。

局党组会议之前是个别酝酿，统一思想认识，这是一个必经程序，也是非常微妙的阶段。人事问题是最为敏感复杂的问题，干部调整相当于牵一发动全身，牵涉到各方面的利益关系。叶子青在任时，就说过基层林场问题多，想调整基层林场的个别干部。但他任职时间短，即使是微调，遇到的阻力也很大，所以他一直没敢轻举妄动。牛海成之所以要把基层班子全面考核一遍，就是想把班子存在的问题摸清楚，然后有针对性地把班子调整理顺，再着手解决面临的其他难题。

整个班子成员中，牛海成是局长，又是党组书记。林健和李小妍都参加了考核组，对基层单位情况都很清楚，而且他们两人的成长是牛海成鼓励推动的，自然是跟牛海成同心同德。胡兰花虽然退居二线了，但目前还是党组成员，她也算是牛海成的铁杆支持者。还有一个刚刚由工作站站长提升的四级调研员，二话不说也表示了同意。另外还有两个副局长：秦副局长是局里的老资格了，早就做好了在副局长岗位上退休的打算，看到了人事科送来的干部调整方案，明白了大意，并不多言。黎副局长就不同了，黎副局长叫黎明春，年轻气盛。李国友被提拔为局长后，空出了一个副局长的位置，上级就把黎明春从林场场长的岗位上提拔到了局机关。他从国内知名的林业大学毕业，干过一段时间的林场场长，觉得自己在林业局要学历有学历、要经历有经历、要能力有能力，接李国友的班执掌林业局应该是顺理成章的事。市纪委坐镇林业局调查整改问题的时候，他还暗喜过一阵子，以为自己运气来了，可万万没想到，最终是牛海成占了先。

牛海成这一上位，不知要干到猴年马月，他这个最年轻的副局长也许会熬成最老的副局长，黎明春心里的那个郁闷就别提了。不仅如此，牛海成上任之后，还扎扎实实把基层单位的班子成员考核了一遍，然后拿出了一套干部调整方案。黎明春知道这个方案对林业局的发展至关重要，但这个方案对他的冲击最大。他在林业局副局长位上，总想着有朝一日要当主官，那就必须有自己的执政基础，所以，平常有意识地对几个与他意气相投的场长进行了感情投资。黎明春担心干部调整方案落地之后，他的人马会损失过半。

这一系列的原因，让他在干部调整方案上，字斟句酌地写下了密密麻麻一段话，把方案上的留白都占满了，中心思想只有一个：刚上任就搞干部调整，有清理门户之嫌，也不利于林业局当前稳定的大好局面。

看着黎明春在干部调整方案上的批语，牛海成心里很不是滋味。党组会上是少数服从多数，黎明春明明知道自己翻不了盘，还偏偏要亮出自己的底牌，思来想去，只有两种可能，一是他有足够的实力，可以与牛海成分庭抗礼；二是下定决心抢夺话语权，增加自己讨价还价的筹码。

无论是什么会议，有不同意见纯属正常，如果主要领导拍板决策前，有班子成员在一旁温馨提示，甚至是积极协助完善决策，那叫黄金搭档。但牛海成刚刚走上局长岗位，正准备开局做第一件事，就冒出一个敢于公开叫板的人，而且黎明春并不是积极地建言献策，而是一口否定方案的可行性，话不仅直白，而且挑衅性极强："局长不是家长，不能搞'一言堂'。干部调整是一个大事，必须慎之又慎，最好先做民意测评，有条件还可由全体干部职工票决。"

这显然是无理取闹，局里组织了考核组对基层单位的班子成员逐个进行考核，其中就专门有民主测评这一项。对于黎明春这一番表演，牛海成本想任其自然——不过就是一张反对票而已，但转念一想，这样姑息可能会让黎明春误解为软弱，以后事事都显示他的存在，而且黎明春跟李国友走得还比较近，有必要提醒一下。这样一想，牛海成并不急着召开党组会议，他想把黎明春的刺捋顺了再说。

牛海成不打算自己出面找黎明春，他找了胡兰花，问她有没有办法。胡兰花一听，觉得终于有了回报牛海成的机会，信誓旦旦地拍了胸脯，说这件事包在她身上。

胡兰花有胡兰花的招，女人心细，且消息渠道多，胡兰花当过办公室主任，对林业局机关的古往今来都了如指掌，特别是李国友上位后，她遭到了打压，就更注意保护自己。黎明春当了副局长后，对李国友可谓是鞍前马后，经常一起吃饭喝酒，胡兰花手里就有好些别人发来的黎明春和李国友吃饭之后去夜总会的照片，还有一段视频，视频中黎明春正在歌厅里兴致勃勃地搂着 KTV 公主一展歌喉。

黎明春自恃年轻有为，从来就不把胡兰花放在眼里，胡兰花把电话打到他手机上的时候，一听是胡兰花，语气马上变得傲慢起来：“胡副局长，你有什么事，请讲，我这正跟人说事呢。”

手里有武器，心里有底气，胡兰花不卑不亢道：“没什么事，打扰你了黎副局长，我这里有几张你跟李国友吃饭的照片，方便我就发给你吧？”

黎明春心里陡然一惊：“我们怎么会有照片在你那儿，兰局？”嘴上不由自主地改了称谓。

“跟你们一块儿吃饭的人发给我的，我们也是好朋友。”

“谁？”

“谁你就别管了。我没你微信，干脆发短信吧。”胡兰花说完主动挂断了电话，随后把几张照片通过短信发给了黎明春。

很快，黎明春的电话就回过来了，而且口气是一百八十度大转弯，一口一个局长大姐：“局长大姐，谢谢你提醒我，有什么事你尽管吩咐啊！”黎明春聪明，知道胡兰花突然把照片发到他手机上，肯定有某种诉求，想靠说好话让胡兰花把照片删除肯定不管用，既然有把柄在人手上，那就只能乖乖认宰。

胡兰花说：“黎副局长跟李国友关系这么好，听说李国友在里面都供出一串了，黎副局长没事吧？”

黎明春明知道胡兰花这话是当面打脸，他也只能忍气吞声，任由胡兰花尽情发挥。

　　胡兰花继续说道："牛局上任之后，对基层林场的班子考核了一遍，下一步干部调整，会不会把你的人弄掉？不过，我觉得一些干部早该调整了，特别李国友提的那些人，都是尸位素餐，黎局你对这个方案怎么看？"

　　"我是举双手同意啊！你的意见呢，局长大姐？"

　　胡兰花旗帜鲜明："把李国友的残余势力清除干净，我当然也会举双手赞成！"

　　黎明春哑口无言，知道胡兰花肯定是受了牛海成的指派。

　　局党组会上，黎明春一反常态，对干部调整方案大加赞赏，完全像换了个人一样。

　　干部调整方案落地之后，先后调整了几个像李成这样能力素质弱，又缺乏责任心的基层干部。虽然真正被调整不再担任领导职务的也只有少数几个，但对全局干部职工震动很大，基层林场的领导班子面貌有了明显改变。

　　通过这次班子考核，整个林业局从机关到基层，都开始正视自身存在的问题。牛海成相信，接下来再组织解决边远林场的基础设施建设问题、职工公寓兴建、离退休干部职工生活保障等难题时，阻力会越来越少，支持会越来越多。

　　一年整一片，三年整一遍。牛海成想，只要能把这一件件事扎扎实实办好了，等到他离开林业局的那一天，林业局也许就真的是旧貌换新颜了。

　　现在的牛海成，身后有一种无形的推力，不想往前走都不行。

　　有个国际森林会议原计划是在瑞典召开，后来因故改在美国了，还恰恰因为圣路易斯市森林资源丰富，会议选在了那里召开，议题是关于森林资源的合作管理与合理支配。叶子青从市里争取到一个开会名额给了林业局，牛海成还没考虑清楚派谁去开会，李小妍就主动请缨来了。

理由很充分，她没出过国，想出去开开眼界长长见识。谁都知道，这样的会议一般都会安排几天空闲时间，让参会人员可以走走看看。李小妍说，更重要的是，她想代牛海成去圣路易斯市看看海娃。

牛海成觉得李小妍言之有理，于公于私李小妍去都最合适。

会议两天就开完了。李小妍没有发言任务，只是听会，因为有同声传译，会议没有语言障碍，她认真记下了会议要点和一些重要观点。参会的都是同行，有些做法和经验还是有参考价值的，之后的工作应该能派上用场，也不枉单位花钱让她出一回国。

会议结束的那天晚上，李小妍联系上了海娃，第二天一早就直接去了海娃的住处。李小妍是个细心的人，出国之前就做了准备，精选了不少花城特色零食。牛海成还专门给海娃买了几套她喜欢的衣裙，交李小妍带给海娃。

海娃给李小妍的第一印象是，传承了父母的优质基因，长得眉清目秀，皮肤粉嫩光洁，亭亭玉立。同时，李小妍也看到了海娃眼神里的忧郁，更显楚楚动人。

海娃见了李小妍，说不上是欢迎还是不欢迎，脸上的表情淡淡的。李小妍不介意，她已经做了最坏的打算。

李小妍自我介绍道："我是你爸爸单位的同事，到这儿来开会，接下来还要在这里待几天，特意来看看你。"

李小妍给海娃的第一印象分也不低。海娃偷偷拿李小妍跟自己的妈妈柳青青比，两个人都是高颜值，却又完全不同：柳青青文弱纤细，李小妍丰满结实；柳青青任性而温柔，李小妍典雅而庄重；柳青青生性敏锐泼辣，李小妍落落大方……海娃不知道为什么要拿李小妍跟自己妈妈比，虽然她不想轻易接纳一个陌生女人，但李小妍的优雅和亲切还是让她心动了一刻。

海娃默默点头，她很想知道李小妍在美国还要待多长时间，究竟是怎样的打算。李小妍看出了海娃的小心思，偏偏就此打住话题，转而把零食和衣裙拿出来，递到海娃面前，温和地说："这零食是我专门上西街买的，味道正宗；这些衣服是你爸爸专门为你买的，只有他知道你喜欢什么样的颜色和面料。"

海娃的眼睛亮了一下，终于把李小妍迎进门，李小妍也不客气，跟着海娃进了屋。屋子里有些凌乱，海娃脸上显出一丝尴尬，李小妍却反客为主，动作麻溜地帮海娃收拾起屋子来。

过了一会儿，李小妍就把屋子收拾整齐了，接着准备做饭，拉开冰箱一看，里面空空如也。

李小妍说："海娃，我到超市去买点菜，回来咱们自己做好吃的。"

海娃看了李小妍一眼，有点不好意思地说："阿姨，还是我请你到外面吃吧？你是客人，哪能让你做饭。"

李小妍微微一笑："让你尝尝家乡的味道，你肯定好久都没在家里吃饭了。"

拗不过李小妍，海娃把超市位置发送到了李小妍手机上。等李小妍出门，她马上拨通了牛海成的视频电话。

这边的牛海成还在睡梦中，一看是女儿发来的视频申请，赶紧按下接听键："怎么了，海娃？李阿姨来了吗？"

海娃语气不咸不淡："来了，她买菜去了，她到底是你同事还是你相好啊？"

牛海成心头一惊，立刻睡意全无："同事！怎么了？我叫她看看你，给我闺女做几顿好吃的。"

海娃故意沉下脸："我感觉得到她是为了你才来的，是你的意思吧？一看就知道你们不是一般的关系，我妈在的时候你们就认识吗？"

牛海成避实就虚："李阿姨就是听说你妈没了，才主动要求过来看你的。"

"然后，适当的时候就取代我妈的位置。"海娃嘴上毫不留情。

牛海成苦笑道："李阿姨就给你这印象吗？"

海娃二话不说挂了视频，搞得牛海成心里七上八下暗暗着急。

　　超市离海娃的住处不远。李小妍精挑细选，她不知道海娃的饮食喜好，本想打电话问牛海成，一想到国内正是深夜时分，便作罢了。索性鸡鸭鱼肉各来一份，时令蔬菜一种不少，调味作料样样备齐。超市里华人不多，李小妍一出现，反倒成了另类，引起了周围人的注意。

　　有个小伙子有意走到李小妍旁边挑选商品，趁李小妍偏头的时候，他抓住机会，主动跟李小妍搭讪："您买这么多啊，待会儿拿得动吗？"

　　李小妍一看是个帅小伙，听口音还是花城老乡，在国外遇到家乡人，有一种天然的亲近感，于是笑着接了一句："不想天天过来，来一次就买个够。"

　　小伙子贼精，看李小妍把调味品买得那么齐，就知道她是刚来美国，而且是准备自个儿生火做饭，接着问一句："您这是刚来美国？"

　　李小妍说："你说对了一半，我是刚来美国，买菜是给孩子做饭。"

　　小伙子也买了几样菜蔬，外加一束火红玫瑰，看李小妍提着几大袋禽蛋肉鱼和蔬菜水果，便主动说："我帮您拎几袋吧。"

　　李小妍犹豫片刻，说："我离这儿不远，慢慢走能行。"

　　小伙子说："没关系，我要去圣路易斯华盛顿大学，您去哪儿？能帮您拎多远算多远。"

　　"赶巧了，我也是去那里。"李小妍两手不空，确实感到有些吃力。

　　说话间，小伙子就从李小妍手里接过购物袋。李小妍一下轻松了许多，觉得小伙子真是善解人意。两人边走边聊，一直聊到海娃的出租屋前。

　　李小妍上前敲门。门开了，海娃看到李小妍和她身后的小伙子，一时愣在了那里，但很快就归于平静，对那位小伙子说："苗春雨，你不会是走错门了吧？"

李小妍是过来人，自然看出了他们两个人的关系不一般，这个叫苗春雨的小伙子应该就是海娃的男朋友，但看上去两人似乎正在冷战中，怪不得有段时间牛海成经常着急上火，说海娃出状况了，学习成绩直线下降。

苗春雨笑逐颜开，对海娃讨好地说："你很久没吃我做的牛排了，今天重温一下我的超级厨艺。"说完，径直进屋把手里的菜放进了厨房，转而对李小妍说，"阿姨，给个机会，让我也露两手啊。"转身把玫瑰放进花瓶，摆在客厅的窗台上，像一团火，怒放着，映红了整个屋子。

李小妍开始在厨房里忙碌起来，苗春雨很快也跟了进去。

"阿姨，不能让您一个人辛苦，咱们联合作战。"苗春雨说。

李小妍确实有些意外，她原先还以为现在的80后、90后没有几个会做菜呢。她起初以为苗春雨只是客气，没想到，苗春雨进了厨房，干活还真是一把好手，不用李小妍安排，他就把买来的菜心择好，洗净，放在菜篮子里沥干。然后把瓜果洗好，该切丝的切丝，该切片的切片。最后用厨房纸吸干牛排上的血水，撒上细盐和黑胡椒静置，准备给海娃煎牛排。他告诉李小妍，五成熟的牛排是海娃的最爱，还问李小妍喜欢几成熟的牛排。

这样的暖男，海娃为什么会嫌弃呢？

于是，李小妍心怀好奇地打探："小苗你是不是欺负海娃了？"

苗春雨满脸冤枉的表情："我哪儿敢呀！讨好还来不及呢。"

李小妍说："那为什么海娃对你这副表情，总是事出有因的嘛。"

苗春雨说："她疑神疑鬼呗！"

李小妍坚持要问个明白："她怎么疑神疑鬼了？"

苗春雨也希望李小妍能从中调解，说："我们班有个同学是国内来的，东北姑娘，对我挺好，老要约我看电影，我都拒绝了。我就想找个机会跟人说明白，结果就这一次见面，赶巧被海娃发现了。那女孩写给我的信，还没到我手上就都被海娃截获。我都怀疑海娃天生就是一个当侦探的料，她爸明明是林业局局长，不是安全局局长啊！"

苗春雨这一说，李小妍倒想起了牛海成，他做卧底还真做得不错，真是龙生龙，凤生凤。她半真半假地说："你想跟海娃好，还真的不能有花花肠子，你知道她爸爸这个林业局局长最擅长干什么吗？"

李小妍这一卖关子，苗春雨就更紧张了："最擅长干什么？"

李小妍说："海娃的爸爸是卧底英雄。"

苗春雨一听，脸都绿了。

两个人就这样你一句我一句地聊开了，李小妍把苗春雨和海娃的情况问了个七七八八。聊天的同时饭菜也做好了。

海娃虽然没进厨房，但也没闲着，先是把西瓜、苹果切成小块整整齐齐地摆进餐盘，接着便收拾餐桌、摆好餐具，还专门为李小妍泡了一杯柠檬水。海娃一直不想让牛海成为她找个后妈，但李小妍给她的印象有点不一样，第一次让她的原则产生动摇。

满桌的菜，让人胃口大开。大部分是由李小妍掌勺，按照粤菜的口味做的，讲究清淡，原汁原味，颜色搭配也颇费心思。苗春雨也如愿以偿地露了一手，给每人各煎了一块牛排，分别是五成熟、七成熟和全熟，三人三个口味。

李小妍解下围裙，海娃就马上上前接住，拿到厨房里挂好，而苗春雨在厨房里干得这样卖力，海娃却熟视无睹。看样子这次苗春雨能进门，也是沾了李小妍的光。

苗春雨还炒了一盘醋溜土豆丝，吃起来很是爽口，李小妍称赞了一番，海娃则是一脸不屑。

海娃夹了一块隔水蒸鸡放进嘴里，说："小姨，还是你做的菜好吃，正宗的家乡味道。"

李小妍与海娃相视一笑，说："小姨做菜的手艺跟你爸爸比差远了，能填饱肚子就算不错了。"

海娃道："小姨你太谦虚了，怎么也比这半生不熟的牛排好吃多了。"

苗春雨脸上显出一丝尴尬："西餐和中餐不好比。而且你不就是喜欢五成熟吗？口味这么快就变了。"

海娃故意较劲："我变的是口味，你变的是人心。"

"换我心，为你心，始知相忆深。"苗春雨并不回应，小声念起了一句词。

海娃心有所动。正巧，她的电话响了，她从旁边的椅子上拿起电话，看了来电显示，突然高兴起来，还特意调大音量外放。

"海娃，你在干吗？"对方满腔热情。

"没干吗，等你电话呀。"

"等我电话？"对方一听特别兴奋，"那咱俩一起出去遛遛？"

"上哪儿遛？"

"上哪儿都行，看电影、吃海鲜……任你挑选。"

海娃显出很乐意的样子："AA制，还是你请客？"

"太小瞧我了吧？当然我请客。"

"我又不是你女朋友，请我吃饭你不就亏了吗？"海娃这么说，是有意留给苗春雨一线希望。李小妍一听，就知道海娃和苗春雨的关系还有戏。

"你不也没男朋友嘛，从今天开始，我就正式成为你的男朋友。我都暗恋你好久了，你还不知道吗？"对方显然是情场老手。

苗春雨脸上红一阵白一阵，索性一把从海娃手里把手机夺过来，声色俱厉地警告对方："王八羔，你不知道我是海娃的男朋友吗？我现在就明确告诉你，我和海娃是正式的恋人关系，你别想在她身上打什么主意。曹珊珊这才跟你谈了几天，你又把人甩了？名副其实的花花公子。"说完直接挂掉电话。

看到李小妍神色惊讶，苗春雨解释说："这花花公子叫王柏高，我普通话不准，可能读走形了。"

李小妍听了哭笑不得。

海娃质问苗春雨："你有什么权利抢我的手机，还直接羞辱我的同学，你这样做有意思吗？"

苗春雨表现出一脸的责任担当："你跟谁谈也不能跟这个王柏高谈，没听我刚才说的吗？他完全是在玩爱情游戏，他才不把感情当回事呢。"

"你就把感情当回事了？你不也是一只脚想踩几只船吗？你不知道你的那个东北女人多肉麻？想变成一只小鸟飞进你的窗口，更想变成一只 small dog 依偎在你的身旁。还小狗呢，我看倒像是一只大狗熊。"

李小妍在一旁洞若观火。她看出了海娃心里的纠结，更理解海娃的任性，没有经过生活的打磨，年轻人眼里容不得一粒沙子，突然失去母爱又让海娃承受了难与人说的孤独，东北女同学向苗春雨示好，加剧了海娃内心的不安全感。

苗春雨不仅聪明，而且有韧性，在一旁不争辩不解释，一副甘愿受罚的样子，海娃发泄了一通，心情平静了许多。

李小妍忍不住说："世上很多事都可求，唯独缘分难求。多少人擦肩而过错失良机，以至于终生遗憾，有时缘去缘留也只在人的一念之间。"

说得海娃和苗春雨都一脸沉思。

吃完饭，苗春雨主动提出收拾残局，海娃依然没好气："你别把自己不当外人，我家里的活用不着你操心了，都酒足饭饱了，你还不赶紧给你的东北娘子献殷勤去。"

苗春雨赖着不走："今天想赶我走，门儿都没有。小姨刚来，今晚我要好好表现。"

苗春雨给李小妍的印象不错。李小妍虽然不知道两个年轻人之间究竟还发生了什么，但她看出了海娃也对苗春雨有感情，也许只是一时还放不下面子，那就更不能因为一点小事让两个年轻人轻易错过。于是李小妍顺水推舟，笑了笑说："海娃，既然春雨有这个心意，那我们就给他个机会，让他好好表现吧！"

海娃半推半就："小姨，您可别被他的假象给骗了，他就是一个白眼狼。"

后面的几天，海娃带着李小妍把圣路易斯市的主要景点都转了一遍。首先从圣路易斯华盛顿大学校园开始，然后是大教堂、联合车站、拱门、博物馆，还专门去游览了森林公园。短短几天时间，李小妍不光参加了国际会议，还有机会饱览当地风景名胜，了解西方文化和异域风情，可谓是不虚此行。

除此之外，更让李小妍高兴的是，她和海娃处成了闺密。一开始，海娃对李小妍的到来不以为意，甚至是有些不冷不热。苗春雨出现的时候，海娃叫李小妍"小姨"纯属是叫给苗春雨听的，没想到后来越叫越顺口，开口闭口都是"小姨"，叫着叫着仿佛成了亲姨。到了分别的时候，海娃嘴上叫着小姨，眼里的泪水止不住往外流。

苗春雨好几次提出陪她们游览圣路易斯市的风景名胜，但海娃都拒绝了。海娃向李小妍袒露心思，她是真心喜欢苗春雨，即使到现在她也没想放弃，之所以对苗春雨这样冷若冰霜，她是怕婚前留下隐患，她要让他看到自己的冷峻和决绝。恋爱期间如果任由外来感情侵入和渗透，婚后更容易出现感情危机，如果苗春雨经受不了她的考验离她而去，正好，长痛不如短痛。

离开美国的那一天，飞机误点，在机场多待了两个小时，李小妍这才有机会问海娃："你在学校里学习生活都挺好，干吗还骗你爸说你心情不好，成绩下降？搞得你爸爸都急得想辞职了。"

听李小妍这一说，海娃十分惊讶："有这么严重吗小姨？"

李小妍神情严肃地说："真有这么严重。"

海娃说："当时心情不好倒是真的，只是没我说的那么玄乎，我就是想我爸了，想让他来给我做几顿好吃的。"

李小妍说："你不知道你爸有多忙，从进了林业局就没闲下来过。你这里要是再出状况，你爸爸的压力就更大了！"

海娃看着李小妍，说："小姨，你爱我爸爸吗？"

李小妍的脸唰的一下红了，小声嘀咕："说你呢，怎么扯到我身上了。"

海娃咯咯地笑起来，肩膀都笑得一抽一抽的，又开心又放肆，周围的人纷纷投来异样的目光，李小妍扶着她的肩膀，任由她笑够。没想到，等海娃笑够了扬起脸来，却是泪流满面。

李小妍从包里拿出纸巾，在海娃水晶一样的脸上擦了一把。海娃接过纸巾，接着前面的话题说："不承认那就是默认，如果真心爱我爸，回去以后就嫁给他吧。"

李小妍的脸红得更厉害了，两颊生起两朵火烧云，内心深处的秘密被海娃一览无余，不免暗暗懊恼，禁不住嗔怪道："你这鬼丫头，有你这样操心的吗？"

海娃说："小姨你真美，跟我妈妈一样！"

尾　声

第 二 十 六 章

　　牛海成在机场接从美国归来的李小妍时，心情有些异样。

　　他远远地看着李小妍走过来，就像看着投锚的船向港口靠拢。不过才十多天的时间，在牛海成心里，简直比一个世纪还要漫长。

　　到了跟前，牛海成接过李小妍的行李箱，温情地说："跟我走吧。"

　　李小妍笑笑，哼出歌里的调："马上就出发！"

　　牛海成把行李放进车的后备厢，转身的时候，恰恰和李小妍撞个满怀，李小妍顺势扑进他的怀里。

　　牛海成紧紧地拥住李小妍，生怕她挣脱了似的："坐了这么长时间的飞机，肯定又饿又累吧？"

　　李小妍摇头，在牛海成的脸上轻轻啄了一口，说："咱们回家吧。"

　　她现在最大的愿望就是回家吃上牛海成做的饭，然后再美美地睡上一觉。

　　李小妍的家离市区远，家里也没人，回到家连口热水也喝不上，所以他们回的是牛海成的家。在这之前，牛海成已问清楚李小妍回花城的日期，早就把准备工作做得足足的。

　　到了家里，保温杯里早就为李小妍泡好了茶，揭开来，清香扑鼻。果盘里放着洗净的葡萄、切好的哈密瓜，还有李小妍最爱的杨桃。对李小妍来说，这完全就是回家的感觉，甚至比回自己家更温馨更舒适，更让她期待。

　　牛海成把家整理得干净利落，地板窗台、桌椅板凳都是一尘不染。不仅如此，为了迎接李小妍，牛海成还特别用心地做了一系列准备，浴室里，毛巾、牙刷、沐浴液、洗发露、洗面奶、保湿水，能想到的都准备齐全了，与星级宾馆的服务不相上下。窗台上还特意摆放了一束香水百合，芳香四溢，温馨而浪漫。

　　李小妍穿着牛海成为她新买的睡衣从浴室出来，一身舒爽轻松。她站在那儿，丰润水灵，韵味十足。刚从厨房里出来的牛海成，看到容光焕发的李小妍，由衷地赞美："太美了！"说得李小妍的脸倏地变成了红苹果。

　　李小妍说："真的吗？这句话从你嘴里说出来太难得了。"

　　牛海成认真道："所以，一句顶一万句。"

　　两人欢欢喜喜坐下来吃饭。李小妍提纲挈领地把海娃的情况说了一遍，重点描述了海娃送她到机场的细节。牛海成听了，悬着的心放了下来，自言自语地感慨："一直为女儿担心，现在觉得她突然长大了，我也该放手了。"

　　"海娃真的是长大了，她有自己的生活圈子和生活方式，再说，海娃也很有主见，你不用太担心她。"李小妍说。

　　牛海成端来一碗汤送到李小妍面前，说："先把汤喝了吧。"

　　李小妍喝了一小口，拍案叫绝："哇！真鲜！你这手艺开餐馆要赚大钱的呀！"

　　牛海成惬意地笑道："这是饭前汤，还有饭后的呢，在灶上煲着，饭前汤养胃，饭后汤养颜。"

李小妍满脸惊喜："弄这么复杂，真把我当贵客啦。"

牛海成在李小妍对面椅子上坐下，纠正李小妍的话："以前我就说过，你是贵人，不是贵客。"

李小妍一脸甜蜜。

两人碰杯，牛海成说："今天没外人，酒咱俩就意思一下，主要是吃菜喝汤。"

知道了李小妍回国的时间点，牛海成提前做好了接风洗尘的准备。这顿饭，看上去是家常便饭，却花了牛海成不少心思，想到长时间空中逗留，跨越了大半个地球，不仅需要倒时差，胃口也一定好不到哪儿去，牛海成特意把每个菜都做成小碟，鸡鸭鱼肉也都剔除骨刺、切成小片，只须细嚼慢咽，就能品出味道来。做汤尤其花工夫。饭前汤是先把新鲜的老虎鱼开膛破肚洗净，剔鱼刺，用大火去腥，再用文火慢炖，中间还经过好几道工序，熬出来的汤亮晶晶的，不腻不腥，又香又鲜。饭后汤以红豆、桂圆、莲子、红枣、猪肺为食材，先将猪肺炖至软烂，然后将其他食料放入，再佐以适量作料，起锅前放食盐少许。

饭后汤，又是喝得李小妍唇齿留香。

吃完饭，李小妍要和牛海成一起收拾碗筷，牛海成坚决不让李小妍沾手，李小妍也不再客气，自个儿上床倒时差去了。

牛海成把厨房收拾利索之后，也准备洗澡睡觉。李小妍从美国回来，牛海成隐约感到，他们之间的那层纸很快就要捅破了。女儿把李小妍送上飞机之后，转身就跟牛海成打视频电话，向来挑剔的女儿，居然对李小妍印象奇好。父女俩视频到最后，海娃严正声明："爸，你要是给我找个后妈，必须是小妍阿姨啊！"听海娃那口气，她早把一切都看得明明白白。末了，海娃告诉牛海成，李小妍临走前，还悄悄往她兜里塞了一张卡，进了安检李小妍才发信息告诉她，说是牛海成给她的零花钱，里面有10万元人民币。海娃跟牛海成说："小妍阿姨连说谎都不会。爸你有这么大方吗？你给的都是生活费，哪有给过零花钱？"牛海成故作一脸惨状："你这是逼婚吧，闺女？！"逗得海娃差点笑岔了气。

吃饭的时候，牛海成就想把已经准备好的卡还给李小妍，又怕影响了李小妍的胃口和心情，想想还是等她睡好觉再说。

他把卡随手放在了床头柜上，打算好好睡一觉。可是，他躺在床上，却一点儿睡意也没有，进林业局之后发生的事，在脑子里自动地翻腾出来，像海上的浮标，一会儿沉下去，一会儿又浮上来。

别以为牛海成久经沙场，见过世面，内心就有多强大。两年前，他脱下军装到林业局报到时，就像是一头迷路的羔羊，看到一张张陌生的面孔，心中的忐忑只有自己知道。一切都要重新适应，这是牛海成最不适应的。到林业局报到的那天，在众多陌生面孔中居然会出现一张熟悉的面孔——他同李小妍不期而遇了。确切地说，端端地坐在那儿的李小妍，早几个月前就等在了那儿。那一刻，他有点相信宿命了，抓阄都能与李小妍迎面相撞，这一定是前世修来的缘分。见到李小妍的第一眼，牛海成内心涌起的竟然是狂喜，他同样也看到了对方眼里的喜悦。抓阄不过是想听任命运的安排，按照他的想象，林业局应该是个清静去处，哪曾料到，从下基层林场开始，一件又一件麻烦事接踵而至，一个又一个人物先后登场，从老局长叶子青开始，李国友、林健、乔红、刘恺、吕威、陈炳森、韩吉旺……后来又有梁山、易学农、亮子……有的人是过客，昙花一现；有的人是朋友，一路同行；也有的成了对手，把牛海成磨砺得更为成熟。卧底结束的时候，牛海成就想停下来，换一种活法，可命运始终有一股神奇之力，让他总是身不由己。

牛海成好不容易才迷迷糊糊睡了一会儿。

醒来的时候，李小妍已经把早餐做好了，换上了一身正装，显然是做好了上班的准备。牛海成仓促地洗了一把脸，头发蓬乱地坐到餐桌前，一脸歉意地对李小妍说："一开始睡不着，睡着了又醒不来。昨晚你睡得好吗？"

李小妍睡得很香，脸色红润，精神饱满，听了牛海成的话，立刻眉开眼笑："你这床真舒服，以后我就住这儿了，再说，你家里也缺个女人。"

牛海成为李小妍拉开椅子："你这话我爱听，我还真想娶个女人进门。"

李小妍坐下，转脸看他："你想娶什么样的女人进门？"说着往牛海成碗里放了一只荷包蛋，一语双关："你不会是吃着碗里还看着锅里吧？"

牛海成红着脸说："海娃跟我说了，她要你给她当后妈，你愿意吗？"

李小妍定睛看着牛海成，轻轻说："海娃跟我也说了。"

说完，李小妍泪如泉涌。

牛海成理解她，同为转业干部，有梦想，也有失落，有追求，也有坎坷。牛海成家庭遭变故，李小妍经历了失败的婚姻，他们不约而同地先后进了林业局，他俩被命运神奇地连在一起，携手并肩跨过了一道道坎，是共同经历的酸甜苦辣，一下子冲开了她泪水的闸门。

这时，牛海成倒像是一个旁观者，没有去劝阻她，也没有去安慰她，让她顺其自然，痛痛快快地抒解一回。也是在这一刻，牛海成看到了一个多愁善感的李小妍。

牛海成和李小妍向组织报告了结婚的计划。李小妍住进了牛海成家，两人达成协议：李小妍睡主卧，牛海成睡客房。但问题来了，夫妻俩不能在同一个单位任职，何况一个是局长，一个是副局长。所以，牛海成真要想娶李小妍进门，两个人中必有一人要离开林业局。

为了符合组织规定的回避原则，牛海成主动提出辞去局长职务，到西江林场承包荒山，保留相应职级待遇，专心为国家植树造林。

申请报上去之后，牛海成和李小妍开始了耐心的等待，两人上班下班，一路同行，三餐同吃，同住但不同房，严格履行着婚前协议。

李小妍报了一个健身项目，每天一下班，牛海成直接开车送她去健身房，然后自己回家做饭，等着李小妍练完，再去接她回家一起吃饭。这天晚上，牛海成照例要去接李小妍回家。出门前，他就把各样食材都准备齐了：因为天气炎热，他特意做了几个凉菜，凉拌海带丝、拍黄瓜、凉拌苦瓜、蒜蓉茄子、糖醋木耳，还炖了一锅冬瓜排骨汤，等李小妍回到家，再做条清蒸鱼，蒸半只农家鸡就行了。

牛海成的家离李小妍所在健身房不远，里程不到10公里，不堵车的时候，来回半个小时就够。牛海成接李小妍回家，每次都要穿过城区，然后再过一座桥，过了桥再有一小段路就到了。每次他都是错峰出门，这次也不例外。刚下过一阵子暴雨，城区道路湿滑，牛海成的车开得比平时慢。

花城也算得上是一座水城，城区内水系纵横，大江小河穿城而过，各式各样的大桥小桥成了城市的一道风景，也牵系着牛海成的一缕乡愁。小时候，牛海成就喜欢跟小伙伴们结伴去看家乡河里的船只，现在转业到了花城，他依然会经常登高远眺江面上的风景。

每次过了桥，几分钟就能到健身房前面的停车场，李小妍会准时下楼。可今天牛海成却感觉有些异样，从小区把车开出门的时候，就有一辆宝马7系车紧随着他。牛海成起初没在意，出了小区大门之后，突然想起今晚的菜里少几样调料，就把车停在路边，到超市里买了几样小东西。买完东西出来，牛海成习惯性地看一下周围，竟然看到那辆宝马7系车也停在了附近，他很自然想起韩吉旺的宝马车。韩吉旺被抓多时了，宝马7系当然也不只是韩吉旺有，但牛海成心里还是多了一道疑问。他故意在城区里拐了几个弯，结果，后面的宝马车也跟着拐弯。牛海成就断定后面的车是专门跟踪他的，什么人会跟踪他呢？刚才从超市出来的时候竟然忘了看一眼车里的情况，自己怎么会犯这样的低级错误？

牛海成在城区转悠的时候，思维恢复了高速运转。有谁会坐着宝马7系来跟踪他？难道陈炳森团伙的残渣余孽还没有肃清？虽然陈炳森的贩毒网络覆灭了，但保不齐他的家族还有人在，至于具体是什么人，为什么跟踪牛海成，到底想干什么，牛海成既不是神仙，也不是全知全能的上帝，这一连串的疑问他无法解答，他只能是用最好的准备做最坏的打算。

牛海成边开车边拨通了焦利忠的电话，说了自己的猜测，让焦利忠边请示边带队出警。同时，打电话给李小妍，说他有事耽误住了，让她先待在健身房。焦利忠一听，知道情况十万火急，立刻边向局长请示出警，边组织人员。焦利忠现在是森林公安分局刑警队副队长，手下也有了不少人马，他领着十多名警员，分乘几辆警车，按照牛海成发来的位置急速开进。

牛海成猜的没错，跟踪他的人确实和锤帮有关。陈炳森还有一个同胞弟弟叫陈炳林，虽然不是锤帮的人，但也有自己的人马，也经营着自己的地盘。之所以兄弟俩没有搅和到一起，是因为他们早就想到了这一层，怕有一天兄弟中谁出了事，也不至于一损俱损，全军覆没。陈炳林当初也是靠他哥哥陈炳森发的家，但他有自己的一套行事原则，不像陈炳森那样贪婪，他只笼络几个铁杆马仔为他的生意保驾护航，但陈炳林也不是守法公民，一直是陈炳森毒品销售网络的下线，在另一个城市里经营了两家中等规模的酒店。陈炳森被花城警方拿下后，陈炳林连夜赶回了花城，之后虽短暂地离开过几回，但大部分时间都待在花城，他要替陈炳森安抚家人。名义上，他是守法公民，走私贩毒的一系列罪名都由陈炳森担着，他则一直过着逍遥日子。回到花城后，陈炳林一刻也没闲着，四处打听陈炳森被抓的前因后果，后来终于知道陈炳森被抓是林业局局长牛海成卧的底，并配合公安把锤帮一锅端了。陈炳林和陈炳森是亲兄弟，而且牛海成打掉锤帮，也断了陈炳林的财路，他决心要为哥哥陈炳森报仇，好好教训一下这个被传得神乎其神的牛海成。

这段时间，牛海成接送李小妍的规律已经被陈炳林派的人摸到了，陈炳林认为报仇的时机已经成熟，于是挑了今天这个日子，想趁牛海成晚上接李小妍的时候动手。

牛海成准备上桥的时候，又给焦利忠发了一个位置，后面的宝马车仍然紧随其后。牛海成打算过了桥之后，再跟对方比比车技，看看到底谁技高一筹，便故意放慢车速。这桥长仅有800米左右，且桥面突然变窄，无论进攻还是防守，都不利于机动，同时也给对方的攻击造成不便，他估计跟车的人不敢在桥上耍什么花招。

牛海成最终还是低估了对手。车行至桥的中段时，宝马出其不意地加速超车，堵在了牛海成的前面。牛海成想后退，车后方又冲出一辆车堵着。两辆车一前一后把牛海成的车夹在了中间，随即从车上下来五六个打手，个个杀气腾腾。其中两个彪形大汉已经走到了牛海成的车门边，使劲拽驾驶室的车门把手。牛海成急中生智，迅速钻到车的后排座，然后，以迅雷不及掩耳之势，推开车门，冲了出去，直奔桥的栏杆而去。陈炳林的人被牛海成的动作吓了一跳，一看牛海成要跳江，都围了上去。可是，他们终究还是慢了一步，眨眼之间，牛海成已经跳入江中，在江面溅起一团白色的水花。这时焦利忠已经带领警员赶到，把陈炳林的人团团围住。陈炳林步他哥哥的后尘，让警方打击黑恶势力的专项行动又添新成果。

牛海成跳江之后，扎了个猛子，来到了桥下。他并没有游走，而是在不远处从水里露出头来，把焦利忠他们的行动看得清清楚楚。几分钟后，牛海成浑身湿漉漉地上了岸。看到牛海成从江里上来，焦利忠又惊又喜，急切地迎上前来说道："牛局长受惊了，我们晚了一步。"

牛海成说："不晚，来得正好，不都逮住了嘛。他们是谁，为什么要跟踪我?"

焦利忠说:"刚问过，陈炳森的弟弟陈炳林，其他人都是他的马仔，我把他们带回去再问。"

牛海成准备先收拾一下自己再去接李小妍，回到家才发现李小妍已经在家里了。看到牛海成浑身湿透，头发也被水泡成了水草一般，李小妍问到底怎么回事，牛海成便把刚发生的事情原原本本告诉了她。这一回可真把李小妍吓得不轻。

回过神来的李小妍催促牛海成赶紧洗浴更衣，她下厨房做剩下的两个主菜。等牛海成从洗手间干干净净出来的时候，饭菜已经摆上了桌。两人坐下吃饭，李小妍特意打开了一瓶红酒，倒了两杯，给牛海成压惊。

喝了一口酒，李小妍心有余悸："没想到你转业到了林业局居然还跟黑社会杠上了。不过也好，面对这样的恶人，总是要有人出头的。你一身本事，他们奈何不了你，只是以后要更加小心才是。"

牛海成听了心里一热，端杯给李小妍敬酒："本来我还想到西江林场去承包一块荒山种树呢，现在我改变主意了，如果上级确实想用我，那我就该主动申请到最能发挥价值的岗位上去。咱们连命都舍得下，还有什么担不起?"

李小妍并不吃惊，反而双眼含笑："你干什么我都支持你!"

牛海成向李小妍举起右手，敬了一个标准的军礼，说："有你这句话足够了。"然后高兴地喝下杯中酒。

这让李小妍情不自禁地想起了她第一次见到牛海成的情景：那是登陆演习的预演现场，参演部队的海洋迷彩方阵一字摆开，待命出发。那天天气很好，碧空如洗，海风徐徐，一直延伸到天边的海面波澜不惊。可参演官兵个个神色肃穆庄重，内心既兴奋又紧张，他们对这样浪漫的景致无动于衷，他们的眼神似乎穿越了现世的繁华，看到的是未来战场的战火硝烟。

牛海成的特战方阵像是长在滩头阵地的一排排雕塑，散发出一种踏石留印的阳刚之气。李小妍所处的后勤医疗保障分队就在特战方阵的旁边，同样也摆出了巾帼不让须眉的阵势。牛海成从排头兵位置跑向演指首长请命出征的时候，那举止那步伐那神情，从容自若，像一阵风，如一团火，俨然是从特战方阵中脱颖而出的一道军魂，气势如虹。演指首长下达出发的口令之后，牛海成带着他的队伍，更是摧枯拉朽一般，浩浩荡荡，如狂风巨浪一样席卷而去。牛海成的军人气质不是表演出来的，而是骨子里散发出来的。

演习结束时，牛海成在率队下山的过程中，为了挡住从山上滚落的战士，把自己给摔成了重伤，住进医院之后，李小妍主动请缨成了他的主管护士。

当时李小妍看了牛海成的伤势，忍不住问牛海成："从那么陡的山坡上滚下来，要不是福大命大，能活下来都不错了，你就不怕残废了？"

记得牛海成那时不假思索地说："勇敢和胆略也是靠练出来的，谁第一次听到枪声的时候不害怕？你们不是跟我们一样上了演训场吗？真正需要你当尖兵的时候，哪还顾得上想个人安危。"

牛海成还真是说对了，李小妍第一次参加实弹射击的时候，有几个同伴都吓得差点要哭了，李小妍虽然还能保持镇定，但当时内心的恐惧至今都忘不了。

想起这些，李小妍心里多少又有几分庆幸，要是没有这么一摔，她和牛海成这辈子也许只能是擦肩而过了。她回过神来，端起酒杯，也一饮而尽，说："咱们都是当过兵的人，谁也抹不掉在军营里打下的烙印。"

牛海成冲口而出："那是永不褪色的军人本色啊。"

第二天上班的时候，牛海成接到了上级对于他岗位变动的指示，他被调到了省刑侦局副局长的岗位上。

牛海成在履新之前，选了个良辰吉日，同李小妍举行了婚礼。叶子青为他们证婚。婚礼虽然简单，但来的都是至友亲朋，吕威、焦利忠、刘海等人自不必说，乔红、易学农、梁山、马其乐、田野也都来了，七里沟村的亮子和当年特种团的几个兵，也闻讯赶来参加婚礼。担任了市林业局代理局长的林健领着一干人马帮忙。女儿海娃回不来，只能通过视频遥祝他们百年好合。

婚礼仪式上，主持人请新郎新娘发表感言。牛海成百感交集，说完一番发自肺腑的感谢之后，仍觉意犹未尽，当着众亲友的面，赋诗一首，作为这两年转业干部生涯的简要总结，有诗为证：

破阵子·初心

当是春光袅袅，叫人忍把浮名。

看破人间权色利，欲与青山度此生。

初心挂绿林。

打黑孤身卧底，侠肝义胆方赢。

奎县扶贫千百计，江水滔滔生死情。

缘随天地成。